GrafiTäter & GrafiTote

Leo P. Ard/Michael Illner: Flotter Dreier - Gemischtes Doppel • *Leo P. Ard/ Reinhard Junge:* Der Witwenschüttler - Meine Niere, deine Niere - Die Waffen des Ekels - Das Ekel schlägt zurück - Bonner Roulette • *Dorothee Becker:* Mord verjährt nicht - Der rankende Tod • *Jacques Berndorf:* Eifel-Jagd - Eifel-Rallye - Eifel-Feuer - Eifel-Schnee - Eifel-Filz - Eifel-Gold - Eifel-Blues • *Horst Bieber:* Kaiserhof • *Horst Eckert:* Finstere Seelen - Aufgeputscht - Bittere Delikatessen - Annas Erbe • *Christoph Güsken:* Spiel's nicht noch mal, Henk - Mörder haben keine Flügel - Schaumschlägers Ende - Angsthase, Pfeffernase - Bis dann, Schnüffler • *Harald Irnberger:* Ein Krokodil namens Wanda - Das Schweigen der Kurschatten - Geil - Stimmbruch - Richtfest • *Andreas Izquierdo:* Jede Menge Seife - Das Doppeldings - Der Saumord • *Annette Jäckel:* Talk • *Reinhard Junge/Leo P. Ard:* Das Ekel von Datteln • *Reinhard Junge:* Straßenfest - Totes Kreuz - Klassenfahrt • *Jürgen Kehrer:* Der Minister und das Mädchen - Irgendwo da draußen - Das Schapdetten-Virus - Das Kappenstein-Projekt - Bären und Bullen - Spinozas Rache - Schuß und Gegenschuß - Wilsberg und die Wiedertäufer - Kein Fall für Wilsberg - Killer nach Leipzig - Gottesgemüse - In alter Freundschaft - Und die Toten läßt man ruhen • *Agnes Kottmann:* Tote streiken nicht • *Leenders/Bay/Leenders:* Eulenspiegel - Clara! - Feine Milde - Jenseits von Uedem - Belsazars Ende - Königsschießen • *Fabian Lenk:* Der Gott der Gosse - Mitgefangen, mitgehangen - Schlaf, Kindlein, schlaf - Brandaktuell • *Hartwig Liedtke:* Scharfe Schnitte - Tod auf Rezept - Klinisch tot • *Heike Lischewski/Stefanie Berg:* Bananensplit • *Reiner Nikula:* Tödliches Schach - Ein Stückchen Hirn • *Theo Pointner:* Rechts-Außen - Einer nach dem andern - Scheinheilige Samariter - Tore, Punkte, Doppelmord • *Beate Sauer:* Der Heilige in Deiner Mitte • *Niklaus Schmid:* Der Hundeknochen - Die Wettreise • *Ursula Steck:* Alles im Fluss • *Werner Schmitz:* Nahtlos braun - Dienst nach Vorschuß - Auf Teufel komm raus • *Gabriella Wollenhaupt:* Zu bunt für Grappa - Grappa-Baby - Grappa und die fantastischen Fünf - Killt Grappa! - Grappa und der Wolf - Grappa fängt Feuer - Grappa dreht durch - Grappa macht Theater - Grappas Treibjagd - Grappas Versuchung • *Jan Zweyer:* Alte Genossen - Glück auf, Glück ab

D1993081

gra

az_krim1/0199.cdr5

© 1999 by GRAFIT Verlag GmbH
Chemnitzer Str. 31, D-44139 Dortmund
Internet: http://www.grafit.de
E-Mail: Grafit-Verlag@t-online.de
Alle Rechte vorbehalten.
Umschlagzeichnung: Peter Bucker
Druck und Bindearbeiten: Fuldaer Verlagsanstalt
ISBN 3-89425-219-7
1. 2. 3. 4. 5./01 00 99

Ursula Steck

Alles im Fluss

Kriminalroman

grafit

Die Autorin

Ursula Steck wurde 1964 geboren. Sie wuchs in Deutschland und den USA auf, arbeitete in der Landwirtschaft und studierte Anglistik und Philosophie. Heute arbeitet sie am Institut für Luft- und Weltraumrecht an der Uni Köln, als freie Autorin und als Literatur- und EDV-Dozentin. *Alles im Fluss* ist ihr erster Kriminalroman.

Teil I

Der Fluss

... ich muss den Fluss finden.
Bergamott und Vetiver
ziehen mir durch den Kopf und sind davon.
Ich verlasse die Straße und präge mir
dieses Leben ein, das vor meinen Augen zerrinnt,
nichts geht meinen Weg ...

R.E.M., ›Find the River‹

1

Ich liebe den Fluss und ich fürchte ihn – da ich direkt am Ufer lebe. An seinen stillen Tagen fließt er sanft und sehnsüchtig, auf dem glitzernden Rücken flache, schnelle Schiffe voller Fracht. Doch er hat Untiefen, tanzende Strudel, und er besitzt die Fähigkeit zu töten; wie jeder von uns.

Manchmal steigt er, wird zu einem wilden See, der sich in die angrenzenden Viertel drängt, in unsere Häuser strömt und mit kalten Armen nach den Straßen greift. Die letzte Flut dauerte sieben Tage. Danach sank der Strom, langsamer als er gewachsen war, und zum Schluss tauchten auch die alten Lagergebäude, in denen ich wohne, wieder auf. Zurück blieb eine Welt aus Schlamm und Treibgut – tote Tiere, vor allem Fische, aber auch Nager, die aus ihren Uferbauten gespült worden waren, ein Schaf von irgendeiner Weide stromaufwärts und ein ertrunkener Wellensittich. Ich fand ihn, blau-gelb und winzig, direkt am Rand des Kais vor meinem Haus.

Das Februarhochwasser hinterließ Verwüstung, aber es trieb mir nicht noch einmal einen toten Jungen vor die Tür, so wie der Rhein es zwei Monate früher – in der Weihnachtszeit – getan hatte.

Ich war auf dem Weg zur Arbeit. Abends, kurz vor acht, an einem Mittwoch. Ich hatte vor, zu Fuß zum Haus meines Chefs zu gehen, dort den Wagen, ein beiges Kombitaxi, abzuholen, und ich hoffte auf eine ruhige Nachtschicht. Es kostet mich immer Überwindung, meine warme Wohnung zu verlassen und ins Dunkle hinauszugehen. Ich habe keine Angst vor der Nacht und auch die Winterkälte macht mir eigentlich nicht viel aus. Unangenehm sind aber die ersten Minuten der Fremdheit, wenn ich von der Umgebung heller, geheizter Räume in die offensichtliche Grenzenlosigkeit einer kühlen, klaren Nacht trete. Bis sich meine Wahrnehmung auf die veränderten Bedingungen eingestellt hat, vergehen Momente wie in Trance, wo ich das Gefühl habe, ohne Kontakt zur Welt zu sein, wo die Geräusche meiner Schritte lauter sind als das Donnern der Straßenbahnen über die nahe Stahlbrücke, wo die verschiedenen Lichtquellen – Hafenlaternen, Sterne, Schiffsscheinwerfer, Mond – noch nicht miteinander verschmelzen und der Blick sich nicht für eine Richtung entscheiden kann.

Meistens laufe ich direkt am Wasser entlang. Bevor ich nach links einbiege, um am Gebäude der Schifffahrtsverwaltung und dem Hafenbecken vorbei zur Rheinuferstraße zu kommen, kann ich ungefähr fünfzig Meter auf der Uferbefestigung gehen. Bei normalem Pegelstand endet das Wasser etwa vier Meter unterhalb meiner Füße. Es sind fast immer einige kleine Schiffe unten festgemacht. Wenn mir der Blick nach vorn auf die glitzernde Stadt oder nach oben in den leuchtenden Himmel zu verwirrend ist, schaue ich auf den Fluss, wo sich beide verzerrt spiegeln und die Lichter gleichmäßig und abgeschwächt mit den Wellen stromabwärts fließen.

An diesem Abend sah ich einen Menschen im Fluss. Zuerst erkannte ich nur eine Art dunkles Kreuz im Wasser. Dann wurde mir klar, was dieser Umriss zu bedeuten hatte. Die Gestalt schwamm mit dem Gesicht nach unten neben dem Kiel eines Schiffes.

Zuerst rief ich vorsichtig: »Hallo.«

Meine Stimme klang mir unbekannt, war aber laut genug, um einen Schwimmer zu erreichen. Gleichzeitig wurde mir klar, dass niemand heute, am 18. Dezember, unbeschadet im Rhein würde baden können, und ich ging auf eine der in die Mauer eingelassenen Treppen zu, die von den Bootsleuten benutzt werden, um zu ihren Schiffen zu gelangen.

Die Person im Wasser hatte nicht auf meinen Ruf reagiert. Verzögert setzte das Erschrecken ein. Es packte mich irgendwo im Bauch und ließ mich die nächsten Momente mit erhöhtem Tempo erleben. Ich erreichte die feuchten Stufen, glitt auf der ersten aus und rutschte halb sitzend bis zum Ende der Treppe. Dort sprang ich auf das Deck eines Schiffs, es war aus blauem Blech, und hastete nach vorn. Meine Schritte klangen wie Schläge auf eine große verstimmte Trommel. Ich versuchte über der Reling hängend, den schwimmenden Körper zu greifen, konnte ihn aber nicht erreichen, und so legte ich mich auf den Bauch, fasste unter dem Schiffsgeländer durch und schob mich nach vorn. Als ich mit der rechten Hand beinahe seinen Gürtel packen konnte, verlor ich den Halt und fiel kopfüber ins Wasser. Ich hatte noch nie in diesem Fluss gebadet. Ich hatte noch nie im Dezember in Mitteleuropa in irgendeinem Fluss gebadet. Ich werde jetzt auch immer wissen, warum.

Kein Schock hätte stark genug sein können, um die Kälte zu verdrängen. Ich war aus dem kühlen Innern der Atmosphäre in einen tödlichen Wasserkosmos gestürzt und sank – kilometertief – im freien Fall. Ich strampelte, kämpfte, gegen die Auflösung der Orientierung, gegen das Schweben, gegen die unkontrollierbaren Drehbewegungen meines Körpers.

Plötzlich hatte ich den Kopf wieder über Wasser. Die Strömung, die mich nach oben getragen hatte, drückte mich jetzt gegen die Wand des Schiffes und ich versuchte, mich an irgendetwas festzuklammern. Aber eine Kraft, unbedingt, unerbittlich wie die Gravitation, zwang mich weg von jedem Halt. Bis ich eine Hand berührte. Es war die Hand des Toten. Dass dieser Mensch nicht mehr leben konnte, war für mich nach den letzten Sekunden eine Wahrheit. Ich war selbst schon beinahe kraftlos und doch gerade erst untergegangen.

Dass die Hand, die ich nicht mehr losließ, dem 15-jährigen Christian Petrochek gehörte, der schon drei Tage zuvor gestorben war, habe ich erst später erfahren. Die folgende Ewigkeit – wahrscheinlich waren es nur Bruchteile einer Sekunde – bestand ich aus Kälte, Angst und aus verzweifelter Konzentration: darauf, nicht unterzugehen, die Panik zu unterdrücken, mir meiner Lage klar zu werden, wenigstens ein Nasenloch knapp über Wasser zu halten, nicht unterzugehen; *nicht untergehen*! Noch nie hatte mich ein Gedanke so vollständig im Griff gehabt, er erfasste Wollen, Fühlen, jeden Instinkt und er hieß: Ich will am Leben bleiben. Und noch nie war mir eine Erkenntnis so verzweifelnd durch jede Faser gefahren: Du stirbst.

Irgendwann – ich musste also wenigstens die Augen knapp über die Oberfläche gezwungen haben – erkannte ich vor mir die Treppe, über die ich zuvor gerutscht war. Auf der untersten Stufe stand jemand mit einem Rettungsring. Die Person zögerte, ihn zu werfen, da die Strömung den Ring von mir weggetrieben hätte. Ich versuchte mich von der Wand des Schiffes abzudrücken, um in die Nähe der Ufermauer und in die Reichweite des Helfers zu gelangen, wurde aber unerbittlich weiter gegen das Blech gepresst. Entsetzt merkte ich, dass ich langsam an der Krümmung des Schiffsrumpfs entlang unter Wasser gezogen wurde, als plötzlich meine linke Hand, mit der ich immer noch den Toten festhielt, von einer Bewegung seines Körpers mitgerissen wurde. Anscheinend zerrte die unberechenbare Strömung ihn in eine andere Richtung und mich mit. Im nächsten Moment stieß ich gegen den Rettungsring, der genau vor mich geworfen worden war. Um nach ihm zu greifen, muss ich den Toten losgelassen haben, denn gleich danach wurde ich an beiden Armen gepackt und an Land gezogen.

»Toni, verdammt, lebst du?«

Mein Retter war Bill, mein Nachbar und guter Freund. Er erzählte mir später, dass er schon meinen ersten Ruf gehört hatte. Er hatte meine Stimme erkannt und sich schnell die Schuhe angezogen, weil er sehen wollte, ob ich Hilfe brauchte. Bis er aus dem Haus trat, war ich schon ins Wasser gefallen. Er war seinem ersten Impuls, selbst hineinzuspringen, nur deshalb nicht gefolgt, weil er nicht schwimmen konnte, was ihm zum Glück gerade noch rechtzeitig eingefallen war.

Ich war also höchstens eine Minute, wahrscheinlich weniger, im Wasser gewesen, war aber so erschöpft und durchfroren, dass ich jetzt nicht aufstehen konnte, um die

Stufen hinaufzusteigen. Bill zog mich langsam nach oben. Die Treppe war schmal und schlüpfrig. Als wir es geschafft hatten, atmete Bill schwer und ich konnte immer noch nicht allein stehen. Meine Knie sackten weg, wenn ich versuchte mich aufzurichten, aber mit Bills Unterstützung erreichte ich meine Wohnung. Die Wärme hob meine Schwäche ein bisschen auf und ich setzte mich auf einen Stuhl in der Küche.

»Du musst sofort aus den nassen Klamotten. Schaffst du es, sie auszuziehen?«

Ich nickte und Bill ging ins Bad und holte von dort ein großes Handtuch. Als er wiederkam, hatte ich meine Jeans, meine Jacke und den Pullover schon von mir gestreift. Das nasse T-Shirt und die Unterwäsche hatte ich noch an. Er legte mir das Handtuch über den Kopf und um die Schulter und fing an zu rubbeln. Nach einigen Sekunden war ich in der Lage, selbst nach nebenan zu gehen, die restlichen Kleider aus- und meinen alten blauweiß gestreiften Bademantel anzuziehen. Danach kehrte ich wieder in die Küche zurück, wo Bill dabei war, Tee zu kochen.

»Ich sollte wahrscheinlich heiß baden, aber ich habe Angst vor dem Gefühl von Wasser auf der Haut.«

Meine Stimme war noch so leise, dass ich sie selbst kaum hören konnte, aber Bill hatte mich verstanden. Er drehte sich zu mir und lächelte leicht: »Ich sammle dir nachher die Fische aus den Haaren, aber vielleicht hilft dir vorerst auch ein heißer Tee.«

»Er war tot, hast du das gesehen, er war tot!« Langsam wurde ich wieder klarer und die letzten Minuten liefen noch einmal in mir ab.

»Ich werde gleich die Polizei anrufen.«

Bill gab mir eine Tasse Tee. Ich versuchte sie hochzuheben, aber meine Hände waren noch nicht kräftig genug. Außerdem zitterten sie stark, also legte ich nur die Finger um die Tasse und wartete, dass sie ihren Dienst wieder aufnehmen würden.

Bill bemerkte meine Schwierigkeiten, sagte aber nichts, sondern ging zum Telefon und wählte.

»Vor den alten Lagerhäusern hinter dem Rheinauhafen schwimmt eine Leiche im Wasser ...« – »Ja, wir haben sie gerade entdeckt.« – »Ja, wir sind da, ich rufe aus einer der Wohnungen hier an.« – »In Ordnung. Ich komme nach vorn zur Uferstraße und warte dort auf Sie. Bis gleich.«

Wieder in der Küche sagte er: »Ich laufe schnell zur Straße und zeige den Polizisten den Weg. Bist du okay?«

Ich nickte. Dann sah ich, dass auch seine Sachen ziemlich nass waren. Ich hatte ihn bei der Rettungsaktion durchtränkt. »Zieh dir doch schnell noch einen Pulli von mir über, im Schlafzimmer liegen ein paar.«

Bill verschwand durch die Tür in den Nebenraum und kam sofort mit einem knallgrünen Rollkragenpullover zurück. Er winkte kurz und lief nach draußen.

Inzwischen konnte ich etwas von dem Tee trinken. Es fühlte sich an, als ob er im gleichen Moment anstelle des Bluts durch meinen Körper fließen und ihn langsam wieder mit Wärme versorgen würde. Nach einer Weile stand ich auf. Ich war zwar kaputt, aber auch unruhig. Ich wollte mir frische Kleider anziehen und wieder hinaus gehen, um die weiteren Ereignisse zu verfolgen, um zu sehen, was mit dem Menschen geschehen würde, den ich nicht hatte retten können.

Als ich vor die Tür trat, fuhr gerade ein Polizeiauto vor. Eine Frau und ein Mann in Uniform und Bill stiegen aus. Die Frau sagte: »Dieser Herr hat uns erzählt, dass Sie einen Toten im Rhein gefunden haben, können Sie mir zeigen, wo er ist?«

Ihre Stimme war relativ leise, nicht fordernd, freundlich und distanziert. Ich ging mit ihr und den anderen zur Ufertreppe. Wir schauten nach unten.

»Ich rufe die Kollegen.« Der Polizist ging zum Auto zurück, um Unterstützung zu holen.

»Wir brauchen Leute für die Bergung und jemanden von der Kripo.«

Aus dem Funkgerät war ein Mischmasch an Geräuschen zu hören. Das Wasser reflektierte das pulsierende Blaulicht des Polizeiwagens. Ich begann wieder zu frieren. Meine Haare waren noch nass, aber ich wollte nicht ins Haus gehen.

»Sie wohnen hier?«, fragte mich der Polizist.

Ich nickte.

»Wahrscheinlich ist es dann besser, wenn Sie reingehen. Die Kollegin könnte Ihnen drinnen ein paar Fragen stellen. Das wird wahrscheinlich gleich kein schöner Anblick sein.«

»Ich – ich möchte gern dabei sein«, murmelte ich.

»Stimmt es, dass Sie versucht haben, ihn herauszuziehen und dabei selbst ins Wasser gefallen sind?« Die Polizistin schaute auf meine Haare.

Wieder nickte ich nur. Es fällt mir auch sonst meist nicht leicht, mich mit Fremden zu unterhalten – ein Problem, dass mir bei meinem Job im Taxi manchmal unangenehme Momente bereitet, aber jetzt kamen noch der Schock und die Kälte dazu. Genug, um mir die Sprache vollends zu verschlagen.

»Und Sie haben sie dann aus dem Wasser gefischt?«, fragte der Polizist Bill. Aber auch der machte nur eine Kopfbewegung zur Bestätigung. Wir waren beide nicht besonders redselig.

Die Polizisten versuchten trotzdem weiter ihr Glück: »Warum haben Sie denn nicht gleich die Polizei geholt? Sie hätten dabei ja selbst ums Leben kommen können?«

»Ich dachte, er lebt noch.« Wäre ich schlagfertiger gewesen, hätte ich sie auch auf Bills Aktion verweisen können. Wenn der erst die Polizei gerufen und nicht selbst versucht hätte, mich zu retten, müssten sie jetzt zwei Leichen bergen. Aber zu so viel Logik war ich nicht mehr fähig und mein Vorgehen war ja auch nicht heroisch und selbstlos, sondern impulsiv und leichtsinnig gewesen.

An jenem Abend, als ich neben Bill und den Polizisten am Ufer wartete, war ich die meiste Zeit damit beschäftigt, meinen Kampf im Wasser nicht noch einmal in Gedanken durchzuspielen. Trotz meiner Wortkargheit war ich eigentlich ganz froh über die Fragen, die gestellt wurden, die mich dazu zwangen, mich auf möglichst vernünftige, einfache Antworten zu konzentrieren.

»Sollen wir einen Arzt rufen?«, fragte die Polizistin und: »Können Sie mir schon mal sagen, wie Sie heißen und Ihre genaue Adresse angeben. Das brauchen wir später sowieso.«

Den Arzt lehnte ich ab, ich hatte mich nicht verletzt, unsere ›Angaben zur Person‹ teilten wir ihr gerade mit, als mehrere andere Autos eintrafen. Ich bekam nicht genau mit, wie viele Leute ausstiegen, aber die Stimmung änderte sich sofort. Gerade noch war es ruhig gewesen, mit dem Gemisch von beinahe gleichwertigen Klängen, die so vertraut sind, so unaufdringlich oder unidentifizierbar, dass trotz einer gewissen Lautstärke der Eindruck von Stille entsteht. Jetzt begann der Lärm. Autotüren wurden zugeschlagen. Menschen unterhielten sich, riefen sich etwas zu. Die Scheinwerfer der Wagen verdrängten den Nachthimmel und sein dunkles Spiegelbild im Fluss.

Ich stellte mich einige Meter abseits des Geschehens und wartete weiter. Nach einer Weile gesellte sich Bill zu mir; wir sahen uns nicht an.

»Wir haben ihn!«

Dieser Ruf ließ mich zur Treppe schauen, die vorerst leer blieb. Ich konnte die unterste Stufe nicht erkennen, auf die sie wahrscheinlich gerade den Toten gezogen hatten. Zwei Leute trugen eine silberne Kiste nach vorn zu der Stelle, wo die Treppe auf dem Uferrand endete. Ich ging einige Schritte in ihre Richtung. Zwei andere schleppten den Jungen über die Stufen nach oben. Mein erster Impuls war wegzuschauen, wegzugehen. Weniger aus Angst vor dem, was es dort zu sehen gab, als vielmehr aus höflicher Scheu, aus antrainierter Unterdrükkung der Schaulust. Doch hier war es anders. Mich verband bereits etwas mit diesem Menschen. Zwar hatte er mich lebend nicht gekannt, aber er kam als Toter ab heute in meinem Leben vor.

Ich schaute ihn mir an in den wenigen Sekunden, bis sie ihn in die längliche Kiste, den Sarg, gelegt und den Deckel daraufgetan hatten, überwand mich, den Blick nicht abzuwenden, in dem Versuch, vielleicht das Gesicht eines Menschen in Erinnerung behalten zu können und nicht nur das Bild einer auf dem Bauch treibenden Leiche.

Er hatte dunkle, halb lange Haare, trug Jeans, ein rotes Oberteil, wahrscheinlich ein Sweatshirt, mit einem Aufdruck, den ich nicht erkennen konnte, und an den Füßen Rollerblades. Sein Gesicht war ein heller Fleck, wie mit Wasser vollgesogen, die Augen nur schmale, dunkle Vertiefungen. Dann sah ich doch weg, stellte die Augen von Nah- auf Fernsicht um, so dass ich ihn als etwas unscharfes Ganzes, als bekleidetes menschliches Wesen wahrnehmen konnte, ohne die Verwüstungen des Wassers auf seiner Haut und an seinen Umrissen zu sehr auf mich einwirken zu lassen.

Als sie den Sarg in einen der Wagen schoben, spürte ich eine Berührung an meiner Seite. Bill hatte eine Hand auf meine Schulter gelegt. Ich schaute ihn an und bemerkte, dass er Tränen in den Augen hatte. Ich griff nach seiner Hand, drückte sie und machte mich auf den Weg ins Haus. Wir stiegen hintereinander die vier Stufen, die zur Laderampe vor unseren Eingängen führen, hinauf. Oben hörte ich, wie die Polizistin meinen Namen rief: »Frau Walter, kann ich gleich noch einmal kurz zu Ihnen kommen und Sie etwas fragen?«

»Klar«, rief ich zurück, »bis gleich.«

Wir gossen uns den Rest des Tees ein, der immer noch ziemlich heiß war. Der Abend wurde endlos, ohne dass die Zeit verging. Ich sah auf meine Küchenuhr – kurz vor halb zehn – und erschrak: »Himmel, ich muss Kalscheuer anrufen.«

Bernd Kalscheuer ist mein Chef. Taxiunternehmer mit zwei Wagen, die entweder er selbst, seine Frau Uschi oder ich fahren. Manchmal macht Bill eine Schicht, wenn er dringend Geld braucht oder wenn er für mich einspringt. Manchmal engagieren Kalscheuers auch noch zusätzlich eine Aushilfskraft. Der Chef hatte zwar vielleicht noch gar nicht gemerkt, dass ich bisher nicht aufgetaucht war – ich hatte meinen eigenen Wagenschlüssel und holte nach Vereinbarung das Taxi bei ihm ab, auch wenn er selbst nicht da war – aber ich musste ihm unbedingt Bescheid geben.

Ich wählte seine Nummer. Nach dem dritten Klingeln hörte ich die Stimme seiner Frau vom Band: »Taxiunternehmen und Familie Kalscheuer! Keiner da!«

Uschi liebt klare Aussagen und sie erwartet, dass man weiß, was zu tun ist, wenn sie gesprochen hat. Also folgte ich ihrer impliziten Aufforderung: »Hallo, hier ist Toni. Wir haben jetzt halb zehn, Mittwochabend. Ich war gerade auf dem Weg zu euch, aber es ist etwas ziemlich Komisches passiert. Ich konnte bis eben nicht weg und auch nicht anrufen. Außerdem muss ich gleich der Polizei noch ein paar Fragen beantworten. Keine Angst, mir ist nichts passiert, aber ich kann erst gehen, wenn sie fertig sind. Ich komme so schnell wie möglich.«

»Du willst doch nicht etwa nachher noch ins Taxi?«

Ich erklärte Bill, dass ich sowieso nicht würde schlafen können. Ich war zu aufgeregt und zu ausgeschlafen. Ich fuhr immer Nachtschicht und mein Rhythmus war darauf eingestellt. Im Taxi hatte ich die regelmäßige Aufeinanderfolge von Alleinsein und Gesellschaft. Das würde mir jetzt helfen. Bill kannte mich gut genug, um zu wissen, dass er mich nicht zurückhalten konnte. Wir diskutierten also nicht länger darüber, sondern saßen uns in vertrautem Schweigen an meinem Tisch gegenüber und warteten auf die Polizistin.

Bills und meine Wohnung liegen Wand an Wand und sind spiegelverkehrt identisch. Bei beiden kommt man durch die Eingangstür direkt in die Küche, von der das Bad und zwei weitere Räume abgehen.

Nach einer Weile klopfte es, und als ich »Herein« gerufen hatte, standen die Besucherinnen auch schon vor uns. Die Polizistin hatte noch eine andere Frau mitgebracht. Sie trug keine Uniform und war die ›Kollegin von der Kripo‹.

»Es tut mir Leid, dass wir Sie noch einmal stören, Sie haben ja mit der Sache nicht viel zu tun, aber ich hätte doch noch einige Fragen an Sie, nur zur Sicherheit«, sagte die Kripofrau.

Sie war älter als die andere Polizistin, vielleicht Anfang fünfzig und trug eine schwarze Hose und eine schwarze Jacke, ein Kontrast zu ihren fast weißen Haaren. Ihre Stimme war nicht sehr melodisch, beinahe schrill; ihr Gesicht verriet ihre Gedanken nicht.

»Wir haben natürlich noch keine Ahnung, woran der junge Mann gestorben ist oder wer er überhaupt ist. Es müssen aber gewisse erste Maßnahmen am Fundort getroffen werden, deswegen haben die Kollegen uns dazugerufen. Ich werde Sie nicht lange befragen, sondern möchte nur ein paar Sachen erfahren. Sie wohnen hier?«

»Ja.« Ich merkte, wie schroff ich klang, und versuchte mich zusammenzureißen.

»Beide?«

»Wir sind Nachbarn.«

Bill ließ mich antworten und brühte inzwischen Kaffee auf. Ich sah mit einem Seitenblick, wie er der Polizistin in Uniform mit Gesten etwas zu trinken anbot. Sie lächelte, schüttelte den Kopf und hörte uns zu.

»Wann haben Sie den Toten entdeckt?«

»Um kurz vor acht.«

»Sie sind ganz sicher wegen der Zeit?«

»Ich war auf dem Weg zur Arbeit, ich bin Taxifahrerin und meine Schicht beginnt um acht. Ich bin um Viertel vor hinausgegangen.«

»Und Sie sind vorn am Wasser entlanggelaufen?«

»Ja.«

»Es tut mir Leid, wenn ich vielleicht ein bisschen zu sehr insistiere, aber warum gehen Sie nicht den direkten Weg an den Lagergebäuden vorbei zur Straße?«

»Ich fühle mich sicherer am Wasser, außerdem sehe ich den Fluss und die Schiffe gerne, deswegen wohne ich ja hier.«

Sie nickte und lächelte. »Das kann ich verstehen. Es ist wunderschön hier, aber auch sehr hochwassergefährdet. Haben Sie damit keine Probleme?«

»Die Wohnungen sind entsprechend eingerichtet.«

Sie schaute sich um und ich merkte, dass ihr erst jetzt die Bedeutung der Einrichtung klar wurde. Bill und ich sind die einzigen Bewohner der Gebäude, die so unmittelbar am Ufer liegen. Unser Haus ist ein gestreckter Flachbau aus rotem Backstein, mehr als hundert Meter lang und parallel zum Fluss gebaut. Unsere Wohnungen liegen in den vorderen dreißig Metern, im Rest sind Lagerräume, Werkstätten und Büros, die zu verschiedenen Firmen gehören, untergebracht.

Als Bill unsere Räume vor zwei Jahren gekauft hat, war er entschlossen, darin auch zu leben. Er hat also zwei Wohnungen entworfen, die so wasserfest sind wie möglich. Das heißt natürlich nicht, dass sie auch wasser*dicht* sind. Sie laufen ab einer bestimmten Pegelhöhe genauso voll wie andere Gebäude, aber es schadet ihnen nicht so. Keiner der Räume ist tapeziert. Die Wärmedämmung entsteht durch doppelte Ziegelmauern, zwischen denen sich eine Luftschicht befindet. Die Innenziegel sind in verschiedenen Farben – Ocker- und Rosttöne – in geometrischen Mustern gemauert. Die Böden bestehen aus Fliesen und Terrazzo. Darunter liegen die Rohre der Fußbodenheizung. Diese funktioniert mit Warmwasser, das in einem Fernwärmekessel, der in einem der anderen Gebäude in wassersicherer Höhe steht, erhitzt wird. Die Stromversorgung lässt sich zentral unterbrechen und unser elektrisches System ist mit besonderen Sicherheitsvorkehrungen ausgerüstet. In allen Räumen sind begehbare Schränke, Anrichten und Konsolen gemauert. Auch die Kücheneinrichtung besteht zum größten Teil aus Backsteinmöbeln. Einiges ist aus Kunststoff oder aus leichten Holzplatten, die schnell abgebaut und weggefahren werden können. Im Falle eines Hochwassers muss ich meine Kleider, die Matratze, meinen tragbaren Computer, den kleinen Kühlschrank, die Holzplatte des Küchentischs, das Glaskeramikkochfeld und einiges an Krimskrams einpacken und mitnehmen. Nichts, was nicht mit zwei Fahrten mit dem Taxi zu erledigen wäre. Zum Glück lässt einem das Wasser ein bisschen mehr Zeit als ein Feuer, um die Besitztümer in Sicherheit zu bringen. Tatsächlich wohnen wir so privilegiert im Vergleich zu den meisten anderen Flutgeschädigten, selbst zu denen, die bis zu dreihundert Metern und mehr vom Fluss entfernt leben.

Die Kripobeamtin schaute sich um. »Es ist interessant, was Sie hier geschaffen haben.«

»Das meiste hat sich Bill ausgedacht und gebaut, ich habe erst später noch mitgeholfen.«

»Sie sind Bill?« Die Kripobeamtin wandte sich an ihn: »Ich nehme an, Ihr vollständiger Name ist ›William Sandburg‹, wie Sie es der Kollegin vorhin gesagt haben?«

Sie sprach seinen Namen deutsch aus. Das passiert Bill natürlich ziemlich oft und er selbst findet es nicht mehr besonders komisch, aber ich musste wie immer grinsen.

»Sind Sie Engländer?«

»Amerikaner.«

»Und Architekt?« Unsere Kripofrau war ziemlich neugierig.

»Ja.«

»Gut.« Sie schien zu merken, dass wir auf weitere Fragen zur Sache warteten, und kam wieder zu den Ereignissen des Abends zurück: »Als Sie den Toten im Wasser entdeckt haben, was haben Sie da gemacht?«

Ich erzählte ihr von meinem Schreck, der Fehlannahme, dass es sich um einen Schwimmer in Not handelte, von der Aktion auf dem Schiff, dem Sturz und Bills Rettungsmaßnahme. Die Sekunden im Wasser schilderte ich nicht näher.

Sie hörte mir konzentriert zu und wandte sich dann erneut an Bill.

»Wann haben Sie gemerkt, dass Frau Walter in Not ist?«

Er gab ihr einen kurzen Bericht, durch den auch ich selbst erst genauer erfuhr, wie er mich gefunden hatte. Den Rettungsring hatte er auf dem Schiff entdeckt, ihn geholt und war auf die Treppe zurückgesprungen, da er mich von da aus besser sehen konnte. Während er erzählte, versuchte ich die wieder aufkommenden Gefühle der Panik zurückzudrängen: Was wäre, wenn Bill nicht da gewesen wäre, wenn er mich nicht gehört, wenn der Ring mich verfehlt hätte? Das Gesicht des Jungen tauchte kurz noch einmal in meinen Gedanken auf, aber seltsamerweise empfand ich hierbei vor allem Traurigkeit und kein Entsetzen; auch die gruselige Vorstellung, mich unter Wasser an einen Toten geklammert zu haben, wurde von dieser Trauer überdeckt.

Jetzt erst merkte ich, dass mich die anderen besorgt anschauten.

»Ist mit Ihnen alles in Ordnung, Frau Walter?«, fragte mich die Polizistin in Uniform, die bisher geschwiegen hatte.

Ich sah ihr ins Gesicht. Sie schien viel jünger zu sein als ich, vielleicht Anfang zwanzig. Ihr Gesicht wirkte noch kindlich, schmal, mit ernsten Augen. Ihre Haare waren fast so kurz wie Bills. Ich amüsierte mich heimlich über diesen Vergleich. Bill rasiert seinen Kopf wie auch sein Gesicht jeden Morgen vollständig glatt. Die Polizistin aber hatte zwar sehr kurze, aber doch noch sichtbare Haare auf dem Kopf – ein leichter heller Flaum, der die Form ihres schönen Kopfes betonte. Ihre Mütze lag vor mir auf dem Tisch und ich staunte über den Kontrast zwischen ihrem Körper in der bekannten, hässlichen Uniform und ihrem klaren, unverwechselbaren Gesicht.

Endlich sagte ich: »Ich bin nur ziemlich müde.«

»Nur noch eine letzte Frage an Sie beide ...« Die Kripobeamtin schaute mich verständnisvoll an: »Kannten Sie den Toten?«

Bill und ich schüttelten gleichzeitig den Kopf.

»Sie haben ihn also noch nie gesehen? Auch nicht, wenn Sie noch einmal genau überlegen? Vielleicht tagsüber irgendwann einmal hier zwischen den Gebäuden oder irgendwo in der Stadt?«

Wieder schüttelten wir den Kopf. Ich überlegte, war mir aber sicher, dass ich den Jungen noch nie bewusst wahrgenommen hatte. Eventuell war er wie so viele auf seinen Rollerblades hier am Rhein entlanggelaufen, aber mir war er nicht aufgefallen.

Auch Bill sagte jetzt: »Nein, ich kenne ihn nicht und habe ihn auch noch nie gesehen.«

»Dann danke ich Ihnen für die Auskünfte. Wenn es

noch Fragen geben sollte, darf ich Sie hoffentlich noch einmal bemühen. Gute Nacht.«

Die Frauen standen auf und gingen zur Tür.

Ich nahm meinen Mut zusammen: »Eine – eine Frage noch. Könnte ich erfahren, wer der Junge war und woran er gestorben ist?«

»Das kann ich Ihnen leider jetzt noch nicht sagen. Es hängt von den Umständen ab, ob ich Ihnen etwas berichten kann. Vielleicht schauen Sie einfach in den nächsten Tagen in die Zeitung. Eventuell steht da etwas, oder Sie rufen mich in ein paar Wochen einmal an.«

Die Kripobeamtin ging hinter ihrer Kollegin durch die Tür. Ich hörte ihre Schritte auf den Stufen und dann auf dem Kopfsteinpflaster. Kurz darauf wurde ein Auto gestartet. Und dann war alles wieder ruhig.

Bill sah aus dem Fenster, drehte sich zu mir um und sagte: »Sie sind alle weg. Und wir wissen noch nicht einmal, wie sie heißen, wie sollen wir sie da in ein paar Wochen finden und um Auskunft bitten.«

Er war so unzufrieden über den Verlauf der Ereignisse wie ich. Das Schicksal eines Fremden war mit unserem Leben kollidiert. Hatte es von seinem gewohnten, erwarteten Verlauf abweichen lassen und jetzt konnten wir es nicht einfach wieder zurück ins geplante Gleis heben und weiterrattern. Ich brauchte ein Ergebnis, eine Auflösung. Mir war zwar klar, dass ich sie an diesem Abend nicht bekommen konnte, aber ich wollte wenigstens das Versprechen einer Erklärung, irgendwann, möglichst bald.

2

Ich erklärte Bill, dass ich gleich zu Kalscheuers gehen und mit der Arbeit beginnen wollte. Es war kurz vor elf. Drei Stunden von der Schicht hatte ich verloren, aber das Geschäft direkt vor und nach Mitternacht ist auch noch gut. Zwischen drei und fünf ist weniger los, aber mir fiel ein, dass ich um halb vier eine vorgebuchte Fahrt zum

Düsseldorfer Flughafen hatte. Eine nette Anwältin, die uns immer rief, wenn sie ein Taxi für eine längere Strecke brauchte, wollte in den Urlaub fliegen.

Bill umarmte mich zum Abschied und verschwand dann nach nebenan: »Viel Glück, und wenn es dir zu viel wird, hör einfach auf. Kalscheuer kann ich auch erklären, was los war, falls es dir selbst unangenehm ist.«

Ich bedankte mich und sagte: »Mach dir keine Sorgen, ich freue mich schon auf ein warmes, ruhiges und vor allem trockenes Taxi.«

Als Bill weg war, ging ich ins Bad. Meine Haare sind kurz und lockig und waren längst wieder trocken, aber sie rochen ziemlich stark nach Rheinwasser. Eine Mischung aus Fisch, Öl, Schlamm und Algen. Ich wollte keine Zeit mehr verlieren, sie nicht noch einmal waschen und trocknen und versuchte mein Glück mit Parfüm. Ich hatte mir noch nie Eau de Toilette in die Haare gesprüht und hätte gerne ein farbloses gehabt. Meine Haare sind hellrot, beinahe orange, und ich hatte das Gefühl, mein einziges Duftwasser – das vor allem zur Zierde im Bad stand und das ich von Onkel Heinrich vor Jahren geschenkt bekommen hatte – war zu giftgrün, um einen wirklich guten Farbeffekt auf meinem Kopf zu erzielen. Trotzdem entschied ich mich für den Komplementärkontrast Parfümfarbe versus Haarfarbe und gegen den Gestank und sprühte mich damit ein. Der Geruch war so ähnlich wie die Farbe – auffallend – und ich musste mehrmals heftig niesen.

In der Küche klappte ich meinen tragbaren Computer zusammen, steckte ihn in seine Tasche und zog eine dikke leuchtendblaue Steppjacke an. Ich schloss hinter mir ab und machte mich auf den Weg.

Nach ein paar Minuten hatte ich Kalscheuers Haus in der Alteburger Straße erreicht und sah das Taxi in der Einfahrt stehen. Uschi und Bernd Kalscheuer wohnen im Erdgeschoss eines sechsstöckigen Jugendstilgebäudes mit gelben Säulen und Mönchsköpfen aus Stuck, deren Gipsaugen leicht besessen ins Leere starren. In der Südstadt bestehen ganze Straßenzüge aus ähnlichen Häusern

– Altbauten, mit begehrten Wohnungen. Die ehemaligen Kriegslücken füllen gesichtslose Häuser aus den fünfziger Jahren und hin und wieder postmoderne Entwürfe aus buntem Metall und viel Glas.

Bei Kalscheuers brannte kein Licht. Ich stieg in den Wagen und startete in die Nacht. Seit kurzem waren alle Taxis mit kleinen Flüssigkristallbildschirmen ausgestattet, auf denen Fahrtanfragen und andere Informationen erschienen. Nachdem ich mich bei der Zentrale angemeldet hatte, konnte ich also den Sprechfunk abstellen. Ich hatte mich daran gewöhnt, regelmäßig auf das Display zu schauen, und genoss die Stille im Auto. Zum ersten Taxistand am Chlodwigplatz waren es nur wenige Meter und bis dahin erschien keine Fahrt auf meiner Anzeige. Es befanden sich nur drei Wagen vor mir auf der Wartespur und ich entschloss mich zu bleiben. Die Chance, innerhalb einer kurzen Zeit eine Fahrt zu bekommen, ist in dieser Gegend mit den vielen Gaststätten groß.

Solange wollte ich Nora auf meinem Computer eine elektronische Mail schreiben. Im Wagen gab es ein Funktelefon mit Datenanschluss und später würde ich mich ins Internet einwählen und die Nachricht absenden. Falls das nicht klappen sollte, konnte ich sie am nächsten Morgen von zu Hause aus verschicken. Vor allem wollte ich für mich selbst die Erlebnisse des Abends festhalten. Und ich war sicher, dass Nora sich dafür interessieren würde.

Ohne den Computer hätte ich Nora vor sieben Monaten nicht kennen gelernt. Onkel Heinrich, der mich so gut gekannt hatte, dass er mir sein Pentium-Notebook mit Farbdisplay und allen vorstellbaren Zusatzmöglichkeiten vererbt hatte, war ein Info-Junkie gewesen. Er hatte mehrere Datenaccounts zu verschiedenen Netzen und in seiner Wohnung in jedem Raum mindestens einen Fernseher und ein Radio gehabt. Er abonnierte sechs Tageszeitungen und unzählige Illustrierte. Einmal wöchentlich ging er in die Stadt – »Bücher gucken« – wie er sagte, und er kam fast immer mit schweren Tüten bepackt nach Hause. Werke, die er besonders empfehlenswert fand, kaufte er mehrmals und verschenkte sie an verschiedene Bibliotheken, meistens welche in Osteuropa. Er hatte keinen Sinn darin gesehen, seine Pension als Ex-Regierungsbeamter anzusparen. Ich war seine einzige Verwandte, und sowohl mir als auch seinen Freunden traute er es zu, dass wir uns unseren Lebensunterhalt selbst verdienten.

Bei mir war er allerdings wegen etwas anderem besorgt gewesen, wie ich erfuhr, als ich nach seinem Tod seine Unterlagen sortierte und seinen letzten Brief an mich entdeckte. Er hatte mir nie gesagt, dass er fand, dass ich zu kontaktarm sei, aber er hatte einige Maßnahmen getroffen, von denen er meinte, dass sie mir nützen könnten. Er schrieb:

> *Liebe Toni, ich weiß, dass du nicht gerne Sachen erbst. Du hast jedes Gespräch darüber immer abgebrochen und gemeint, dass ich dir lebendig lieber sei als als Geist in einem alten Schrank oder einer wertvollen Truhe. Nun habe ich weder einen alten Schrank noch eine Truhe und ich habe auch sonst eigentlich nichts zu vererben. Du wirst wahrscheinlich genug Ärger damit haben, meine Sachen zu ordnen und die Beerdigung zu bezahlen. Zuerst mache ich dir deswegen eine Liste, was du bitte alles bedenken und vor allem, was du abbestellen musst ;–))))))) ...*

Onkel Heinrich war bereits so von den kleinen Hieroglyphen der elektronischen Kommunikation eingenommen gewesen, dass er sie auch in handgeschriebener Korrespondenz verwendet hatte. Hier folgte dann eine Aufzählung aller zu stornierenden Abonnements. Diese Liste hatte zu mir gesprochen wie eine Zusammenfassung von Onkel Heinrichs Leben mit der Aufforderung, Punkt für Punkt abzuhaken und auszulöschen.

Er schrieb weiter:

> *... was ich dich aber bitten möchte, nicht zu verkaufen, sondern dir erst zu überlegen, ob du ihn nicht selbst benutzen möchtest, ist mein kleiner Computer. Er ist wirk-*

lich ein ganz wunderbares Stück Technik und vor allem kannst du damit herrlich kommunizieren. Und du musst nicht einmal reden dabei ;–))))). Ich bin sicher, einige nette Freundschaften warten auf dich in den elektronischen Netzen, und ich wäre froh, wenn du ihnen eine Chance geben würdest. Ein Account für dich ist bereits unter dem Namen toni.walter@siriusnet.de angemeldet. Die Grundgebühr für die nächsten zwei Jahre habe ich bezahlt. Wenn es dich also interessiert, musst du nur Folgendes tun ...

Dann gab er eine genaue Anleitung, wie ich den Computer anzuschließen und welche Schritte ich zu unternehmen hatte, um mich ins Netz einzuwählen. In den ersten Wochen hatte ich mich nur zaghaft im Internet bewegt. Aber Onkel Heinrich hatte mich gut genug gekannt. Ich wurde neugierig auf die Informationen, die dort verfügbar waren, und vor allem die Newsgroups interessierten mich. Elektronische Orte, an denen Neuigkeiten und Gedanken zu verschiedenen Themen ausgetauscht wurden. Bei diesen Gruppen konnte ich mich anmelden, die Diskussionen verfolgen und musste, wenn ich nicht wollte, selbst nichts beitragen. Nach und nach war ich mutiger geworden und wagte es manchmal, meine meist vorsichtig formulierten Mails abzuschicken und mich einzubringen. Es fällt mir schwer, zu Menschen Kontakt aufzubauen, weil ich die ersten Begegnungen fürchte. Mich schreckt die Schlagkraft der Wörter. Das Unvermutete, das sie auslösen können, wenn dir jemand noch nicht vertraut ist. Diese Gefahr war für mich im Netz geringer.

Ich begann, mich für Begegnungen zu öffnen. Und dann lernte ich durch eine der Diskussionsgruppen Nora kennen. Inzwischen trafen wir uns auch persönlich, wir hatten nach einer Weile festgestellt, dass wir in der gleichen Stadt lebten, aber es fiel uns oft immer noch leichter, uns in täglichen Mails auszutauschen.

Ich hatte gerade angefangen, ihr von meinem nassen, grausamen Abenteuer zu berichten, als es an mein Fenster klopfte. Ich kurbelte die Scheibe herunter und erkannte eine junge Frau, die mich anlächelte: »Können Sie mich in die Weidengasse fahren?«

Ich lächelte zurück: »Prinzipiell gerne, aber ich bin noch nicht dran in der Reihe, zuerst sollten Sie meinen Kollegen da vorn fragen, ich kriege sonst Ärger.«

»Ja, ich weiß, aber ich würde lieber mit Ihnen fahren, lieber mit einer Frau.«

In diesem Moment sah ich, wie ein anderer Fahrgast auf das Auto vor mir zuging. Er stieg in das Taxi meines Kollegen und ich nickte der Frau zu: »Jetzt ist alles klar, kommen Sie. Haben Sie Gepäck, soll ich Ihnen den Kofferraum aufmachen?«

Aber sie saß schon auf dem Beifahrersitz: »Prima, also ich muss in die Weidengasse, direkt vorn am Hansaring.«

Sie war blass und schaute während der ganzen Fahrt zu ihrem Fenster hinaus. Ich war wie immer erleichtert über eine Kundin, die nicht reden wollte. Nach gut zehn Minuten hatten wir ihr Ziel erreicht. Sie bezahlte, gab mir Trinkgeld, stieg aus und winkte zum Abschied kurz über die Schulter, ohne sich umzudrehen. Ich sah, wie sie die Straße hinunterging, und fuhr weiter. Der nächste Taxistand war am Ebertplatz.

Die weitere Nacht verging ruhig, mit wenigen Fahrten, die meisten so kurz wie die erste. In den Pausen beendete ich den Bericht an Nora und schickte ihn um kurz nach drei ab. Dazu stöpselte ich meinen Computer in das Mobiltelefon des Taxis ein. Ich startete das Einwählprogramm des eingebauten Modems und wartete, dass eine Verbindung zustande kam. Der Einwählpunkt meines Internetproviders ist oft schwer zu erreichen, aber um diese Tageszeit gab es kaum Probleme. Auf dem Bildschirm erschien die Bestätigung, dass ich *Siriusnet* erreicht hatte. Ich schickte meine Nachricht an den Zentralrechner ab, von wo aus sie über mir unbekannte Vernetzungen an Noras Account bei ihrem Provider übermittelt werden würde. Wenn sie sich das nächste Mal selbst einwählte, würde die Mail von dort auf ihren Computer übertragen werden.

Als ich danach auf die Uhr schaute, war es schon kurz vor halb vier, und ich verzichtete darauf, meine eigene Eingangspost abzurufen. Ich kappte die Verbindung und machte mich auf den Weg zu der Anwältin, die zum Flughafen wollte. Die Fahrt nach Düsseldorf und zurück dauerte ziemlich genau eineinhalb Stunden, und so konnte ich die Schicht pünktlich um fünf beenden.

Auf der Rückfahrt merkte ich, wie erschöpft ich war. Die Autobahn war leer. Der Himmel hatte sich im Laufe der Nacht immer mehr bewölkt, so dass er an Tiefe verloren hatte und zu einem gleichmäßigen dunklen Wesen geworden war, das den Betonstreifen vor mir umfing. Ich schien durch einen 50 km langen Tunnel zu fahren. Die Müdigkeit baute sich langsam auf, begann bei den Augen. Die Kraft, sie weiter offen zu halten, war immer schwerer aufzubringen, meine Schultern zogen nach vorn, mein Nacken schmerzte, der Kampf gegen das Einschlafen war so quälend wie eine Übelkeitsattacke.

Kurz bevor ich auf der A3 die Brücke über das Neandertal erreichte, dachte ich daran, aufzugeben und auf den nächsten Parkplatz abzubiegen. Hinter dieser Brücke aber beginnt eine Strecke, wo Bodenwellen das Auto in Schwingungen versetzen. Ich wurde ein bisschen wacher und schaffte die letzten zwanzig Minuten bis vor meine Tür. Mir war aber klar, dass ich nicht mehr die Power hatte, den Wagen noch zurückzubringen. Bernd Kalscheuer würde wahrscheinlich um sechs selbst die Schicht beginnen wollen und ich rief ihn vom Auto aus an.

»Toni, ist alles in Ordnung? Wo steckst du?«

»Es ist alles klar. Ich hatte aber eine ziemlich anstrengende Nacht, kannst du den Wagen hier abholen?«

»Sicher, aber was war denn los?«

»Kann ich dir das heute Abend erzählen? Ich muss dringend ins Bett.«

»Ich hole den Wagen, lass mal gut sein, ruh dich aus, wir quatschen später.«

Bernd platzte vor Neugierde. Er redet so beständig wie er atmet und liebt alles, was von der Routine des Alltags abweicht. Sein Leben ist ihm zu langweilig, aber er hat auch nie gewagt, etwas Abenteuerliches anzufangen. Also fährt er Taxi, hofft auf interessante Kunden, die ihm möglichst verrückte Geschichten erzählen, und ist wahrscheinlich insgeheim froh, wenn er selbst keinen Gefahren begegnet.

Auch mein Leben taugte in seinen Augen nicht für besondere Aufregungen und vor allem war ich ihm zu still. Bernd war aber sonst ein netter Kerl und er ließ mich normalerweise in Ruhe, so lange er sich sicher sein konnte, dass er das Exklusivrecht auf alle eventuell passierenden außergewöhnlichen Vorkommnisse hatte. Bisher hatte ich ihm da nicht viel bieten können. Wenn ich ihm allerdings die Geschichte der letzten Nacht nicht spätestens heute Abend persönlich berichten würde, würde er mir das nie verzeihen. Das war mir klar, und ich legte mich schlafen, um für diese Anstrengungen einigermaßen erholt zu sein.

Um drei Uhr nachmittags wachte ich nach fast zehn Stunden Schlaf aus einem Traum auf. Es hatte keine Bilder gegeben, keine Vorbereitung und keine Ursache für die Todesangst, die dann einsetzte. Das hilflose Gefühl der Momente im Wasser hatte mich auf eigene Faust noch einmal heimgesucht und es schien endlos anzudauern. Erst als ich langsam klar wurde, trennte sich allmählich das Gefühl von meinem Bewusstsein und mein Reflektionsvermögen setzte ein. Ich war so erleichtert, der Angst entkommen zu sein, dass ich sofort aufstand.

Ich überwand mich, ins Bad zu gehen und mich unter die Dusche zu stellen. Als das Wasser langsam meine Haare durchweichte, stieg noch einmal kurz der Geruchscocktail auf, der von der vergangenen Nacht darin kleben geblieben war. Mir fielen meine Fahrgäste ein und ich fragte mich, wie unzumutbar ich wohl wirklich gerochen hatte. Die Vorstellung, dass sie sich über die Gründe für den von mir ausgehenden Gestank gewundert haben mochten, brachte mich zum Lachen. Sauber und aufgeheitert kochte ich mir einen Kaffee. Ich nahm die Tasse und ging hinüber in mein großes Zimmer.

Dieser Raum ist das eigentliche Kunstwerk in Bills Entwurf unserer Wohnungen. Er hat einen L-förmigen Grundriss, wobei der hintere Teil sich weit öffnet und Platz bieten würde für monumentale Skulpturen. In der Wand zur Flussseite befinden sich elf Fenster verschiedener Form. Das Verhältnis der Fenstergrößen zum Mauerwerk war nach dem potentiellen Wasserdruck berechnet worden, der auf ihnen lasten könnte. Zusammen mit den außen angebrachten Fensterläden, die ich unter normalen Bedingungen selten schließe, sind die Fenster bei Hochwasser somit gut geschützt. Aus jedem einzelnen Fenster hat man einen etwas veränderten Blick auf das gegenüberliegende Ufer, die verschiedenen Brücken und die vorbeikommenden Schiffe. So entsteht der Eindruck, die ganze Wand wäre mit unterschiedlichen, bewegten Bildern oder auch Monitoren bedeckt. Bill benutzt sein großes Zimmer als Arbeitsraum. Ich selbst habe in einer Ecke einen Tisch für das Telefon, den Anrufbeantworter und eine freie Telefonbuchse für das Computermodem. Ansonsten bewege ich mich darin wie im Freien, wie in einem Garten, und ich hatte mich entschlossen, keine weiteren Möbel hineinzustellen.

Als ich mich mit der Tasse in der Hand auf ein Kissen auf dem Boden vor den Fenstern setzen wollte, sah ich, dass der Anrufbeantworter blinkte und mich vor aufgezeichneten Nachrichten warnte. Normalerweise hätte ich ihn vorerst ignoriert, aber ich war weniger gelassen als sonst in Bezug auf Neuigkeiten. Auf dem Band erkannte ich Noras Stimme und wunderte mich.

Nora und ich telefonierten beinahe nie miteinander. Wir kommunizierten entweder schriftlich, über Computer, per Fax oder hin und wieder mit einer Postkarte, wo es uns aber mehr um das Motiv, als um das Geschriebene ging, oder wir trafen uns persönlich. Nora ist stark schwerhörig und das Telefon behindert sie mehr, als dass es ihr ein Gespräch ermöglicht.

Ich freute mich, ihre Stimme zu hören. Sie spricht etwas undeutlich und mit einer ungewöhnlichen Wortmelodie. Als hätte sie einen nicht zu identifizierenden Akzent oder spräche einen unbekannten Dialekt. Ich konnte sie aber dennoch gut verstehen: »Hallo Toni, hier ist Nora. Du bist wahrscheinlich noch gar nicht zu Hause. Ich habe gerade deine Nachricht bekommen. Bist du auch wirklich in Ordnung? Wenn du magst, können wir uns heute treffen. Schick mir doch einfach ein Fax, ich bin den ganzen Nachmittag da.«

Ich hatte kein separates Faxgerät, sondern benutzte auch zum Faxen den Computer. Ich schloss den Laptop an und schrieb ihr sofort zurück: *Passt es dir um halb fünf? Wo sollen wir uns treffen? Toni.*

Zehn Minuten später kam ihre Antwort: *Hast du Lust auf etwas Selbstgekochtes? Dann komm doch einfach vorbei.*

Ich bedankte mich mit einem weiteren Fax für ihre Einladung und bestätigte, dass ich mich gleich auf den Weg machen würde. Es war inzwischen kurz vor vier und draußen schon beinahe wieder dunkel.

Es kam mir wärmer vor als am letzten Abend. Onkel Heinrich hatte um diese Jahreszeit immer auf das ›Weihnachtstauwetter‹ gewartet. Oft hatte er Recht behalten und die Temperaturen waren während der Tage um die Wintersonnwende kurz gestiegen, um dann zum Jahreswechsel wieder ins Eisige zu sinken. Ansonsten hatte ihn der Aufruhr um Weihnachten nicht interessiert. Nur das Versprechen der hellerwerdenden Tage und die mildere Wetterphase hatten ihn erfreut.

Mir selbst war der Winter hier nicht wirklich kraftvoll genug. Ich sehnte mich nach den großen Ereignissen, nach Polarnächten und Nordlichtern. Onkel Heinrich hatte das verstanden, mir aber auch einmal gesagt: »Toni, das Leben wird dir manchmal sehr kurz und manchmal sehr lang vorkommen, egal in welchem Alter du gerade bist. An einem Tag denkst du, du hast alles noch vor dir, selbst mir geht das so, an einem anderen hast du das Gefühl: Alles ist vorbei. Das sind die Momente, wenn du glaubst, dass bestimmte Träume mit einem bestimmten Alter verknüpft sind. Das Alter aber ist schon vergangen und die Träume sind geblieben. Dann solltest du sie besser kennen lernen, sie nehmen und lesen wie ein Buch und versuchen herauszufinden, was das Gefühl hinter der Geschichte ist. Manchmal braucht eine Hoffnung nur eine neue Handlung und der Traum ist wieder jung, erfüllbar wie zuvor. Manchmal hat er sich bereits erfüllt und du hast es gar nicht gemerkt, weil du dich verändert hast und ihr jetzt zusammenpasst, der Wunsch und dein Leben.«

Mir selbst fiel es schwer, den Alltag klar und zufrieden zu erleben. Ich war hin- und hergerissen zwischen dem Bedürfnis nach Regelmäßigkeit – einem sicheren, ruhigen Zuhausesein in der Welt – und meinen Erwartungen, den Aufgaben, die ich glaubte, erfüllen zu müssen, die ich aber nicht entdecken konnte. Wenn ich anfing zu hoffen, dass ich manche Antworten gefunden hatte, konnte ich sicher sein, dass plötzlich das Leben selbst begann, Fragen an mich zu stellen. So hatte ich mich während der letzten Jahre vor allem mit Ausweichen beschäftigt.

3

Noras Wohnung liegt in einem Haus, das dem der Kalscheuers in der Südstadt ähnelt, aber im Norden der Innenstadt, im Agnesviertel, liegt. Ich war zu Fuß zur Straßenbahnhaltestelle an der Severinstraße gegangen, war am Barbarossaplatz umgestiegen und bis zum Ebertplatz gefahren. Auf halber Strecke tauchte die Bahn in die Tiefe und wurde zur Untergrundlinie. Diese Stadt ist eine Grenzgängerin zwischen Metropole und Provinz, und ihr Nahverkehrssystem wird durch dieses Identitätsproblem immer wieder aufs Neue ins Chaos gestürzt. Die Passagiere qualifizieren sich dadurch, dass sie sich in dem Durcheinander zurechtfinden, die meisten mit selbstverständlicher Hingabe an die Probleme des ausgehenden 20. Jahrhunderts. Warum sollte eine Zivilisation, die Menschen ins All schicken kann, in der Lage sein, einen Fahrplan einzuhalten?

Am Ebertplatz stieg ich aus, kletterte die stillstehende Rolltreppe nach oben und lief in die Hülchrather Straße.

Ich klingelte und nach kurzer Zeit summte der Türöffner. Nora hat in allen Räumen Lichtsignale, auf die sie achtet, wenn sie Besuch erwartet, und die ihr das Schellen anzeigen. Ich ging in den dritten Stock hoch. Sie hatte die Wohnungstür offen gelassen und ich folgte dem Essensgeruch in die Küche. Der Fußboden in Noras Wohnung ist aus Holz und sie spürte meine Schritte beim Hereinkommen. Als ich in die Küche kam, drehte sie sich um und lachte mich an: »Wie schön, dich zu sehen. Magst du direkt einen Kaffee?«

Ich nickte und setzte mich. Sie stellte eine große, weiße Porzellankaffeekanne auf den Tisch, nahm zwei gelbe Riesentassen aus einem Regal und setzte sich mir gegenüber: »Das Essen kocht sich gerade selbst. Musst du heute noch arbeiten oder hast du frei?«

»Um halb acht muss ich gehen.«

Ich hatte mich daran gewöhnt, Nora beim Sprechen anzuschauen, deutlich, nicht zu schnell und mit klaren Lippenbewegungen zu reden. Sie trägt beinahe unsichtbare Hörgeräte, braucht aber bei Gesprächspartnern, die, wie ich, die Gebärdensprache nicht beherrschen, zusätzlich den Blick auf die Lippen, um zu verstehen, wie sie mir zu Beginn unserer Freundschaft erklärt hatte. Sie hatte aber auch gesagt, dass sie viel lieber gebärdete als Lautsprache zu benutzen, und hatte mich ermutigt, die Gebärdensprache zu lernen. Für einen Kurs waren meine Arbeitszeiten bisher zu ungünstig gewesen, aber Nora brachte mir bei jedem Treffen einige Begriffe bei.

»Mich beschäftigt, dass ich nicht weiß, wer er ist und warum er gestorben ist.« Ich erzählte Nora noch einmal genau, was am Abend zuvor passiert war. »Mein Onkel war bisher der einzige Mensch, den ich je tot gesehen habe.«

»Ja, es ist schon komisch mit dem Tod. Er ist übermächtig und unbekannt, er jagt uns die größte Angst ein und wir werden, während wir am Leben sind, nie wirklich akzeptieren können, dass er uns auch bevorsteht. Deswegen empfinden wir ihn als das Tragischste, was jemandem passieren kann. Dazu kommt, dass vor dem

Tod das Sterben passiert, auch das ist unheimlich und intim. Du hast diesen Jungen nur tot gesehen und er tut dir wahrscheinlich wahnsinnig leid, aber gleichzeitig kannst du ihm dein Mitgefühl nicht mehr zeigen und du konntest ihn auch nicht retten.«

Nachdem ich aufgehört hatte zu erzählen, hatte Nora einen Moment nachgedacht, bevor sie dies sagte. Nora ist Ärztin. Sie hatte trotz aller Schwierigkeiten ihr Studium beendet und arbeitete in der HNO-Abteilung der Uniklinik: »Es ist super anstrengend, besonders weil ich mich bei jedem Gespräch mit Patienten oder Kollegen so extrem konzentrieren muss. Ich kann zum Glück von einer halben Stelle leben und habe noch Zeit für andere Sachen.« Nora war überzeugt von den Möglichkeiten der elektronischen Kommunikation und engagierte sich für verschiedene Projekte in den Datennetzen.

»Außer deiner Nachricht habe ich heute Nacht noch eine andere traurige Mail bekommen. Sie kam von einem Mädchencomputerclub. Hast du heute schon in die Zeitung geschaut?«

Ich verneinte.

Nora fuhr fort: »Das Mädchen, das seit Tagen vermisst wurde, Lydia Schreiner, ist gestern Nachmittag gefunden worden. Tot in einem Keller ihrer Schule. Ein anderes Mädchen aus dem Club hat es noch gestern Abend erfahren.«

Lydia Schreiner war vor zwei Wochen verschwunden. Während der ersten Tage gingen ihr Foto und eine Suchmeldung durch die Medien. Sie war Diabetikerin und zuerst wurde befürchtet, dass sie auf dem Weg von der Schule Probleme durch ihre Krankheit bekommen haben könnte. Aber niemand hatte sie unterwegs gesehen.

Ich fragte mich, warum keiner im Keller ihrer Schule nachgesehen hatte. In der Zeitung waren die Artikel über Lydias Verschwinden täglich kürzer geworden, aber ihre Freundinnen berichteten von dem Fall in einer der Diskussionsgruppen im Netz, und Nora und ich hatten diese Berichte verfolgt.

»Hast du schon erfahren, woran sie gestorben ist?« Ich hatte auch Lydia nicht gekannt, genauso wenig wie den Toten von gestern.

Nora schüttelte den Kopf. Sie sah mich an, schien zu merken, wie ich mich fühlte, und senkte die Augen: »Es tut mir Leid, dass ich dich damit jetzt auch noch belastet habe.«

»Nein, das ist in Ordnung. Ich muss das nur erst verdauen. Im Moment komme ich mir ganz einfach hilflos vor.«

»Das geht mir genauso«, sagte Nora. »Dass ich in meinem Beruf immer wieder mit dem Tod zu tun habe, ändert daran nichts. Für mich stellt sich trotzdem jedes Mal die Frage nach dem Sinn, wenn jemand so jung stirbt. Auch wenn ich diese Frage natürlich meistens verdränge, weil sie nicht zu beantworten ist und auf Dauer jede Lebensfreude zerstört, die ja gerade von der Heiterkeit der Sinnlosigkeit genährt wird.«

Manchmal fiel es mir schwer, Noras Gedanken zu folgen. Nach einer Weile sagte ich: »Ich weiß ja auch, dass die Frage eigentlich müßig ist, weil man nie eine wirkliche Antwort darauf findet, außer wenn du religiös bist, und selbst dann schiebst du die Verantwortung für den Lebenssinn einfach einer anderen Instanz zu, Gott oder wem-auch-immer.«

Nora zögerte kurz: »Wie gesagt, eine endgültige Antwort wirst du nie finden. Bis dahin kann ich nur sagen, dass es für mich ziemlich viel Sinn macht, dass du da bist.«

Ich wurde verlegen und versuchte, das Thema zu wechseln: »Du warst heute Nacht aber auch lange auf, wenn du so spät noch meine Mail bekommen hast.«

Nora gähnte demonstrativ: »Stimmt, es gab ein paar Probleme mit der Box und ich habe versucht, *Zerberus* dazu zu bringen, vor mir zu kapitulieren.«

Ich lachte. Mit der ›Box‹ meinte sie eine Mailbox, ein Computerkommunikationssystem, das zwar auch ans Internet angeschlossen war, aber vor allem einen eigenen geschlossenen Informationspool bildete, zu dem nur die angemeldeten User Zugang hatten. *Zerberus* war die Software, die benötigt wurde, um die Vorgänge in der Box zu steuern. Ein Programm, das die Systembetreuer, zu denen auch Nora gehörte, regelmäßig zum Wahnsinn brachte. Noch während des Erzählens wurde Noras Blick wütend und ich konnte mir ihre Stimmung heute Nacht gut vorstellen. Sie lächelte jetzt hintersinnig: »Und wie du weißt, koche ich immer besonders gut, wenn ich sauer bin. Hast du Hunger?«

Ich war gewarnt: »Was gibt es denn?«

»Chili.«

»Einfach nur Chili? Nicht con carne oder so ähnlich?«

»Tja, Chili. Mit rotem Chili und grünem Chili. Chili eben.«

Mein Hunger war inzwischen so riesig, dass mich auch ›Chili eben‹ nicht schrecken konnte.

Wir standen auf und ich holte Teller aus dem Schrank, während Nora den Topfdeckel hob und das Essen umrührte. Sie nahm einen großen Löffel und probierte. Ich beobachtete sie gespannt. Ihre Gesichtsfarbe änderte sich nicht und auch ihre Augen begannen nicht zu tränen. Außerdem roch es köstlich. Sie nahm die Teller, füllte sie großzügig und stellte sie auf den Tisch. Dann öffnete sie den Kühlschrank und holte eine Glasschüssel mit Salat heraus. »Wir brauchen noch kleinere Teller und Gläser. Es gibt Wein, Mineralwasser oder Saft.«

Sie stand mit dem Rücken zu mir, ich wusste also, dass sie eine Antwort nicht verstehen würde. Ich ging zu ihr und nahm die Saftflasche. Als wir beide saßen, goss sie mir Orangensaft und sich Wein ein und sagte: »Stimmt, du musst ja noch fahren. Ich habe zum Glück erst an Weihnachten wieder Dienst. Dann aber fast die ganzen Tage hindurch. Meine Kollegen mit Kindern sind froh, dass ich an den Feiertagen so gern komme. Und ich finde den Kontrast zwischen dem ›Fest der Freude‹ und der Realität in der Klinik ziemlich interessant.«

Auch ich wollte während der Festtage arbeiten. Für Nora war es die einfachste Lösung, um den Ansprüchen ihrer liebevollen, aber vereinnahmenden Familie zu entkommen. Für mich ging es darum, Erinnerungsmonster in Schach zu halten, die mich sonst verschlingen und erst nach Neujahr wieder ausspucken würden.

Beim Essen redeten wir kaum und ich genoss das pfeffrige, aromatische Gericht, das aus Bohnen, Lammfleisch, Paprika, Reis und vielen milden und einigen scharfen Pepperoni- und Chilischoten bestand. Ich lobte die Mahlzeit mit den Gebärden, die ich schon beherrschte und einfacher Zeichensprache, wenn ich nicht weiterwußte. Nora amüsierte sich über meine Versuche und lachte, als ein Gebärdenschwall von ihr mich in offensichtliche Verwirrung stürzte. Ich bewunderte den Anblick ihrer Arme und Hände, die sie schnell vor der Brust und dem Gesicht bewegte und durch Mimik ergänzte.

Ihr Gesicht wurde dabei noch anziehender und ausdrucksstärker. Die Anspannung verschwand, die sie beim Sprechen in Lautsprache zeigte, und ihr Blick war nicht mehr ganz so konzentriert, sondern heiterer, wärmer.

Noras Gesicht ist kraftvoll, nicht zart, mit sanften Konturen, dunklen Augen und breiten Augenbrauen, die, wenn sie nicht lächelt, wie scharfgeschliffene Flügel wirken und sie verwegen aussehen lassen. Ihr Mund ist breit, ihre Haut hellbraun. Bei unserem ersten Treffen war ich eingeschüchtert, weil sie mir so groß, so sichtbar und präsent erschienen war und ich Schwierigkeiten hatte, ihre vorsichtig formulierten und eher zurückhaltenden Mails mit ihrer Erscheinung zu verknüpfen. Als wir anfingen, uns zu unterhalten, veränderte sich dieser Eindruck und meine Vorstellung von ihr begann sich mit dem realen Bild zu decken. Bei einer späteren Verabredung hatten wir eine gehörlose Freundin von ihr getroffen und ich hatte eine weitere Seite von Nora erlebt. Ausgreifend gebärdend, raumeinnehmend, vollkommen.

Nach dem Essen half ich Nora, das Geschirr abzuwaschen, und verabschiedete mich dann zögernd und ungern, aber ich wollte diesmal unbedingt pünktlich bei Kalscheuers sein. Es war kurz nach halb acht, als ich ihr Haus verließ und mich beeilte, zur Bahn zu kommen.

Nora hatte mich an der Tür umarmt. Ich hätte den Augenblick gern ins Ungewisse verlängert, mit seiner Wärme, dem Duft nach Zedernholz, Lavendel und Atem, dem Gefühl an den Fingerspitzen, als ich kurz ihre Rippen unter dem T-Shirt berührte.

Jetzt lief ich wieder durch die Straßen, die Luft bot mir keinen Widerstand, war still, feucht und kühl. Als ich zur verkehrsreicheren Neusser Straße gelangte, roch es nach Benzin, nach Fett aus den Restaurants und Imbisshallen. Der Abend war hell beleuchtet bis zu den Spitzen der Straßenbäume, in denen die Glühgirlanden hingen. Darüber lauerte die Winternacht. Wieder stieg ich zur U-Bahn hinunter, wartete auf den Zug, der nicht kam, kletterte verärgert wieder an die Oberfläche und nahm ein Taxi in die Südstadt.

Bernd erwartete mich. Er saß im Wagen vor seiner Haustür und telefonierte. Ich wollte ihn nicht stören, winkte kurz durch die Scheibe und lehnte mich dann an das nächste Auto am Straßenrand.

Nach ein paar Minuten, stieg er aus: »Hallo, Toni, hast du etwas dagegen, wenn ich ein Stück mitfahre, du wolltest mir doch noch erzählen, was du gestern erlebt hast ...«

Er wartete nicht auf meine Antwort, sondern ging um das Auto herum und setzte sich auf den Beifahrersitz. Ich seufzte leise, da ich natürlich wusste, dass ich ihn nicht so einfach loswerden konnte, und versuchte es trotzdem: »Bist du bis eben gefahren? Wartet Uschi nicht auf dich?«

»Ach, der Tag war ruhig, ich bin ganz fit und Uschi ist bei einer Freundin in der Eifel.«

Ich gab auf und begann zu berichten. Wenn ihn etwas interessierte, konnte Bernd schweigen und zuhören. Als ich fertig war, standen wir noch an der gleichen Stelle. Ich war verkrampft und hatte vergessen loszufahren.

»Schlimme Sache. Ich bin froh, dass dir nichts passiert ist.« Bernd schaute mich an. Er sah ernst aus.

Ich merkte, dass er wirklich besorgt war, und versuchte ihn zu beruhigen. Nach einer Weile hatte er alle Fragen gestellt und war weniger aufgeregt.

»Am besten fahre ich jetzt los und lasse dich direkt hier, oder soll ich dich noch irgendwo hinbringen?« Ich hoffte, dass er zu Hause bleiben wollte und aussteigen würde.

»Nein, du hast Recht, ich mache mir jetzt einen ruhigen Abend, nach diesem Schreck.«

Beinahe musste ich lachen. Bernds Vorstellungskraft war so stark, dass er nach meiner Geschichte schwer atmete und seine Augen weiter aufgerissen waren als sonst. Ich holte mein Portemonnaie heraus, um mit ihm meine Einnahmen vom vorigen Abend abzurechnen. Als er danach seine 130 kg aus dem Sitz hochstemmte, wirkte Bernd immer noch nachdenklich.

Die Schicht wurde nicht so ruhig wie die letzte. Um kurz nach Mitternacht hatte ich einen Fahrgast, der so betrunken war, dass ich mich während der ganzen Fahrt fragte, wie ich ihn jemals wieder aus dem Auto und in einen für ihn selbst und mich sicheren Bereich schaffen sollte. Als ich ihn schließlich in Rodenkirchen, einem der wohlhabenden südlichen Vororte, vor der Adresse absetzte, die ich mit Anstrengung aus seinem Lallen hatte heraushören können, stieg er zwar relativ mühelos aus, hatte aber offensichtlich nicht vor zu bezahlen.

Ich lief hinter ihm her, überholte ihn im Vorgarten des Hauses und stellte mich vor ihn: »Das macht achtundzwanzig Mark.«

Meine Stimme klang leise, aber ich war entschlossen. Zu meiner Erleichterung zog er zwei Zwanzigmarkscheine aus der Hosentasche und gab sie mir. Ich wollte ihm sein Wechselgeld geben, aber er reagierte nicht mehr, legte sich direkt vor die Tür des Hauses und schlief ein. Ich war ratlos. Wahrscheinlich würde er nicht erfrieren, dazu war die Nacht zu mild, aber man konnte schließlich nie wissen. Also beugte ich mich zu ihm hinunter, steckte ihm zwölf Mark in die Tasche und drückte auf die Klingel. Dann lief ich zur Straße zurück und beobachtete vom Auto aus, was passierte. Nach einer Weile ging tatsächlich das Licht an, die Tür wurde geöffnet und der leblose Körper von einer Frau im Nachthemd nach drinnen gezogen. Ich nahm an, dass er an der richtigen Stelle gelandet war – wer würde schließlich einen schlafenden Fremden einfach zu sich ins Haus zerren? – und fuhr ab.

Drei Stunden später stiegen zwei Männer mit einem großen Hund bei mir ein. Auch sie hatten offensichtlich getrunken und waren laut und bedrohlich. Sie schoben den Hund mit Gewalt auf die Rückbank und schrien ihn an, als er auf der Fahrt anfing zu winseln. Das Tier war schwarz und hatte Ähnlichkeit mit einem Rottweiler. Ich kämpfte mit mir, hätte ihnen gern gesagt, dass sie ihn doch einfach in Ruhe lassen sollten. Ich ahnte aber, dass sie das entweder nicht interessieren oder noch wütender machen würde. Da ich die Situation weder für den Hund noch für mich verschlimmern wollte, schwieg ich, war beschämt über meine Passivität und sauer, dass es mir unmöglich war, solchen Typen beizukommen. Als ich sie endlich am Ziel ihrer Fahrt, in Lindenthal, losgeworden war, sah ich, dass der Hund sich auf den Rücksitz übergeben hatte, aus Angst oder verzweifeltem Weltschmerz. Ich konnte die Gruppe hundert Meter entfernt sehen, sie waren noch nicht in eines der Häuser gegangen, aber ich hatte sie zu satt, um die Männer zur Rede zu stellen und von ihnen das Geld für die Reinigung zu verlangen. Da ich aber mit dem Auto in diesem Zustand keine weiteren Fahrten annehmen konnte, fuhr ich zu einer Nachttankstelle und beseitigte selbst die Sauerei.

Danach war es halb fünf und ich verbrachte die letzten dreißig Minuten meiner Schicht in Ruhe am Chlodwigplatz und stellte den Wagen dann wieder bei Kalscheuers vor die Tür.

Der Weg nach Hause fiel mir leicht. Ich war nicht so müde wie am Abend zuvor, und ich mochte die zeitlose Finsternis des frühen Morgens, die für mich jetzt schon seit Jahren anzudauern schien.

An einer Zeitungsbox kaufte ich einen *Express* und las im Gehen die Schlagzeile: *Lydia S., Schülerin, tot im Keller gefunden. Was ist mit unseren Schulen los*? Viel mehr Information war auch dem zehnzeiligen Artikel nicht zu entnehmen.

Noch bevor ich auf das Gelände des Hafens einbog, warf ich die Zeitung in einen Papierkorb. Hinter der Einfahrt begann Kopfsteinpflaster. Es hatte nicht geregnet, aber die Luftfeuchtigkeit hatte sich auf dem Boden niedergeschlagen und er schimmerte lackschwarz. Je näher ich dem Fluss kam, desto lauter wurden meine Schritte. Die mehrstöckigen Lagergebäude und die Mauern des offenen Hafenbeckens echoten und verstärkten die Geräusche, die von mir ausgingen – Atmen, das leise Rascheln meiner Kleidung. Der Rhein selbst war beinahe lautlos, seine Strömung stieß auf kein Hindernis, nur die wenigen, kleinen Wellen, die gegen ihre Begrenzung am Ufer sprudelten, sangen leise.

Vor mir hatte ich freien Blick auf das Wasser, kein Haus versperrte hier die Sicht. Zu meiner Rechten begann das Gebäude, in dem ich wohne. Ich sah jemanden vorn an der Ufermauer stehen. Als hätte mein Blick die Gestalt auf mich aufmerksam gemacht, drehte sie sich um, begann direkt oberhalb des Wassers entlangzurennen und verschwand. Ich hatte die Person nur sehr kurz und aus einer Entfernung von etwa zwanzig Metern im Dunkeln wahrgenommen, aber ich war beinahe sicher, dass es eine Frau war. Ich ging langsam weiter bis zu meiner Tür. Als ich oben auf der Plattform stand, wandte ich mich nach Süden und schaute den Fluss hinauf. Es war zu dunkel, um die entfernten Brücken oder auch nur die nächsten Gebäude zu erkennen, aber ich bemerkte eine Bewegung irgendwo weiter hinten, stromaufwärts.

In der Wohnung machte ich Licht, nahm eine Flasche Bier aus dem Kühlschrank, ging nach nebenan, setzte mich wieder vor die Fensterfront auf die Erde und schlug ein Buch auf. Eigentlich war ich inzwischen zu müde, um noch zu verstehen, was ich las, aber der Anblick der Zeilen auf dem Papier war tröstlich. Ich schaute mir den Einband an und versuchte mich zu erinnern, worum es bisher gegangen war. Schon der erste Name auf der Seite sagte mir nichts mehr und mir fiel ein, dass ich bei diesem Buch, das ich als Margaret Drabbles *Hexe von Exmoor* wieder erkannte, noch nicht weit genug gekommen war, um die Verwandtschaftsverhältnisse von David und Daniel, Patsy und Benji wirklich verstanden zu haben.

Aus Bills Wohnung hörte ich Musik. Entweder hatte er die Nacht durchgearbeitet, oder er war extrem früh aufgestanden. Da die Wände meines Schlafzimmers nicht an seinen Hauptraum grenzen und wir sonst keine Nachbarn haben, gibt es keinen Grund, warum er seine Platten nicht zu jeder Tageszeit so laut wie er will hören kann. Ich gab den Versuch mit dem Buch auf, trank einen großen Schluck Bier aus der Flasche und rollte mich auf dem Boden zusammen. Bill hatte eines seiner Lieblingsalben aufgelegt und ich achtete auf den Text: *Aluminium schmeckt wie Angst, Adrenalin zieht uns nah heran, ich werde dich einnehmen, es schmeckt wie Angst, ich werde dich mitnehmen*. Die Musik war ruhig, eindringlich, keine Ballade, eher ein meditatives Rockstück. Der Inhalt des Textes wurde durch die Melodie und die Gestaltung des Sängers zu einem Ausdruck des Mitgefühls, nicht der Drohung.

Als das Lied ausklang, hörte ich ein Klopfen an meiner Tür. Es konnte eigentlich nur Bill sein und ich kämpfte mich aus meinem Zustand zwischen Trance und Schlaf und ging nach vorn. Als ich geöffnet hatte, stand eine Frau vor mir.

4

Meine Reaktionskraft schlief schon. Ich schaute die Fremde an, abwartend, schon zu weggetreten, um etwas zu sagen, die Tür wieder zuzumachen, eine Erklärung zu fordern. Sie ähnelte der Nacht: groß, dunkel und kühl. Sie hatte einen schwarzen, glatten Pagenschnitt, große, dunkelbraune Augen, schmale Lippen und trug einen langen Mantel. Ihr Gesicht, das – wie ich später sehen konnte – symmetrisch und kontrastreich war, zeigte die eindringlichen Spuren von langem Weinen. Ihre Stimme war allerdings klar, nur ein bisschen nasal.

»Wohnen Sie hier?«

»Ja.«

»Kann ich hereinkommen?«

»Warum?«

Langsam kam ich zu mir. Ich hatte den Eindruck, dass sie die Gestalt von vorhin war. Die Konturen ihres taillierten, unten weit ausgestellten Mantels waren auch auf die Entfernung zu erkennen gewesen.

»Es tut mir Leid, dass ich Sie so überfalle, aber ich habe auf Sie gewartet. Ich bin Nicola Petrochek.«

Immer noch zögerte ich. Der Name sagte mir nichts.

»Mein Sohn Christian ist hier gefunden worden.«

Die Mutter des Jungen – ich ließ sie herein.

»Gestern Morgen hat mir die Polizei gesagt, dass sie ihn gefunden haben. Ich hatte ihn am Montag als vermisst gemeldet, da war er schon ein paar Tage weg. Aber das macht er manchmal, er übernachtet dann bei Freunden, nach der Disco. Aber spätestens montags kommt er nach Hause. Ich habe seine Freunde angerufen und in der Schule. Sie hatten ihn schon seit Donnerstag nicht mehr gesehen. Ich arbeite viel, da kann ich doch nicht immer wissen, wo er gerade steckt. Die Polizei meinte dann, ich sollte noch ein paar Tage warten, in dem Alter kann es schon mal passieren, dass die Kinder einfach wegfahren und wieder auftauchen. Aber jetzt ist er tot. Er hat sich nicht umgebracht, da bin ich sicher.«

Sie war aufgewühlt, sprach etwas unzusammenhängend und undeutlich, auch weil sie – ich vermutete vor Kälte – die Muskeln ihres Mundes nicht ganz unter Kontrolle hatte, ihre Lippen zitterten. In meiner Küche war es warm, aber ich drehte die Heizung hoch und setzte Wasser auf. Insgesamt wurde mir durch ihren Bericht klarer, was passiert war: Christian war Ende letzter Woche verschwunden, sie hatte ihn aber erst am Montag vermisst, ihn gesucht, nicht gefunden, war zur Polizei gegangen, und am Mittwoch hatte ich ihn im Rhein entdeckt.

»Weiß denn die Polizei schon, woran er gestorben ist?«

»Sie sagen, er sei ertrunken. Wie es passiert ist, wissen sie nicht. Sie meinen, Unfall oder Selbstmord. Er hat wohl ein paar Prellungen, aber sonst keine Verletzungen. Er wird noch genauer untersucht.«

Ich goss Kaffee auf. Die letzte Chance, noch einmal aufzuwachen, und auch Frau Petrochek sah aus, als ob sie etwas Aufputschendes bräuchte.

»Wie lange sind Sie schon da draußen herumgelaufen?«

»Seit ein oder zwei Uhr. Ich konnte nicht schlafen, gestern Morgen kam diese Polizistin, sie war sehr freundlich und hat mir erzählt, dass sie wahrscheinlich Christian gefunden haben. Dann bin ich mitgefahren, habe ihn gesehen und ... ja, er war es, er sah schrecklich aus.« Sie legte beide Hände vors Gesicht und rieb sich mit den Fingerspitzen die Augen.

Ich nickte. Ich wusste, was sie meinte, und hätte keiner Mutter gewünscht, ihren Sohn so zu sehen.

»Später habe ich die Polizistin noch einmal angerufen und habe sie gefragt, wo er gefunden wurde. Sie hat mir erzählt, dass eine junge Frau, die am Hafen wohnt, ihn entdeckt und versucht hat, ihn herauszuziehen. Das waren doch Sie, oder?«

»Ja.«

»Sie hat mir leider nicht sagen dürfen, wie Sie heißen und wo Sie genau wohnen. Deswegen bin ich heute Nacht hierhergefahren, ich wollte die Stelle sehen und mit Ihnen sprechen. Ihr Nachbar hat mir erzählt, dass Sie erst später kommen würden. Ich habe lange auf Sie gewartet.«

Ich nickte: »Ich bin Taxifahrerin und habe bis eben gearbeitet.«

»Als ich vorhin die Schritte hörte, bekam ich Angst, dann sah ich, dass bei Ihnen das Licht anging. Können Sie mir zeigen, wo die Stelle ist?«

»Ich zeige Ihnen gleich alles, aber zuerst sollten wir einen Kaffee trinken, haben Sie auch Hunger?«

Sie schüttelte den Kopf. Ich goss ihr Kaffee ein. Dann holte ich ein Päckchen Reiswaffeln, öffnete es und bestrich eine Scheibe mit Erdnussbutter und Honig. Ich versuchte es noch einmal und bot sie ihr an. Sie nahm sie und hielt sie zuerst nur fest. Als der Honig anfing, an ihren Fingern herunterzulaufen, biss sie ab. Nachdem ich selbst vier Waffeln gegessen hatte und auch Frau Petrochek noch mit einer hatte versorgen können, ging ich ins Bad, putzte mir die Zähne und wusch mir das Gesicht. Ich hatte die aufgerissenen Augen eines Nachttiers, das vom Licht überrascht worden ist. Ein Gesichtsausdruck, den ich an mir gut kenne und der ab einem bestimmten Grad an Schlaflosigkeit einsetzt. Der Effekt entsteht, wenn das Rot von entzündeten Lidrändern in Konkurrenz mit dem Blauschwarz von tiefen Schatten unter den Augen tritt. Ich ließ viel lauwarmes Wasser über meine Haut laufen, um die Nebel vor dem Blick wenigstens für kurze Zeit zu vertreiben, und ging wieder in die Küche.

Nicola Petrocheks Gesicht war inzwischen weniger geschwollen. Normalerweise sah sie vermutlich energisch und kontrolliert aus. Aber jetzt war sie blass mit unregelmäßigen rötlichen Flecken auf der Haut und die Beherrschung wirkte wie eine schlecht sitzende, verrutschte Maske.

»Sollen wir gehen?«

Ich führte sie zu der Stelle, die sie sehen wollte. Sie schwieg, als ich hinunter zu den Schiffen deutete, schaute nur kurz ins Wasser und trat dann vom Rand zurück. Sie blickte zum gegenüberliegenden Ufer. Es war kurz vor sieben und es hatte, noch beinahe unsichtbar, begonnen zu dämmern. Die Schemen der Gebäude auf der anderen Seite, eine große Mühlenanlage aus hellem Beton, wurden langsam erkennbar. Ich wartete eine Weile und überlegte, was ich machen sollte. Ich wollte sie nicht ansprechen und in ihren Gedanken unterbrechen, wollte aber auch nicht einfach gehen und sie allein dort stehen lassen. Sie war bewegungslos, die Lippen zusammengepresst, der Mund so schmal, fast nicht mehr sichtbar. Eine steinerne Frau.

»Ich gehe wieder hinein. Wenn Sie möchten, kommen Sie einfach gleich noch einmal vorbei.« Meine Stimme übertönte kaum die Geräusche der Umgebung. Der Wind kam aus Norden und wehte das metallische Scheppern der Morgenbahnen von der nächsten Brücke zu uns herüber.

Aber sie hatte mich gehört. »Kommen Sie zur Beerdigung?«

Ich war verwundert über diese Frage. Sie war so realitätsbezogen, dass sie mir unwirklich vorkam. Frau Petrochek wandte sich vom Wasser ab und sah mich an. Nun ahnte ich, dass das ihre Art war, die Fassung zu wahren.

»Es wird vermutlich noch ein bisschen dauern, bis sie seine Leiche obduziert und freigegeben haben, vor allem wegen der Weihnachtstage und Neujahr, aber ich schicke Ihnen eine Einladung.«

Eine Einladung zu einer Beerdigung. Eine seltsame Vorstellung. Andererseits war ich froh, erfahren zu haben, wer der Junge war. Ich war mir nicht sicher, ob ich der Einladung folgen würde, aber ich antwortete: »Das wäre gut, soll ich Ihnen meine Postanschrift geben?«

Da sie nicht antwortete, sagte ich: »Einen Moment«, lief zurück ins Haus und schrieb meine Adresse auf einen Zettel.

Als ich wieder herauskam, war sie weg. Ich rannte um die Ecke und sah sie weiter vorn auf die Uferstraße einbiegen. Sie ging schnell und drehte sich nicht um. Wieder war sie nur eine dunkle Silhouette, die sich im grauer werdenden Licht ein wenig deutlicher abhob als eineinhalb Stunden zuvor.

Ich beschloss, jetzt endgültig ins Bett zu gehen. Im Schlafzimmer zog ich mich aus, wühlte mich kurz vor der Bewusstlosigkeit noch unter die Decke und schlief.

Die Einladung kam. Sie war unfrankiert eine Woche später unter meiner Tür durchgeschoben worden. Es war eine herkömmliche Trauerkarte mit schwarzem Rand, in der Mitte der Satz: *Christian ist tot*, darunter sein Geburtsdatum und als Sterbedatum war der 15. Dezember angegeben – drei Tage später hatte ich ihn gefunden. Am unteren Rand wurden der Ort und die Zeit des Begräbnisses genannt, der 3. Januar um 9 Uhr auf dem Südfriedhof. Darüber Namen von trauernden Familienmitgliedern und die Anschrift von Nicola Petrochek. Auf der Rückseite fand ich die handschriftliche Aufforderung:

Bitte kommen Sie. Mir blieben noch insgesamt eine Woche und immerhin vier Tage des alten Jahres, um mich zu entscheiden.

Während der Weihnachtstage hatte ich viel gearbeitet. Ich war auch einige Tagschichten gefahren, da Kalscheuers ihre Fron an der Festtagsfront ableisten mussten. Uschi und Bernd haben drei Kinder zwischen sechs und dreizehn und deren Forderungen an das korrekte Abfeiern der heiligen Zeit waren klar: Geschenke, Essen, Spielen, Ausflüge. Uschis Mutter hatte ähnliche Ansprüche, möglichst wollte sie aber nur ihre Tochter, nicht die Enkelkinder um sich haben. Bernds Eltern lebten zwar nicht mehr, dafür hatte er eine Tante, die darauf bestand, die Tage mit ihren Großnichten und Neffen, also bei Kalscheuers zu verbringen. Da sie Spielen und Ausflüge nicht so interessant fand und dafür lieber Spaziergänge und Kirchenbesuche machen wollte, befand sich die Familie meines Chefs während der Weihnachtstage in einem Ausnahmezustand der Interessenskonflikte. Wenn ich Bernd das Taxi übergab, sank er erleichtert hinter das Steuer, wollte ausnahmsweise so wenig reden wie ich und fuhr los.

Auch Nora arbeitete während dieser Woche beinahe durchgehend. Wir fanden keine Gelegenheit, uns persönlich zu treffen, schickten uns aber kurze, aufmunternde Mails, in denen sie mir hin und wieder die Zahl der gebrochenen Nasen auflistete, die sie in der Notaufnahme behandeln musste.

Bill hatte, wie letztes Jahr, einfach vergessen, dass Weihnachten war. Auch ihm war natürlich aufgefallen, dass es jetzt irgendwann passieren musste, aber er hatte nicht auf das eigentliche Datum geachtet. Wir tranken am 25. früh morgens zusammen ein Bier und ich hütete mich davor, ihn darauf hinzuweisen, dass wir uns in einer Nacht befanden, die für viele Leute besondere Bedeutung hat. Bill ist Freiberufler und arbeitet je nach Auftragslage und Einfallsreichtum, und er hatte mir erzählt, dass seine nächste Deadline erst Ende Januar anstand.

Bill und ich kannten uns seit mehr als zwei Jahren, hatten uns aber erst angefreundet, nachdem ich vor etwas über einem Jahr in die Wohnung neben ihm gezogen war. Davor waren wir Kollegen bei Kalscheuers gewesen, Bill als Aushilfskraft, ich als feste Fahrerin, und wir hatten uns manchmal bei der Übergabe des Wagens getroffen. Bernd hatte ihm erzählt, dass ich nach dem Tod meines Onkels eine Bleibe suchte, und Bill war beinahe fertig gewesen mit der Renovierung unseres Gebäudes. Ich hatte die Wohnung gemietet. Den Rest des Ausbaus hatten wir zusammen gemacht.

Wir waren beide eher schweigsam, und obwohl wir uns oft trafen und Zeit miteinander verbrachten, wussten wir nicht wirklich viel voneinander. Wir teilten aber in gewisser Weise das Gefühl von Einwanderern, die nach Deutschland gekommen sind. Ich selbst war erst kurz vor Onkel Heinrichs Tod zurückgekehrt und mir lange nicht sicher gewesen, ob ich bleiben würde.

»Wenn du in den USA nicht leben wolltest, warum hältst du es dann ausgerechnet hier aus?«, hatte ich ihn einmal gefragt.

»Hier ist es einfacher, weil ich mich mit diesem Land nicht so identifizieren muss. Es ist eben nicht ›mein Land‹. Das macht manches leichter. Dass ich in Deutschland gelandet bin, ist allerdings eher Zufall als Zuneigung. Ein Austauschprogramm an der Uni, und schon war ich hier.«

Viel mehr hatte ich von Bill nie zu diesem Thema erfahren. Bei unserer Freundschaft ging es um die Gegenwart, den Alltag, um das Zusammenleben in diesem beinahe Schiff von einem Haus. Auch er hatte mich nur beiläufig über meine Vergangenheit befragt: »Du bist auch nicht immer hier gewesen, oder?«

»Nein, ich bin zwar in Deutschland geboren, aber dann war ich bald weg, später wieder einige Jahre da und dann immer woanders. Ich bin erst vor kurzem zurückgekommen.« Als mir die Sinnlosigkeit dieser Antwort klar geworden war, hatte ich gelacht. Bill aber schien sie genügt zu haben, er hatte nicht weitergefragt.

Ich mochte an Bill vor allem, dass es ihn gab, und manchmal hatte ich das Gefühl, dass wir mehr Familie füreinander geworden waren, als wir je geplant hatten. An diesem Weihnachtsabend wurde mir plötzlich klar, dass ich darauf nicht mehr verzichten wollte, und ich bekam Angst.

Als ich ihn anschaute, ahnte ich, dass auch seine Gedanken gerade nicht auf ruhigen Wegen verliefen. In Bills Gesicht gibt es nichts, das beschwichtigt oder abmildert. Manchmal sieht er aus, als würde er gerade in Gefühlen ertrinken, und nur die größte Kraftanstrengung verhindert, dass er tatsächlich untergeht. Seinem Gesicht scheint eine Schicht zu fehlen: Die, hinter der die meisten Leute eine Weile verbergen können, was sich in ihnen abspielt. Bills Augen und sein Mund sind groß und beweglich und dauernd in Mimik verstrickt, sein Adamsapfel scheint zu sprechen, auch wenn Bill schweigt. Was er auch jetzt tat.

Wie ich.

Ich hatte Bill von Nicola Petrochek erzählt, die er ja auch kurz gesehen hatte, und zeigte ihm einige Tage später die Einladungskarte zum Begräbnis.

»Wirst du hingehen?«, fragte er mich

»Ich bin noch nicht sicher. Einerseits ist es eine seltsame Vorstellung, zur Beerdigung von jemandem zu gehen, den ich lebend nie gekannt habe, andererseits fühle ich mich auch irgendwie verbunden mit seinem Tod. Außerdem scheint es seiner Mutter wichtig zu sein.«

»Wenn du magst, komme ich mit.«

Ich war überrascht und freute mich über dieses Angebot: »Gern. Wir könnten uns ja ganz am Rand der Gesellschaft halten und danach schnell abhauen. Aber ich bin noch nicht sicher, ob ich wirklich gehe.«

»Klar. Sag mir einfach rechtzeitig Bescheid. Weißt du denn inzwischen, woran er gestorben ist?«

»Ich habe nichts mehr darüber gehört. Seine Mutter wusste in der Nacht auch noch nichts und seitdem habe ich nur diese Karte bekommen.«

Ich fragte mich, warum diese Information so wichtig zu sein schien. Ich hatte selbst auch schon häufig darüber nachgedacht. Es war, als ob man nach einem Grund für das Sterben sucht. Irgendeine nachvollziehbare Ursache für etwas nicht Nachvollziehbares. Um dann diese Ursache für das eigene Leben vorerst auszuschließen und sich wieder sicher fühlen zu können. Sicher vor dem Tod, ein wichtiges Lebensgefühl, so absurd es auch sein mag.

5

In der Sylvesternacht war ich immer noch nicht sicher, ob ich mich zu Christians Beerdigung wagen würde. Einerseits war meine Neugier auf Nicola Petrochek, die neulich so plötzlich verschwunden war, geweckt, andererseits fand ich, dass Neugier nicht unbedingt der richtige Impuls war, um sich unter eine Gruppe von wirklich Trauernden zu mischen; abgesehen von meiner Scheu, eventuell mit Christians Angehörigen sprechen und bei dieser Gelegenheit Worte finden zu müssen.

Ich erzählte Nora davon, als wir kurz nach Mitternacht, in unsere Schlafsäcke gepackt, am Rheinufer saßen und das Feuerwerk anschauten. Nora hatte mich zu einer Sylvesterparty bei ihrem Bruder Tom eingeladen. Er wohnt auf der Rheinseite, die meiner Wohnung und der Innenstadt gegenüberliegt, und wir blickten von dort aus auf die Rheinfront mit ihren Kirchen und gelblich beleuchteten Altstadthäusern. Der Dom war wie immer von einem merkwürdigen, neblig grünen Dunst umhüllt, der den Eindruck von Eiskristallen in der Luft hervorrief. Aus dieser Entfernung erschienen die kleinen bunten Funkenfontänen der Neujahrsexplosionen winzig und beinahe kraftlos, da sie die Gipfel der Domtürme kaum erreichten, geschweige denn bis zur Höhe der roten Blinklichter auf dem Fernsehturm klettern konnten.

Nora und ich hatten uns weggeschlichen, als einige Teilnehmer der Party anfingen, ihre Knaller gegen die bösen Geister auszupacken.

»Uns zwei böse Geister wären sie damit schon mal los«, hatte Nora grinsend gemurmelt, als wir uns um die Straßenecke schlichen, um außer Sichtweite von der Partygesellschaft zu gelangen, und sie hatte noch ein paar Gebärden folgen lassen, die ich zwar nicht verstand, die mir aber ihren Spaß an unserem Ausbüxen vermittelten.

Tom und sein Freund Rainer hatten uns am frühen Abend herzlich empfangen. Da die Gesellschaft aus Gebärden- und Lautsprachlern bestand, hatten alle die gleichen Chancen zu verstehen und nicht zu verstehen, verstanden und nicht verstanden zu werden. Ich hatte fast den ganzen Abend getanzt, während Nora sich die meiste Zeit unterhielt. Sie kannte viele der anderen Gäste und war mit einigen befreundet. Zwischendurch war sie immer wieder auf die Tanzfläche gerannt, hatte sich kurz konzentriert, den Rhythmus der Bässe aufgenommen und sich einige Minuten zur Musik bewegt. Bei einer dieser Gelegenheiten hatte sie mich angelacht, mit den Armen und Beinen geschlenkert, bis ich mich auf ihren verrückten Stil einließ und die Leute um uns herum anfingen, sich über uns zu amüsieren.

»Alles in Ordnung?«, hatte sie mich mit stummen Mundbewegungen und Gebärden gefragt und ich hatte Zeigefinger und Daumen zu einem Kreis geformt, mit dem ich »Alles prima« sagen wollte, ein Zeichen, das zwar nicht unbedingt eine korrekte Gebärde war, das sie aber als Symbol der Zustimmung akzeptierte.

Nachdem wir die Party hinter uns gelassen hatten, waren Nora und ich so lange am Rheinufer entlanggelaufen, bis wir eine relativ menschenleere und stille Stelle fanden. Dort hatten wir unsere Decken und Schlafsäcke ausgebreitet, uns eingewickelt und den Sekt aufgemacht. Wir tranken aus der Flasche und gossen, als sie halb leer war, Pfirsichsaft dazu.

»Ich finde eigentlich nicht, dass Neugier das falsche Motiv ist, um zu einer Beerdigung zu gehen. Darin drückt sich wahrscheinlich ein stärkeres Interesse am Tod der Person aus, als es die meisten anderen Trauergäste haben. Viele gehen doch vor allem aus einem vagen

Gefühl der gesellschaftlichen Verpflichtung zu einer solchen Veranstaltung. Außerdem möchte die Mutter dich anscheinend wirklich gern da sehen.«

Nora hatte Recht. Bei Onkel Heinrichs Beerdigung waren viele Leute da gewesen, die ihn kaum kannten. Seine ganze frühere Dienststelle hatte teilgenommen, wahrscheinlich weil sie sich gegenseitig dort treffen wollten. Aber es waren auch viele gekommen, die ihn seit Jahren kannten und mochten. Eine war die Verkäuferin aus seinem Lieblingsbuchladen in der Augustusstraße gewesen, die ihn so gern gehabt hatte, dass sie ihm eine Ausgabe von *Fräulein Smillas Gespür für Schnee*, eines seiner letzten Lieblingsbücher, ans Grab legte.

»Hast du noch etwas über Christians Tod in der Zeitung gefunden?«, fragte ich. Nora las die Tageszeitung regelmäßiger und gründlicher als ich.

»Nein. Und bei Verdacht auf Mord oder Totschlag hätte es doch wohl auf jeden Fall einen großen Artikel im Lokalteil gegeben.«

Mord. Daran hatte ich bis jetzt nicht wirklich gedacht. Die erste Vermutung der Polizei hatte mich beeinflusst. Ich hatte mir verschiedene Unfallmöglichkeiten vorgestellt, bei denen man mit Rollerblades an den Füßen im Rhein landen würde.

»Wie kommst du darauf, dass es ein Mord gewesen sein könnte?«

»Das glaube ich auch nicht, ich habe nur gerade über die nicht erschienene Zeitungsmeldung nachgedacht und da ist mir eben diese mögliche Todesursache eingefallen.« Nora trank noch einen Schluck von unserem Sektgebräu. »Außerdem lese ich zu viele Krimis, immer wenn ich Nachtdienst habe, die halten mich wenigstens wach.«

Ich spürte, wie der Alkohol und die Tageszeit mich langsam müde und schwindelig machten. Dabei fiel mir Lydia, die tote Schülerin, wieder ein. Laut Zeitung hatte tatsächlich eine spontane, starke Unterzuckerung zu ihrem Tod geführt.

Trotz des Schlafsacks wurde mir immer kälter. Bei uns beiden schaute nur der Kopf oben aus den Hightechdaunenhüllen, aber der neugeborene Januar begann mich tiefzugefrieren. Nora schien es auch so zu gehen oder sie spürte einfach, dass ich fror, und rückte näher zu mir. Wir schauten uns immer noch nicht an, sondern lehnten nur mit den Schultern aneinander. Nora roch nach Pfirsichsaft und Pfirsichshampoo, oder war es einfach nur Pfirsichseife und Sekt oder Apfelsaft und Pfirsichschaumbad? Meine Wahrnehmung wurde immer ungenauer, meine Nase war beinahe taub, und mir war nicht mehr ganz klar, ob ich nicht schon schlief. Ich spürte, dass auch Nora angefangen hatte zu zittern, und ich hätte gern meinen Arm um sie gelegt, den ich allerdings nicht freibekommen konnte. Beinahe war ich auch erleichtert, dass ich mich nicht bewegen musste. Kurz darauf drehte sich Nora zu mir, wir sahen uns an. Ich vertiefte mich in ihr Gesicht, es war schattig und ruhig wie selten. Ihr Mund war geschlossen, aber sie lächelte. Ihr Mundwinkel zeigte leicht nach oben, der kleine Bogen setzte sich in den Augenfältchen fort. Wie in den Wimpern, die die Augen jetzt bedeckten, ein schwarzer Federvorhang vor ihrem Blick. Sie senkte den Kopf, küsste mich leicht auf den Hals, legte ihr Gesicht auf meine Schulter und ich meine Stirn auf ihr Haar. Während dieser Berührung wurde mir immer wärmer und ich fühlte mich für einen kurzen Moment froh und leicht, zuversichtlich und so voller Zuneigung, wie ich es kaum je erlebt hatte.

Aber dann setzte die Furcht ein, ich schien auf sie konditioniert zu sein wie ein Versuchstier. Mein Zittern verstärkte sich, bis mein Körper vibrierte, ich schwitzte vor Kälte, die irgendwo aus der Vergangenheit aufstieg, die sich wieder in mir breit machte.

Nora fing an, den Reißverschluss ihres Schlafsacks zu öffnen. Sie half mir, mich aus meinem zu befreien, und als wir beide standen, wickelte sie mich in eine der Decken, auf denen wir gesessen hatten. Dabei nahm sie mich in den Arm. Ich lächelte, um nicht zu weinen. Wir packten unsere Sachen und wanderten über die breite Rheinwiese zurück zur Straße und durch den Stadtteil

Poll hindurch zum Haus ihres Bruders. Dort fanden wir ihn und Rainer in der Küche beim Aufräumen. Beinahe schlafend halfen wir, das letzte Geschirr abzuwaschen und den Müll nach draußen in den Hof zu tragen. Danach putzten wir uns die Zähne und legten uns im Wohnzimmer auf zwei Matratzen, die sie dort schon für uns ausgebreitet hatten.

Ich lag noch eine Weile im Dunkeln, erleichtert, meine Glieder entspannen und im Warmen ausstrecken zu können, und dachte nach. Die Freundschaft mit Nora war mir wichtig und ich genoss sie so sehr, dass ich mich danach sehnte, sie noch intensiver werden zu lassen, die Liebe zu ihr noch zu steigern und wachsen zu lassen, aber ich hatte Angst vor jeder Veränderung, wollte nichts riskieren. Vor allem misstraute ich mir selbst, wusste nichts über bestimmte Gefühle, die mich vielleicht noch erwarteten, und zu viel über Ereignisse, die sich nicht beeinflussen ließen.

Bei diesen Gedanken wurde ich wieder wacher und mein Herz schien in meinem Brustkorb zu kreisen, schnell, pure Energie im Rhythmus eines Heavy-Metal Stücks, ein tobendes Geschöpf, das von innen gegen die Haut stampfte, mir beinahe aus dem Hals sprang. Neben mir lag Nora, still und ruhig atmend. Ich wollte sie nicht stören, war mir sicher, der Lärm meines Pulsschlags würde sie wecken: Nicht bewegen! darauf konzentrierte ich mich, der Satz drehte sich wie ein Schriftband vor meinen Augen, als ich langsam einschlief, hinein ins Morgengrauen des neuen Jahres.

6

Bernd hatte Bill und mir angeboten, uns zum Friedhof zu fahren. Ich hatte ihm von der Beerdigung erzählt, als er mich kurz nach Neujahr noch einmal auf Christians Tod ansprach: »Hast du etwas von deinem Jungen aus dem Rhein gehört?«

Da ich ihn nicht dauernd frustrieren wollte, hatte ich

ihm von Christians Mutter und ihrer Einladung erzählt. Bernd interessierte sich für mein Leben und ich kam immer mehr zu der Einsicht, dass ich meine Ruhe vor ihm hatte, wenn ich ihm hin und wieder einige Neuigkeiten berichtete. Er war begeistert von der Beerdigungsidee gewesen und hätte wahrscheinlich am liebsten selbst teilgenommen.

Ermutigt von Noras Zuspruch und Bills Angebot mitzukommen, stand ich am Freitag, dem 3. Januar um 7 Uhr morgens vor meinem Schrank und grübelte über passende Begräbniskleidung. Bernd wollte uns um halb neun abholen und zum Südfriedhof bringen. Ich schaute aus dem Fenster meines Schlafzimmers, das dem Fluss abgewandt ist, und auf die rote Backsteinwand des Lagerhauses, das parallel zu unserem Gebäude verläuft. Die Welt vor meinem Fenster war nur durch das Kunstlicht der Laternen erkennbar. Sie wirkte so surreal wie die Gewissheit der Kälte draußen, als ich sie mir in der Wärme, in der ich mich noch befand, vorstellte. Ich trug ein leichtes Unterhemd mit Trägern und Shorts und hockte vor dem Berg von Kleidern, der auf dem Boden meines Schranks zusammengewühlt lag. Bevor ich mit der Suche begann, versuchte ich mich zu erinnern, was ich für Kleidungsstücke besaß, die für den Anlass und den Winter geeignet waren, um wenigstens zu wissen, wonach ich eigentlich suchen sollte. Ich erinnerte mich an einen schwarzen Rollkragenpullover und eine weite schwarze Hose. Ein Stück der Hose konnte ich erkennen und zog so lange daran, bis ich sie befreit hatte. Der Pullover allerdings blieb unauffindbar. Da ich kein passenderes Oberteil entdecken konnte, zog ich schließlich einen ziemlich bunten Norwegerpulli an. Mir fiel mein langer grauer Wollmantel ein, den ich selten trug. Er würde meine Garderobe zum größten Teil gnädig verhüllen. Die Schuhe allerdings würden mich verraten. Als Alternative zu meinen blau-roten Turnschuhen hatte ich nur schwarze Turnschuhe im Programm. Doch ich nahm nicht an, dass heute viele Leute auf meinen Stil achten würden. Ich wollte nur nicht irgendwie pietätlos erscheinen.

Um 8 Uhr kam Bill mit einer Tüte Brötchen. Er war schon bis zum nächsten Bäcker in der Südstadt gelaufen und hatte seine Kamera umgehängt.

»Willst du bei der Beerdigung Fotos machen?« Meine Frage war nicht ganz abwegig, da Bill fast überall fotografiert.

»Nein, auf keinen Fall, ich bringe sie gleich noch zu mir rüber. Vielleicht stecke ich aber doch noch die Minox in die Jackentasche, man kann ja nie wissen.«

Bills Strategie, sich unter Fremden zu verstecken, war seine Kamera. Zumindest vermutete ich das. Heute drohte ihm allerdings nicht viel Aufmerksamkeit, so dass er sich auf seinen kleinsten Fotoapparat beschränken konnte, den er wohl als einen Talisman einsteckte. Mein Talisman war Bill. Ab einem bestimmten Zeitpunkt versagten an diesem Tag allerdings sämtliche Glücksbringer und wir wurden unfreiwillig in das beginnende Chaos hineingezogen.

Bernd hatte uns am Friedhof abgesetzt mit der Aufforderung, ihn anzurufen, wenn wir wieder abgeholt werden wollten. Ich vermutete, dass er auf diese Gelegenheit fieberte, wusste aber noch nicht, ob wir darauf zurückkommen würden. Wir standen vor dem Tor des Totenparks und versuchten uns klar zu werden, wohin wir jetzt gehen sollten. Es war viel los. Links und rechts des Eingangs boten Gärtner ihre Waren an, Autos fuhren vor, setzten Leute ab und verschwanden wieder auf der nutzlosen Suche nach einem nahe gelegenen Parkplatz. Menschen standen in Gruppen und unterhielten sich in verschiedenen Sprachen. Viele waren dunkel gekleidet, manche trugen Sachen, die sie als Moslems auswiesen. Ich fragte mich, wie viele Tote an diesem Morgen hier begraben würden und ob wir uns durch ein dichteres Gedränge an Geistern fortbewegen würden als an anderen Orten in der Stadt. Bei diesen Gedanken schien sich die Luft neblig zu verdicken.

»Es könnte nachher noch schneien«, meinte Bill, als ob er mir eine Erklärung für meine Wahrnehmung geben wollte, obwohl ich nichts davon laut geäußert hatte.

»Schau mal, da drüben, ist das die Polizistin von neulich?«

Eine junge Frau stand allein auf der anderen Seite des Tors. Sie trug diesmal keine Uniform, sondern einen langen schwarzen Mantel und unterschied sich damit kaum von vielen der Herumstehenden, ich erkannte sie aber an ihrer Frisur. Ihre wollweißen kurzen Haare ließen den schmalen Kopf leuchten.

Bill sah in die Richtung, in die ich zeigte: »Ja, ich glaube auch, dass sie das ist, vielleicht weiß sie ja, wo`s hier langgeht.«

Ich zögerte einen Moment, aber Bill machte sich schon auf den Weg.

Sie schien genauso verunsichert zu sein wie wir und war allein, was anscheinend Bills Höflichkeit angespornt hatte. Sie erkannte uns sofort und lächelte leicht: »Hallo, habt ihr eine Ahnung, wo wir hinmüssen?«

Ich war verblüfft, über ihre Direktheit, darüber, dass sie uns sofort duzte, über ihre Größe. Sie reichte mir nur etwa bis zur Schulter und sah so leicht aus wie eine Tänzerin. Hätte ich sie vor dieser zweiten Begegnung beschreiben sollen, hätte ich darauf bestanden, dass sie groß und athletisch war. Der seltsame Effekt der Uniform wurde mir deutlich. Er war sicher beabsichtigt. Eine der wirkungsvollen Verwirrungsstrategien autoritärer Traditionen.

In diesem Moment kam eine Gruppe bunt angezogener Jugendlicher auf uns zu. Einer der Jungs trug einen riesigen Ghettoblaster auf der Schulter. Noch drang allerdings keine Musik aus dem Ungetüm. Die Polizistin ging auf den Jungen zu: »Wollt ihr auch zur Beerdigung von Christian?«

Er nickte und groovte weiter nach einer Melodie, die anscheinend direkt in ihm abgespielt wurde und für alle anderen unhörbar war. Er winkte uns mitzukommen und wir gingen hinter der Gruppe her. Auf dem Friedhof wanderten sie scheinbar völlig willkürlich durch die Grabreihen, bis die Polizistin sich noch einmal an den

Jungen wandte: »Woher wisst ihr, dass das der richtige Weg ist?«

Er lachte: »Da vorn läuft Christians Schwester, die wird schon wissen, wo wir hinmüssen.«

Diese Antwort erschien uns vernünftig und wir vertrauten uns weiter der Gruppe an. Lange trotteten wir über das riesige Gelände. Es gab Reihen von Gräbern und Gruppen von Grabsteinen, scheinbar kreisförmig angeordnete breite Wege und grasbewachsene schmale Pfade.

Als klar wurde, dass wir eine Weile so nebeneinander her gehen würden, sagte die Polizistin: »Ich bin übrigens Jill, ich glaube, wir haben uns nie vorgestellt. Wir haben eure Namen zwar aufgenommen, aber ich habe sie im Moment auch nicht parat.«

Da Bill einige Meter hinter uns lief und hin und wieder ein Grab fotografierte, antwortete ich: »Ich bin Toni und hinter uns, das ist Bill.«

Jill drehte sich um, ging rückwärts weiter und sagte zu Bill: »Unsere Namen reimen sich.«

Sie lachte und schaute wieder nach vorn. Ich war froh, dass wir sie getroffen hatten. Wie wir war sie eine Fremde und unser Grad der Betroffenheit von Christians Tod war ein ähnlicher. Gering aber vorhanden.

»Habt ihr auch die Einladung zu der Beerdigung bekommen?«

Ich nickte.

Jill wurde ernst: »Es war das erste Mal, dass ich die Angehörigen von einem Todesfall informieren musste. Ich bin noch nicht lange mit der Ausbildung fertig. Für so etwas kann man aber auch nicht ausgebildet werden. Ich meine, sie geben schon Stunden darüber. Psychologie und so, aber in Wirklichkeit hilft dir das nicht viel.«

Mich hätte interessiert, wie Frau Petrochek auf Jills traurige Botschaft reagiert hatte. Gleichzeitig schämte ich mich vor mir selbst für meine Neugierde. Nicola Petrochek war mir so merkwürdig vorgekommen, dass ich gerne mehr über sie erfahren hätte. Natürlich fragte ich Jill nicht.

Am Grab angekommen, blieben wir so weit wie möglich an der hinteren Seite der Gruppe. Es waren etwa dreißig Leute da, mehr als die Hälfte Jugendliche, die meisten von ihnen noch nicht zu ihrer endgültigen Körpergröße herangewachsen, so dass ich über sie hinwegschauen konnte. Weit vorn sah ich Christians Mutter. Sie war von hinten an ihrer Körperhaltung, den geraden, breiten Schultern und dem perfekt geschnittenen Haaransatz zu erkennen. Rechts neben ihr stand ein Mann, etwas kleiner als sie und in seinem Mantel stämmig wirkend. Ob dieser Eindruck durch Übergewicht oder durch Muskeln entstand, konnte ich auf diese Entfernung nicht sehen. Er hatte kurze mittelbraune Haare und einen Vollbart.

Zu uns gewandt, direkt am Grab, stand ein weiterer Mann, der nicht aussah wie ein Priester und tatsächlich Christians Vater war, wie sich herausstellte, als er anfing zu sprechen: »Heute ist der traurigste Tag meines Lebens. Ich danke euch allen sehr, dass ihr hierher gekommen seid, um euch mit uns von Christian zu verabschieden. Ich hatte als Vater lange Zeit nicht viel Kontakt zu ihm, nach meiner Scheidung von seiner Mutter sahen wir uns nur selten. Ich hatte immer gehofft, dass sich unser Verhältnis irgendwann in der Zukunft verbessern würde, dass wir uns noch einmal neu kennen lernen könnten. Wir hatten gerade damit begonnen, aber jetzt ist er tot. Ich trauere um Christian, meinen Sohn, den jungen Mann, den die meisten von euch wahrscheinlich besser kannten als ich. Ich trauere aber auch um den Menschen, der aus ihm geworden wäre und den ich gerne kennen gelernt hätte. Ich hoffe, ihr gebt mir in der nächsten Zeit Gelegenheit, euch zu befragen, mit euch über Christian zu sprechen und ihn nach seinem Tod noch ein bisschen zu entdecken.«

Er sprach langsam, setzte nach jedem Satz ab, überlegte sich, wie er weitermachen sollte, und brach schließlich ganz ab. Ähnlich wie Frau Petrochek war auch er groß, schlank und dunkelhaarig. Von dem Platz aus, wo ich stand, konnte ich nur seine schwarzen Augenbrauen und einen relativ vollen Mund deutlich erkennen. Sein Gesicht schien hager, die Wangen eingefallen zu sein. Seine Stimme war klar und klangvoll, allerdings nicht laut.

Nachdem er geendet hatte, ging ein junges Mädchen zu ihm und zog an seinem Ärmel. »Können wir jetzt anfangen?«

Ich hatte auf unserem Gang über den Friedhof Christians Schwester, unsere Pfadfinderin, nicht von den anderen Jugendlichen der Gruppe unterscheiden können, zumal sie ganz vorn lief in einer Reihe mit mehreren anderen. Jetzt war ich mir aber ganz sicher, dass dies die Schwester sein musste. Die ungewöhnlich schwarzen glatten Haare und ihr langbeiniger Körper verrieten eine starke Ähnlichkeit mit Nicola Petrochek. Anders als ihre Mutter war sie jedoch relativ androgyn. Wäre ihre Stimme nicht gewesen, hätte sie auch ein feinknochiger Junge sein können. Auch als ich sie später von nahem sah, blieb dieser Eindruck bestehen. Besonders ihre Augen, die eher schmal und hell waren, gaben ihr die Gesichtszüge eines etwas indianisch aussehenden Knaben. Sie wirkte unruhig, hatte offensichtlich einen Plan, den sie möglichst bald durchführen wollte.

Nachdem sie den Vater gestoppt hatte, stellte er sich auf Frau Petrocheks linke Seite, näher ans Grab als ihr bärtiger Begleiter. Christians Schwester sprach kurz mit den Mitarbeitern des Begräbnisunternehmens, die neben dem Sarg warteten. Die Männer, alle vier in den gleichen dunklen Anzügen mit dazu nicht passenden gelben Arbeitshandschuhen, nickten, als das Mädchen ihnen offensichtlich den Ablauf der folgenden Zeremonie erklärte. Danach versammelten sich die Jugendlichen in ihren Trainingssachen, manche mit schillernden Punkfrisuren, um das Grab. Endlich kam der Ghettoblaster zum Einsatz.

Ich merkte, dass ich schon darauf gewartet hatte. Er hatte die ganze Zeit auf der Schulter des Jungen gethront und in mir eine stumme Erwartung geweckt. Als die Musik begann, erhoffte ich mir darin ein Zeichen des lebendigen Christian. Eine kleine Botschaft über seine

Persönlichkeit, die Ausstrahlung, die er gehabt hatte, bevor wir aufeinandertreffen mussten.

»Eisgekühlter Bommerlunder ...« Campino gab wie immer sein Bestes und ich musste grinsen. Die *Toten Hosen* lösen bei mir völlige, unbefangene Heiterkeit aus. Eine Wirkung, die ich sonst nutze, wenn es am dringendsten nötig ist. In diesem Moment war mir allerdings gar nicht bewusst, dass ich kurz vor einem Lachanfall stand, bis Bill – der selbst ziemlich fröhlich aussah – mich am Arm nahm und wir uns zusammen umdrehten und ein bisschen von der Gruppe wegbewegten. Ich hielt mich an ihm fest, als ich merkte, dass meine Knie vor unterdrücktem Lachen nachgaben.

»Ausgerechnet«, flüsterte er mir zu.

»Ist doch prima, so wird hier wenigstens die Stimmung ein bisschen aufgelockert.«

Ich versuchte, mich ein wenig zu beruhigen, damit wir uns wieder zu den anderen stellen konnten. Christians Schwester und einige andere Jugendliche tanzten inzwischen Pogo um das Grab herum. Die Rücken der Erwachsenen waren starr wie die Grabfiguren ringsherum. Die Sargträger sahen ratlos aus, sie schienen zu überlegen, wann sie ihre Arbeit fortsetzen sollten. Nach den *Toten Hosen* wurde ein Stück von den Ramones gespielt und dann Patti Smiths ›Gone Again‹. Dabei wurde das Schweigen der Erwachsenen noch statischer und auch die Jugendlichen hörten auf zu tanzen. Christians Schwester nickte den Männern zu, den Sarg im Grab zu versenken. Als hätte sie damit das ultimative universelle Zeichen zum Trauern gegeben, fingen Christians Mutter und sein Vater an zu weinen. Das junge Mädchen sah die beiden kühl an. Von ihr schien plötzlich alle Macht auszugehen. Ihr Gesicht und ihr Körper waren die eines Kindes – sie war dreizehn, wie ich später erfuhr – aber sie wirkte fest entschlossen, wozu auch immer.

Als der Sarg unten angekommen war, zogen die Männer die Seile hoch und wickelten sie zusammen. Bei dieser Tat wirkten sie sicher und zielbewusst, im Gegensatz zu allen anderen anwesenden Erwachsenen. Die Atmosphäre war weiterhin von banger Erwartung und Paralyse bestimmt. Bis Patti Smiths Stimme verklang, mit dem Wind verwehte, den sie besungen hatte. Dann begann wieder Campino. Diesmal wilder, weniger lustig, ein Stück mit englischem Text: ›Pushed Again‹. Das Wiederaufleben der verzerrten E-Gitarren, der schnellen Lautstärke der Punkmusik, hatte den Effekt wie das Zünden eines Raketentriebwerks vor dem Start. Ganz langsam, in trügerischem Widerspruch zu der Kraft, die gerade entfesselt worden ist, hebt sich das Raumschiff senkrecht vom Boden. Es wird immer schneller, um die äußere Erdatmosphäre zu durchbrechen und hinaus ins Vakuum zu schießen.

Ich war noch verwundert über das Schweigen der Erwachsenen, ihre Passivität, hatte noch den sanften Erdgeruch des offenen Grabs in der Nase, als die Stimmung begann zu kippen. Nicola Petrochek und Christians Schwester starrten sich an, dann schrie die Mutter los. Brüllte ihre Tochter an, die zusammenzuckte, kleiner zu werden schien, sich aufrichtete und losrannte, weg vom Grab auf uns zu. Ich hatte nicht verstanden, was geschrien worden war. Die Musik versammelte immer noch alle Kraft, alle Energie des Moments in sich, bis das Mädchen an uns vorbei den Weg entlanggestürmt war.

Ich schaute der Schwester noch hinterher, als ich endlich verstand, was sich die Leute weiter vorn zuriefen. Jemand hatte die Musik leiser gedreht, jedoch nicht ganz abgestellt.

»Wie konntest du das tun?« Christians Vater stand vor Frau Petrochek.

»Du hast doch keine Ahnung. Diese ganze Show hier, und dann ausgerechnet dieses Lied. Das hat sie nur gemacht, um mich zu ärgern.« Frau Petrocheks Stimme war laut, aber kontrolliert, beinahe kalt.

»Um dich zu ärgern ... Als ob das heute irgendjemand interessieren würde! Verdammt, Christian ist tot! Er wird dich nicht mehr ärgern. Jetzt geht es um die Kleine. Wenn du so weitermachst, ist sie bald genauso fertig wie dein Sohn.«

»Mein Sohn? Christian war unser Sohn, nur dass du dich nicht um ihn gekümmert hast. Genauso wenig wie um Sanny, meine Kleine ...« Frau Petrocheks Stimme war zuerst laut, beinahe höhnisch, gewesen, dann aber leiser geworden, bis sie abbrach. Sie weinte nicht, wandte sich dem bärtigen Mann zu und sagte etwas zu ihm, das ich nicht verstand.

Als wollte er damit versuchen, die Situation zu retten, drehte der Ghettoblasterträger die Musik wieder lauter, woraufhin ihn einige der anderen Jugendlichen wegzerrten und anbrüllten. Sie schienen allerdings nicht aus Ärger, sondern aus Notwendigkeit die Stimmen zu erheben, sonst hätte er sie bei der Lautstärke nicht verstanden. Trotzdem stellte er den Ton nicht leiser, sondern entfernte sich weiter vom Grab. Die anderen folgten ihm wie einem unfreiwilligen Rattenfänger, und nach und nach zog die ganze Gesellschaft an uns vorbei. Wir drei, Jill, Bill und ich, stellten uns noch weiter abseits als zuvor und hatten vor, uns wieder ganz hinten anzuschließen. Zuletzt setzten sich allerdings Christians Eltern und der Bärtige in Bewegung. Nicola Petrochek ging sehr aufrecht, ihr Gesicht war unbewegt und weiß.

Ich war eigentlich sicher, dass sie mich nicht erkennen, ja gar nicht wahrnehmen würde, aber ich hatte mich getäuscht. Als würde sie unmittelbar neben mir aus einem Koma erwachen, wandte sie sich auf einmal uns zu und lächelte.

»Ich bin froh, dass Sie gekommen sind. Wie geht es Ihnen?«

»Ganz gut«, diese Antwort war so ziemlich das Geistloseste was ich seit längerem hervorgebracht hatte, aber angesichts der Situation fiel mir das noch nicht einmal auf. Jill versuchte mich zu retten, indem sie sagte: »Ich habe noch viel an Christian gedacht. Er hat wirklich nette Freunde.«

Von weitem wehten immer noch die Klänge der *Toten Hosen* zu uns zurück. Nicola Petrochek schien sie jetzt auch wieder wahrzunehmen und ihre eben noch gezeigte Freundlichkeit verschwand: »Das ist wirklich das Letzte.

So eine Rücksichtslosigkeit, diesen Krach hier zu spielen.«

Es war schon komisch. Frau Petrochek war höchstens drei, vier Jahre älter als ich und gehörte im Prinzip selbst zu der Generation, die versucht hatte, mit Punk ihre Eltern zu provozieren. Dass Christians Jahrgang, für den die Pogophilosophie schon beinahe zum Establishment gehören musste, dies immer noch gelang, konnte mich fast von der kosmischen künstlerischen Kraft des Punkrock überzeugen.

Nicola Petrochek unterhielt sich weiter mit uns. Sie erwartete anscheinend, dass wir uns mit ihr zusammen auf den Weg zum Ausgang machten, und so gingen wir langsam los. Je weiter sich die Musik entfernte, desto mehr gewann sie ihre Fassung zurück und nach einer Weile war ihr Ton ruhig, verbindlich, man konnte den Charme erahnen, den sie unter sicheren Umständen ausstrahlte. Ich fragte mich aber, welchen Tonfall sie gewählt hätte, wenn sie die Stimmung ihres Herzens hätte wiedergeben wollen. Wäre es die Wut von vorhin gewesen oder die Trauer, die sie kurz zuvor gezeigt hatte, vielleicht beides zusammen oder aber die Kälte, die aus dem Umgang mit ihrer Tochter gesprochen hatte. Ihre zurückhaltende, leicht staunende und beinahe schüchterne Sprechweise im Moment schien eher ein Zugeständnis an die potentielle Unsicherheit ihrer Gesprächspartner zu sein. Sie stellte uns den Bärtigen vor.

»Dies ist Herr Mainau. Christians Lieblingslehrer. Er hat sich sehr um ihn bemüht, vor allem in der letzten Zeit, als ich immer mehr Probleme mit ihm bekommen habe. Christian brauchte eben auch eine männliche Bezugsperson. Leider hat keiner von uns gewusst, was wirklich in ihm vorgegangen ist. Wissen Sie, er hat sich wohl wirklich das Leben genommen, auch wenn ich mir das zuerst gar nicht vorstellen konnte. Aber er hat einen Abschiedsbrief geschrieben. Wir haben ihn einige Tage später bekommen.«

Als sie das erzählte, nickte Jill. Sie schien davon gewusst zu haben. Also war es tatsächlich Selbstmord. Ich war erstaunt, dass mich diese Erklärung überhaupt nicht befriedigte. Die Frage nach dem ›warum‹ blieb, wurde sogar noch bohrender, leuchtende Lettern auf einer Reklametafel.

»Haben Sie den Brief bekommen?« Jill stand diese Neugier von Berufs wegen wohl zu. Ich war froh, dass sie gefragt hatte.

»Ja, es war ein Einschreiben. Er lag bei der Post, wo ich ihn abholen musste. Durch den Schreck habe ich es nicht sofort getan. Ich wusste ja nicht, was da auf uns wartete. Als ich die Benachrichtigung im Briefkasten fand, dachte ich, es sei ein Knöllchen.«

Der Lehrer Mainau sagte: »Christian war ein skurriler Mensch. Er war hochintelligent, hatte aber Anpassungsschwierigkeiten. Ihm war gar nicht klar, warum die anderen ihn seltsam fanden. Sein Geschmack und sein Sinn für Humor waren makaber, manchmal auch dadaistisch, seine Logik nur ihm selbst zugänglich. Es tat mir sehr Leid zu sehen, wie er immer mehr den Anschluss an seine Freunde, an seine Familie und seine Umgebung verlor. Ich riet ihm dringend, sich professionelle Hilfe zu suchen, aber er hat sich selbst ja als völlig normal empfunden, ihm erschien nur die Welt, in der er leben musste, unzugänglich, nicht mehr nachvollziehbar, ja geradezu verseucht zu sein.«

Ich dachte, dass dies eher ein Zeichen für absolute seelische Gesundheit war. Dass diese Wahrnehmung der Welt allerdings jemanden zur Verzweiflung treiben konnte, vor allem wenn er sehr jung war, konnte ich auch verstehen. Ich bedauerte es immer mehr, dass Christian es nicht geschafft hatte. Vielleicht hätten wir uns gut verstanden.

Wir trotteten durch die Gräberreihen. In Gedanken malte ich kleine Schornsteine und Satellitenschüsseln auf die Firste der Grabsteine. Es gab Einzimmerapartments und Einfamilienhäuser, reiche Villen und Paläste. Nur die Mehrfamilienhäuser fehlten. Dieses Konzept urbaner Gemeinsamkeit kam nach dem Tod nicht mehr vor. Das Konzept der Mauern schon. Nur auf wenigen Gräbern fehlte die Steinplatte, die den einen Tod vom anderen abgrenzte.

Frau Petrochek und der Lehrer unterhielten sich weiter. Er versuchte ihr zu erklären, wie er Christian wahrgenommen hatte. Er war besorgt um sie, so wie er zuvor um ihren Sohn besorgt gewesen war. Wollte ihr sagen, dass sie es nicht hätte verhindern können, genauso wenig wie er selbst. Ich fand ihn sympathisch, er wirkte warmherzig und engagiert. Plausibel kam es mir nicht vor, was er sagte. Seine Besorgnis schien ihn nicht zum Handeln veranlasst zu haben.

Hinter uns lief Christians Vater. Ich fragte mich, ob er auch Petrochek hieß. Oder hatte Christians Mutter ihren Namen behalten beziehungsweise nach der Scheidung wieder angenommen. Der Vater schwieg, keiner beachtete ihn. Als wir am Tor angekommen waren, hatten wir auch die Musik wieder eingeholt.

Da ich einen neuen Ausbruch Frau Petrocheks fürchtete, wandte ich mich zu ihr, um mich zu verabschieden. Bill hatte den gleichen Impuls, doch bevor wir etwas sagen konnten, fragte sie: »Kommen Sie noch mit zu uns, die Kinder wollen noch eine Party für Christian feiern?«

Ich schaute Bill und die Polizistin an. In ihren Gesichtern schien sich meine eigene leichte Panik zu spiegeln.

»Vielen Dank für die Einladung. Wir müssen leider alle gleich noch arbeiten.« Ich war über mich selbst erstaunt. So viel verbale Initiative!

»Ach, Sie fahren nicht immer nachts?«

Hilfe, wie sollte ich da rauskommen? Diesmal rettete Bill die Situation: »Sie wird heute für mich einspringen. Ich habe einen dringenden Termin heute Nachmittag.«

»Vielleicht kommen Sie in den nächsten Tagen einmal vorbei. Sie haben ja meine Adresse. Ich würde mich freuen.«

Ich schämte mich ein bisschen, als ich erwiderte: »Ich habe sehr viel zu tun, aber wenn ich es einrichten kann ...« Ich schaute mich um. Erst jetzt fiel mir auf, dass beinahe ausschließlich Jugendliche zu unserer kleinen Versammlung gehörten, und auch am Grab hatte ich kaum Erwachsene wahrgenommen. Bis auf uns waren sie inzwischen alle gegangen. Hatte Frau Petrochek Freunde?

Als ich später darüber nachdachte, warum ich nicht vorhatte, mich bei ihr zu melden, zwang ich mich, mir mein schlechtes Gewissen gut anzuschauen, bevor ich es verdrängte: Sie wird nie eine Freundin werden, dazu ist sie dir zu fremd. Du kannst diese Verpflichtung gar nicht erfüllen, sie braucht jemanden, mit dem sie regelmäßig über Christian sprechen kann. Du bist dafür nicht die richtige Person. Wenn du einmal hingehst, ändert das gar nichts, sondern weckt vielleicht falsche Hoffnungen auf einen engeren Kontakt.

Die Begräbnisgesellschaft löste sich vor dem Friedhof auf. Bill, Jill und ich machten uns nach dem Abschied von Christians Mutter gemeinsam zu Fuß auf den Weg. Sobald wir hinter der nächsten Ecke außer Sicht- und Hörweite waren, hielten wir an, um zu beraten, wie wir in die Stadt zurückkommen sollten.

»Ich nehme ein Taxi, da vorne stehen schon ein paar. Ich habe heute Nachmittag tatsächlich wieder Dienst und muss zur Wache zurück.«

Bill und ich zogen gar nicht in Erwägung, Bernd anzurufen. Bill hatte allerdings auch keine Lust, den Bus zu nehmen, und fragte Jill und mich: »Wollen wir uns vielleicht alle zusammen ein Taxi teilen? Wir müssen doch sowieso in die gleiche Richtung.«

Plötzlich merkte ich, wie gerne ich zu Fuß zurückgehen wollte. Am liebsten allein. Ich wollte aber Bill nicht vor den Kopf stoßen und meinte vorsichtig: »Ich würde ganz gerne ein Stück laufen. Könnt ihr auf mich verzichten, oder möchte jemand mitkommen? Mir macht es aber auch nichts aus, allein zu gehen.«

Bills Blick war amüsiert und mitfühlend. »Mach dir keine Sorgen. Ich koche dann zu Hause schon mal einen Kaffee. Wenn du nachher Lust hast, klopf einfach an.«

Ich brachte ihn und die Polizistin noch zum Taxi und ertappte mich dabei, wie ich ihnen versonnen nachwinkte.

7

Ich hatte den Friedhof schon ein ziemliches Stück hinter mir gelassen. Die Vorgebirgsstraße zieht sich scheinbar endlos, bis sie in der Innenstadt zur Nord-Süd-Fahrt wird, eine der Hauptverkehrsadern, die seit der Nachkriegszeit gnadenlos die Stadt zerteilen. Es gab nur wenige Geschäfte auf meinem Weg, dafür ununterbrochen Autos, die vorbeirasten, und Baumreihen, die in der Mitte der Straße die Fahrbahnen voneinander trennten. Zusammen mit den undurchdringlichen Fünfziger-Jahre Wohnhausfassaden die beste Kulisse für einen meditativen Spaziergang. Die Luft hatte den Grauton des Himmels, allerdings bestand sie aus Rauchglas, die Wolkendecke dagegen aus schwebendem Zementpulver.

Meine Gedanken schlugen Haken, versuchten abzuhauen. Nach einer Weile gab ich auf und entließ sie auf ihre eigenen Wege. Wie oft in solchen Momenten schien der Boden plötzlich seine Unerschütterlichkeit zu verlieren. Ich ging langsamer, vorsichtiger, wagte den Bick nach oben, ins graue Nordmeer. Der Horizont war nicht zu erkennen, Dunst und Gischt verwischten die Sicht. Ich dachte daran, dass die Grenzen des Firmaments viel schneller erreicht sind als die Küste Europas, wenn man in New York ablegt. Tausende von Seemeilen Wasser, aber nur 120 Kilometer nach oben, dann beginnt das All. Von jedem Punkt der Erde aus ist es viel näher in die Unendlichkeit als zum gegenüberliegenden Punkt des Globus.

Ein Mann überholte mich. Ich musste ihm schon ein Weile im Weg gewesen sein, da er sich ungeduldig an mir vorbeischlängelte und mich verärgert anschaute. Vielleicht hatte ich beim Gehen unbewusst von rechts nach links geschwankt wie auf dem Deck eines Schiffs. Der Mann war groß und neue Bilder drängten sich aus meiner Erinnerung in den Tag. Fast spürte ich Onkel Heinrichs Hand in meiner. Er hatte sie vielleicht gehalten, als wir vor fünfundzwanzig Jahren an der Reling des größten Passagierdampfers der Welt gestanden und zurückgeschaut hatten auf die verschwindende Stadt. Ich weiß, dass ich damals geschwiegen hatte. Während der ganzen Überfahrt, die beinahe eine Woche dauerte, hatte ich nichts gesagt. Onkel Heinrich hatte es mir später erzählt. Ich war acht. An mein Schweigen konnte ich mich nicht mehr erinnern. Aber an die Entdeckung der Machtlosigkeit, die ich schon lange vorher gemacht hatte. Mit acht war mein Leben zusammengebrochen und ich hatte keinen Einfluss darauf nehmen können.

Ich lachte. Der alte Reflex: nur kein Drama. Die Wirklichkeit muss täglich neu zusammengesetzt werden und ich war eine viel bessere Puzzlespielerin geworden, als ich je erwartet hätte. Nach diesem letzten Stimmungsumschwung steigerte ich mein Tempo. Ich bekam Lust auf türkischen Kaffee, dick, mit viel Pulver am Boden der kleinen Tasse, intensiv und süß, überhaupt nicht bitter.

Ich fing an zu rennen, ein schnelles Joggingtempo, meinen langen Mantel hatte ich aufgeknöpft. Nach einer Weile überholte mich ein Kind auf einem Mountainbike. Aus Spaß lief ich noch schneller, versuchte mitzukommen. Das Kind wurde langsamer, ich dachte, es wollte mit mir spielen, rannte an ihm vorbei, es trat in die Pedale, blieb auf meiner Höhe, ich merkte, dass es mich ansah – es war Christians Schwester.

»Hey, bleib doch mal stehen, ich muss mit dir reden«, sie schien genervt zu sein von meinem Getobe. »Sind eigentlich alle Ewachsenen heute völllig ausgeflippt, warum rennst du so bescheuert?«

Ich blieb stehen. Sie sauste an mir vorbei, bremste so stark, dass ihr Hinterrad ausscherte und sie beinahe gestürzt wäre. Aber sie streckte ein langes, dünnes Bein aus, fing sich ab, warf das leuchtend pinkfarbene Rad auf den Bürgersteig und kam zu mir. Sie war beinahe so groß wie ich, aber viel schmaler. Ihr Gesicht hatte die wache Energie einer Schneekatze auf der Jagd.

»Du warst doch vorhin auch auf der Beerdigung?«

Ich nickte, war erstaunt, dass sie mich bemerkt hatte.

»Du bist die Frau, die Christian gefunden hat. Meine Mutter hat von dir erzählt. Ich wollte wissen, wie du aussiehst, sie hat gesagt, du bist in den Rhein gesprungen, um ihn rauszuziehen. Ziemlich verrückte Aktion.«

»Ich bin in den Rhein gefallen, als ich von einem Schiff aus versuchte, ihn rauszuziehen. Freiwillig wäre ich da nicht reingesprungen. Ein Freund hat mich gerettet. Für Christian konnten wir nichts mehr tun.«

Ich hatte keine Lust, hier zur unfreiwilligen Heldin für die Familie Petrochek zu werden.

»Du bist aber nicht von der Polizei?«

»Nein, ich bin Taxifahrerin.«

»Schade, ich will nämlich selbst Polizistin werden. Deswegen hätte ich gern mit jemandem darüber gesprochen.«

»Hast du die Frau gesehen, die neben mir stand bei der Beerdigung?«

»Die kleine blonde?«

»Ja. Sie heißt Jill und sie ist bei der Polizei. Vielleicht kannst du ja mal mit ihr reden.«

»Sie ist so klein. Wie ein Mädchen. Du siehst viel mehr aus wie eine Polizistin. Irgendwie stark, nicht so niedlich ... ich meine, tut mir Leid, du bist schon hübsch, aber eben anders.«

Jetzt musste ich wieder lachen: »Du müsstest Jill mal in Uniform sehen, richtig martialisch. Und ich bin eigentlich ein ganz schöner Angsthase. Wie du siehst, kann Aussehen täuschen.«

»Ich weiß schon. So blöd bin ich auch nicht, man kann sich ja auch mal irren. Was heißt ›martialisch‹?«

Jetzt hatte sie mich. Sie war entschlossen, offen und spontan und fragte nach, wenn sie etwas nicht wusste. Keine Spielchen. Ich begann, sie zu mögen. »Hast du Lust auf einen Kaffee oder irgendwas anderes, ich lade dich ein?«

»Klasse, gern. Ich hab sowieso keine Lust auf die blöde Party bei uns. Nicola war vorhin schon so Horror drauf. Da knallt es doch nur wieder.«

»Ist das kein Problem, wenn du nicht auftauchst?«

»Dann knallt es eben später und kürzer. Sonst haben wir den ganzen Nachmittag Zoff.«

»Und sie suchen dich nicht oder machen sich Sorgen?«

»Mensch, ich bin dreizehn. Ich bin dauernd in der Stadt unterwegs. Wenn ich zurück bin, bevor es dunkel wird, kann ich wegbleiben, so lange ich will, ohne Bescheid zu sagen. Du bist ja echt ein Angsthase.« Sie foppte mich.

Ich grinste: »Ist schon okay, ich habe ja keine Ahnung, was du darfst und was nicht. Ich will bloß nicht, dass du Ärger bekommst. Wollen wir da vorn zu dem Türken gehen, da gibt es bestimmt auch Baklava.«

»Klar, in der Gegend hier gibt es sowieso kein richtiges Café. Kann ich einen Döner haben?«

»Sicher.«

Sie sammelte ihr Fahrrad auf und wir überquerten die Straße, um zu der türkischen Imbissbude auf der anderen Seite zu kommen. Es gab drei Tische vor der Essenstheke und der Kaffee war prima.

»Ich weiß noch gar nicht, wie du heißt, ich bin Sanny.«

»Ja, das habe ich vorhin schon mitbekommen. Ich heiße Toni.«

»Das ist doch bestimmt auch eine Abkürzung. Mein richtiger Name ist Susanna. Richtig doof, so wie Melanie, Pamela, Bianca. Nicola sagt, dass er mir später mal gefallen wird, aber das glaube ich nicht.«

»Ich habe die Hoffnung auch aufgegeben, dass mir mein Name je passt. Ich heiße eigentlich Antoinette.«

»Das ist ja beinahe noch schlimmer als Susanna.«

»Finde ich auch. Aber Toni ist eben immer schon mein echter Name gewesen und der ist in Ordnung. Auch sonst ist es ja manchmal besser, Abkürzungen zu nehmen. Man kommt dann schneller an.«

Sie schaute mich ein bisschen verwirrt an. Kurz darauf dämmerte ihr aber die Verbindung und sie lächelte: »Ganz schön cool. Aber was heißt denn jetzt ›martialisch‹? Der Döner schmeckt übrigens klasse.«

»Freut mich. Tja, martialisch.« Ich überlegte einen Moment, was ich tatsächlich damit gemeint hatte. »Eigentlich stelle ich mir dabei immer so etwas wie brutal und angsteinflößend vor. Wenn ich jetzt genau überlege kommt es von Krieg, so wie ›Martina‹, die Kriegerische.«

»Ich habe eine Freundin, die Martina heißt, das erzähle ich ihr. Also meinst du, dass Jill in Uniform aussiehst wie eine Kriegerin.«

»Ja, so ähnlich.« Ich wollte ihr nicht sagen, dass ich die Uniform vor allem scheußlich und beängstigend fand. Wenn sie vorhatte, Polizistin zu werden, war das ihre Entscheidung. Und Jill wirkte friedfertig und zurückhaltend. Ich konnte sie mir nicht als prügelnde Beamtin vorstellen.

Sie hatte den Döner fast aufgegessen. Oben in einer Ecke des Raums hing ein Fernseher. Das Programm war türkisch. Die Wirtin hatte sich davor gesetzt und sah entspannt aus. Wir waren die einzigen Gäste und sie schien uns kaum wahrzunehmen. Selbst das Neonlicht wirkte gemütlich, wenn ich nach draußen in den immer dunkler und dreckiger werdenden Tag schaute. Unser Tisch war klein und hatte eine gelbe Resopalplatte.

Sanny legte ihre Arme auf den Tisch, schaute mich direkt an und sagte: »Kann ich dich was fragen?«

»Ja, klar.« Am liebsten hätte ich gesagt: Nur wenn du danach gehst und wir uns nie wieder sehen, aber ich war schließlich nicht zynisch.

»Wie findest du eigentlich meine Mutter?«

Ich hatte es geahnt. Versuchte mich herauszuwinden: »Ich kenne sie kaum, warum?«

Jetzt entdeckte ich in ihrem Blick den Schrecken der Machtlosigkeit. Wir hatten uns erkannt.

»Ich glaube, sie hasst mich. Wahrscheinlich bin ich wirklich ziemlich furchtbar, rücksichtslos und so, und außerdem sehe ich aus wie ein Junge, aber auch wenn ich es versuche, kann ich ihr nichts rechtmachen.«

»Wie ist sie denn dann?« Jetzt gab es keine Möglichkeit, aus diesem Gespräch zu fliehen. Ich konnte Sanny nicht im Stich lassen mit dem, was sie loswerden musste.

»Weißt du, es ist so schwer zu beschreiben. Manchmal ist sie total nett, zuckersüß, auch wenn wir allein sind, aber vor allem, wenn andere dabei sind. Überhaupt ist sie zu anderen – die sie nicht jeden Tag sieht, meine ich – meistens so. Aber zu uns, also Christian und mir, mehr noch zu mir, ist sie meistens total kalt. Sie kommt rein und sagt kein Wort, als ob ich immer irgendwas falsch mache. Ich sitze einfach nur ruhig da und lese und sage ›hallo‹, wenn ich sie sehe, und sie schaut mich an, als ob ich ein Verbrechen begangen hätte, und redet den ganzen Tag nicht mit mir. Wenn ich wirklich was angestellt habe, sagt sie mir das zwar ganz ruhig, aber in einem Ton, dass ich echt Angst kriege, manchmal brüllt sie einfach gleich los und knallt mit den Türen. Das macht sie aber auch, wenn gar nichts passiert ist, einfach nur so, oder wenn sie im Büro Ärger hatte.«

»Hast du schon mal versucht, mit ihr darüber zu reden?«

»Klar, aber sie geht überhaupt nicht darauf ein, sondern findet nur etwas, was sie an mir nervt, und sagt, dass ich ihr ja auch auf den Wecker gehe. In der letzten Zeit bin ich einfach nur froh, wenn sie mich nicht beachtet, aber auch das tut weh.«

Während Sanny das erzählte, hatte ich kurz den Impuls gespürt zu beschwichtigen, an ihr Verständnis für ihre wahrscheinlich überforderte Mutter zu appellieren, schließlich wurde sie nicht körperlich misshandelt. Aber als sie weitererzählte, begann ich zu spüren, wovon sie sprach. Sanny war zu intelligent, um sich selbst die ganze Schuld für das Verhalten ihrer Mutter zu geben. Aber das war der einzige Vorteil, den sie in dieser Situation hatte. Und auch der verhinderte nicht, dass ihr Selbstwertgefühl gekillt wurde. Ich war ratlos. Ich kannte Nicola Petrochek nicht. Hatte sie zweimal getroffen, in einer Extremsituation, als sie um ihren Sohn trauerte. Doch trotz dieser kurzen Begegnungen schien Sannys Beschreibung ihrer Mutter gut zu der Frau zu passen, die ich wahrgenommen hatte.

»Hast du außer Christian noch Geschwister?«

»Nein, das ist es ja gerade. Jetzt, wo er tot ist, bin ich allein mit ihr.«

»Habt ihr euch gut verstanden, Christian und du?«

»Meistens schon. Ich mochte ihn total gern. Er war eben mein Bruder. Früher war er wirklich klasse. Hat mich mitgenommen, mir Skaten beigebracht, richtig mit einem Skateboard, das ist viel schwieriger als mit Rollerblades. Dann ist er nicht mehr viel zu Hause gewesen. Aber wir sind immer noch gut klargekommen. Nur am Schluss, seit ein paar Monaten war ich echt sauer auf ihn. Ich hab jetzt auch ein schlechtes Gewissen, weil er ja tot ist und wir nie darüber geredet haben. Er hat es schon versucht, aber da war ich wohl manchmal so wie Nicola. Ich bin einfach nicht darauf eingegangen. Das tut mir jetzt echt Leid. Vor allem, wo Lydia auch noch tot ist.«

Halt, wer war Lydia? Sie meinte doch nicht etwa das Mädchen, über das Nora und ich gesprochen hatten?

Sanny erklärte, wen sie meinte, und mir wurde klar, dass es tatsächlich um dieselbe Lydia ging. »Lydia war meine beste Freundin. Wir sind gleich alt, also beide dreizehn. Sie war in meiner Klasse und wir kannten uns seit der Fünften. Sie war oft bei mir zu Hause und ich oft bei ihr. Christian war auch nett zu ihr, aber eben normal, er war schließlich zwei Jahre älter. Und eigentlich hat er sich auch gar nicht für Mädchen interessiert. Du weißt schon, um mit ihnen zu gehen. Er fand Sport und Computer viel spannender. Lydia war immer ein bisschen in ihn verknallt, er sah ja auch gut aus, aber sie war auch ein bisschen in mich verschossen und ich in sie, also eigentlich viel mehr als in ihn. Mist, so ein Durcheinander.«

Ich hörte zu, ernsthaft, jetzt musste ich aber lächeln. Eigentlich veränderte sich nicht so viel, wenn man älter wurde.

»Naja, Christian hat sie zum Glück zuerst nicht beachtet und sie war auch nicht wirklich traurig darüber. Ich vermisse Lydia echt. Nicht erst seit sie tot ist. Ich wusste, dass sie auf ihren Zucker aufpassen musste. Das war immer spannend, wenn sie sich in den Finger gestochen und gemessen hat. Wenn sie länger da war, musste sie das irgendwann machen. Ich wusste auch, dass ich ihr irgendwas Süßes, also Honig oder so geben sollte, falls sie mal komisch werden würde. Sie hat mir das erklärt, und auch ihre Oma hat mal mit mir darüber geredet. Sie ist aber nie komisch geworden. Nur einmal im Urlaub, da war ich aber nicht dabei, sie hat mir nur später davon erzählt. Das war ziemlich gefährlich. Ich hätte sie gerne gerettet. Wenn sie Zucker braucht, kann es sein, dass sie weggetreten ist oder wie betrunken, komisch eben. So haben sie mir das gesagt. Aber ich konnte sie nicht retten. Keiner hat gemerkt, dass sie in diesen blöden Keller in der Schule gegangen ist. Ich war zu sauer auf sie und traurig. Wir hatten wochenlang kaum miteinander geredet. Weil sie nur noch mit Christian rumhing.«

Verdammt. Sanny hatte schon zu viele der verfügbaren Schrecken des Lebens erfahren. Die erste Liebe war nicht nur enttäuscht worden, sondern ihre Freundin war auch noch gestorben, bevor sie sich ausgesprochen hatten. Noch dazu fühlte sie sich schuldig, ihr nicht gefolgt zu sein, sie nicht gerettet zu haben. Dann nahm sich ihr Bruder das Leben, an dem sie hing, der aber zuvor für ihren Kummer verantwortlich war, und auch mit ihm hatte sie sich nicht mehr versöhnen können. Ihre Mutter wies sie zurück, der Vater kam in ihrem Bericht erst gar nicht vor. Wie konnte ich ihr helfen?

»Hör mal, die beiden, Christian und Lydia, hatten dich sehr gern, da bin ich absolut sicher. Auch wenn ihr euch in der letzten Zeit nicht so gut vertragen habt. Aber sie waren vermutlich genauso durcheinander wie du es jetzt vielleicht bist. Das Leben ist manchmal beschissen verwirrend. Egal, wie alt du bist. Nur gewöhnst du dich später ein bisschen besser daran. Einfach, weil es dir schon öfter passiert ist, dass du überhaupt nicht wusstest, was jetzt gerade los ist. Warum das so passiert, wie es passiert. Und manchmal macht man dann alles falsch. Das denkt man jedenfalls. Meistens ist das aber gar nicht wirklich schlimm. Fast alles, was du getan hast, wenn du enttäuscht warst und verletzt, lässt sich wieder gutmachen. Gemein ist, wenn man die Chance dazu nicht bekommt. So wie es dir jetzt passiert ist. Aber vieles lässt sich sogar in der Phantasie wieder in Ordnung bringen.

Wenn du es dir vorstellst oder aufschreibst. Du kannst noch mit den beiden reden und sie reden dann mit dir. Dann könnt ihr euch aussprechen. So wie ihr es bestimmt sowieso gemacht hättet. Ihr mochtet euch viel zu sehr, um ewig sauer aufeinander zu sein.«

Sanny sah verweint aus, aber ihre Augen waren trokken. Sie kaute auf ihren Lippen und schien nachzudenken. »Das ist wahrscheinlich nicht dasselbe, aber ich kann es ja versuchen. Ist dir sowas auch schon mal passiert?«

»Mir sind schon ganz viele, ganz komische Sachen passiert. Ich habe mich noch nicht getraut, mich in einen Freund oder eine Freundin so zu verlieben wie du. Da hast du mir wirklich etwas voraus. Aber vielleicht bin ich ja gerade dabei. Meine Mutter war auch seltsam und mein Onkel, bei dem ich aufgewachsen bin, ist letztes Jahr gestorben. Danach habe ich etwas über ihn herausgefunden, was damals für mich so furchtbar war, dass ich dachte, ich kann ihm nicht verzeihen. Aber seitdem reden wir manchmal miteinander, abends vor dem Einschlafen oder wenn ich herumlaufe und vor mich hinträume.«

»Was war das denn Furchtbares?«

»Das kann ich dir heute noch nicht erzählen. Aber vielleicht später, wenn Onkel Heinrich und ich es zwischen uns geklärt haben.«

Sie lachte, zog dabei die Nase etwas hoch, als verschlucke sie ihre unsichtbaren Tränen: »Ich versuche das mit Lydia und Christian. Kann ich dir dann auch erzählen, was dabei herausgekommen ist?«

»Auf jeden Fall.«

»Und du willst mir wahrscheinlich auch nicht sagen, in wen du vielleicht ein bisschen verliebt bist?«

Sie war wirklich erstaunlich. Uns trennten zwanzig Jahre, aber ich hatte das Gefühl eine neue Freundin gewonnen zu haben.

»Ich halte dich auf dem Laufenden.«

Das schien ihr zu genügen. Ich bezahlte unsere Rechnung und wir gingen zurück auf die Straße. Als wir draußen nebeneinander standen, wurde unser Altersunterschied plötzlich wieder deutlicher. Sie hatte wieder den trotzig selbstbewussten Ton, mit dem sie mich vorhin begrüßt hatte, als sie meinte: »Ich rufe dich mal an, okay?«

»Okay, ich gebe dir meine Nummer.«

Ich fand einen Stift in meiner Manteltasche, aber keinen Zettel. Sie hielt mir ihre Handfläche als Notizblock hin und ich schrieb ihr meine Nummer auf.

»Wie heißt du mit Nachnamen? Falls ich die Nummer verliere, merke ich mir den Namen. Es gibt dich doch bei der Auskunft?«

»Klar gibt es mich bei der Auskunft. Mein Name ist Walter. Toni Walter.«

»Das ist leicht zu merken. Der gleiche Nachname wie der meines Vaters. Aber er ist ja auch nicht so selten.«

Da hatte sie recht. Sie sprang auf ihr Rad, rief: »Tschüss, bis bald« und fuhr schnell und kurz über die Schulter winkend davon.

Von ihrem Vater hatte ich also nur den Nachnamen erfahren. Ich hatte allerdings sowieso plötzlich den Eindruck, mehr über ihre Familie zu wissen als mir zustand. Trotzdem war ich glücklich über unsere Begegnung. Sanny war ein besonderer Mensch.

8

Das neue Jahr begann mit ruhiger Routine. Ich verbrachte die meisten Nächte im Taxi und erlebte keine Aufregungen. Aber wenn ich am frühen Nachmittag aufwachte, hatte ich das Gefühl, mich durch kaltes Wasser mit aller Kraft nach draußen retten zu müssen. Es fiel mir schwer, tief genug einzuatmen, um die Übelkeit zu vertreiben, und meine Augen blieben entzündet, gereizt vom Salzwasser der Träume. Ich hatte keine Ahnung, was ich da im Schlaf erlebte. Während der verschiedenen Gezeiten des Bewusstseins, Wachen und Ruhen, lebte ich an getrennten Orten. Das Gedächtnis schlug keine Brücke. Nur mein Körper konnte sich erinnern. Er kämpfte sich wieder und wieder durch die Welle, die über mir angebrandet war. So kam es mir jedenfalls vor, wenn ich an die Ereignisse der letzten Wochen dachte. Und ich dachte viel darüber nach. Vor allem Sanny beschäftigte mich. Ich hatte nicht das Gefühl, ihr eine große Hilfe gewesen zu sein. Tatsächlich meldete sie sich auch nicht bei mir. Genauso wenig rief ich bei ihrer Mutter an.

Ich hatte Bill von meinem Treffen mit Christians Schwester erzählt. Als ich nach der Beerdigung und dem türkischen Kaffee zu Hause angekommen war, hatte ich bei ihm reingeschaut. Er saß an seinem Zeichentisch und arbeitete konzentriert. Er sah hoch, schien weit weg zu sein, doch in seinen Augenwinkeln saß ein leichtes Lächeln: »Na, war dein Spaziergang zufrieden stellend?«

»Hmm, irgendwie schon, aber es ist etwas Seltsames passiert. Vielleicht kann ich dir nachher davon erzählen?«

»Gern, kann ich später zu dir rüberkommen?«

»Kein Problem, ich muss wie immer erst um acht fahren. Davor habe ich noch jede Menge Zeit.«

Ich hatte dann eine E-Mail an Nora verfasst und danach versucht, ein Buch zu lesen. Aber meine Gedanken kreisten weiter um Sanny.

Als ich Bill von ihr erzählte, wurde er nachdenklich, beinahe verschlossen. Wir saßen uns an meinem Küchentisch gegenüber. Bill fuhr sich mit der Hand über den Kopf, als wollte er sich einige nicht vorhandene Haarsträhnen aus der Stirn streichen. Er kniff ein Auge zusammen, wobei sich sein ganzes Gesicht in Falten legte. Zwischen seinen Brauen entstand eine besonders tiefe Furche. Ich fragte mich, welche Bilder er gerade verscheuchte.

Nach ein paar Sekunden sagte er: »Schwierige Geschichte: Ein trauriges Mädchen, ein toter Bruder, eine tote Freundin, eine lieblose Mutter, ein unsichtbarer Vater. Klingt wie eine der vielen Gleichungen für Verzweiflung. Und die Lösung besteht aus Unbekannten.«

»Meinst du damit, dass die Lösung unbekannt ist und bleiben muss, oder willst du sagen, dass es Unbekannte also Fremde sind, die ihr helfen könnten?«

Er lächelte und meinte dann: »Sanny hat sich an dich gewandt, und damit bist du nicht mehr unbeteiligt. Andererseits ist es auch ihre Entscheidung, ob sie sich wieder bei dir meldet oder nicht. Es klingt, als ob sie klar und recht reif ist.«

»Das stimmt, aber natürlich ist sie auch sehr ausgeliefert. Sie ist minderjährig und Schülerin. Für eigene Lebensentscheidungen ist da noch nicht viel Raum.«

»Klar, allerdings kann sie schon wählen, wen und auf welche Art sie um Hilfe bittet. Wie du sagst, wird sie nicht körperlich misshandelt. Daher dürfte sie beim Jugendamt nicht viel zu erwarten haben. Sie weiß jetzt aber, dass sie mit dir reden kann und dass du Verständnis für sie hast. Außerdem könntest du ihr raten, mit einer Psychologin zu sprechen. Vielleicht kann man ihr in der Schule helfen, eine zu finden, wenn sie will. Die beiden Todesfälle und Sannys Schuldgefühle sind sicher genug Grund für diesen Wunsch.«

Ich beschloss, diese Idee im Kopf zu behalten und sie mit dem Mädchen zu besprechen, falls sich die Gelegenheit ergeben sollte.

Nach diesem Gespräch sah ich Bill beinahe zwei Wochen lang kaum. Ich wusste, dass er hart arbeitete, der Abgabetermin für seine Entwürfe rückte näher. Auch Nora traf ich während dieser Zeit nicht. Sie hatte ihre Nachtdienste in der Weihnachtswoche vorerst abgeleistet und arbeitete regelmäßig immer dann, wenn ich frei hatte. Wir kommunizierten elektronisch und eine Weile erleichterte mich dieser Abstand. Ich konnte stehen bleiben und durchatmen. Aber ich kam mir auch wie ein Feigling vor. Vielmehr: Ich wusste, ich war ein Feigling.

Mitte Januar lud mich Nora ein, mit ihr schwimmen zu gehen. Wir fanden einen Tag, an dem wir beide weder tagsüber noch nachts würden arbeiten müssen, und trafen uns am Montagmittag in der Claudius-Therme. Dieses Thermalbad ist vor ein paar Jahren auf der rechten Rheinseite als Ersatz für das alte abgebrannte Bad, das früher gegenüber lag, gebaut worden. Dass ein Schwimmbad abbrennen konnte, war für mich eine besondere Erkenntnis gewesen. Ungefähr so wie ein brennender Ölteppich auf dem Meer.

Aus Erfahrung war Nora und mir klar, dass wir nach vielen Stunden Baden, Sauna, Dampfbad, Massage, Schwimmen, Herumliegen später nur noch würden schlafen wollen. Für den Abend hatten wir deswegen keine Pläne gemacht.

Wir trafen uns im Vorraum des Bades. Nora hatte schon zwei Karten gekauft und saß mit ausgestreckten Beinen auf einer Bank. Sie sah mich sofort, als ich die Tür öffnete, stand auf, lachte, kam auf mich zu und umarmte mich. Es war nur eine kurze Berührung, ein Moment der Begrüßung, aber ich fühlte mich danach ein bisschen vollständiger.

Wir sprachen während der nächsten Stunden nicht viel, verständigten uns beinahe wortlos über den Ablauf des Tages. Wann wir in welche Sauna wollten, wann wir schwimmen und wann wir uns einfach faul auf einer Liege ausstrecken wollten. Selbst meine jüngeren Erlebnisse hatten meine Liebe zum Wasser nicht ganz vertrieben, vor allem, da es sich um die warme Form dieser Flüssigkeit handelte. Außerdem beruhigte mich, dass ich im Schwimmbad überall bis zum Grund sehen konnte. Ich hatte das Gefühl, es mit der Plüschtiervariante des Elements zu tun zu haben. Der Fluss und das Meer sind Dschungelgeschöpfe, Wüstenräuber.

Im Bad gab es dampfförmiges Wasser und blaues sprudelndes, in manchen Räumen roch es nach Kampfer, in anderen nach Chlor und Antifußpilzmittel. In den Grünpflanzen wiederholten sich die Möglichkeiten des Verwachsens, die die vielen beinahe nackten menschlichen Körper vorlebten. Ich mag diese Vielfalt physischer Variationen. Eine Verhöhnung jedes Perfektionsanspruchs. Beinahe überall auf der Welt gibt es öffentliche Badeanstalten, unbeschreiblich wichtige Institutionen gegen die Verzweiflung, die jedes Schönheitsideal ansonsten bei 99 % der Menschen hervorrufen müsste. Die 99 %, zu denen ich selbst unzweifelhaft gehöre.

In der Sauna schwitzend, grinsten Nora und ich uns

an, als wir bemerkten, wie wir gegenseitig unsere Körper studierten. Ihrer war mir schnell vertraut geworden. Muskulöse Beine, lang, mit hellbrauner Haut, unter der Adern und Sehnen lagen, die an manchen Orten beinahe direkt unter der Oberfläche verliefen, an anderen unter einer, weicheren, dickeren Schicht verborgen waren. Ich mochte ihren Bauch, rund und abgegrenzt, ein bisschen gewölbt, er wirkte autonom und stark, hatte eine eigene Mimik. Die Bewegung ihrer Brüste folgte der ihrer Arme. Ich dachte an den Ansatz von Flügeln, verborgen unter sanftem Gewebe die kräftige Brustmuskulatur. Anderen Wesen als uns ermöglicht sie das Fliegen. Noras Schlüsselbeine waren wie die Füße eines Notenständers, schmale Sockel für ihren Hals und Kopf. Meine eigene Haut war viel heller als ihre, meine Proportionen ganz anders, aber natürlich ähnelten wir uns auf unbestimmte, existentielle Art.

Nach Stunden hatten wir uns sattgeplanscht und geschwitzt und machten aus der hellgelben Beleuchtung des Bades den ersten Schritt nach draußen. Die unlogische Versuchung, mich sofort auf den Parkplatz zu legen und zu schlafen, war überwältigend. Auch über Noras Augen schien sich ein Netz von Müdigkeit zu spannen. Wir schlichen zur Bushaltestelle. Nachdem wir eine Weile im Bus vor uns hingedöst hatten, sagte Nora. »Das hat gut getan. Wie geht es dir jetzt?«

»Müde, aber glücklich.«

Ich spaßte über unsere Lethargie, riss mich dann zusammen und fragte: »Wozu hast du jetzt Lust? Willst du nach Hause, schlafen?«

»Ich bin zu kaputt, um mich zu entscheiden.« Nora gähnte lautstark und lachte dabei. »Eigentlich möchte ich einschlafen, egal wo, von mir aus auch gleich hier. Zweitens habe ich wahnsinnigen Hunger und bin zu müde um zu essen, aber zu hungrig um zu schlafen. Drittens will ich mich nicht von dir trennen.«

»Tja, das nennt man ein echtes Problem, aber mir fällt gerade eine Lösung ein.« Ich ging im Kopf den Stadtplan durch.

Der Bus brachte uns zur Bahn, die bis zum Neumarkt. Dort liefen wir zu meiner Lieblingsdönerbude und kauften gebratenes Gemüse, Fleisch und Reis, zwei Flaschen Bier und honigtriefende Süßigkeiten. Wir stiegen in die Bahn zum Ubierring und waren eine Viertelstunde später bei mir. Während Nora den Kaffee kochte, den wir beide brauchten, um wach genug zu bleiben, um noch essen zu können, breitete ich auf dem Fußboden meines großen Zimmers Treckingmatten und Decken aus. Ich suchte für uns beide Jogginghosen und T-Shirts in meinem Kleiderchaos und zog mich im Bad um. Es kam mir selbst komisch vor. Wir waren den ganzen Tag vor allem nackt herumgelaufen und jetzt zog ich mich zurück, um die Kleider zu wechseln. Aber Nora tat kurz darauf das Gleiche.

Als wir nach dem Essen nebeneinander lagen, waren wir zu müde, um zu schlafen, und nicht wach genug, um ein zusammenhängendes Gespräch zu führen. Einmal atmete Nora tief durch und ich hatte das Gefühl, dass sie etwas sagen wollte, aber wir schwiegen weiter.

Viel später, ich war schon beinahe eingeschlafen, murmelte sie: »Frau Toni Walter, ich möchte Sie kennen lernen. Sie stecken voller Geschichten. Höre ich irgendwann einige davon?« Dann drehte sie sich um und atmete kurz darauf gleichmäßig und schlafend.

Ich lächelte. Nora war sehr diskret. Normalerweise fragte sie mich nicht aus. Aber es war mir klar, dass ich mehr über sie wusste als umgekehrt. Ich kannte ihre Familie, ihre Freundinnen, wusste, wo sie aufgewachsen war. Es ging nicht darum, dass ich unbedingt etwas geheim halten wollte. Während meiner Kindheit und auch später schienen alle um mich herum Geheimnisse zu haben. Ich hatte mich irgendwann daran gewöhnt, dass ich bestimmte Sachen nicht erfahren sollte. Das hatte mich eigentlich auch nicht gestört. Erst später, als ich herausfand, dass manche Geheimnisse unmittelbar mit mir selbst zu tun hatten, dass meine eigene Vergangenheit erfunden worden war, fühlte ich mich betrogen. Aus den Geheimnissen waren Lügen geworden.

Wenn ich versuche, mich zurückzuerinnern, sehe ich verschiedene Wege in die Vergangenheit vor mir, irgendwann verzweigen sie sich einmal und dann noch mal und immer weiter. Ich komme mir dann vor wie eine Geschichte mit verschiedenen Anfängen. Eine etwas unbefriedigende Form. Für die wichtigsten Menschen meiner Kindheit war ich ein Stigma, das sie versuchten zu verbergen. Dieses Lebensgefühl hat sich eingeprägt und ich versuche seit langem es loszuwerden. Aber je vertrauter mir jemand wird, desto stärker stellt sich auch dieses alte Gefühl wieder ein. Bis ich mich selbst davon überzeugt habe, dass ich besser verschwinden sollte, um den anderen ihr Leben nicht zu versauen. Ich weiß, dass das auch einer maßlosen Selbstüberschätzung entspricht. Aber so ist das ja eigentlich mit den meisten Komplexen.

Als ich irgendwann wieder aufwachte, war es draußen noch vollkommen dunkel. Es regnete. Durch das Fenster schaute ich in ein Tiefseeaquarium. Ich rechnete jeden Moment mit einem rotäugigen Geisterfisch, der mich mit gefletschten Fängen anstarren würde. Nora lag nicht mehr neben mir.

Ich fand sie in der Küche, wo sie versucht hatte, ein Frühstück zusammenzusuchen. Das etwas magere Ergebnis stand auf dem Tisch, als ich zu ihr stieß.

»Ich weiß, es ist erst kurz vor sieben, aber mein Rhythmus ist ziemlich komisch und wir sind gestern schon so früh eingeschlafen. Ich hoffe, ich habe nicht zu viel Lärm gemacht.«

Das war eine von Noras Hauptsorgen: zu laut zu sein. Um einzuschätzen, wie laut ein Geräusch für jemand Hörenden war, konnte sie sich nur auf die Ergebnisse von Nachfragen und Beobachtungen verlassen. Sie war dadurch oft übervorsichtig und besonders leise.

Ich streckte mich. »Ich hab dich überhaupt nicht gehört, sondern bin ganz von selbst aufgewacht. Was hast du heute vor?«

»Ich muss mittags in der Klinik sein und dann habe ich Nachtdienst, dann kommt noch ein normaler Arbeitstag, also bis morgen Nachmittag, dazu. Bin ich froh, dass ich nur eine halbe Stelle habe, sonst würde das Ganze insgesamt 32 Stunden dauern. Mir reicht es schon so.«

Das konnte ich mir vorstellen. Mir war es sowieso ein Rätsel, wie man es aushalten konnte, die ganze Nacht durchzuarbeiten und morgens nicht schlafen zu dürfen. Schon beim Autofahren hätte ich die Verantwortung für meine Fahrgäste nicht mehr übernehmen mögen. Seltsam, dass man solch eine Tortur Ärzten zumutete.

»Dann haben wir ja noch ein bisschen Zeit. Soll ich losgehen und etwas Vernünftiges zum Frühstück besorgen?«

Nora nickte zufrieden.

Ich verschwand unter die Dusche und kehrte in meiner letzten sauberen Jeans wieder in die Küche zurück. Waschtag war auch mal wieder angesagt. Oder der Kauf einer neuen Hose. Ich konnte mich nicht entscheiden, was mir ein größeres Gräuel war. Ich hasste alle Umkleidekabinen, die es in irgendeinem Laden auf der Welt geben mochte. Entweder sie waren kleiner als eine Fruchtblase, in der das Embryo ja wenigstens noch die Arme und Beine bewegen konnte, oder sie waren zwar ausreichend groß, aber dafür von einem Spezialausstatter für Zerrspiegelgruselkabinette gestylt.

Es war aber auch nicht besonders aufregend, einen halben Tag im Waschsalon zu verbringen. Irgendwann würde es mir gelingen, einen größeren Batzen Geld nicht in Bücher oder Reisen zu investieren, sondern in eine Waschmaschine. Andererseits hielt mich auch die Möglichkeit eines Hochwassers von dem Kauf eines großen, schweren Geräts ab. Noch eine der Gleichungen ohne Lösung, aber diesmal auch ohne Unbekannte.

Ich machte mich durch den Regen auf den Weg zum nächsten Bäcker. Einige Brötchen ließ ich in eine Plastiktüte verpacken und hängte sie vor Bills Küchenfenster.

Als ich nassgeregnet wieder meine Wohnung betrat, sagte Nora: »Eigentlich ein prima Tag, um ans Meer zu fahren.«

Ich lachte und zeigte ihr spaßend einen Vogel.

Aber nach dem Frühstück kamen wir wieder auf das Thema. Nora meinte: »Ich kann mir noch ein paar Tage freinehmen. Hättest du vielleicht tatsächlich Lust, mit mir ans Meer zu fahren?«

Ich überlegte nur kurz. Meine Lust war riesig. Zwar würde auch mein Lampenfieber vor der Fahrt noch ins Unermessliche wachsen, aber ich sagte trotzdem zu.

Wir verabredeten den Anfang der nächsten Woche für unsere Fahrt. Nora war optimistisch, dass sie eine komplizierte Regelung für den Tausch von Schichten mit Kollegen würde arrangieren können. Ich selbst rief bei Kalscheuers an, die früh morgens am besten zu erreichen sind. Zum Glück ging Uschi ans Telefon, mit der ich kurz und effizient den Dienstplan besprechen konnte. Sie wirkte nicht sehr glücklich über meinen Wunsch, versprach aber, eine Lösung zu finden.

Danach diskutierten Nora und ich über den besten Ort, das beste Meer, den geeignetsten Strand. Mir war es gar nicht so wichtig, wo wir genau hinfahren würden, aber für Nora begann hier schon der Spaß. Sie wirkte enttäuscht, als ich zu Anfang des Gesprächs sagte: »Wo möchtest du denn am liebsten hin, ich komme dann mit.«

»So einfach ist das aber nicht. Wir können an die Ostsee oder die Nordsee fahren, in Deutschland bleiben oder uns nach Holland, Dänemark, Belgien aufmachen. Wenn wir nach Holland wollen, können wir Zeeland nehmen oder sogar auf eine Insel fahren. Tom und ich haben mit unseren Eltern früher endlose Debatten geführt, welches der beste Urlaubsort ist.«

Ich hatte das Bild vor Augen, wie Noras Familie mit energischen Gebärden über das beste Meer verhandelte. Welche war eigentlich die Gebärde für Meer?

Ich fragte Nora und sie zeigte sie mir. Ich gebärdete dann: »Wir fahren ans Meer.« Mehr bekam ich nicht zusammen.

Sie lachte und sagte: »Das weiß ich doch schon, aber an welches Meer?« Und ließ auch da die Gebärden folgen.

Ich zuckte mit den Achseln, wieder nur ein stümperhaftes Zeichen, und gab ihrem Feuer dann aber doch ein bisschen Stoff: »Es sollte nicht zu weit weg sein, andererseits ist Holland fast schon zu nah, da können wir ja jederzeit hin. Wie wäre es denn mit Dänemark?«

Sie war begeistert. Nicht von meinem Vorschlag, sondern von der Möglichkeit, ihm zu widersprechen. Dänemark erschien ihr zu weit. Nach einer Weile holte ich eine Landkarte und wir einigten uns auf einen kleinen Ort südlich von Amsterdam, eine Gegend, die wir beide nicht kannten, die aber weit genug und doch nicht zu entfernt lag. Nora sah nach diesem Entschluss sehr zufrieden aus.

Ich versprach, die Anrufe zu machen, um eine Unterkunft zu bestellen, und sie wollte am Bahnhof Fahrkarten für den Zug besorgen.

Nachdem wir uns verabschiedet hatten, legte ich mich noch einmal vor meine Fenster zum Fluss und schaute schläfrig hinaus. Es war beinahe Mittag und inzwischen heller geworden. Ungefähr so wie unter einer schweren feuchten Decke. Etwas Licht drang durch, aber der Impuls zu strampeln und sich aufzurichten, um Sehen und Luft holen zu können, blieb. Frustriert zog ich mir mein warmes Plumeau noch einmal über den Kopf, mit dem Vorhaben vor Arbeitsbeginn noch ein paar Stunden zu schlafen. Im Winter ist mir die Nacht die liebste Zeit. Von ihr erwarte ich nichts anderes als Dunkelheit und sie enttäuscht mich weniger als das sich verweigernde Licht während des Tages.

Der Schlaf verweigerte sich an diesem Tag allerdings auch. Ich döste, während die Innenseite meiner Lider zur Kinoleinwand wurde. Es erschienen dort Bilder vom Meer, von Flüssen, das Geräusch des Regens bildete die Kulisse. Warum hatte ich nicht vorgeschlagen, in die Berge zu fahren? Weil sie weiter entfernt waren, weil dort Schnee lag und überall Skitouristen waren? Eigentlich hatte ich über eine Alternative zur See überhaupt nicht nachgedacht. Ich würde vom Ufer des Flusses zur Küste des Ozeans fahren – wahrscheinlich durch den endlosen Regen Mitteleuropas.

Die nächsten Bilder, die auftauchten, waren die von

Menschen mit Kiemen und Flossen. Als sie den Mund träge öffneten, sah ich glitzernde Barten, darin verfangen wie Plankton, kleinere menschliche Gestalten, gebogene Wesen, krabbennartige Embryos. Ich war im Zustand des Halbschlafs, wo die Sinne besonders erschreckbar sind. Jeder sich von den Grundgeräuschen abhebende Ton veranlasste mein Herz zu holprigen, hysterischen Sprüngen. Die Schiffssirenen und den Lärm, der von einer der beiden Brücken, zwischen denen ich wohne, herüberschallte, konnte ich heute nicht in den Hintergrund meiner Empfindungen verbannen.

Ich beschloss aufzustehen, in die Stadt zu wandern und eventuell eine neue Hose zu kaufen.

9

Ich lese nur selten ein Buch ein zweites Mal. Der Grund ist nicht, dass ich es dann langweiliger oder unbefriedigender finde. Die Male, wo mich ein Roman so gefesselt hat, dass ich ihn nach einiger Zeit noch einmal durchgelesen habe, war ich meist glücklich, die Figuren wie Freunde begrüßen zu können und neue oder vergessene Aspekte der Handlung zu entdecken. Der Grund für meine Scheu, diese Erfahrung häufiger zu machen, hat etwas mit meinem Zeitgefühl zu tun. Stärker als die meisten anderen Ereignisse markiert die Lektüre eines außergewöhnlichen Buches für mich einen besonderen Punkt in der Chronologie meines Lebens. Eine Leuchtboje der Erinnerung. Die komprimierte Lebensenergie einer Fiktion, wo Phantasie, Wahrnehmung und Ideen vollkommen verschmelzen, verändert mich, lässt mich, wenn auch nur in der Vorstellung, eine andere Richtung im Alltag einschlagen. Dieses Erlebnis später zu wiederholen, kann erschreckend sein. Als hätte die Zeit zwischen dem ersten und dem zweiten Mal nicht existiert. Als müsste ich zurückkehren und noch einmal von vorn anfangen. Das versuche ich mir zu ersparen. Manchmal gelingt es allerdings nicht. Vor allem, wenn die Geschehnisse plötzlich anfangen, sich selbst zu kopieren, wie um zu beweisen, dass die Zeit eben doch kreisförmig ist, relativ und illusionär, das perfekte und doch unvollkommene Gerüst für unsere verwirrende Wirklichkeit.

Ich hatte nicht sofort den Weg in die Innenstadt eingeschlagen, sondern war noch am Fluss entlanggegangen, vor mir das Halbrund der Altstadt, wo die Häuser und Kirchen, Originale und Kopien der Vergangenheit, die Biegung des Stroms begleiten. Es hatte aufgehört zu regnen, dafür wehte jetzt ein Wind, dessen Stärke sicher die Nachrichtenleute des Lokalradios begeisterte. Sie konnten ab sofort jede Stunde berichten, wie viele Dächer im Sendegebiet weggeflogen waren und wo ein Baum auf welche Landstraße gestürzt war. Nach einigen hundert Metern verließ ich das Hafengelände. Der Weg führte nun weg vom Wasser, vom Ufer getrennt durch den Jachthafen und das blau illuminierte, schiffartige Schokoladenmuseum, mit seiner ultimativ wasserdichten Glasfront. Dahinter begann, oberhalb des Rheinufertunnels, in den der Verkehr abtauchte, die Promenade, gepflastert und mit einem hübschen, hellgestrichenen Zaun zum Fluss hin begrenzt.

An diesem Zaun stand Jill. Neben ihr war eine graue Kunststoffkiste, eine Kriminalbeamtin mit beinahe weißen Haaren und eine dunkle, zusammengeballte Gruppe von Menschen. Die meisten starrten in den Rhein. Jill kam mir entgegen, uniformiert, blass, abwesend.

Ich schaute auf die Uhr: Es war vier Minuten vor fünf, der Sekundenzeiger bewegte sich, vorn am Geländer wurde ein lang gestrecktes Bündel über die Brüstung gehoben, Jill weinte.

Ich hielt sie an. Sie wollte sich an mir vorbeidrücken, zog beinahe aggressiv den Arm weg, an dem ich sie berührt hatte, um sie auf mich aufmerksam zu machen. Dann sah sie mich an, zuckte zusammen, langsam wurde ihr Gesicht klarer, die Augen trocken und rot: »Toni! Ich habe dich nicht erkannt. Ich habe anscheinend einen Aussetzer gehabt und wollte nur noch weg. Mist, ich muss sofort zurück zu den anderen.«

»Was ist denn los?« Meine Frage war eigentlich überflüssig. Ich wusste ja, was sie da aus dem Rhein zogen: einen Menschen. Mehr wusste Jill wahrscheinlich selbst nicht, und wenn, durfte sie es mir nicht sagen.

Sie antwortete trotzdem: »Wir haben schon wieder eine Leiche in dieser Müllkippe gefunden. Diesmal eine Frau. Geh da besser nicht hin. Es reicht, wenn ich heute Nacht nicht schlafen kann, ich werde ja wenigstens bezahlt dafür, dass ich zu den Abfallbeseitigern dieser Stadt gehöre.«

Ich war zwar erstaunt über ihren Ausbruch, konnte sie aber verstehen. Sie schien es dem Fluss persönlich übel zu nehmen, dass er ihr schon wieder jemand Totes angeschleppt hatte. Ich fragte mich, ob sie den richtigen Beruf hatte und was sie noch sehen musste, damit der Zynismus gefühlsecht werden würde: nicht mehr abwaschbar und garantiert emotionsundurchlässig.

Mich zog nichts zu der Szene am Zaun. Dies war eine Geschichte, die ich mir auf keinen Fall noch einmal erzählen lassen wollte. Anders als Jill hatte ich die Wahl und wandte mich nach links, ging durch den Rheinpark in die kommerziell niedlichen Gassen der Altstadt. Als ich mich noch einmal umdrehte, sah ich Jill, wie sie ihrer Arbeit nachging, die Menschen zurückhielt, die versuchten einen Blick auf die Leiche zu werfen, bevor der Transportsarg geschlossen wurde. Sie strahlte nichts von der strengen Wichtigkeit ihres Kollegen aus, der neben ihr stand. Ich verließ den Ort mit dem Gefühl, eine Freundin unfreiwillig bei einem Stripteasejob in einem Nachtlokal gesehen zu haben. Eine Beobachtung, die mir nicht zustand, und die von jetzt ab zwischen uns stehen könnte.

Zerstreut ging ich bergauf, nahm immer die Seitenstraße, die mich in möglichst gerader Linie vom Fluss weg führte. Nach einer Weile erkannte ich rechts den Sockel des Doms. An seiner gigantischen Steinernheit wurde jeder Blick gezwungen anzuhalten. Die Beleuchtung und das Halbdunkel ziselierten seine Wucht. Er war wie die Ahnung eines Waldrands am Ende des Sichtfelds. Ich verlor für einen Moment die Orientierung. Mir war zwar noch klar, wo ich mich befand, aber nicht mehr, wohin ich eigentlich wollte.

Jetzt erst recht: Als mir mein Plan mit der Hose wieder einfiel, beschloss ich, ihn durchzuführen. Und wenn die halbe Stadt heute vorhätte, sich im Rhein zu versenken, ich würde mir eine Jeans kaufen. Das Gefühl, das sich bei mir einstellte, war mir gut bekannt. Auch die Bettler lösen es aus, die Schnorrer und Junkies, die vor dir auftauchen, dich an deinem Menschsein kriegen, das du dann energisch vertreibst. Einer der furchtbarsten Aspekte der Großstadt. Die regelmäßige Erkenntnis, dass es keine Rettung gibt, egal auf welcher Seite du stehst, und dass sich die Seiten schnell ändern können.

Ich machte mich auf, weiter hinein in die hell und bunt leuchtende Innenstadt, drängte mich mit Hunderten von anderen die enge Hohe Straße hinunter, links und rechts die Angebote, so viel Kleidung kaufen zu können, dass es bis ins hohe Alter genügen würde. Nach kurzer Zeit war ich hypnotisiert von den Auslagen, den Ständern mit Dingen, Glitzerkram, Postkarten, Sinnlosem, Essbarem, Selbstbedienbarem. Mir fehlte die Kraft, mich aus dem Strom zu lösen, energisch in eines der Geschäfte zu gehen und meine Mission zu Ende zu bringen. Bis ich Sanny sah.

Sie stand neben dem Eingang eines der ununterscheidbaren Ramschläden: eine schmale, ernste Wache. Für die Kunden, die in das Geschäft wollten, eine unsichtbare Nicht-Person, aber für mich glühte sie hinter der plötzlich durchsichtigen Menschenmenge wie ein kleiner Fixstern. Auch sie hatte mich erkannt und strahlte kurz, als ich auf sie zuging.

»Hey, Toni-Antoinette, willst du etwa 'ne Jeans kaufen?«

Ich musste lachen: »Du durchschaust mich sofort, Hüterin der Gewänder. Hast du eine für mich auf Lager?«

»Meinst du das ernst? Willst du wirklich eine, dann rufe ich meine Kollegin, ich darf hier nämlich nur türstehen, aber nicht verkaufen.«

»Nein, lass mal, später vielleicht. Vor allem bin ich froh, dich zu sehen. Was machst du so?«

»Naja, was ich im Moment mache, siehst du ja. Ansonsten ist alles beim Alten. Nicht besser, aber auch nicht schlechter. Nicola ist noch mehr weg als früher, aber wenigstens habe ich dadurch meine Ruhe.«

Sie sah noch dünner aus als vor zwei Wochen. Ihre Schuhe mit den superdicken Plateausohlen machten sie zwar länger, aber nicht eigentlich größer. Immerhin waren unsere Augen jetzt genau auf einer Höhe.

Ich stellte mich neben sie, um ihr den Blick auf die Eindringenden nicht zu versperren.

Sie schwieg einen Moment, dann meinte sie: »Ich hätte dich gern angerufen.«

Ich schaute sie aufmunternd an, sagte aber nichts.

»Jetzt, wo wir uns wieder sehen, kommt es mir blöd vor, aber ich habe mich, ehrlich gesagt, nicht getraut.«

»Warum nicht, ich freue mich wirklich, wenn du dich melden würdest.«

»Erst wollte ich gern. Nach ein paar Tagen habe ich gedacht, ich nerve dich wahrscheinlich einfach nur mit meinen Geschichten.«

»Überhaupt nicht. Ich fand unser Gespräch neulich total interessant.«

»Echt?« Sie strahlte noch einmal kurz. Überlegte dann: »Können wir uns mal treffen? Ich kann jetzt hier nicht weg, aber ich arbeite nicht jeden Tag.«

Ich fragte mich, wie sie überhaupt an den Job gekommen war, erinnerte mich dann aber, dass ich mich selbst als Schülerin älter gelogen und Geld verdient hatte. Viele Läden fragten gar nicht nach dem Alter und ich erkannte jetzt den eigentlichen Zweck von Sannys Plateauschuhen.

»Jederzeit. Nächste Woche fahre ich mit einer Freundin ein paar Tage weg, aber wir können uns auch gerne noch davor treffen. Nachmittags habe ich eigentlich immer Zeit.«

»Morgen, um drei, nach der Schule? Kann ich zu dir kommen?«

Ich hatte beinahe den Eindruck, als hätte sie schon vor

diesem zufälligen Treffen einen Plan für eine neue Verabredung mit mir gemacht.

»Komm einfach vorbei. Weißt du, wo ich wohne?«

»So ungefähr. Nicola hat mir erklärt, wo sie Christian gefunden haben.«

Ich beschrieb ihr unser Haus und den Eingang genauer und verabschiedete mich: »Bis morgen um drei.«

»Willst du doch keine Jeans mehr kaufen?«

Das hatte ich jetzt glücklich vergessen. »Kriegst du Provision, wenn ich hier was kaufe?«

Sie schaute mich verwirrt an. Anscheinend kannte sie nicht einmal das Konzept. Ausbeuterladen.

»Kann ich dir morgen erklären, wenn du willst. Ich habe heute eigentlich keine Lust mehr, eine Hose anzuprobieren. Zu viel Stress.«

Wir winkten uns zu, Sanny machte mit Mittel- und Zeigefinger das Victoryzeichen und ich stürzte mich zurück auf den Fußgängerhighway.

Die Nächte waren ruhig um diese Jahreszeit. Oft kam ich mit Einnahmen von meinen Schichten zurück, die Bernd nicht besonders erfreuten. Aber ich mochte die Arbeit im Januar. Nicht weil ich wenig zu tun hatte. Eigentlich gingen die Stunden schneller vorbei, wenn ich viele Fahrten hatte, oft gerufen wurde. Was mir aber im Moment gefiel, waren die Signale, die der dämmernde Karneval setzte. Die Session lief natürlich schon seit November, doch erst jetzt waren immer öfter Leute in Verkleidung zu sehen, die zu Sitzungen gingen oder spät nachts nach Hause gebracht werden wollten. Die meisten Auswirkungen des Karnevals sind mir zwar ein Gräuel: merkwürdige Männerkulte, spießiger und reaktionärer als die Phänomene, die sie ursprünglich karikieren wollten; Orden und Ehrenabzeichen, Klüngel und Eitelkeiten, Betrunkene, die versuchen, dich zu küssen. Aber ein paar Sachen habe ich an der fünften Jahreszeit in dieser Stadt lieb gewonnen. Dazu gehören die kurzen Augenblicke, wenn ein maskiertes Wesen unerwartet aus dem Dunkel auftaucht und kurz darauf wieder verschwindet; der surreale Anblick einer Gruppe von Leuten in bunten Narrenuniformen, die am frühen Sonntagvormittag müde und derangiert, aber immer noch farbenfroh über einen grauen Platz schleichen. Diese Momentaufnahmen erinnern mich an die vielen Ebenen, auf denen das Leben in dieser Stadt passiert und an die Zwischenwelten, Zustände, in denen die Identität verschwimmt, sich nicht mehr zuordnen lässt zu einer der vertrauteren Daseinsformen.

Auch einer meiner Fahrgäste in der Nacht nach meinem Stadtbummel schien aus einer solchen Welt zu kommen. Es war morgens um zehn vor zwei und ich war auf dem Weg zurück aus Brauweiler, dem ländlichen Ziel meines letzten Fahrgastes, in die Innenstadt. Ich hatte mich noch nicht entschieden, welchen Taxistand ich ansteuern wollte, und hoffte auf eine Fahrt, die vielleicht direkt über die Zentrale auf meinem Bildschirm eingehen würde. An der Aachener Staße, einer großen Einfallstraße, die einen nachts schnurgerade wie auf Schienen zurück in die Stadt zieht, winkte eine Frau vom Bürgersteig aus. Ich hielt an: »Brauchen Sie ein Taxi?«

»Ja. Bitte. Sind Sie frei?«

»Klar, steigen Sie ein.« Ich schaltete die Warnblinkanlage ein, bereit auszusteigen, um ihr die Beifahrertür zu öffnen, aber sie kam mir zuvor und setzte sich direkt hinter mich auf die Rückbank. Ich konnte sie nur undeutlich im Spiegel sehen, roch aber, als wir losfuhren, ihr Parfüm: ein Duft, der mich entfernt an Patchouli, vor allem aber an Kräuter, Hölzer und angenehm rauchige Gewürze erinnerte. Ich freute mich über die unerwartete und erfreuliche Belebung der Luft im Wagen und schwieg. Nach einigen hundert Metern fiel mir auf, dass ich noch gar nicht wusste, wo sie hinwollte.

»Sind wir hier richtig, wollen Sie in die Stadt?«

»Oh, tut mir Leid, ich war ganz in Gedanken. Ich möchte zum Heumarkt. Sie können mich davor irgendwo rauslassen, so dass Sie nicht über die Deutzer Brücke müssen.«

Sie kannte die Strecke gut. Es gab die Möglichkeit, den

Heumarkt kompliziert von hinten anzufahren, wobei man am Bahnhof in ein Tunnelsystem abtauchen und sich danach durch die Altstadtgassen schlagen musste. Weiterhin konnte man auf der Cäcilienstraße wenden und auch dann durch die Altstadt kriechen. Oder man fuhr die Cäcilienstraße bis zur Pipinstraße geradeaus weiter, hielt direkt am Heumarkt, war dann aber hoffnungslos auf dem Weg über den Rhein gefangen. Es gab dann nur die Möglichkeit, die Brücke zu überqueren, in Deutz auf der anderen Rheinseite umzudrehen und den gleichen Weg wieder zurückzunehmen. Durch den Vorschlag meiner Kundin konnte ich sie vor dieser Abbiegung herauslassen und dann vor der Brückenfalle rechts in die Straße an der Malzmühle einbiegen.

Kurz vor dieser Kurve bremste ich also, um sie aussteigen zu lassen, aber sie sagte: »Ach, fahren Sie ruhig noch um die Ecke, ich habe es mir anders überlegt, lassen Sie mich da vorn raus.«

Ihre Stimme war sehr tief, klar und für die Tageszeit munter. Sie kam mir irgendwie seltsam und auch entfernt bekannt vor.

Bevor sie ausstieg, reichte sie mir das Fahrgeld über die Schulter. Einen Zwanzigmarkschein.

»Stimmt so«, sagte sie und ich bedankte mich für die zwei Mark extra. Dann war sie schon aus dem Wagen und ich beobachtete sie, wie sie vor der Tür einer Nachtbar stand und klingelte. Sie war unauffällig gekleidet. Ein grauer Nadelstreifenanzug mit weiten Hosen, kein Mantel. Ihre Haare waren blond und zu einem kurzen asymmetrischen Bob geschnitten. Der einzige Grund, warum sie in dieser Gegend in diese Bar wollte, konnte nur darin liegen, dass sie eigentlich ein Mann war. Plötzlich war mir auch klar, dass ich damit Recht hatte und dass dies auch ihre Stimme erklärte.

Mir fiel ein, an wen mich die Stimme erinnerte: An meine alte Freundin Samira aus Hamburg, die ich mit siebzehn in Detroit kennenglernt hatte; damals war sie noch ein dünner, schüchterner schwarzer Junge mit Brille gewesen. Er war später mit der Army nach Deutschland gekommen. Seit er zwanzig war, wurde er jährlich ein bisschen mehr zu Samira, und als wir uns nach vielen Jahren, in denen wir vor allem kurze Weihnachtskarten ausgetauscht hatten, persönlich wiedertrafen, stand eine Frau vor mir. Die Hormone und mehrere Operationen hatten Samira zu überzeugender Weiblichkeit verholfen, nur für ihre Stimme war die Geschlechtsumwandlung ein bisschen zu spät gekommen.

10

Sanny kam pünktlich am nächsten Tag, klopfte um drei an die Tür und schleppte ihr Fahrrad mit in meine Küche.

»Kann ich das mit reinbringen, ich hab immer Angst, dass es geklaut wird?«

»Klar. Falls du es vergisst, wird es spätestens beim nächsten Hochwasser mit weggespült.«

»Ehrlich, musstest du hier schon mal bei Hochwasser raus?«

»Einmal.«

»Wie spannend. Eine Freundin von mir wohnt in Rodenkirchen, direkt am Rhein. Allerdings im zweiten Stock. Das letzte Mal konnten sie tagelang nur im Boot aus dem Haus. Wie in Venedig. Fand ich klasse.«

»Das kann ich mir vorstellen.«

Sanny setzte sich in der Küche auf einen Stuhl, stand aber sofort wieder auf, als ich sie fragte, ob sie etwas trinken wolle.

»Kann ich mir auch selber nehmen, oder ich helfe dir. Soll ich irgendwas auf den Tisch stellen?«

Ich war erstaunt über ihre Hektik. »Du kannst auch einfach sitzen bleiben. Heute bist du mein Gast, entspann dich. Soll ich uns einen Kaffee machen; hast du Hunger?«

»Gibt's auch Cola?«

Sie hatte die Kiste in der Ecke entdeckt. Cola, eine meiner Haupt- und Lieblingsdrogen. Eine der ihren anscheinend auch, denn sie hatte sich schon eine Literflasche geschnappt und stellte sie zwischen uns auf den Tisch. Ich holte Gläser. Hungrig schien sie nicht zu sein, das konnten wir auch später noch abklären.

Sie schaute sich in der Küche um, wirkte neugierig, strahlte aber auch eine gewisse Schüchternheit aus, die allerdings weniger auf ihre Persönlichkeit als vielmehr auf die Hemmungen zurückzugehen schienen, die der kindliche Drill auf Höflichkeit später in der Teenagerzeit auslöst.

Ich suchte nach einem unverfänglichen Thema, wollte nicht den Eindruck erwecken, dass ich vorhatte, sie auszufragen, hoffte, dass sie von selbst anfangen würde, über etwas zu reden, was sie interessierte.

»Fährst du gerne Taxi?«

Ihre Frage war eindeutig, klar, hätte eine einfache Antwort verdient, aber sie hatte mich direkt bei einem Thema erwischt, mit dem ich mich in meinen schlechten Momenten selbst beinahe obsessiv auseinander setze. Wie soll ich mein Leben gestalten? Gefällt mir, was ich tue? Wäre ich mit etwas anderem glücklicher? Ich setzte zu einer längeren Erklärung an, zögerte aber und versuchte, ob eine simple Antwort für mich selbst nicht genauso überzeugend klingen würde.

»Manchmal ja, manchmal nein. Es ist eine Arbeit, die mir entgegenkommt, weil ich ganz gern allein bin, weil ich gerne nachts auf bin und weil ich trotzdem immer wieder mit Leuten zu tun habe. Manchmal geht es mir aber auf die Nerven, wie wahrscheinlich jeder andere Beruf es auch tun würde.«

Das schien sie zu zufrieden zu stellen. »Klar, arbeiten kann immer mal nerven, aber Hauptsache, man hat auch Zeit für sich und verdient seine eigene Kohle.«

Sie redete wie ein Profi und ich hatte den Eindruck, dass sie genau wusste, wovon sie sprach.

»Musst du denn arbeiten? Ich meine, in dem Jeansladen. Kriegst du kein Taschengeld?«

»Doch schon, zwar nicht viel, Nicola sagt, dass sie mir ja alles kauft, was ich brauche, aber ein bisschen kriege ich und eigentlich brauche ich auch nicht viel. Aber der

Job ist trotzdem gut. Erstens bin ich weg von zu Hause und zweitens spare ich das Geld, damit ich so schnell wie möglich ganz weg kann. Also nicht heimlich abhauen oder so, aber mit sechzehn will ich Nicola überreden, dass sie mir erlaubt, dass ich eine eigene Bude nehme. Dann sind wir einander endlich los.«

Während sie das sagte, waren ihre Augen langsam leer geworden.

Ich hatte viele Fragen an sie. Wollte wissen, ob sie Freundinnen hatte, die zu ihr hielten. Was Nicola beruflich machte. Ob ihr Vater sie nicht unterstützen konnte. Stattdessen sagte ich: »Interessierst du dich für Computer?«

Sie sah mich überrascht an: »Woher weißt du das?«

»Einfach geraten. Du hast gesagt, dass Christian Spaß daran hatte. Weil er dir doch so viel gezeigt hat, da dachte ich, vielleicht auch das.«

»Ich habe keinen eigenen Computer. Nicola hat zwar einen Computerladen, zusammen mit Paul, ihrem Geschäftspartner, aber sie hat nur Christian erlaubt, manchmal an ihrem PC zu sitzen. Als er dann angefangen hat, im Internet zu surfen, hat sie das Modem immer mitgenommen, wenn sie weggegangen ist. Ihr wurde die Sache zu teuer. Davor hat er mir manchmal gezeigt, was es da so alles im Netz gibt. Super, vor allem das Chatten. Dann ist er oft zu seinem Freund, Gerald, gegangen und Lydia hat letztes Jahr zum Geburtstag auch einen eigenen Computer bekommen. Aber da haben wir uns schon kaum noch nach der Schule gesehen.«

Ich erinnerte mich an die Nachrichten im Netz über Lydias Tod. »Wenn du Lust hast, können wir mal schauen, ob wir einen guten Chatkanal finden.«

Sie war begeistert. Wir schnappten uns unsere Gläser und gingen zu meinem Rechner. Ich schloss ihn an, startete die Internetverbindung und das IRC-Programm. IRC – Internet Relay Chat – ist ein Dienst, durch den eine beinahe unbegrenzte Zahl von Leuten gleichzeitig miteinander kommunizieren können. Anders als E-Mails, die analog zur Briefpost funktionieren und auf der die

Diskussionsgruppen des Netzes mit ihren langen Verteilerlisten aufgebaut sind, läuft das Chatten eher wie eine Konferenzschaltung am Telefon ab. Allerdings wird nicht gesprochen, sondern die Beiträge der einzelnen Teilnehmer erscheinen in Schriftform auf dem Bildschirm. Man muss sich in einen der Hunderte von Kanälen einloggen, die es im Netz gibt, und trifft dort seine Wahlgruppe von Chattern. Mit Sanny suchte ich einen deutschsprachigen Kanal zu einem einigermaßen interessanten Thema. Chatten erfordert, wenn es Spaß machen soll, viel Offenheit und hohe Konzentration. Da ich selbst diesem Zeitvertreib nur selten nachging, kannte ich keine Kanäle, wo ich an vorhergehende Diskussionen anknüpfen konnte. Meistens hatte ich das Gefühl, dass die kurzen Sätze und Sequenzen, die auf dem Bildschirm vor mir erschienen, keinerlei Sinn machten. Es wimmelte von Abkürzungen und Spitznamen, die sich die Teilnehmer gaben und die ich mir kaum merken konnte. Sanny war hierfür eindeutig stärker begabt. Schon nach kurzer Zeit überließ ich ihr die Tastatur ganz. Noch etwas später verzog ich mich mit einem Buch in eine Ecke des Raumes und hörte sie nur hin und wieder kurz lachen oder vor sich hin schimpfen.

Eine Weile blieben wir beide in unsere jeweilige Welt versunken. Ich las Joyce Carol Oates *Foxfire: Bekenntnisse einer Mädchengang* und fand mich im Amerika der fünfziger Jahre wieder. Irgendwann schaute ich auf und blickte zu Sanny, die noch immer vertieft war in den Bildschirm. Doch nach ein paar Sekunden sah auch sie zu mir herüber.

»Das macht wirklich Spaß. Aber eigentlich wollte ich auch noch mit dir reden. Soll ich den Computer ausmachen?«

Ich zeigte ihr, wie sie das Programm verlassen und die Verbindung kappen konnte. Danach setzten wir uns beide auf den Boden.

»Alle sagen ja, dass Christian sich umgebracht hat ...« Sie war wieder bei unserem Ursprungsthema.

»Weißt du, was die Polizei über seinen Tod herausgefunden hat?«

»Ich habe Nicola vor der Beerdigung gefragt. Die von der Polizei haben ihn untersucht. Er ist ertrunken. Er hatte wohl auch ein paar Prellungen, aber nicht so stark, als wenn er von einer Brücke gesprungen wäre. Andere Verletzungen hatte er nicht. Erst als dann der Brief kam, war ganz klar, dass es ein Selbstmord war.«

»Hast du den Brief gesehen?«

»Ja, Nicola wollte ihn mir zuerst nicht zeigen, aber in dem ganzen Chaos habe ich ihn dann irgendwann zwischendurch rumliegen gesehen und ihn heimlich gelesen.«

»Warum wollte sie ihn dir nicht zeigen?«

»Sie sagt, weil sie mich nicht traurig machen wollte, ich fand das aber gemein, vor allem, weil er auch an mich gerichtet war.«

»War er mit der Hand geschrieben?«

»Ja, und es war eindeutig Christians Handschrift, so komisch krakelig und chaotisch. Außerdem war da so ein kleines Männchen, so eine Comicfigur. Das hat er eine Zeit lang überall hingemalt. Das war da drunter, unter dem Brief.«

Die Neugier zu erfahren, was in dem Brief gestanden hatte, kitzelte mich gewaltig. Andererseits fand ich, dass mich das nun absolut nichts anging.

Noch etwas interessierte mich seit Christians Beerdigung: »War er ein Punk?«

»Kommt drauf an, was du damit meinst. Er hatte keine bunten Haare oder so. Seine Freunde und er hören aber am liebsten Punk. Das alte Zeug. Sie hängen jedoch nicht in der Stadt rum und schnorren. Aber gegen Gewalt und für Frieden sind sie schon. Manche ziehen sich verrückter an, manche nicht. Kommt auch auf die Eltern an, wie die da drauf reagieren.«

In diesem Moment klopfte es vorne an meine Tür. »Einen Moment, ich schaue mal eben, wer das ist.«

Als ich aufmachte, standen Jill und Bill vor mir. Jill trug heute keine Uniform, sah aber in ihrer bunten weiten Hose, den Turnschuhen und dem übergroßen Sweatshirt weniger zart aus als auf der Beerdigung in den dunklen Sachen.

Bevor ich mir über die Kombination meines Besuchs selbst Fragen stellen konnte, meinte Bill: »Wir haben uns gerade im Supermarkt in der Südstadt getroffen. Jill hat mir erzählt, was gestern passiert ist. Sie war wegen dir ein bisschen beunruhigt und da haben wir gedacht, wir schauen mal kurz vorbei.«

Ich war erstaunt, dass ich bei seinem ›wir‹ einen kurzen Stich in meiner Magengegend spürte, beschloss dann aber, mich über ihren Besuch zu freuen und mir für den Moment keine Sorgen zu machen. Überhaupt hatte ich langsam die Nase voll davon, mir dauernd über irgendetwas Sorgen zu machen. Meine Reaktionen auf Zwischenmenschliches gingen mir selbst auf den Wecker. Ich wollte gerne unkompliziert sein: frisch und fröhlich, easygoing und unzerstörbar ... frustrierenderweise blinkte in diesem Moment vor meinem inneren Auge ein aggressives: ›No Chance!‹

Ich seufzte und lächelte die beiden an: »Kommt doch rein. Ich habe schon Besuch, vielleicht erinnert ihr euch aneinander.«

Sanny war mir in die Küche gefolgt. Als Jill sie sah, stupste sie mich an und beinahe sofort verstand ich. Es wäre eventuell nicht unbedingt feinfühlig, Sanny mit dem Bericht über eine neue Tote zu belasten. Auch Bill schien das so zu sehen und begrüßte sie herzlich. Danach schwiegen wir einen Moment verlegen.

Sanny bemerkte die seltsame Situation, konnte sie sich aber natürlich nicht erklären und sagte schnell: »Störe ich euch? Ich wollte sowieso gleich gehen.«

Sie schien Bill nicht sofort wieder zu erkennen. Auf Jill hatte sie allerdings geachtet und sagte jetzt zu ihr: »Sie sind Polizistin. Toni hat mir das erzählt. Möchte ich auch gerne werden.«

Ich wunderte mich, dass sie Jill viel distanzierter ansprach als mich beim ersten Mal, und schämte mich dann, dass ich mich irgendwie darüber freute.

Jill erwiderte spontan: »Lass das lieber bleiben, ist wirklich kein Traumjob.« Dann überlegte sie kurz und sagte: »Tut mir Leid, ich will dich aber nicht abschrecken.

Vielleicht hast du ja mehr Spaß daran als ich. Wenn du willst, können wir uns mal darüber unterhalten.«

»Ja, das wäre gut.« Mehr erwiderte Sanny nicht darauf, sondern schnappte sich ihr Rad und ging zielstrebig aus der Tür.

Ich versuchte, sie aufzuhalten: »Hör mal, du musst nicht verschwinden, nur weil die beiden jetzt gekommen sind. Schließlich waren wir zuerst verabredet. Wir können doch auch alle vier noch etwas essen oder quatschen.«

»Ich müsste jetzt sowieso los. Nicola war mal wieder sauer, dass ich gestern erst nach sieben gekommen bin, weil es schon dunkel war. Ich düse jetzt lieber.«

Ich erinnerte mich, dass Sanny in Raderthal wohnte. Nicht sehr weit von der Südstadt, aber eine Gegend, wo es unbelebte Wohngebiete gab. Ich konnte die Anordnung ihrer Mutter in diesem Fall verstehen. Trotzdem blieb ich zuerst mit dem Gefühl zurück, Sanny schon wieder mit ihren Sorgen nicht weitergeholfen zu haben.

Jill und Bill blieben nicht lange. Die Polizistin erzählte noch einmal, was ich gestern schon gesehen hatte. Sie erwähnte auch, dass es eine Frau gewesen war, die sie herausgezogen hatten. Ich hatte den Eindruck, dass es Jill vor allem darum ging, sich zu vergewissern, dass sie selbst mich nicht verschreckt hatte. Die Leichtigkeit, die sie bei der Beerdigung gehabt hatte, war heute nicht spürbar. Sie wirkte deprimiert, verzagt, ihre Stimmung war eine Fortsetzung ihrer gestrigen Verfassung.

Bill sagte wenig. Ich wusste nicht, was er von ihr erfahren hatte, über die Tote und über ihre eigene Reaktion darauf. Ich hätte die Polizistin gerne aufgerichtet, aber da ich nicht wusste, was tatsächlich in ihr vorging, wollte ich nicht in irgendein eventuell schon lauerndes Fettnäpfchen treten. Unser Treffen blieb seltsam und ich war froh, als die beiden gingen.

11

Es gab eine Zeit in meinem Leben, da hatte ich das Reisen zu meinem Beruf gemacht. Die Bewegung war das Einzige, was mir Ruhe gab. Dieses Phänomen habe ich später vor allem bei Säuglingen wieder gefunden. Wenn eine Mutter mit einem schreienden, wütenden, verzeifelten Baby in mein Taxi einsteigt, beruhigt es sich meistens, sobald die Fahrt losgeht. Nach kurzer Zeit schläft fast jedes Kind selig. Ich weiß, dass für diesen Effekt das monotone Geräusch des Motors und das leichte Schaukeln des Autos verantwortlich gemacht werden. Insgeheim bin ich mir aber sicher, dass es die Gewissheit ist, dass man sich fortbewegt, die den Menschen zur Ruhe kommen lässt. Ich selbst brauchte für die Linderung meiner großen Rastlosigkeit damals die großen Entfernungen. Inzwischen betrachte ich es als Fortschritt, dass mir die Reisen durch die Stadt heute genügen, um mich später tief und fest schlafen zu lassen. Vor unserer Fahrt ans Meer war mein Unruhepegel allerdings kontinuierlich gestiegen, so dass ich auf die Reise mit Nora zuletzt hinfieberte wie eine Süchtige.

Zwei Tage vor unserer Tour bekam ich eine E-Mail von ihr, die mich auf den ersten Blick zusammenzucken ließ, da unsere Pläne nicht mehr ungefährdet schienen. Sie deutete an, dass unerwartete Ereignisse über sie hergefallen wären, endete jedoch mit:

... ich bin aber fest entschlossen, Sodom und Gomorrha hinter mir zurückzulassen und übermorgen mit dir im Zug zu sitzen. Bitte nimm auf keinen Fall deinen PC mit ;-))).
Allerbeste Grüße, nora

Was sie mit dieser letzten Andeutung meinte, erklärte sie mir, als wir uns am Montagvormittag in unserem Abteil gegenübersaßen. Draußen begleitete die flache nebliggrüne Unendlichkeit der Landschaft des linken Niederrheins den Zug, und wir ließen uns langsam in Urlaubsstimmung rattern.

»Im Krankenhaus ist es eigentlich ganz gut gelaufen. Die letzten Tage waren zwar hektisch, aber wir waren personell ausreichend besetzt. Ich konnte meinen Dienst wegtauschen und mit dem Resturlaub von letztem Jahr war es gar nicht so schwierig, jetzt freizubekommen. In der Mailbox ist allerdings der Teufel los. Ich durchschaue selbst noch nicht ganz, wo eigentlich das Problem ist. Du weißt ja, dass wir eine Systembetreuerin, Anke, speziell für den Frauenbereich der Box haben. Ich selbst mache eher allgemeine Sachen, so wie die anderen Co-Sysops auch. Außerdem mache ich es in meiner Freizeit, ehrenamtlich. Anke und Ludger allerdings sind die beiden Haupt-Sysops und sie werden dafür aus den Einnahmen der Box stundenweise als freie Mitarbeiter bezahlt. Jetzt ist Anke seit einer Woche einfach abgetaucht. Sie kümmert sich nicht mehr um die Anfragen, die von Benutzerinnen einlaufen, und den ganzen anderen Kram. Da wir aber natürlich die Frauenbereiche nicht von einem Mann betreuen lassen können, saß ich plötzlich mit ihrer Arbeit allein da.«

»Du bist die einzige andere Frau in der Systembetreuung der Box?«

»Ja, und ich habe mich eigentlich auf die Aufgabe nur eingelassen, weil die externen Frauensysteme, mit denen wir uns austauschen, darauf bestanden haben, dass es auch eine weibliche Stellvertreterin für Anke gibt. Damals habe ich natürlich nicht damit gerechnet, dass sie mich irgendwann mal ohne Vorwarnung mit der ganzen Arbeit sitzenlässt.«

»Und ihr habt keine Ahnung, wo sie steckt?«

»Wir haben natürlich alles Mögliche versucht, um mit ihr Kontakt aufzunehmen, Ludger hat versucht sie anzurufen. Ich habe ihr einen Brief geschickt, aber alles ohne Ergebnis. Es sieht aus, als ob sie plötzlich verreist ist.«

»Gibt es niemanden, der mit ihr mehr Kontakt hat, den ihr fragen könntet?«

»Ich kenne niemanden. Sie lebt allein. Ich selbst habe sie noch nie persönlich getroffen, unsere ganze Kommunikation lief elektronisch. Mit wem sie im Netz in Verbindung stand, weiß ich natürlich nicht, und ob sie da jemandem mitgeteilt hat, wohin sie verschwunden ist.«

»Und wenn sie plötzlich krank geworden ist oder einen Unfall hatte oder irgendetwas in der Art: Ihre Mutter ist gestorben, oder ihr Vater hatte einen Herzinfarkt. Es gibt viele Möglichkeiten.«

»Daran habe ich natürlich auch schon gedacht. Ich bin hin- und hergerissen zwischen Ärger und Sorge.«

»Und wie konntest du dich für die nächsten Tage vor dem Chaos retten?«

Nora grinste: »Nach mir die Sintflut. Ich habe einfach eine Mail an alle geschickt, die es interessieren könnte, worin ich mitteile, dass ich jetzt weg bin.«

Bei dieser Vorstellung musste ich lachen. Ich war mir sicher, dass Nora vor ihrer Abfahrt alles Erdenkliche getan hatte, um die Box wohl versorgt zurückzulassen. Die fröhliche Unbeschwertheit, die sie meistens ausstrahlte, stand im Gegensatz zu ihrem gutgeplanten Alltag und einem manchmal beinahe masochistischen Verantwortungs- und Pflichtgefühl. Noras Angst vor Chaos und Untergang hielten sich die Waage mit der Sorge, sie würde ihr eigenes Leben bürokratisieren und versteifen. Wie bei anderen Menschen, die mir lieb waren, staunte ich auch bei Nora manchmal über ihre Selbsteinschätzung. Ich hatte immer mal wieder den Drang, sie zu bestätigen, ihr zu versichern, dass sie völlig in Ordnung sei, dass sie einfach lockerlassen und Spaß haben solle. Im gleichen Moment, wo ich ihr in dieser Richtung zuredete, lächelte sie mich meistens verschwörerisch und wissend an. Ihr war klar, dass ich genau wusste, wovon ich redete und dass wir an diesem Punkt gegen ganz ähnliche Dämonen fochten.

In Amsterdam stiegen wir in einen Überlandbus, der uns zu unserem Ziel bringen sollte. Als wir aus dem Bahnhofsgebäude traten, gönnte ich mir ein paar gierige Minuten den Blick auf eine Gracht, auf die schmalen, steilen bunten Häuser und auf Erinnerungen an Heinrich, der mich hier in die Freuden des Kiffens eingeführt hatte. Im Bus erzählte ich Nora davon.

»Er hatte den Eindruck, dass meine Pubertät zu einsam und ereignislos verlief. Später habe ich mich gefragt, ob er tatsächlich hoffte, dass ich im Haschischrausch schneller Freunde finden würde. Wahrscheinlich hatte er einfach selbst Lust, mal wieder ein Wochenende stoned zu sein.«

Nora wollte mir diese Geschichte zuerst nicht glauben, aber ich versicherte ihr, dass sie stimmte.

»Du musst wirklich ein bisschen komisch gewesen sein, wenn dein Onkel dich mit Dope lockerer machen wollte.« Sie zog mich liebevoll auf.

»Glaub mir, ich war komisch. Bin ich doch eigentlich immer noch, oder?«

Sie schüttelte den Kopf: »Überhaupt nicht. Du redest zwar nicht unbedingt viel über dich, aber mir vermittelst du auf andere Art, wer du bist und was du fühlst. Tut mir Leid, dass ich diesen Begriff benutzt habe: ›Komisch‹ ist so ein ähnliches Wort wie ›normal‹, beide basieren auf dem Prinzip der Ausgrenzung. Dabei gibt es für niemanden ein Dazugehören. Für mich war das als Jugendliche eine der schmerzhaften Lektionen. Heute empfinde ich es als Befreiung, nicht normal sein zu müssen. Da liegt dein Leben dann viel offener und spannender vor dir.«

Ich atmete tief durch und nickte. Nora strich kurz mit der Hand über mein Knie und wir schauten beide aus dem Fenster.

Nach einer halben Stunde fuhren wir durch Amsterdams Vororte, dann wurden die Gärten langsam größer, die Straße verbreiterte sich, wurde zur Landstraße. Die Gegend bestand aus Feldern, braunen Furchen, Zäunen, einzelnen Bäumen und Wiesen. Auf manchen grasten Kühe und seltener Pferde. Der Boden wurde sandiger, heller, hügeliger, dünig. Irgendwann zeigte sich zwischen den Dünen kurz die See. Täuschend, sie erinnerte zu sehr an den Himmel, wir glaubten es erst, als wir noch dichter herankamen, als wir das scharfe Weiß der Wellenkämme sicher ausmachen konnten. Ich presste meine Stirn gegen die Scheibe, versuchte zu verbergen, dass ich vor Freude, Erleichterung, tiefer Entspannung mit nassen Augen vor mich hin lächelte.

Nora hatte sich vor der Reise die Haare schneiden lassen. Sie stand in unserem Pensionszimmer vor dem Spiegel, als ich später am Nachmittag feucht dampfend aus dem Badezimmer kam, und strich sich mit der Hand über den Schädel. Zwischen ihren Fingern schimmerte die Kopfhaut.

»Ich wollte wissen, wie es sich anfühlt, wenn dir keine Haare mehr ins Gesicht hängen und du deinen Kopf wirklich spürst. Wenn ich mich trauen würde, würde ich mich so kahl wie Bill rasieren.«

Ich konnte sie mir ganz gut so vorstellen. Trotzdem war ich froh, dass sie noch ca. zwei Zentimeter Haare übrig behalten hatte. Vielleicht weil es mir unheimlich vorgekommen wäre, wenn meine beiden besten Freunde plötzlich völlig haarlos wären. Als hätte ich eine kahlmachende Ausstrahlung.

Nora setzte sich eine Wollmütze mit Norwegermuster und Troddel auf, wickelte sich den passenden Schal um den Hals und wartete wie ein großer ungeduldiger Kobold vor mir, bis ich mich angezogen hatte.

»Das Meer ruft schon, Toooooniiiii, Nooooraaaaa, wo bleibt ihr?«

»Ich bin ja sofort fertig, los geht's.«

Ich hatte mir schnell eine weite graue Jogginghose, feste Schnürstiefel und meine blaue Daunenjacke angezogen und stürmte noch vor Nora durch die Tür. Beinahe wären wir die steile Treppe am Ende des Flurs im Sturzflug hinuntergefallen, aber unsere Wirtin kam uns entgegen und bremste uns. Sie schaute zwar freundlich, klang aber etwas grimmig, als sie uns auf Holländisch ansprach. Ich vermutete, dass es eine Warnung vor der Treppe war, und hoffte, dass sie sich nicht über unseren Lärm ärgerte. Wir winkten ihr zu, als wir das Haus nun etwas langsamer verließen. Draußen aber hielt uns nichts mehr.

Die *Pension Aurora* war ein dreistöckiges hellblaues Gebäude. Zwischen uns und dem Meer lagen die Strandstraße, der Deich und dahinter fünfzig Meter Sand. Wir rannten bis zur Brandung, wo ich stehen blieb und mein Gesicht dem Wind entgegenhielt. Nora joggte weiter am Strand entlang. Ich schaute ihr nach, bis sie eine kleine Gestalt weit entfernt geworden war, kaum zu unterscheiden von den Möwen, die auf dem Strand hüpften und sich dann wieder dicht über den Wellen von unsichtbaren Luftströmungen schaukeln ließen. Der Wind war kalt und stark, aber dennoch blieben die Gerüche wahrnehmbar. Die Luft war salzig und fischig, hinterließ ihren Geschmack auf der Haut und der Zunge. Kurz vor dem Horizont lag ein Schiff, es musste groß sein, dass ich es auf diese Entfernung noch erkennen konnte, aber wie Nora war es winzig geworden vor dem Hintergrund der See. Ich rannte ihr nach, verlangsamte nach einer Weile meinen Lauf, als ich sah, dass auch sie stehen geblieben war.

Als ich sie erreichte, hatte sie sich in den Sand gesetzt. Etwas entfernt von der Kante des Wassers, dort wo er trockener war. Ich stellte mich neben sie, machte die Augen zu und öffnete die anderen Sinne. Plötzlich war es sehr ruhig, das Zerren des Sturms, sein Aufprallen auf meinem Körper, die Stille des lauten, schlagenden Wassers, die Zurufe der Vögel kamen wie aus einer der großen verschleppten Südseemuscheln, die man sich ans Ohr legt und die das Strömen des eigenen Bluts hörbar machen. Ich hatte das Gefühl, in mir selbst zu stehen und dem Universum meines Körpers zuzuhören. Seine Turbulenzen waren mächtig, ich schwankte, zwang mich aber, die Augen geschlossen zu halten, sie erst zu öffnen, kurz bevor ich das Gleichgewicht verlor. Nora stand neben mir, einen Arm ausgestreckt, bereit mich aufzufangen.

Wir umarmten uns, blieben einen Moment umschlungen stehen und wanderten dann Arm in Arm weiter. Der Strand war beinahe menschenleer. Ab und zu sahen wir andere, verhüllte Gestalten, die sich allein oder zu zweit dem Wetter entgegenstemmten. Wir trafen einige Hunde, manchmal knirschten unter unseren Schuhen die Muschelschalen, die wir zertraten.

Abends erstattete ich Bericht. Ich erzählte eine verworrene Geschichte. Von einem Mädchen, das mit seiner Mutter und seinem Onkel aufwuchs. Dessen Vater weit weg, in Amerika lebte. Die Mutter erzählte nicht oft von ihm. Doch eines Tages kommt ein anderer Amerikaner, ein junger lustiger Mann bei ihnen zu Hause vorbei. Die Mutter und dieser Mann sind verliebt. Nach einigen Wochen packt die Mutter die Sachen des kleinen fünfjährigen Mädchens und ihre eigenen zusammen und ruft ein Taxi. Frühmorgens fahren sie zum Flughafen, ohne sich von dem geliebten Onkel zu verabschieden. Sie fliegen nach Detroit. Dort erwartet sie der junge Mann. Er bringt sie in eine kleine Wohnung und verabschiedet sich bald. Er muss zurück in seine Kaserne. Während der ersten Zeit kommt er oft vorbei, doch dann bleibt er irgendwann ganz weg. Die Mutter sagt, er musste in den Krieg. Das Mädchen versucht, Freunde zu finden, lernt auf der Straße mit den anderen Kindern die fremde Sprache, hat eine beste Freundin im Haus nebenan. Die Mutter weint viel. Oft schläft sie, wenn das Mädchen nach Hause kommt. Es weiß, dass im Kühlschrank manchmal Essen ist und manchmal nicht. Die Mutter ihrer Freundin lädt es hin und wieder ein, bei ihnen zu essen. Die Freundin ist nicht immer nett zu ihm, nach einer Weile erschreckt sie das Mädchen jedes Mal, wenn es da ist, und erzählt, in ihrem Schrank würde ein großes Monster leben, das nachts herauskommt. Eines Tages kommt das Mädchen nach Hause und die Mutter ist nicht da. Sie sucht in jeder Ecke der kleinen Wohnung, kann sie aber nicht finden. Nach ein paar Stunden kommt die Freundin und holt sie ab. Ihre Mutter sei im Krankenhaus und sie würde jetzt vorübergehend bei ihnen bleiben. Nach ein paar Tagen steht ihr Onkel, den sie damals ohne Abschied verlassen haben, vor ihr. Er ist sehr lieb, er tröstet sie und sagt, er würde sie mit nach Deutschland nehmen. Dann stehen sie an Deck des größten Passagierdampfers der Welt, größer als die Titanic, aber genauso schwarz und rot und weiß, und fahren ohne Untergang in fünf Tagen nach Bremen. Das Mädchen sagt nichts während dieser Fahrt. Der Onkel hält ihre Hand, als sie ablegen. Ihr Haus in Detroit war schmal und hoch, in einer dunklen Seitenstraße gelegen. Im Sommer spielte sie mit den anderen Kindern im kalten Strahl der gelben, aufgedrehten Hydranten.

»Und danach bist du bei deinem Onkel geblieben?« Nora hatte sich meinen Bericht mit angespanntem Gesichtsausdruck angehört. Wenn sie etwas nicht verstand, hatte sie vorsichtig nachgefragt. Das kleine holländische Lokal, in dem wir saßen, eine Fischplatte aßen und Bier tranken, war gemütlich, dunkel und kurzfristig laut, wenn sich die Männer an der Theke einen Witz erzählten.

»Ich bin bei ihm geblieben, bis ich sechzehn war. Am Anfang hatte ich auch eine Betreuerin vom Jugendamt, wahrscheinlich haben sie geprüft, ob unsere Situation akzeptabel für ein kleines Mädchen war, aber Heinrich hat sie überzeugt, dass er mich gerne bei sich hat, er hat eine Kinderfrau eingestellt, und so ist mir das Heim erspart geblieben.«

»Was ist mit deiner Mutter passiert?«

»Um das herauszufinden, bin ich mit sechzehn abgehauen.«

»Davor hast du es nicht erfahren?«

Ich schüttelte den Kopf: »Heinrich hat selbst Nachforschungen angestellt, wie ich viel später erfahren habe, aber er hatte keinen Erfolg. Ich war sehr misstrauisch. Als Teenager wurde das noch schlimmer. Ich dachte, er belügt mich, wie alle anderen auch, und will mir nur nicht sagen, was er weiß.«

»Und was hast du dann herausbekommen?«

»Ich habe es tatsächlich bis nach Amerika geschafft. Ich hatte einen Pass und ein Ticket. Onkel Heinrich hatte ich einen Brief zurückgelassen, den er fand, als ich kurz vor dem Abflug war. Ich forderte ihn auf, mich nicht zurückzuhalten. Es war Ferienzeit und am Flughafen war ich eines von den vielen jungen Mädchen, die in die USA flogen, um dort Freunde zu besuchen oder an einem Austausch teilzunehmen. In Detroit bin ich in unser altes Viertel gefahren. Tatsächlich wohnte die Mutter meiner damaligen Freundin noch dort. Sie erkannte mich zuerst nicht, sie war sehr abgearbeitet und ich konnte zum ersten Mal sehen, wie arm sie war. Als Kind hatte ich dafür noch kein Gespür gehabt. Aber sie redete mit mir, erzählte mir ein bisschen von meiner Mutter und wie sie immer mehr untergegangen war. Eines Tages hatte sie, als ich weg war, den Gasofen aufgedreht und sich davor gelegt. Die Nachbarn hatten etwas gemerkt, bevor sie tot war oder das Haus in die Luft geflogen ist. Sie wurde ins Krankenhaus gebracht. Danach hat die Nachbarin sie nie wieder gesehen. Auf Bitten der Polizei hat sie mich für einige Tage beherbergt. Sie hatten ihr zugesichert, dass ich danach abgeholt würde. Die Mutter meiner Freundin nannte mir den Namen der Klinik. Auch dort bin ich hingegangen. Sie hatten noch alte Unterlagen. Ich muss so überzeugend gedrängt haben, dass sie für mich darin nachschauten. In meinem Pass stand ja auch der gleiche Name. Sie konnten mir nur sagen, dass meine Mutter damals eingeliefert worden war, aber nach zwei Tagen wieder entlassen wurde, weil sie nicht versichert war. Sie haben ihr gesagt, dass sie sich zu Hause auskurieren solle. Sie ist gegangen und danach nie wieder gesehen worden. Onkel Heinrich hatte eine Vermisstenmeldung aufgegeben, aber auch nichts von ihr gehört.«

»Wo könnte sie hingegangen sein?« Nora war hochkonzentriert.

»Ich habe keine Ahnung. Es gibt viele ungeklärte Fragen für mich in dieser Geschichte. Meine Mutter hat Heinrich vom Krankenhaus aus angerufen und ihm gesagt, er solle mich holen. Sie muss also geplant haben zu verschwinden. Wohin, habe ich nie herausgefunden. Wenn sie sich bei uns in der Wohnung das Leben nehmen wollte, dann hätte sie ihn doch davor schon angerufen? Ich habe lange Zeit geglaubt, dass sie noch lebt, dass sie irgendeinen Entschluss getroffen hat, während der zwei Tage im Krankenhaus, und danach alleine irgendwo neu angefangen hat. Zwischendurch bin ich aber auch oft genauso sicher, dass sie sich einfach wirklich umgebracht hat, geplanter diesmal, nicht im Affekt wie zu Hause, oder dass sie in dem Zustand, in dem sie damals war, einfach auf irgendeine Art unter die Räder gekommen ist.«

»Du hast also nie mehr über sie erfahren?«

»Nein.«

»Was hast du dann gemacht?«

Ich schilderte Nora das Gefühl nicht, das ich hatte, als ich aus dem Krankenhaus trat, in die glühend heiße Großstadt hineinlief, wo ich noch ein paar Tage relativ ziellos durch die Straßen wanderte, versuchte die Erzählstränge meines Lebens nicht ganz aus der Hand zu verlieren. Ich kann mich selbst nicht wirklich an diesen Zustand erinnern. Es ist irgendwo gnädig in den mit ›verboten‹ zensierten Datenbanken der Psyche verstaut. Die Besuche bei der Polizei erwähnte ich kurz.

»Was mich damals am meisten bedrückt hat, war, dass ich langsam merkte, dass ich keine Ahnung hatte, wie meine Mutter eigentlich war, ich konnte mich kaum daran erinnern, wie sie aussah. Mir wurde langsam klarer, dass ich sie verloren geben musste, aber überhaupt nicht wusste, wen ich wirklich verloren hatte.«

Von diesem Moment an habe ich angefangen zu wandern. Ich konnte nicht an einem Ort bleiben, irgendwo steckte dahinter die Hoffnung, ihr zufällig über den Weg zu laufen. Um diesen Wanderungen ein Ziel zu geben, habe ich eine Zeit lang noch versucht, meinen Vater zu finden, was noch sinnloser war als die Suche nach meiner Mutter, aber immerhin habe ich erfahren, was aus Graham geworden war, dem Mann, der uns nach Amerika geholt hatte.

»Er war in Vietnam?« Nora war auf der richtigen Spur.

»Ja, er war in Vietnam und er ist nie zurückgekommen. Ich habe seinen Namen ›Graham Fitzpatrick‹ zufällig entdeckt, als ich vor dem Vietnamdenkmal in Washington stand und vergeblich versuchte, den Namen meines Vaters zu finden.«

»Du weißt, wie dein Vater heißt?«

»Meine Mutter hat mir, als ich klein war, einmal eine Postkarte gezeigt von einem David Carmichael. Ich habe sie später in ihren Sachen gefunden. Die Idee, dass das mein Vater sein könnte, war wahrscheinlich reines Wunschdenken. Sonst gab es keine Spuren von ihm. Die Postkarte kann auch von einem Urlaubsbekannten oder vom Weihnachtsmann gekommen sein.«

»Dieser Graham Fitzpatrick, den du auf dem Denkmal entdeckt hast, kann aber auch ein anderer gewesen sein.«

»Klar, in dieser Geschichte ist beinahe jeder austauschbar. Manchmal war ich mir nicht einmal mehr sicher, ob ich selbst überhaupt existiere oder ob ich in Wirklichkeit ein Geist bin, der hinter lauter Phantomen herjagt.«

Nora sah bedrückt aus. Ich spürte ihr Bein an meinem unter dem Tisch. Es war wie eine Versicherung, dass ich aus Fleisch und Blut war. Ich lächelte ihr zu.

»Wusste dein Onkel nicht mehr über diese ganzen Ereignisse?«

»Meine Mutter hatte ›Vater unbekannt‹ in meine Geburtsurkunde eintragen lassen. Nachdem wir nach Amerika gefahren waren, hatte sie kaum noch Kontakt zu Heinrich. Er hatte Graham nie kennen gelernt. Als ich später bei ihm wohnte, war er mit seinem Beruf und mit mir beschäftigt. Ich glaube auch, Heinrich wollte mich so wenig wie möglich an alles erinnern, damit ich so eine Art neuen Start in Deutschland machen konnte. Er hat wohl gehofft, dass ich so klein war, als diese Sachen passierten, dass ich sie später vergessen würde.«

»Und er hat seine Schwester nie gesucht?«

»Meine Mutter war seine Stiefschwester. Auch ihr Verwandtschaftsverhältnis war etwas kompliziert. Der Vater meiner Mutter und Onkel Heinrichs Mutter hatten geheiratet und die beiden Kinder mit in die Ehe gebracht. Nach Heinrichs Tod habe ich alle möglichen Briefe von amerikanischen Behörden gefunden. Er hat während der ganzen Jahre geschrieben und nach ihr geforscht. Er hat mir nichts davon erzählt, weil er mir wahrscheinlich keine falschen Hoffnungen machen wollte, hat aber die

Briefe aufgehoben, damit ich irgendwann erfahre, dass ihm die ganze Sache auch nicht egal war.«

»Und du bist dann in Amerika geblieben mit sechzehn?«

Ich hatte Nora einmal erzählt, dass ich als Teenager einige Jahre dort verbracht hatte. »Ja, ich konnte das Land einfach nicht verlassen. Es war das Einzige, was mich scheinbar mit meiner Mutter und meinem Vater verband, und ich hoffte, doch noch einen von beiden eines Tages plötzlich zu finden. Wie auch immer das aussehen sollte. Heinrich hat mir Geld geschickt, wenn ich ihn darum gebeten habe, und ich bin herumgefahren und habe immer mal wieder gejobbt. Das Ganze war natürlich illegal.«

»Du hattest keine Aufenthaltserlaubnis?«

»Nein, ich bin ja Deutsche und die Amerikaner hätten keinen Grund gehabt, mir eine Greencard zu geben. Mir ist damals klar geworden, dass meine Mutter sich schon illegal in dem Land aufgehalten hatte. Graham und sie haben nicht geheiratet. Manchmal habe ich sogar den Verdacht, dass er schon verheiratet war. Aber dem wollte ich damals nicht auch noch auf den Grund gehen.«

Nora nickte. Ich sah, dass es ihr nicht leicht fiel, den Faden nicht zu verlieren. Aber sie fragte doch vorsichtig weiter: »Wie lange hast du dort gelebt?«

»Zwei Jahre.«

»Und dann?«

»Willst du wirklich noch wissen, wie es weiterging? Es gibt nämlich keine echte Auflösung.«

»Natürlich interessiert mich das, falls es dich nicht nervt, wenn ich dich so ausquetsche.«

Ich hätte ihr an diesem Abend alles erzählt. Fast alles. Noch nie vorher hatte ich den Versuch gemacht, einigermaßen chronologisch zu berichten, wo ich herkam. Ich merkte plötzlich, wie ich mich selbst klarer und umrissener fühlte. Ich hatte mich bei der Erzählung für eine Variante meiner Geschichte entschieden. Hatte aus den Erinnerungen und Bildern, den vagen und deutlichen, sicheren und vermuteten Daten einen Entwurf meiner

Vergangenheit geformt, und das erleichterte mich. Bisher hatte ich solch ein Unternehmen nicht gewagt. Hatte nur Ausschnitte beschrieben, selbst oft nicht gewusst, ob es wahr oder erfunden war, was sich da in meinem Kopf angesammelt hatte.

»Danach bin ich Stewardess geworden.«

Nora lachte laut: »Das glaube ich nicht.«

Ich gab mich empört: »Traust du mir das etwa nicht zu?«

Sie schaute mich gespielt kritisch an: »Frau Walter, wenn ich mir Ihre Frisur und Ihre Kleidung ansehe, denke ich nicht, dass Sie die Kunden unserer Businessclass zufrieden stellend bedienen können.«

Ich zeigte ihr einen Vogel, war aber froh, dass unsere Stimmung wieder fröhlicher wurde.

»Doch, ich bin irgendwann nach Mexiko gekommen; habe es geschafft, die USA zu verlassen, ohne dass sie gemerkt haben, dass ich mit einem längst überfälligen Touristenvisum immer noch im Land war. Das hätte später dazu geführt, dass ich lange nicht wieder hätte einreisen dürfen. In Mexiko City habe ich mich am Flughafen für den Bodendienst bei einer deutschen Fluggesellschaft beworben. Ich war inzwischen achtzehn und volljährig. Naja, so ging es dann weiter. Ich habe Spanisch gelernt, konnte später zum fliegenden Personal wechseln und habe dann ein ziemlich langweiliges, aber befriedigendes Leben geführt.«

»Langweilig?«

»Ich brauchte das Reisen zum Abschalten. Der Job selbst ist nicht sehr abwechslungsreich. Als Heinrich krank wurde, fiel es mir nicht schwer, auszusteigen und mich niederzulassen. Aber wie du siehst, ist mir das Transportgewerbe in Fleisch und Blut übergegangen.«

Ich war froh, über dieses plausibel klingende Ende der Erzählung. Ich hatte es tatsächlich geschafft, ein Ergebnis meines Umherziehens zu formulieren. Beinahe alles, was ich Nora mitgeteilt hatte, entsprach der Wahrheit. Ich hatte die Strudel und Klippen der Geschichte umschifft und mir eine Vergangenheit konstruiert, die logisch in die Gegenwart führte. Natürlich ahnte sie, dass es Seitenstränge der Ereignisse gab.

»Ich freue mich schon, bald noch mehr zu erfahren.« Nora war nachdenklich.

Wir tranken schweigend unser Bier und ich sah in Gedanken noch einmal Onkel Heinrichs Briefe vor mir. Spürte das Entsetzen, das mich irgendwann bei ihrer Durchsicht überfallen hatte. Ich merkte, dass Nora mich besorgt ansah. Mir war klar, dass es zu den meisten Geschichten nicht nur alternative Anfänge, sondern vor allem verschiedene Möglichkeiten der Auflösung gibt. Ich fragte mich, ob ich es irgendwann wagen würde, ihr statt des Happyends auch die offene Variante mit all ihren verwirrenden Implikationen zuzumuten. Der heutige Abend jedenfalls war zu schön für katastrophale Schlüsse.

12

Nora und ich lagen im Bett der *Pension Aurora*. Überall in diesem Ort war das Meer jederzeit präsent. Ich hörte und roch es durch die Wände unseres Zimmers. Wir hatten die Hände ineinander verschlungen. Ich war mir nicht sicher, ob die Spannung oder die Müdigkeit gewinnen würde. Als ich aufwachte, war es beinahe hell, das Licht stand schwach draußen vor dem Fenster, im Raum konnte ich kaum etwas erkennen. Ich spürte warme Haut an meinem Rücken. Während der Nacht waren wir näher zusammengerückt, lagen jetzt aneinander, ich hielt immer noch Noras Hand, die inzwischen auf meinem Bauch ruhte. Ich machte die Augen wieder zu, entschlossen, sie nie mehr zu öffnen, diesen Zustand nie zu beenden. Es war warm, aufregend und jede Bewegung, jede Veränderung war beängstigend.

Nora zitterte leicht neben mir. Da drehte ich mich vorsichtig um, nahm sie fester in die Arme, küsste ihr Haar. Unsere Bäuche lagen aneinander, heiß und beweglich. »Lass uns so bleiben«, flüsterte sie und ich spürte ihre

Furcht, war beinahe erleichtert. Der Moment war ausreichend, durfte stillstehen, wir konnten verharren.

Später, viel später waren wir wieder am Meer, wiederholten den Weg vom Tag zuvor, wieder dicht beisammen, wieder wortlos. Es vergingen noch ein Tag und eine Nacht und diesmal war ich diejenige, die Geduld lernte; und es genoss. Die Sprachlosigkeit, die Berührungen, das schnelle Wegschauen, wenn eine von uns die andere groß und erstaunt anblickte. Bei Tag, wenn wir auf einer Bank auf dem Deich saßen, am Strand mit einem fremden Hund spielten, uns abends gegenübersaßen, tranken, aßen, kurze Gespräche mit der Wirtin führten, die handfest war, freundlich und frech, und bedauerte, dass wir nach so kurzer Zeit schon wieder abreisen mussten. Und immer berührten wir uns, scheinbar unabsichtlich, hilfsbereit, unsichtbar, heimlich und offen, direkt, im Dunkeln, wenn wir sicher waren, allein. Die Berührungen brauchten keine Steigerung, unsere Vertrautheit zögerte nicht, wir mussten uns nicht entwickeln, konnten die Zeit anhalten, waren uns der Zukunft vollkommen gewiss. Nachts hielten wir still, aneinander gelehnt, und ich spürte, wie Nora näherrückte, in der Unmittelbarkeit sich noch weiter anschlich, glücklich, dass ich sie nicht drängte, diesmal ihr alle Zeit schenkte, die sie haben wollte. Ich hatte angehalten und atmete tief und ruhig, ein und aus.

In diesem Zustand fuhren wir zurück. Wir hatten gewagt und gewonnen. Ich freute mich völlig unbeschwert auf zu Hause, auf die nächste Zeit, auf uns beide; voller Spannung auf den Rhythmus, den wir uns erschaffen würden.

Am Abend unserer Rückkehr erhielt Nora die Mitteilung: Anke lebte nicht mehr. Es schien, als ob sie ihre Einsamkeit im Fluss endgültig besiegelt hatte.

Es hatte gedauert, bis sich die Nachricht von ihrem Tod bei den wenigen Leuten, die sie gekannt hatten, herumgesprochen hatte. Irgendwann erhielt Ludger die Information. Er setzte eine Meldung ins Netz.

Nora war schockiert, aber Anke war ihr auch zu fremd

gewesen, als dass sie wirklich um sie trauern konnte. Sie beschrieb mir ihre Gefühle in einer Mail:

... das gehört wieder mal zu den Tragödien, die man nicht glauben kann. Was zieht die Menschen in den Tod? Anke war eine Einzelgängerin – aber wo beginnt die totale Einsamkeit? In der du deine eigenen Grenzen nicht mehr öffnen kannst? Nichts mehr hörst? Nichts mehr wahrnimmst? Perfekte Isolation. Das Dickicht der Depression erscheint mir undurchdringlicher als jede natürliche Wildnis. Allerdings geht es in beiden ums Überleben. Ist es reine Glückssache, ob du es schaffst oder nicht? Oder wäre Hilfe möglich? Als Ärztin kenne ich Psychopharmaka, die Möglichkeiten von Therapien. Aber was ist, wenn schon alle Rezeptoren verschlossen sind? Der Körper der Seele nicht mehr zu Hilfe kommen kann ...

Zwei Tage später traf ich Jill, während sie Streife lief. Sie war allein unterwegs. Offensichtlich freute sie sich, mich zu sehen, und wir plauderten einige Minuten. Wir standen auf dem Bürgersteig der Severinstraße. Auf der schmalen Fahrbahn neben uns stauten sich die Autos, die Geschäfte waren voll und Fußgänger drängten sich vorbei. Ich amüsierte mich, als ich merkte, wie einige Leute stehen blieben, scheinbar unbeteiligt, aber die Polizistin und mich beobachteten. Sie schienen eine Verhaftung zu erhoffen, ein bisschen Action, Abwechslung von der Monotonie des Nachmittagseinkaufs.

Ich flüsterte Jill zu: »Hast du keine Lust, mich mal kurz festzunehmen? Die Leute hier sind sonst noch total enttäuscht.«

Sie spielte mit: »Würden Sie mir bitte folgen.« Sie nahm meinen Arm und zog mich scheinbar unter Aufbietung ihrer Kraft einige Meter weiter in eine Seitenstraße. Dort blieben wir lachend stehen. Die Leute, die uns gefolgt waren, sahen verwirrt aus und ärgerlich. Wir ließen sie zurück und schlenderten die unbelebtere Rosenstraße hinunter. Jill hatte nicht viel Zeit, musste demnächst zur Wache zurück, um ihren Dienst zu beenden.

Ich hatte den Eindruck, dass wir uns allmählich so gut kannten, dass es seltsam wurde, keine private Verabredung anzuregen. Ich traute mich aber nicht.

Stattdessen fragte ich sie: »Ich hoffe, ich nerve dich nicht, aber die Tote, die ihr neulich geborgen habt, wisst ihr, woran sie gestorben ist?«

»Es sah mal wieder nach einem Selbstmord oder einem Unfall aus. Allerdings kann das natürlich nur die Gerichtsmedizin klären, wie bei Christian ja auch.«

»Tote, die irgendwo gefunden werden, werden also immer gerichtsmedizinisch untersucht?«

»Ja, wenn die Todesursache nicht absolut eindeutig feststeht, schon. Wenn also zum Beispiel jemand vom Unicenter springt und die Polizei hat gesehen, dass er allein oben war und allein abgesprungen ist, dann ist das relativ zweifelsfrei ein Selbstmord. Ansonsten wird von der Gerichtsmedizin genau abgeklärt, was die Todesursache war.«

»Und bei Christian, wie war es da? Sanny hat mir erzählt, er sei ertrunken.«

»Ich darf dir natürlich nichts dazu sagen, sei mir nicht böse, aber das kannst du dir sicher auch denken. Wenn Sanny das so sagt, ist es bestimmt richtig. Ehrlich gesagt, erfahre ich selbst meistens gar nicht, was dahintersteckt, wenn wir eine Leiche bergen. Wir sind die Ersten, die gerufen werden. Schutzpolizei. Dann kommt die Kripo und übernimmt die Sache. Du kannst davon ausgehen, dass in einem Fall, wo sich herausstellt, dass der Verdacht auf ein Tötungsdelikt besteht, die Öffentlichkeit informiert wird, das heißt, es steht in der Zeitung. Warum interessiert dich das so? Zweifelst du daran, dass Christian sich umgebracht hat?«

Ich schüttelte den Kopf. »Ich kannte ihn ja gar nicht. Nein, es ist eher so eine universelle Frage für mich. Gestern habe ich schon wieder von einem Selbstmord erfahren. Eine Kollegin meiner Freundin hat sich anscheinend in den Rhein gestürzt.«

»War sie die Frau, die wir damals gefunden haben, an dem Tag, als wir uns unten am Rheintunnel getroffen haben?« Jill sah erschrocken aus. Sie schien jetzt zu begreifen, warum mich das Thema so beschäftigte.

»Das weiß ich natürlich nicht. Wie viele Leute schwimmen denn wöchentlich so im Rhein herum?«

Sie schien Verständnis für meinen Sarkasmus zu haben. Ich war ihr anscheinend auf einer ihr bekannten Ebene nahe gekommen. Sie seufzte: »Zum Glück nicht so viele. Im Sommer passiert es häufiger, haben mir meine Kollegen jedenfalls erzählt, da finden sie leider immer mal wieder verunglückte Schwimmer. Dass Leute sich gezielt im Fluss ertränken, ist Gott sei Dank eher selten. Ich war bis jetzt nur bei der Bergung von Christian und der Toten von der Promenade dabei.«

»Hieß sie Anke?«

»Das weiß ich nicht, ehrlich. Wenn die Bekannte deiner Freundin allerdings wirklich in den Rhein gegangen ist, dann war sie es wahrscheinlich tatsächlich. Seitdem habe ich von keiner weiteren Toten gehört und meistens sprechen sich solche Sachen doch ziemlich schnell herum.«

Wir waren inzwischen durch die ruhigere Annostraße ungestört bis zum Chlodwigplatz spaziert. Vor dem Männerwohnheim saßen und standen vier oder fünf Herren in verschiedenen Phasen des Besoffenseins. Zwei von ihnen grüßten uns herzlich und würdevoll. Niemand ist galanter als ein Berber, der entschlossen ist, für ein paar Sekunden zwischenmenschlichen Kontakt herzustellen. Wir winkten ihnen zu und ich fühlte mich für einen Moment in dieser Stadt wirklich zu Hause.

Jill und ich verabschiedeten uns freundschaftlich. Sie schien mir meine Fragen nicht übel genommen zu haben. Ich machte mich auf den Weg nach Hause, um vor der Arbeit noch etwas zu essen.

Mein Dienstplan für die nächsten Tage war ziemlich gnadenlos. Wie versprochen hatte Uschi mir die Tage für die Reise freigeschaufelt. Dafür hatte ich mich bereit erklärt, danach notfalls auch verlängerte Schichten zu fahren. Zurzeit konnte sie keine Aushilfen bekommen, es ging jetzt immer stärker auf Karneval zu und die freien

Fahrer waren begehrt. An manchen Tagen teilten Bernd, Uschi und ich uns fast den ganzen Tag auf zwei Wagen auf. Ich fuhr manchmal mehr als vierzehn Stunden. Bernd schien nur noch im Taxi zu leben. Manchmal fragte ich mich, ob das bei ihm ausschließlich wirtschaftliche Notwendigkeit oder auch Flucht vor einer Realität außerhalb des Mikrokosmos' Auto war.

Nora erging es mit ihrer Arbeit nicht besser. Erst nach einigen Tagen schafften wir es, uns mittags in einem Café in der Nähe ihrer Klinik zu einer kurzen Pause zu treffen.

Wir wirkten wie zwei Eulen, die es gemeinerweise in die Helligkeit verschlagen hatte. Etwas desorientiert, mit übergroßen Augen und zweifelndem Erstaunen über die leibhaftige Anwesenheit der anderen saßen wir uns gegenüber. Zuerst schien sie voll übermüdeter Hektik, als sie mich an einem Tisch am Fenster entdeckte. Wollte möglichst schnell alle Neuigkeiten austauschen.

Menschen haben sehr verschiedene Strategien, mit Unsicherheit umzugehen. Ich selbst schwanke je nach Gegenüber zwischen gelähmtem Schweigen und krampfhaften intervallartigen Versuchen, ein Gespräch aufrechtzuerhalten, dessen Richtung ich selbst überhaupt nicht unter Kontrolle habe. Wenn Nora den Boden unter den Füßen zu verlieren droht, fängt sie an zu reden. Hastig, mit Sätzen, deren Konstruktion kompliziert ist, etwas zu umständlich für die Schnelligkeit der Wörter. Ich vermute, dass sie in solchen Momenten lieber gebärden würde, um die innere Spannung nicht nur in Laute, sondern auch in Bewegung umzusetzen, sie durch die Hände nach außen ableiten zu können. Andere Leute, die ich kenne, benutzen das gesprochene Wort auf ähnliche Weise. Es ist, als ob sie Netze in den luftleeren Raum der Kommunikation werfen, um sich und dem Partner immer wieder die Gemeinsamkeit, die Sympathie zu versichern.

Nach einer Weile hatte Nora sichereres Terrain erreicht. Sie hatte mir von ihrer Arbeit erzählt, von kleineren Operationen, die sie in den letzten Tagen durchgeführt hatte. Sie war keine Chirurgin, aber bestimmte Eingriffe standen auch bei ihrer Arbeit an. Ich stellte sie mir auf ihrer Station vor und beneidete ihre Kollegen dafür, dass sie mit ihr zusammenarbeiten durften.

Wir hatten Essen bestellt. Pizza und Cola, und wir mussten uns beeilen, um in der knappen Zeit fertigzuwerden. Während ich mit dem zu kleinen Teller, dem stumpfen Messer und der zähen und rutschigen Pizza kämpfte, gab Nora diesen Kampf auf, riss mit den Fingern kleine Stücke ihres Fladens ab und kaute versonnen daran. Ich schaute von ihren Händen zu ihrem Mund, der leicht lächelte, draufgängerisch und verlegen, und tat es ihr nach.

In diesem Moment hatten wir uns wieder gefunden. Es genügte, zusammen zu sein, in irgendeinem Café, in irgendeiner Stadt zu sitzen, nichts zu sagen, sich nicht anzuschauen, sich einfach in dem kleinen Radius der ausstrahlenden Körperwärme der anderen zu befinden und wenigstens einmal, genau in dieser Sekunde, am richtigen Ort zur richtigen Zeit angekommen zu sein.

Dann mussten wir uns wieder trennen. Wir umarmten uns lange vor der Tür, verabschiedeten uns, ich stieg in das Taxi, das im Halteverbot auf mich wartete, und sah Nora nach, die rannte, sich dabei umdrehte, mir einen Kuss zuwarf, ihr Tempo noch steigerte und hinter der nächsten Ecke verschwunden war. Das stadtteilgroße Gelände der Uniklinik begann etwa 500 Meter weiter, und als ich ein paar Minuten später um die gleiche Ecke vom Lindenthalgürtel in die Kerpener Straße einbog, war sie nicht mehr zu sehen.

Ich fuhr und fuhr. Die Innenstadt ist nicht besonders groß. Nach einer langen Schicht hatte ich jede ihrer Hauptverbindungswege mehrere Male befahren, gekreuzt, durchmessen, von einer Ampel zur nächsten, beschleunigt, abgebremst, hundertfach.

Um neun rief mich Bill über das Handy im Wagen an. »Hast du gerade eine Fahrt?«

»Ich komme im Moment vom Flughafen zurück, bin auf der Autobahn kurz vor der Severinsbrücke.«

»Klasse, kannst du mich vielleicht gleich abholen?«

»Fünf Minuten?«

»Geht klar.«

Als ich bei uns ankam, stand er schon vor der Tür. Schmal, blass und fremd. Er trug einen langen Mantel, darunter schauten die Hosenbeine eines Anzugs hervor, am Halsausschnitt lauerte ein weinroter Seidenschlips. Er stieg ein und wir fuhren nach vorn zur Straße, wo ich ihn fragend anschaute.

»Ich muss zum Gürzenich. Einer meiner Auftraggeber hat dort heute Abend eine Präsentation und einen Empfang. Am liebsten wäre ich in normalen Klamotten dahin, aber mir fehlte der Mumm.«

»Wieso, du siehst doch klasse aus. Und wenn du dich wirklich zum Spießer mausern wolltest, hättest du bei dem Gesicht sowieso keine Chance.«

Er entspannte sich und grinste mich an. Wir scherzten weiter, bis ich ihn in der Altstadt vor dem Gürzenich herausließ. Dieser ehemalige Konzertsaal wird heute für alle möglichen Veranstaltungen genutzt. Besonders traditionsbewusste Bürger mieten dort Räume für repräsentative Anlässe. Ich beneidete Bill nicht um seine Abendunterhaltung.

Er kletterte aus dem Wagen: »Schade, dass du arbeiten musst, sonst hätte ich dich jetzt auf Knien angefleht, mitzukommen. Dann gäbe es wenigstens eine kleine Möglichkeit, dass wir Spaß bekommen.«

»Ja, schade, es ist wirklich grausam, dich jetzt in dieser Situation allein lassen zu müssen. Aber es hilft eben alles nichts.«

Er sah mir mit bedauernswertem Gesichtsausdruck nach und ging langsam zur Tür.

Ich schaute auf die Uhr: halb zehn. Er war wahrscheinlich schon ziemlich spät dran für diese Veranstaltung. Den Notwendigkeiten meines eigenen Broterwerbs ausgesetzt, trollte ich mich, auf der Suche nach dem nächsten Kunden, um die Nacht irgendwann hinter mich zu bringen.

13

Mein Dienst hatte am Vormittag begonnen und Bernd löste mich morgens um zwei ab. Er hatte offensichtlich bis kurz vorher geschlafen und muffelte sich hinter das Steuer.

»Guten Morgen, Bernd, schön, dass du so munter bist.«

Ich konnte mir diese Gemeinheit nicht verkneifen, bereute es aber im nächsten Moment, da ich anscheinend seinen Redeschwallanschaltknopf betätigt hatte. Es dauerte zehn Minuten, bis er mich gehen ließ, und das auch dann nur, weil ich mich langsam immer weiter vom Auto weggemacht hatte, so dass er zum Schluss beinahe brüllen musste.

»Aber mich fragt ja eh keiner.« Das waren seine letzten Worte, bevor er mir frustriert zuwinkte und losfuhr. Er hatte über die schlechten Einnahmen allgemein, die Teuerung im Speziellen und die Wirtschaftpolitik im Globalen geschimpft. Ich war natürlich im Prinzip ganz seiner Meinung, wobei auch immer, es wäre sowieso völlig zwecklos gewesen, mit ihm zu streiten. Heute Nacht aber hatte ich noch nicht einmal Lust, schweigend seinen Tiraden über die verkorkste Politik der Regierung zuzustimmen, sondern wollte vor allem ins Bett.

Dort lag ich dann, hatte die Kanten der Decke unter mir festgestopft, um kein Fleckchen Haut ungeschützt der kühlen Luft meines Schlafzimmers preiszugeben. Schnell wurden meine Glieder in die Nachgiebigkeit der Matratze gesogen und ich hatte es beinahe gewagt, mich dem Schlaf anzuvertrauen, als mir ein Gedanke durch den Kopf und dann durch die Adern bis zum Herz schoss. Als ich so weit wieder zu mir gekommen war, dass ich ihn entlarven konnte, stellte er sich als banale, unbedeutende Sorge über den Abgabetermin eines Steuerformulars heraus.

Ich seufzte, drehte mich wieder auf den Bauch – mein Herz versuchte immer noch, durch die Haut zu steigen –

und wartete auf erneute Entspannung. Jetzt war mir heiß. Noch einmal verlangsamten sich meine Motoren nur zögernd, kamen mit letztem unregelmäßigen Knattern zur Ruhe, meine Beine zuckten, mäßigten ihren Lauf. Dass ich tatsächlich irgendwann eingeschlafen war, merkte ich erst, als ich Stunden später mühevoll aufwachte. Auch diese Bewusstwerdung war begleitet von aufblitzenden Schrecken, Halbschlafträumen, die die Fluchtreflexe des dämmernden Tieres am Leben erhielten.

Als ich mich zur einer Form von Einheit zusammengefügt hatte, stand ich auf, trottete in die Küche und begann mit der Zubereitung meiner Morgendrogen. Es war halb zehn. Ich war verwundert. Eine zurückgekehrte Sonne tobte sich draußen aus. Sie prahlte mit ihrer Kraft: *Seht her, es ist Anfang Februar und der Winter ist vorbei*. Alte Lügnerin.

Trotzdem nahm ich mit einem Anflug von Begeisterung meine Kaffeekanne mit ins Nebenzimmer, um in Ruhe ein paar Stunden nutzlos auf den Rhein zu starren. Ich hatte mich gerade hingesetzt und bestaunte das glitzernde Wasser, die Dynamik der winzigen Autos auf der gegenüberliegenden Uferstraße, die vorbeirasenden Schiffe, als das Telefon klingelte. Ich überlegte gar nicht, ob ich drangehen sollte, sondern wartete ruhig ab, bis der Anrufbeantworter ansprang. Zum Glück hatte ich ihn so laut gestellt, dass ich die eingehende Nachricht mitverfolgen konnte. Es war eine undeutliche Männerstimme. Ich verstand beim ersten Hinhören nur ein paar Worte: »Toni ... Tom ... Fax ... bitte.«

Ich wartete ungeduldig, bis die Maschine ihre Rückspulroutine durchgeführt hatte und hörte mir den Text noch einmal an.

Doch vorher sprach Nora: »Hallo Toni, falls du da bist, schalte doch bitte dein Fax ein.«

Die nächste Nachricht, die die ich gerade mitgehört hatte, war von Tom, Noras Bruder. Auch er bat mich, mein Fax auf Bereitschaft zu stellen. Ich schaltete so schnell wie möglich den PC an und wartete ungeduldig. Es dauerte eine Weile, bis das Telefon wieder läutete.

Diesmal hörte es nach dem ersten Klingeln auf und ich konnte auf dem Bildschirm verfolgen, dass eine Faxübertragung stattfand. Nachdem ich das Abschiedsklicken des Modems gehört hatte, sah ich mir die Message an. Es war eine handschriftliche Botschaft und ich musste den Bildschirmausschnitt eine Weile verändern, bis ich sie lesen konnte.

Sie kam von Tom persönlich und auch er hatte aufgrund seiner Gehörlosigkeit diese Art der Kommunikation gewählt.

Hallo Toni,
kannst du bitte die Uniklinik anrufen oder direkt kommen. Nora hatte einen Unfall. Sie ist auf der neurologischen Intensivstation. Die Nummer der Station ist: 4785276. Ich bin noch bis mittags hier.
Gruß Tom

Ich begriff einen kurzen Augenblick nicht, was da stand. Freute mich im ersten Moment sogar, von Tom zu hören und Noras Namen zu lesen. Doch Sekundenbruchteile später begann es, in meinem Magen zu toben. Mir wurde kalt, doch als ich nach dem Telefonhörer griff, merkte ich, dass meine Hände schwitzten.

Es klingelte eine Weile. Ich hätte vor schmerzhafter Ungeduld am liebsten den Apparat an die Wand geschmissen, wartete aber vibrierend, bis ich endlich eine Frauenstimme hörte: »Station 46!«

Ich verhaspelte mich bei meiner Antwort, war zuerst zu durcheinander, um klar zu formulieren: »Hier ist Toni Walter, meine Freundin, eine Freundin von mir, Nora, ich habe gerade eine Nachricht bekommen, dass meine Freundin, Nora König, bei Ihnen ist.«

»Ja, sie ist heute Nacht eingeliefert worden.«

»Wie geht es ihr? Was ist passiert?«

»Dazu kann ich Ihnen am Telefon leider nichts sagen.«

»Kann ich vorbeikommen?«

»Sicher, aber ich weiß nicht, ob Sie zu ihr dürfen.«

»Ihr Bruder, Herr König, ist doch da?«

»Ja, er ist hier, aber er möchte sicher nicht ans Telefon kommen.«

»Das ist auch gar nicht nötig, er hat mir gerade ein Fax geschickt. Können Sie mir sagen, wo ich Sie finde.«

Die Schwester beschrieb mir den Weg, nannte den Klinikeingang an der Gleueler Straße und ich machte mich hastig und beinahe unbewusst fertig. Ging ins Bad, wusch mich kurz, zog die Kleider an, die ich gestern Nacht dort liegen gelassen hatte, suchte verzweifelt in allen Taschen nach meinen Schlüsseln, die noch auf dem Küchentisch lagen, und lief nach draußen. Nach einigen hundert Metern erst kam ich auf die Idee, dass es sinnvoll gewesen wäre, vom Haus aus ein Taxi zu rufen. Mit der Bahn dauerte es zu lange und zu Fuß war es erst recht zu weit. Ich wollte gerade, der Hysterie inzwischen schon sehr nahe, wieder zurück rennen, als ein scheinbar unbesetztes Taxi vorbeifuhr.

Schnell sprang ich auf die Straße, wo der Wagen scharf bremste. »Hey, Mädsche, wir sin doch hier nich in New York, aber komm mal, immer herein.«

Ich nannte der Fahrerin mein Ziel. Wir kannten uns nicht und ich war froh, dass sie nicht versuchte, sich mit mir zu unterhalten.

Im Krankenhaus fragte ich mich durch, wurde über Flure und durch Glastüren, um Ecken und über Treppen geschickt. Am Eingang zur Intensivstation musste ich klingeln. Mir wurde von unsichtbarer Hand aufgedrückt, aber auf dem Gang kam eine Frau aus einem Zimmer und ging auf mich zu.

»Ich möchte zu Nora König.«

»Sind Sie eine Verwandte?«

»Ich bin ihre Freundin. Ihr Bruder hat mir Bescheid gesagt, er müsste auch noch hier sein.«

»Kommen Sie mit.«

Sie gab mir einen Kittel, den ich hektisch überstreifte, und führte mich in ein Zimmer, wo Tom mit dem Rücken zu mir saß und Nora in einem Bett lag. Sie hatte die Augen geschlossen, reagierte nicht auf mein Hereinkommen. Auch Tom hatte nicht bemerkt, dass ich hinter ihm stand. Ich ging im größtmöglichen Bogen um das Bett herum, um ihn nicht zu erschrecken, und ließ ihm Gelegenheit, mich langsam in seinem Gesichtsfeld wahrzunehmen. Er sprang auf, als er meinen Schatten sah, und kam auf mich zu.

»Toni, gut dass du da bist.« Toms Aussprache ist nicht ganz so klar wie Noras, aber ich konnte ihn jetzt wesentlich besser verstehen als über das Telefon.

Ich sah zu Nora, hoffte, dass auch sie irgendwie reagieren würde, aber sie lag ganz still, umgeben von Geräten, manche streckten ihre Schläuche und Kabel in sie hinein.

»Tom, was ist passiert?«

Er schüttelte den Kopf. »Ich weiß es auch noch nicht genau. Heute Nacht hat meine Mutter angerufen. Das Krankenhaus hatte versucht, mit meinen Eltern Kontakt aufzunehmen, was aber natürlich schwierig ist, da sie nur ein Schreibtelefon haben. Deswegen haben sie dann die Polizei bei ihnen in der Nähe gebeten, vorbeizugehen. Meine Mutter war völlig aufgelöst, sie kommt später auch noch, aber sie wohnt ja in Lübeck, deswegen dauert es noch ein bisschen. Ich bin sofort hergekommen. Es sieht so aus, als ob Nora überfallen wurde, unten am Rhein. Es war Zufall, dass sie gefunden wurde. Jemand hat sie geschlagen, bis sie bewusstlos wurde, und dann versucht, sie in den Fluss zu werfen. Dabei ist er gestört worden. Zum Glück! Sonst wäre sie jetzt tot. Sie hat einen Schädelbruch und andere Verletzungen. Aber die Kopfverletzung ist am schlimmsten. Sie ist noch nicht zu sich gekommen, seit ich hier bin. Die Ärztin sagt, dass sie nicht weiß, wann sie aufwacht.«

Jetzt bemerkte ich, dass auch Noras rechter Arm geschient war. Im Gesicht hatte sie dunkle, große Blutergüsse, an der Schläfe einen Verband. Sie bewegte sich nicht, nur ihr Brustkorb hob und senkte sich. Aber ihre Mimik wirkte dennoch nicht ruhig. Sie sah aus, als wenn sie tief drinnen Schrecken erregende Kämpfe führte, ein Ausdruck von absolutem Entsetzen.

Ich setzte mich Tom gegenüber an die andere Seite des Betts. Ich hatte Fragen, unzählige, und doch interessierten mich in diesem Moment die Antworten nicht. Ich wollte nicht glauben, wandte für kurze Zeit all mein Empfinden dafür auf, dem Augenblick seine Wirklichkeit abzusprechen. Hatte mich beinahe so weit gebracht, dass ich überzeugt war, Nora würde nur schlafen, sie würde aufwachen, sobald ich ihr leicht über die Hand strich.

Ich berührte sie an der Schulter, legte meine Finger sanft auf die Rundung ihres Gelenks, aber sie reagierte nicht. Da durchschlich mich die Erkenntnis, dass diese Situation wahr war. Dass ich sie nicht abschütteln, nicht von ihr weggehen, sie nicht zurückweisen konnte. Es war einer der Punkte auf dem Maßband der Zeit, der ausnahmsweise völlig und unausweichlich existent war. Der das ganze eigene Sein auf sich konzentriert, zu sich hinzieht, da man weiß, dass er alles bestimmt. Er kann andauern oder Sekunden später bereits vorbei sein. Seine Konsequenz für das eigene Leben und das Leben derer, die man liebt, ist jedoch vollkommen.

Nach dieser Wahrnehmung war ich wacher als je zuvor. Ich sah und hörte Nora und Tom, und sie waren jetzt alles, worauf es ankam, sie waren vollständig zu meinem Universum geworden. Ich existierte nur für die Lebendigkeit, die Wärme dieser Menschen, und sie waren, was mich ausmachte. Ich wollte alles wissen.

Eine Pflegerin kam herein. Sie bat uns, den Raum vorübergehend zu verlassen, da sie irgendetwas zu erledigen hatte, wobei sie uns nicht brauchen konnte. In mir sträubte sich alles dagegen, aber Tom stand auf und ich folgte ihm. Draußen erzählte er noch einmal ausführlich, was man ihm gesagt hatte: Nora war nachts am Rhein entlanggegangen. Sie war anscheinend von hinten überfallen worden, hatte sich gewehrt und im Verlauf der Auseinandersetzung die Verletzung am Kopf erlitten. Es sah aus, als wenn sie mit dem Kopf auf Stein aufgeschlagen war. Zwei Leute, die ihren Hund ausführten, hatten sie entdeckt. Der Hund hatte den Täter vertrieben und seine Besitzer hatten über ihr Handy einen Krankenwagen gerufen. Der Notarzt hatte Nora versorgt und mitgenommen und auch die Polizei verständigt.

Tom wusste selbst nicht genau, wer wen wann gerufen oder verständigt hatte und vor allem, was Nora mitten in der Nacht allein am Rheinufer zu suchen hatte.

»Ich bin so froh, dass du da bist.« Tom war eindeutig erleichtert, mit dem Schock nicht mehr allein zu sein. Jetzt fiel ihm auch wieder ein, dass er eigentlich schon lange bei der Arbeit sein musste. Er war Grafiker und arbeitete für ein Unternehmen, das immer unter Zeitdruck stand. Es fiel ihm schwer zu gehen, aber sein Chef hatte ihm anscheinend nur zögernd den Vormittag freigegeben.

Als Tom sich verabschiedet hatte, dachte ich, wie wenig unser Alltag auf irgendetwas eingerichtet ist, das eine körperliche Anwesenheit an einem anderen Ort erfordert als dem vorgeplanten. Zu dem Stress des Moments kommt noch die Belastung, dass man eigentlich ganz woanders sein sollte, beziehungsweise das eigene Herz einen von da wieder unbedingt sofort wegbeordert.

Ich blieb lethargisch auf dem Flur stehen, versuchte den drängenden Impuls zu unterdrücken, gleich wieder durch die Tür zu Nora zu marschieren. Aber die Krankenschwester war immer noch bei ihr und erst nach einer Weile, als ich es nicht mehr aushielt, wagte ich es, zu klopfen und durch einen Spalt in der Tür zu sehen. Die Pflegerin war mit einem der Plastikbeutel an Noras Bett beschäftigt, sah mich aber freundlich an: »Ich bin gleich fertig, können Sie noch kurz draußen warten?«

Wenig später kam sie heraus: »Wollen Sie wieder zu ihr?«

Ich nickte und wollte direkt durch die Tür, aber sie hielt mich zurück: »Frau König braucht sehr viel Ruhe. Sie ist bewusstlos und wahrscheinlich bekommt sie nicht mit, dass Sie da sind. Aber wir wissen das nie so genau. Seien Sie bitte möglichst still. Ein wenig können Sie allerdings schon mit ihr sprechen. Aber leise. Wenn sie irgendwie unruhig werden sollte, rufen Sie mich bitte sofort.«

Sie sprach schwäbisch, unterdrückte ihren Dialekt aber so gut es ging, wodurch sie korrekter und wichtiger klang, als sie sich vielleicht anhören wollte.

Während der nächsten Stunden saß ich neben Nora, streichelte ihre Hand, sprach mit ihr, auch wenn es mir seltsam vorkam, da ich ja wusste, dass sie mich keinesfalls hören konnte, selbst wenn sie bei Bewusstsein wäre und nur die Augen geschlossen hätte. Aber ich wurde unsicher, wenn ich schwieg und sie einfach nur anschaute. Und ich dachte nach. Als meine Gedanken sich beschleunigten, bohrender wurden, meine Konzentration sich erhöhte, fühlte ich mich Nora auf einmal näher. Als wäre dies der richtige Zustand, die richtige Beschäftigung, bei der wir uns in der neuen Situation wieder begegnen konnten. Ihr Bewusstseinszustand war ein anderer, aber auch sie schien in Gedanken versunken zu sein, beteiligt, auch wenn sie sich nicht mitteilen konnte.

Zwischendurch rief ich Bernd an. Er war bereit, Uschi zu bitten, den Nachmittag für mich zu fahren, die Nacht müsste ich aber unbedingt arbeiten, er wüsste sonst keine Lösung. Er war besorgt, mitfühlend, hilflos, versuchte Menschsein und Chefsein unter einen Hut zu bringen. Begann als Mensch, aber endete als Chef.

Auch Noras Mutter kam. Sie betrat den Raum, ging zu Nora, strich vorsichtig über die Bettdecke und presste sich Daumen und Zeigefinger leicht auf die Augen, eine Geste des tiefen Nachdenkens. Dann bemerkte sie mich. Wir hatten uns noch nie gesehen, aber sie nahm mich sofort in den Arm. Groß wie ihre Tochter, grauhaarig und in ihrem schicken, damenhaften hellblauen Mantel mit Pelzbesatz unnahbar aussehend. Als sie mich ansprach, verflog der Eindruck. Ihr Gesicht war zu offen, um den Effekt ihrer Kleidung aufrechterhalten zu können: »Sie sind eine Freundin von Nora?« Ihre Frage war herzlich, bestätigend.

Ich antwortete: »Ich bin Toni.«

Sie nickte: »Nora hat mir erst vor ein paar Tagen von Ihnen erzählt. Wie geht es ihr?«

Ich wusste nicht, was ich sagen sollte, mir schien es sonderbar, in Noras Anwesenheit über sie zu sprechen. Ich benannte das Offensichtliche: »Sie ist immer noch bewusstlos.«

»Tom hat mich am Bahnhof abgeholt und mir erzählt, was er erfahren hat. Leider musste er sofort wieder zur Arbeit.«

»Ich muss auch gleich arbeiten. Wissen Sie schon, wie lange Sie bleiben?«

»Sicher bis morgen, vielleicht auch länger. Aber ich kann ja auch meinen Mann nicht so lange allein lassen.«

Da fiel mir wieder ein, dass Nora erzählt hatte, ihr Vater sei nach einem Schlaganfall sehr von ihrer Mutter abhängig. Er konnte sich zwar selbst noch ein bisschen helfen, wurde aber schnell orientierungslos, wenn sie weg war.

»Und Sie übernachten bei Tom?«

Sie nickte.

In dem Gefühl, alles, was wirklich zählte, zu verlassen, machte ich mich etwas später auf den Weg zur Arbeit. Noras Mutter schaute mir gedankenabwesend nach, als ich sie in der Tür noch einmal kurz grüßte. Ich hatte ihr versprochen, so schnell wie möglich wiederzukommen, mir war aber auch klar, dass das erst viel später möglich sein würde.

14

Es folgte eine Nacht, in der ich auf jede Fahrt, auf jeden Kunden, auf jede Ablenkung fieberte. Nur nicht stehen bleiben, nicht überlegen müssen. Statt an einem der Taxistände auf Fahrgäste zu warten, fuhr ich kreuz und quer durch die Stadt, verfolgte den Funk, verschwendete Bernds Sprit, versuchte, die Sorgen, die Ungewissheit, die kalte Unruhe, das Magendrücken auszuhalten. Ich fuhr bis sieben Uhr am nächsten Morgen. Dann stürmte ich nach Hause, um mich schnell zu duschen und die Kleider zu wechseln. Es schien, als würde ich nie mehr müde werden. Die Ströme, die durch meine Nervenzellen jagten, waren unerschöpflich. Stillsitzen schmerzte.

Aus dem großen Raum summte leise mein Rechner. Ich hatte vergessen, ihn auszuschalten, war aber unendlich dankbar dafür, als ich sah, dass noch ein Fax angekommen war. Tom schrieb:

Liebe Toni,
Nora geht es unverändert. Ich kann wieder bis mittags bei ihr bleiben. Vielleicht kannst du ja ab dann kommen. Mutter war die ganze Nacht da, musste aber heute Morgen zu unserem Vater zurück. Ihm ging es auch nicht gut.
Pass auf dich auf, schlaf etwas
Tom

Ich blieb vor dem Bildschirm sitzen. ›Unverändert‹ – ein Wort für Stillstand, für Ausharren, für Hoffnung, für Niederlage? Ich wollte nicht darüber nachdenken, plante lieber die nächsten Stunden. Tom hatte Recht. Ich würde versuchen, mich zumindest etwas hinzulegen, hier auf dem Boden, den Computer mit seinen eventuellen Botschaften im Blick. Aber zuerst duschte ich lange. Wusch die äußere Schicht der Anspannung ab, blieb im heißen Strahl stehen, der meine bebende Haut ein wenig beruhigte. Mir fiel etwas ein.

Sauber riechend, wärmer und leicht verquollen, setzte ich mich noch einmal vor mein Notebook. Ich startete das Mail-Programm, rief die letzten Nachrichten ab. Ich hatte zuletzt am Tag zuvor, morgens, einen Netcall gemacht. Dort hatte mich Noras Vorschlag für ein Treffen im Café erreicht.

Mehrere neue Nachrichten wurden herübergeladen, die meisten kamen von Internetdiskussionsgruppen, waren öffentliche Nachrichten, die mich über einen der Verteiler, bei denen ich angemeldet war, erreicht hatten, aber die letzte war von *nora.koenig@everest.fortune.de*. Ich öffnete sie.

Nora hatte sie mir am Abend zuvor, um genau 23.46 Uhr geschickt:

Hallo Toni, funnyface;-)
es war so schoen, dich heute zu treffen, sehen, sprechen, zu umarmen :-)))))

Ich habe dir gerade auf die Maschine gesprochen, aber du bist anscheinend noch nicht da, sonst haette ich dir jetzt gefaxt. Hoffentlich rufst du wenigstens gleich noch deine Mail ab.
Nach der Arbeit war bei mir leider der Stress noch nicht zu Ende. Zu Hause warteten mal wieder ziemlich seltsame und beunruhigende Neuigkeiten. Es gibt einfach so viel Aerger mit der Box in letzter Zeit. Ich wuerde ein paar Sachen gern mit dir besprechen. Vielleicht hast du eine Idee, wie ich da am besten vorgehe. Außerdem gibt es etwas, das ich dir zeigen muss. Wahrscheinlich faehrst du jetzt noch. Ich mache mich trotzdem auf den Weg. Sei mir nicht boese, wenn ich gleich bei dir einfalle. Das ist ja sonst nicht meine Art, aber bei dieser Sache brauche ich deinen Rat. Du müsstest doch eigentlich bald kommen. Und ein Spaziergang wird mir den Kopf klaeren.
Bis gleich
Kuss Nora

Sie war auf dem Weg zu mir gewesen. Verdammt! Ich hatte ihr erzählt, dass ich schon seit dem frühen Vormittag fuhr, und da war sie davon ausgegangen, dass ich dann nicht länger als bis Mitternacht würde arbeiten müssen. Ich war aber erst zwei Stunden später fertiggeworden. Ich erinnerte mich an die kurze Nachricht von ihr auf meinem Anrufbeantworter, die ich am Tag zuvor gehört, wegen Toms Meldung aber wieder vergessen hatte.

Sie hatte es nicht bis hierher geschafft. Oder war sie wieder weggegangen, als ich nicht gekommen war, und sie war auf dem Weg nach Hause überfallen worden? Umso schlimmer.

Die Mail war um Viertel vor zwölf abgeschickt worden. Von Nora bis zu mir ist es zu Fuß relativ weit. Der schnellste Weg vom Agnesviertel, wo sie wohnt und das zum nördlichen Teil der Innenstadt gehört, bis zum Hafen, wo ich lebe und der relativ im Süden liegt, führt direkt am Fluss entlang. Die Stadt ist an einer Rheinbiegung gebaut. Jede der großen Ringstraßen, die von Süden nach Norden durch die Stadt verlaufen, vollzieht diese Flusskurve als konvexer Halbkreis nach. Deswegen werden die Entfernungen, je weiter außen man sich auf diesen Halbkreisen fortbewegt, immer größer. Der kürzeste Weg ist der, der am dichtesten am Fluss selbst entlangführt. Wenn Nora die Mail abgeschickt und sich bald darauf auf den Weg zu mir gemacht hatte, hätte sie etwa eine dreiviertel Stunde später hier sein können. Ich musste noch einmal genau nachfragen, wann der Überfall stattgefunden hatte.

Drei Stunden später wachte ich tatsächlich aus einem schlafähnlichen Zustand auf und beeilte mich, ins Krankenhaus zu kommen. Ich wollte Tom dort nicht verpassen. Er kam mir kurz hinter dem Eingang entgegen.

Ich stürmte auf ihn zu: »Ich habe eine Mail von Nora bekommen, sie wollte mir etwas bringen, weißt du, wo ihre Sachen sind, die sie gestern dabei hatte?«

Er sah verwirrt aus, übernächtigt, und schien nicht genau verstanden zu haben, was ich sagte. Ich hatte zu schnell und zu hastig gesprochen. Ich wiederholte die Frage nach den Sachen.

»Danach habe ich mich noch gar nicht erkundigt. Was brauchst du denn davon?«

»Das weiß ich nicht. Nora wollte mir irgendwas zeigen.«

In diesem Moment kam ich mir selbst komisch vor. Ich hatte ihn noch nicht einmal gefragt, wie es Nora ging. Aber er war auch in Eile: »Frag doch die Krankenschwester. Vielleicht kann sie dir weiterhelfen.«

»Tom, hast du mit der Polizei gesprochen?«

»Ja, heute Morgen war jemand von ihnen im Krankenhaus. Sie gehen davon aus, dass es eine versuchte Vergewaltigung war.«

Entsetzen frisst dein Inneres auf. Jedenfalls fühlt sich jede neue schreckliche Nachricht an wie ein weiterer Biss in eine schon peinigende Wunde. Ich wurde immer leerer.

Tom drückte mich zum Abschied fest und verschwand dann durch die Pforte, hinaus aus dem Klinikgelände zurück in die Stadt.

Nora sah heute ruhiger aus, der Eindruck einer Schlafenden war überzeugender als am Tag zuvor. Und wieder redete ich mit ihr: »Schatz, was wolltest du mir zeigen?«

Als die Krankenschwester hereinkam, es war die energische von gestern, fragte ich sie: »Können Sie mir sagen, was mit ihr los ist, warum sie nicht aufwacht?«

»Das kann schon ein bisschen dauern.«

»Was ist denn mit ihrem Kopf?«

»Das darf ich Ihnen leider nicht sagen, da Sie nicht zur Familie gehören. Fragen Sie doch ihren Bruder.«

Ich nickte ergeben: »Aber es ist sicher, dass sie wieder zu sich kommt und wieder gesund wird?«

»Machen Sie sich nicht zu viele Sorgen.«

Mehr war sie nicht bereit, mir zu sagen, und ich kämpfte gegen Verzweiflung und Wut. Auf die Schwester, die sich so sanft und professionell entzog, auf mich selbst, dass ich nicht handeln konnte, mich nicht durchsetzte, nicht wusste, wie das überhaupt gehen sollte. Irgendwann richtete sich mein Zorn endlich auf den Unbekannten, der diese Brutalität an Nora begangen hatte. Die Schwester kümmerte sich wieder um die technische Ausstattung, die um Nora aufgebaut war.

»Wo sind denn die Sachen, die meine Freundin bei sich hatte, als sie überfallen wurde?«

»Wir bewahren alles auf, was sie bei sich hatte.«

»Können Sie mir zeigen, was das war?«

Sie seufzte. »Ich werde später mal nachschauen, mal sehen, was ich finde.«

Im Laufe des Nachmittags schauten einige von Noras Kollegen herein. Die HNO Klinik ist der Neurologie benachbart und sie kamen während ihrer Pausen kurz vorbei.

Die dritte Besucherin, eine kräftige, etwas schwerfällige Frau in grüner Arbeitskleidung, sprach ich an: »Sind Sie Ärztin?«

»Ja, drüben in der HNO. Nora und ich arbeiten zusammen. Schlimme Sache, was der Typ mit ihr gemacht hat.«

Sie sprach langsam, hatte eine raue, träge Stimme und verträumte Augen.

»Was ist das genau, was sie hat?«

»Hmm, Schädelbruch, schwere Gehirnerschütterung, vielleicht Hirntrauma. Sie hat aber keine Gehirnblutung, das ist gut. Es ist eine Form von Koma, in dem sie sich befindet. Ich bin keine Neurologin, aber ich weiß, dass man bei einer solchen Verletzung immer schwer etwas über die Folgen sagen kann. Aber machen Sie sich nicht zu viel Sorgen. Sie kommt wahrscheinlich wieder ganz in Ordnung.«

Tröstliche grausame Ungewissheit. Aber ich war ihr dankbar, dass sie mir Auskunft gegeben hatte. Aus ihren Kleidern piepste es.

»Ich muss wieder rüber. Tschüss.« Sie drückte vorsichtig Noras linke, nicht bandagierte Hand, aus der allerdings eine Nadel herausführte. Jeder Zugang zu Nora schien jetzt über diese Hand zu laufen.

Als ich später gehen musste, gab ich ihr den leichtesten möglichen Kuss auf die Wange, mehr ein Luftzug als eine Berührung, und schloss die Tür sachte hinter mir.

Auf dem Gang war niemand zu sehen. Ich schaute vorn durch die Scheibe des Stationszimmers, aber auch das war leer. Alle schienen beschäftigt zu sein. Ich hätte mich gerne abgemeldet, wollte aber niemanden stören. Wieder musste ich direkt zur Arbeit.

Bernd sah mich besorgt an: »Bist du sicher, dass du noch eine Nacht fahren kannst? Du siehst aus wie ein Geist.«

Ich setzte mich wortlos in den Wagen und startete den Motor.

»Ich rufe gleich mal Bill an, vielleicht kann der dich ja später ablösen.« Bernd ging auf seine Haustür zu.

»Warte.« Ich war noch gar nicht dazu gekommen, mit Bill über die Vorkommnisse zu reden. »Ich rufe ihn gleich selbst an. Mach dir keinen Stress.«

»Ist okay. Wenn er nicht kann, melde dich, dann versuchen wir was anderes.«

Beim ersten Stopp wählte ich Bills Nummer.

»Toni, was gibt's?«

Bill und ich hatten noch nicht sehr oft miteinander telefoniert. Zum Glück konnten wir die meisten Sachen gleich persönlich besprechen. Es fiel mir schwer, ihm ausgerechnet am Telefon zu erzählen, was los war.

Er hörte schweigend zu.

»Klar löse ich dich ab, ich kann etwa um elf, ist das früh genug?«, sagte er, als ich zu Ende berichtet hatte.

Um elf war ich gerade in Kalk, auf der anderen Rheinseite, aber ich rief ihn noch einmal an und sagte, dass ich gleich nach Hause fahren würde.

Dort übernahm er das Taxi. Er schaute mich an und meinte: »Schlaf dich aus. Wenn du willst, kann ich auch die nächsten Tage einspringen. Ich habe die Entwürfe abgegeben und im Moment ziemlich viel Zeit«

Er legte mir kurz die Hand auf den Rücken, stieg ein und fuhr los. Ich hatte manchmal den Eindruck gehabt, dass Bill ein bisschen eifersüchtig auf meine Freundschaft mit Nora war. Ich traf mich meistens allein mit ihr. Er hatte sie erst wenige Male gesehen und ich erzählte ihm nicht besonders viel von ihr. Aber in diesem Moment hatte er wohl verstanden, was los war, vielleicht war es ihm auch schon viel länger klar.

Der Computer ließ mich in dieser Zeit nicht im Stich, was die Produktion von schlechten Nachrichten anging. Als ich ins Haus kam, wartete noch ein Fax auf mich. Wieder war es von Tom.

Er schrieb:

Hallo Toni,
ich war gerade bei Nora in der Wohnung. Ich wollte nach der Post schauen und ihr ein paar Sachen holen, um die mich das Krankenhaus gebeten hat. Ich habe das Gefühl, dass bei ihr eingebrochen wurde. Das Schloss ist beschädigt und auch sonst sehen manche Sachen ein bisschen komisch aus. Vielleicht kannst du dir das ansehen, bevor ich die Polizei verrückt mache. Ich bin mir nämlich nicht ganz sicher.

Es tut mir Leid, dass ich heute Morgen so weggetreten war. Vielleicht können wir uns morgen früh treffen und ein paar Sachen besprechen. Ich bin heute noch lange auf und warte auf dein Fax.
Tom

Tom gehörte auch mal wieder für längere Zeit ins Bett. Vielleicht sahen wir jetzt schon beide Gespenster. Ich faxte ihm den Vorschlag zurück, uns am nächsten Morgen in einem Café in der Nähe der Klinik zu treffen.

Dann ging ich schlafen, ohne einen Moment den Gedanken an Wasser zu verschwenden. Waschen würde ich mich irgendwann, später, viel später ...

Am nächsten Tag betrat ich um kurz vor acht das vereinbarte Café. Tom wartete schon auf mich.

Wir bestellten beide das kleinstmögliche Frühstück und er fing sofort an zu erzählen: »Ich bin gestern nach der Arbeit zu Noras Wohnung gegangen. Irgendwie kam mir das Schloss komisch vor, weil es ein bisschen schief im Türrahmen saß. Aber so genau kenne ich ja die Wohnung und die Haustür auch nicht. Im Wohnzimmer brannte kein Licht und der PC war ausgeschaltet. Als ich ihn anmachte, sah alles normal aus, aber ungewöhnlich ist das schon.«

Wir sahen uns an. Es ist erstaunlich, wie fest die kleinen Angewohnheiten zu einem Menschen gehören.

Ich hatte von Nora viel über Computer gelernt. Als wir uns kennen lernten, wusste ich nur, was mir Onkel Heinrich in seinem letzten Brief hinterlassen hatte. Ich konnte seinen Anweisungen folgen und mich dadurch ins Netz einloggen. Viele Informationen hatte ich danach einfach durch Ausprobieren und Schlussfolgern bekommen. Die schriftlichen Anleitungen, an die ich mich gewagt hatte, waren mir ohne Grundinformationen vollkommen undurchschaubar erschienen. Erst nachdem Nora mir die Basisprinzipien eines Computers vermittelt hatte, war ich in der Lage gewesen, mir andere Sachen selbst anzulesen.

Ich wusste, wie gründlich Nora beim Sichern ihrer Daten war. Sie hatte ein Bandlaufwerk, einen Streamer, der einmal pro Nacht automatisch aktiviert wurde, um eine komplette Datensicherung vorzunehmen. Dabei kopierte er die Daten der Festplatte auf eine Magnetbandkassette, die man herausnehmen und an sicherer Stelle aufbewahren konnte. Aus diesem Grund ließ Nora ihren PC immer an. Sie schaltete zwar den Monitor aus, aber der Rechner lief, gerade nachts, weiter.

Eine andere Angewohnheit von ihr war, das Licht im Wohnzimmer anzulassen, egal, ob sie da war oder nicht. Selbst am hellen Tag brannte diese Lampe. Ich hatte das in Erinnerung behalten, als wir eines Abends zusammen ihre Wohnung verlassen hatten und zur Bahn gegangen waren. »Ich weiß auch nicht genau, warum ich das mache, aber irgendwie fühle ich mich dann willkommener, wenn ich zurückkomme. Eine der Marotten des Alleinlebens wahrscheinlich«, hatte sie gesagt, als ich sie darauf ansprach.

Ich stimmte Tom zu, dass seine Beobachtungen ungewöhnlich waren, konnte aber auch verstehen, dass er unsicher war, ob sie wirklich eine Bedeutung hatten. Ich versprach ihm, mich selbst ein bisschen in der Wohnung umzusehen. Er gab mir die Schlüssel und wir verabredeten, uns mittags wieder im Krankenhaus zu treffen.

In der Bahn döste ich vor mich hin. Ich fuhr mit der 13 gemächlich den Gürtel, eine der äußeren Ringstraßen, entlang, erstaunt, wie voll die Straßenbahn um diese Tageszeit war. Ich war beinahe dankbar für die vielen Leute um mich herum, ältere Frauen, Schüler, Alltag.

Teil II

Das Netz

... und sie zeigt dir, wo du suchen musst
zwischen dem Müll und den Blumen.
Es gibt Helden im Seetang,
es gibt Kinder am Morgen,
sie recken sich nach Liebe
und sie werden sich immer so recken,
während Suzanne den Spiegel hält ...

Leonard Cohen, ›Suzanne‹

15

Als ich in Noras Flur stand, war ich im ersten Moment zu schüchtern, um mich umzusehen. Das fragile Gleichgewicht von Nähe und Distanz zwischen uns, das wir so vorsichtig gestalteten, wollte ich auch jetzt, im ganz persönlichen Bereich meiner Freundin, wahren. Die Wohnung war mir vertraut, aber ich fühlte mich hier nur in Gegenwart Noras wirklich wohl. Ohne etwas zu berühren, ging ich durch ihre Räume, schaute kurz in die Küche, ins Schlafzimmer. Ich konnte mich nicht überwinden, in einen der Schränke zu sehen, hätte aber auch nicht gemerkt, wenn dort etwas gefehlt hätte.

Auch im Wohnzimmer schienen mir die Dinge in der Ordnung zu sein, in der ich sie kannte. Natürlich lagen andere Bücher und Kleidungsstücke herum als bei meinem letzten Besuch, aber das war schließlich nicht außergewöhnlich. Wie Tom gesagt hatte, war der PC ausgeschaltet. Noras Rechner ist größer als meiner, ein kiloschwerer Kasten unter ihrem Schreibtisch, daran angeschlossen ein riesiger Monitor, ein Scanner, ein externes Modem und ein Drucker. Ich knipste die Maschinen an. Sofort meldeten sie sich mit verschiedenen Geräuschen. Die Festplatte knatterte leicht, der Ventilator rauschte und der Streamer summte laut und penetrant, stoppte jedoch schnell wieder. Ich sah in der Vorderseite des Computers nach. Im Bandlaufwerk steckte keine Kassette und der Streamer hatte sich auf der Suche danach nur kurz gemeldet.

Nachdem der Rechner die Startprozeduren abgeschlossen hatte, schaute ich mir das Inhaltsverzeichnis von Noras Computer an. Es gab unzählige Verzeichnisse, Programme und Dateien und mir war es unmöglich, zu erkennen, ob jemand sie manipuliert hatte oder nicht.

Eines der Verzeichnisse hieß *Everest*, der Name der Mailbox, und ich rief es auf. Die meisten Dateien, die hier gespeichert waren, begannen mit den Buchstaben *XP*. Sie sahen aus wie Programmdateien, eine nannte sich *xp.exe*, eine Datei, deren Aufruf irgendeinen Vorgang auf dem Rechner auslösen würde.

Ich versuchte es, tippte *XP* ein und bestätigte mit der *Enter*-Taste. Es erschien eine Fehlermeldung auf dem Bildschirm: *XP ist nicht ausführbar, bitte überprüfen Sie die Pufferdateien.*

Ich suchte das Verzeichnis ab, fand aber keine weiteren Startdateien mehr. Es erschien mir seltsam, dass Noras Mailboxprogramm nicht funktionierte. Also startete ich Windows und suchte nach einem Interneteinwählprogramm. Doch hier erzielte ich ein ähnliches Ergebnis wie zuvor. Genauso wenig gab es ein funktionierendes E-Mail-Programm. Ich probierte alle Datenfernübertragungsprogramme, die ich entdecken konnte. Alle weigerten sich zu starten.

Ich überlegte. Kniff die Augen zusammen und beschwor den Computer, mir seine Geheimnisse preiszugeben. Wie hoffnungslos dieses Unterfangen sein kann, hatte ich schon in vielen sinnlosen Stunden vor meinem eigenen störrischen PC schmerzhaft erfahren. Ein Zustand ultimativer mentaler Verwirrung setzt ein, der sich unweigerlich zu einer blinden Wut auf alles, was blinkt, piept und nicht funktioniert, steigert. Dass nicht täglich Tausende von Computern mit Äxten zertümmert, von Autobahnbrücken geschmissen oder einfach angezündet und brennend zurückgelassen werden, kann ich mir nur mit unserer Verehrung für materiellen Besitz erklären. Die Gewalt gegen sich widersetzende Maschinen ist verschwindend selten im Vergleich zur Gewalt gegen Menschen.

Noch eine Weile stöberte ich in den Tiefen des Rechners herum, bemüht, keine Dateien zu öffnen, die mir zu persönlich vorkamen. Danach schaute ich in die Schreibtischschubladen. Sie sahen relativ leer aus, es waren keinerlei Disketten oder Streamerbänder darin. Ebenfalls sehr merkwürdig. Ich beschloss, mich auf den Weg zu machen, um Tom davon zu erzählen.

Auch er fand meine Entdeckungen seltsam. »Warum sollte Nora alle ihre Kommunikationsprogramme unbenutzbar gemacht haben? Und ich weiß sicher, dass sie ihre Bänder und Disketten im Schreibtisch aufbewahrt. Zumindest die meisten. Einmal im Monat schickt sie mir ein Band mit einer Gesamtsicherung, damit ich es bei mir einschließe, aber das letzte, das ich bekommen habe, war von Anfang Januar. Seitdem muss sich wieder einiges angesammelt haben.«

»Du glaubst also, dass jemand in ihrer Wohnung war?«

»Könnte schon sein.«

»Willst du das der Polizei sagen?«

»Ich weiß nicht, vielleicht bilden wir uns das alles auch nur ein. Und ich weiß nicht, ob es Nora recht wäre, wenn da jemand in ihren Sachen rumwühlt.«

»Wahrscheinlich ist das ja schon passiert und vielleicht kann die Polizei auf diese Art herausfinden, wer sie überfallen hat.«

»Kannst du mit ihnen reden?« Tom wirkte befangen bei der Vorstellung, mit Fremden längere Diskussionen zu führen.

Ich konnte ihn gut verstehen und versprach ihm, etwas zu unternehmen. Auch mich schreckte der Gedanke, aber ich schob die Überlegungen beiseite und wollte zu Nora ins Zimmer gehen. Dann fiel mir etwas ein: »Tom, könntest du die Krankenschwester noch einmal auf Noras Sachen ansprechen? Ich bin sicher, sie wird sie mir nicht geben, weil ich nicht zur Familie gehöre.«

Zehn Minuten später, ich hatte mich wieder neben Noras Bett niedergelassen, kam er herein, gab mir eine Plastiktüte und sagte: »Das ist der Inhalt ihres Rucksacks.«

»Das ging ja schnell.« Ich lächelte ihm zu.

Er lächelte zurück: »Wenigstens einmal etwas, das klappt. Ich habe auch in den Taschen ihrer Jeans und ihrer Jacke nachgesehen, aber da war nichts drin. Die Schwester bewahrt die Kleider für die Polizei auf. Ich habe ihr klargemacht, dass ich dringend einige Angelegenheiten für Nora regeln will und deswegen an den Rucksack muss. Sie hat darauf bestanden, dass ich ihn ausräume und den Rucksack selbst dalasse, wegen eventueller Spuren vom Täter.«

»Irgendwie scheint sie den falschen Beruf erwischt zu haben.« Ich grinste bei der Vorstellung von der Schwester in Polizeiuniform und auch Tom schmunzelte vor sich hin, als er sich verabschiedete.

Die Tüte lag vor mir auf dem Boden. Ich hatte die gleichen Skrupel wie in der Wohnung, aber jetzt war Nora wenigstens dabei, wenn ich ihre Sachen durchwühlte. Die Blutergüsse in ihrem Gesicht veränderten täglich die Farbe. Sie waren etwas heller geworden, gelblicher, ihre Augen waren noch immer zugeschwollen und geschlossen.

Ich riss mich zusammen: »Nora, du wolltest mir etwas bringen. Ich schaue jetzt nach, ob ich es finde. Sei mir nicht böse.« Damit beruhigte ich zwar nur mich selbst, aber das musste eben jetzt genügen.

Es waren nicht besonders viele Gegenstände in dem Beutel. Ein leerer Schreibblock, ein Buch – Bölls *Gruppenbild mit Dame,* das ich ihr geliehen hatte – Stifte, Pfefferminzbonbons, ihr Portemonnaie mit ihren Ausweispapieren, Kreditkarten und etwas Geld – ich beschloss, es sicher aufzubewahren – ein Schlüsselbund, eine Videokassette und ein Streamerband. Die vier letzten Sachen steckte ich ein.

Wieder teilten Bill und ich uns die Schicht. Wieder konnte ich einige Stunden schlafen, bevor ich früh am nächsten Morgen mit schmerzendem Magen aufwachte. Das Gefühl war ähnlich wie das, welches ich wegen der Aufregung und Angst während der ganzen letzten Tage gehabt hatte, aber es hatte nun noch eine unmittelbar körperliche, stechendere Qualität. Ich überlegte, wann ich zuletzt etwas gegessen hatte. Es fiel mir nicht auf Anhieb ein.

In der Küche suchte ich nach Fertiggerichten und kochte mir, noch im T-Shirt und mit nackten Beinen, eine Dosensuppe: Champignoncreme. Yummy!

Da hörte ich draußen Schritte vor Bills Tür. Ich wollte

ihn begrüßen und mich dafür bedanken, dass er wieder für mich gefahren war, aber als ich hinausschaute, sah ich Jill in Uniform die Stufen der Laderampe hinuntergehen.

»Hey, guten Morgen.«

Sie sah verschlafen aus und antwortete erstaunt: »Hallo, du bist aber früh auf.«

Sie klang entschuldigend, beinahe verlegen, und steckte mich damit an. Ich verdrängte die Frage, was sie denn hier machte, eigentlich wusste ich die Antwort ja, und stotterte: »Ich hatte Hunger, ich koche mir gerade eine Suppe, magst du auch einen Teller?«

Was wahrscheinlich einer Tagarbeiterin völlig absurd erschienen wäre, löste bei ihr keine Verwunderung aus: »Im Prinzip gerne, aber es ist gleich sechs, ich muss dringend zum Dienst.«

Da kam mir eine Idee: »Kann ich dich nachher irgendwo erreichen? Ich müsste dich etwas fragen, ganz dienstlich und so.«

Sie erklärte mir, wo ihre Wache war, meinte aber, dass es Glückssache wäre, wenn ich sie dort treffen würde. Ich versprach, nach ihr zu fragen und auf mein Glück zu hoffen. Sie hieß Jill Ehrhardt. Ich hörte ihren Nachnamen jetzt zum ersten Mal.

Nach meinem Frühstück, es war noch immer nächtlich dunkel, packte ich die Videokassette und das Streamerband aus meiner Tasche. Ich bedauerte, selbst kein Bandlaufwerk zu besitzen, aber zumindest einen Videorekorder gab es in meinem Haushalt. Ich kramte ihn aus dem Kleiderschrank hervor, schleppte ihn zum Fernseher im großen Raum und schloss ihn an. Auch der Fernseher musste erst entstaubt werden. Wir haben keinen Kabelanschluss und nach den ersten Monaten in der Wohnung, wo ich noch ab und zu meine Gier nach TV-Unterhaltung mit dem einzigen Programm, das ich empfangen konnte, gestillt hatte, war meine Lust auf Fernsehen versiegt. Durch die Übermacht der riesigen Sendeantennen auf dem Gebäude des WDR mitten in der Stadt ist es mit meiner Zimmerantenne nur möglich, das erste

Programm zu empfangen. Diese Tatsache hatte mich zu einem noch größeren Bücherwurm werden lassen.

Ich spulte das Videoband ganz zurück und drückte auf die Wiedergabetaste. Zuerst erschienen nur helle Streifen, die sich von oben nach unten flackernd über einen sonst dunklen Bildschirm zogen. Ich drückte den Suchlauf, nach einer Weile begann ein Spielfilm: *Free Willy*. Ich kannte ihn; die Geschichte eines kleinen Jungen, der einen Orca, einen Wal, aus einem Vergnügungspark befreit. Ich mochte den Wal und den Jungen, beide waren wirklich niedlich, aber warum hatte mir Nora ausgerechnet diesen Film mitbringen wollen? Sie hielt nicht viel von Filmen mit dressierten Tieren, vermutete dahinter immer eine verkappte Tierquälerei. Außerdem hatte der Film keine Untertitel, Nora hätte ihn nur schwer verfolgen können.

Ich versuchte über eventuell mitaufgenommenen Videotext oder Zweikanalton eine Untertitelung zu finden, ohne Ergebnis. Vielleicht kam danach noch etwas anderes. Ich spulte weiter vor, stoppte zwischendrin, immer noch ein Wal und ein Junge, dann ließ ich das Band bis zum Ende durchlaufen, spulte etwas zurück und sah mir die letzten fünf Minuten an: Willy sprang in hohem Bogen über eine Hafenmauer und war im offenen Meer, endlich in der Freiheit. Wirklich ein netter Film, aber was sollte ich damit anfangen?

Enttäuscht griff ich nach dem Streamerband und fasste einen Entschluss. Es kann schließlich nie schaden, ein Bandlaufwerk zu besitzen. Ich verdrängte den Gedanken an meinen Kontostand. Trotz der halben Schichten der letzten Tage hatte ich genug gearbeitet, um jetzt ein paar hundert Mark in einen Computerladen tragen zu können. Ich zog mich an, steckte die Streamerkassette in die Tasche und machte mich auf den Weg. Es war eigentlich noch zu früh, Viertel vor acht, aber ich war zu ungeduldig, um noch im Haus zu sitzen, und wollte versuchen, Jill vor der Öffnung der Geschäfte zu sprechen.

Sie hatte mir die Hauptwache am Waidmarkt genannt und mir gesagt, wann sie eventuell dort anzutreffen sein würde. Ich ging zu Fuß dorthin. Es ist nicht weit von mir entfernt, allerdings war der Weg durch das Gewirr kleiner Straßen und Gassen, durch die ich laufen musste, länger als erwartet. Als ich das große, graugrüne Gebäude erreicht hatte, verbot ich mir jedes Zögern, ging noch ein bisschen schneller und stürmte einfach schnurstracks durch die gläserne Eingangstür.

»Halt, junge Frau, nicht so schnell, wo wollen Sie denn hin?«

Der Pförtner vermutete offensichtlich einen Terroranschlag und hielt mich auf. Ich wäre ohne seine Hilfe sowieso nicht weitergekommen, da hinter der offenen ersten Tür, eine weitere gläserne, jedoch verschlossene Tür wartete. Ich ging zu seinem kleinen Verschlag und sprach durch die ovale Öffnung im Glas mit ihm. Er war freundlich, ein kleinwüchsiger, älterer Mann mit großen runden blauen Augen.

»Ich bin auf der Suche nach Frau Ehrhardt, Jill Ehrhardt, sie ist Beamtin hier.«

»Da kann ich Sie aber nicht so einfach durchlassen. Moment, ich rufe an.«

Er telefonierte, während ich unruhig vor seinem Käfig wartete.

»Tut mir Leid, sie ist nicht im Haus, wollen Sie es später noch einmal versuchen?«

Ich nickte. Ich war mir nicht sicher, ob ich mich noch einmal überwinden würde, hierher zu kommen, aber das sagte ich ihm natürlich nicht.

Als ich, immer noch zu Fuß, bis zu einem kleinen Computergeschäft in der Schaafenstraße gekommen war, war es neun Uhr. Ausnahmsweise hatte ich jetzt etwas mehr Glück. Der Laden hatte zwar offiziell noch zu, aber hinter der Scheibe konnte ich jemanden erkennen. Ich klopfte an die Glastür und winkte. Ein Mann tauchte hinter der Ladentheke auf und zeigte mit dem Finger auf seine Armbanduhr. Ich klopfte noch einmal und er kam zur Tür. Er war Anfang zwanzig, hatte lange blonde Dreadlocks und sah weniger verärgert als vielmehr resigniert aus.

»Wir machen erst in einer Stunde auf, ich muss hier auf unseren Rechner noch alles Mögliche draufspielen. Was gibt's denn?«

Ich konzentrierte mich und schaltete meinen effektivsten Gang ein. »Tut mir Leid, Kollege, aber mir ist heute Morgen der Streamer zusammengebrochen. Natürlich tut's auch die Festplatte nicht mehr. Ich habe die ganze Nacht damit verbracht, eine neue einzubauen, aber jetzt brauche ich auch ein neues Bandlaufwerk. Wir haben wichtige Termine in der Firma, wenn das nicht sofort klappt, dann brauche ich es gar nicht mehr.«

Er kam in Schwung. Ich hatte während meiner kurzen PC-Erfahrung die Erkenntnis gewonnen, dass ich mit dem Betreten eines Computerladens in eine Zeit katapultiert wurde, die irgendwo zwischen Steinzeitlagerfeuer und industrieller Revolution liegt. Eine Zeit, wo große harte Männer den kleinen schwachen Weibchen die dicke Keule anschleppten, damit sie diese für sie braten und später die Knochen abnagen durften. Übertragen auf das Technologiezeitalter bedeutete das soviel wie: Mädchen, wir wissen alles, du weißt nix, wir lassen uns zwar herab, dir etwas zu verkaufen, aber was du brauchst und wie viel du dafür bezahlen darfst, ist allein unsere Entscheidung. Also erwarte nicht, dass wir dir erklären, warum wir dir gerade das verkaufen, wir wissen wahrscheinlich selbst nicht genau, warum. Hauptsache, du bist dir immer bewusst, dass wir hier das Sagen haben.

Die einzige Möglichkeit, dieser erniedrigenden Nichtkommunikation zu entgehen, war, die Jungs nicht ausreden zu lassen und ihnen irgendwie vorzugaukeln, dass man selbst viel wichtiger war als sie, vor allem weil man mehr Geld verdiente.

Der blonde Rasta zog sich in die Tiefen seines Ladens zurück. Ich folgte ihm. Von hinten rief er: »Extern oder eingebaut?«

»Extern«, antwortete ich. »Hier ist das Band, das darauf laufen muss, und die richtige Software brauche ich auch.«

»Die kommt sowieso mit.«

Er schleppte ein paar Kartons aus seinem Lager. Ich zeigte ihm die Kassette und er deutete auf eine Pappschachtel: »Hiermit müsste es klappen. Wenn nicht, komm doch einfach noch mal vorbei.«

Klar, jederzeit, gern, weil ich ja nichts Besseres zu tun habe. »Ist es das richtige Laufwerk, oder nicht?«

»Es müsste klappen, das Band stammt nicht von einem ganz neuen System, ist die richtige Karte schon eingebaut?«

»Ich denke schon, aber gib mir lieber noch eine mit, eine kleine, für ein Notebook.«

»Auch das noch, welche Marke?«

Er rückte auch den entsprechenden Chip heraus. Mich gruselte bei der Vorstellung, an der Hardware meines Rechners herumbasteln zu müssen, aber ich würde es wagen. Ich ärgerte mich, dass ich den PC nicht mitgenommen hatte, dann hätten wir es im Laden gleich ausprobieren können, andererseits hatte ich die Faxverbindung nicht kappen wollen. In diesem Moment schoss mir der Gedanke durch den Kopf, warum ich das Band nicht einfach mit zu Nora nahm und auf ihren Rechner spielte, aber ich scheute dann doch davor zurück. Wer wusste, wofür wir ihren Computer und seinen Zustand als Beweis noch brauchten. Vielleicht hatte sie ihn auch absichtlich selbst so zurückgelassen.

Zu Hause schloss ich das Laufwerk an und betete, dass im Computer schon alles für den Anschluss eines Streamers eingerichtet war. Ich hatte Glück. Für die Installation der Software brauchte ich eine Stunde, aber danach war alles bereit, um den Inhalt des Bandes auf die Festplatte zu kopieren. Hierfür teilte ich virtuell meine Platte und richtete eine eigene Zone für Noras Daten ein. Endlich konnte es losgehen. Auf dem Band befand sich offensichtlich eine Gesamtsicherung ihres *Everest* Mailbox Verzeichnisses. Ich überspielte es und wartete, bis die Maschine die Daten entpackt hatte. Dann schaute ich mir das Verzeichnis genauer an. Es sah auf den ersten Blick ganz ähnlich aus wie das auf Noras Rechner. Die meisten Dateien begannen mit XP, auch die *xp.exe*-Datei war dabei. Noch einmal rief ich sie auf, und diesmal passierte etwas auf dem Bildschirm. Ein Fenster öffnete sich, das mich aufforderte, die Lizenzbedingungen von *Crosspoint* einzuhalten. Als ich mit *Enter* bestätigt hatte, baute sich ein Bild auf, das in der oberen Ecke Noras Namen trug und ansonsten aus einer langen Liste von Titeln bestand, die verschiedene Themen benannten. Ich erkannte die Brettstruktur einer Mailbox, so wie Nora sie mir einmal gezeigt hatte.

Ich hatte selbst noch nie eine Mailbox benutzt, aber als ich jetzt in dem Programm einiges ausprobierte, wurden mir bestimmte Mechanismen klar. Hinter jedem dieser Titel verbarg sich offenbar ein Verzeichnis, in dem ein- und ausgehende Mails zu dem jeweiligen Thema gesammelt wurden. Ich hatte mich mit meinem Rechner noch nie in die Box, die selbst im Haus von Ludger, dem Hauptsysop stand, eingewählt und dennoch befanden sich jetzt Daten der Box auf meinem Notebook. Man konnte anscheinend die Box anrufen, Daten abrufen, diese auf den eigenen Rechner kopieren und sie dort aufbewahren. Ähnlich wie bei E-Mails, aber hier wurden die öffentlichen Briefe zu den verschiedenen Themen nicht alle in das eigene Postfach gepackt, sondern auf die Verzeichnisse, die so genannten Bretter, verteilt.

Es gab ein Brett, wo der letzte Netcall protokolliert war. Danach hatte sich Nora am 3. Februar um 23.51 zum letzten Mal eingeloggt. Das war der Abend des Überfalls, kurz bevor sie sich auf den Weg zu mir gemacht hatte. Sie musste danach ihr ganzes *Everest* Verzeichnis auf das Band kopiert und mitgenommen haben. Allerdings wusste sie, dass ich keinen Streamer hatte, also konnte es eigentlich nicht das sein, was sie mir hatte zeigen wollen. Diese Erkenntnis hatte ich erst relativ spät, aber ich war zu fixiert auf die Dinge in ihrem Rucksack gewesen, um wirklich logisch vorzugehen.

Ich lehnte mich zurück und dachte nach. Drehte mich mit meinem Schreibtischstuhl langsam um mich selbst, das Rheinpanorama hinter den Fenstern wanderte vorbei, es war wieder ein sonniger, milder Tag, ungewöhnlich warm für Anfang Februar. Aus Bills Wohnung klang gedämpft Musik, wahrscheinlich war er gerade aufgestanden und hörte jetzt P. J. Harvey, metallisch klirrende Instrumente, darüber eine mal schrille, mal weiche Frauenstimme, der Gesang sehr unmittelbar, teilweise aggressiv, teilweise schmerzvoll. Ich kannte die Platte, *Four Track Demos,* sie war dicht am Wahnsinn aufgenommen, bizarre, experimentelle Rockmusik.

Mein Blick fiel auf den Videorekorder, der noch angeschaltet war und in dem das Band mit *Free Willy* steckte. Ich hatte es nicht wieder zurückgespult. Die Bandlängenanzeige stand auf 4.02. Ich brauchte peinlich lange, um daran etwas ungewöhnlich zu finden. Doch dann stand ich auf, nahm die Fernbedienung des Rekorders, setzte mich auf den Boden vor den Fernseher und spulte das ganze Band noch einmal zurück.

Selbst mit Werbeunterbrechungen konnte der Film unmöglich vier Stunden gedauert haben. Ob er zweimal aufgenommen war? Ich suchte das Band von Anfang an ab. Die ersten 15 Minuten lief der Walfilm, ich schaute mir im Schnelldurchlauf an, wie das Tier trauerte, der kleine Junge das riesige Aquarium mit Graffiti besprühte und dazu verdonnert wurde, es wieder zu säubern. Dann kam eine Werbeunterbrechung. Mitten in einem Spot für Babywindeln wechselte plötzlich die Bildqualität. Es sah aus, als ob ein Amateurvideo begänne. Zuerst sah man nur einen dunklen Raum, den ein Mann betrat. Er war von hinten aufgenommen worden und er war nackt. Die Kamera fuhr näher heran. Merkwürdigerweise hatte er einen vollkommen schwarzen Kopf. Dann drehte er sich um und ich sah, dass er eine Wollmütze über den Kopf gezogen hatte. Nur für die Augen und den Mund waren Löcher hineingeschnitten worden. Er hatte dünne Beine, einen hängenden Bauch und starke schwarze Behaarung. Einen Moment dachte ich an eine Hinrichtung oder ein Folteropfer. Doch dann änderte sich die Szenerie.

Ein Kind kam in den Raum. Ein kleines Mädchen, vielleicht vier oder fünf. Es trug einen kurzen, hellen Rock und ein Unterhemd. Seine Haare waren lockig und zerzaust. Die Kleine begann zu weinen, als sie den Mann sah, aber er redete mit ihr. Er flüsterte laut, es war nicht zu verstehen, was er zu ihr sagte, aber sie beruhigte sich wieder. Danach kniete sie sich auf den Boden.

Was dann folgte, konnte ich nur schwer ertragen. Es war eine Aufzeichnung der Vergewaltigung, der Erniedrigung, der Qual des Kindes. Unmittelbar nachdem ich mir sicher war, was ich da zu sehen bekam, drückte ich auf die Stop-Taste des Rekorders. Ich spulte noch etwas vor, nach 10 Minuten lief wieder *Free Willy,* in der nächsten Werbeunterbrechung begann nach einer Weile ein ähnliches Amateurvideo wie das erste.

Es handelte sich also um eine Kassette mit Kinderpornos. Nicht besonders gut versteckt in einem Tierfilm, aber doch gut genug, um den unbefangenen Betrachter kurz zu täuschen. Wahrscheinlich war der Titel des Films auch noch irgendein Insiderwitz. Woher hatte Nora dieses Band?

Wahrscheinlich war es tatsächlich das Video, das sie mir hatte zeigen wollen. Ich konnte mir vorstellen, wie aufgewühlt sie gewesen war, nachdem sie es gesehen hatte. Deswegen ihr nächtlicher Aufbruch.

Mein erster Impuls war, das Band möglichst schnell der Polizei zu übergeben. Diese Sachen sind mit gutem Grund strafbar und ich wollte nichts damit zu tun haben. Doch ich schreckte vor den Fragen der Polizei zurück. Nora konnte zurzeit nicht erklären, woher sie das Band hatte, und ich wusste es ja nicht. Also beschloss ich, vorerst noch abzuwarten, bis Nora selbst dazu Stellung nehmen konnte.

16

»Sie sagen, ihr Zustand habe sich stabilisiert.« Tom sah genaus ratlos aus, als er das sagte, wie ich mich fühlte, als ich das hörte.

»Was meinen sie damit? Sie ist immer noch nicht bei Bewusstsein. Stabilisiert im Guten oder im Schlechten?«

»Du weißt ja, wie vage sie sich ausdrücken. Aber es klang positiv.«

»Hast du irgendetwas von der Polizei gehört, wegen des Überfalls?«

»Nein, nichts mehr. Die Schwester meinte aber, dass sie darauf warten, dass Nora selbst ansprechbar ist. Das Krankenhaus soll dann bei der Polizei anrufen.«

Wir verabschiedeten uns wieder mittags auf dem Flur des Krankenhauses, bevor er zur Arbeit und ich zu Nora ging. Ich hatte inzwischen schon das merkwürdige Gefühl, nach Hause zu kommen, wenn ich die gekachelten, schrecklichen Gänge der Klinik durchwanderte, nach unten auf den graumarmorierten PVC-Boden schaute und die schweren Glastüren mit den Metallrahmen aufstemmte.

Es war jetzt der vierte Tag, an dem ich herkam und an dem ich erneut die schwäbelnde Krankenschwester traf. Sie gab mir, wie immer, keine Auskunft und ich saß aufgewühlt an Noras Bett. Ein wenig beruhigte mich ihre Nähe aber auch. Ich ließ mir noch einmal alles durch den Kopf gehen. Je länger ich grübelte, desto weniger klärten sich allerdings meine Gedanken. Ich fühlte mich machtlos und wurde wütend: auf die Ärzte, die nichts über Noras Zustand sagten, die Krankenschwester, die mir auch die kleinsten Informationen nicht persönlich mitteilte, die Polizei, die unsichtbar blieb. Irgendwann wurde ich sogar auf den armen Tom wütend, weil er so passiv und duldsam war, zuletzt richtete sich meine Wut vor allem auf mich selbst.

Noras Augen waren weiter abgeschwollen. Ihre Lider waren locker geschlossen, als wollte sie sie im nächsten Moment öffnen. Ich konnte die violetten Flusssysteme der Adern verfolgen, die sich auf der Haut unter ihren Augen abzeichneten. Ihr Mund sah entspannt aus, mit etwas Phantasie konnte ich mir ein leichtes Lächeln einbilden.

»Nora, sei mir nicht böse, dass ich heute kürzer bleibe. Aber ich gehe jetzt doch zur Polizei. Drück mir die Daumen, dass irgendetwas passiert.«

Noch einmal strich ich ihr vorsichtig über den Arm, die Schulter, die Wange und machte mich dann auf den Weg.

Im Polizeipräsidium saß derselbe Pförtner am Eingang wie morgens. Es war später Nachmittag, wahrscheinlich hatte er bald Dienstschluss.

»Ich habe eine Frage im Zusammenhang mit einem Überfall. An wen kann ich mich da wenden?«

»Da müssen Sie zur Kripo. Wo ist der Überfall denn passiert?«

»Unten am Rhein.«

»Innenstadt?«

»Ja.«

»Wollen Sie Anzeige erstatten?«

»Nein, meine Freundin ist überfallen worden. Sie liegt im Krankenhaus. Ich würde gerne mit der Person sprechen, die für den Fall verantwortlich ist.«

»Wie heißt Ihre Freundin?«

Ich nannte ihm Noras Namen und er telefonierte. »Es holt Sie gleich jemand ab.«

Danach las er weiter seine Zeitung, während ich im Vorraum herumstand und wartete.

Nach zehn Minuten kam die weißhaarige Kripobeamtin, die ich von dem Abend, als ich Christian gefunden hatte, schon kannte. Sie begrüßte mich, schien mich aber nicht wieder zu erkennen, worüber ich froh war.

Sie stellte sich vor: »Landke. Wie kann ich Ihnen helfen?«

Ihre recht duchdringende Stimme weckte in mir undeutliche Bilder von dem Abend, als sie in meiner Küche gestanden hatte. Ich erklärte ihr, dass ich ein paar Fragen zu dem Überfall auf Nora hatte, und sie bat mich, mit ihr zu kommen. Wir gingen über Flure, die mich an das Krankenhaus erinnerten und die auf jeden Fall den ganzen Charme öffentlicher Verwaltung versprühten, und sie führte mich nach mehreren Kilometern in ein kleines Büro.

Als sie die Tür hinter uns schloss, merkte ich, dass ich so schnell wie möglich wieder hier heraus wollte und beeilte mich, mein Anliegen vorzubringen. Frau Landke wirkte zurückhaltend, sachlich, ihr Gesicht war so unbewegt, dass es mir unmöglich vorkam, sie zum Lächeln zu bewegen, aber sie hörte mir zu.

»Und Sie vermuten, dass in die Wohnung Ihrer Freundin eingebrochen wurde?«

Ich nickte.

»Wir können uns das ja wirklich mal ansehen. Vor allem das Türschloss ist hierbei interessant. Am besten wäre es, wenn der Bruder von Frau König zuerst Anzeige erstatten würde. Wurde etwas gestohlen?«

»Disketten und Speicherbänder.«

»Sonst nichts?«

»Ich habe die Wohnung nicht durchsucht. Das ist das Einzige, wobei wir uns ziemlich sicher sind.«

»Sie müssen wissen: Der Überfall auf Ihre Freundin ist selbstverständlich ein Verbrechen. Wir haben die Tatzeugen befragt, die einen Mann wegrennen sahen. Sie waren allerdings zu weit entfernt, um auch nur die Haarfarbe des Täters zu erkennen. Anscheinend hat es einen kurzen Kampf zwischen Frau König und diesem Mann gegeben, bei dem Frau König schwer verletzt wurde. Der Verdacht, dass der Täter sie in den Rhein stoßen wollte, beruht allein auf der Aussage der Zeugen. Genauso gut kann das Ganze auch eine versuchte Vergewaltigung oder ein Raubüberfall gewesen sein, er ist gestört worden und geflohen. Alles sieht nach einer Zufallsbegegnung aus. Zumindest so lange Frau König selbst nicht aussagen kann oder es keine Anzeichen für Drohungen oder Motive für eine solche Tat gibt. Wir haben ihre Kollegen befragt und ihren Bruder. Ich bin froh, dass Sie heute gekommen sind. Herr König hatte uns gesagt, dass seine Schwester eine sehr enge Freundin hat, aber wir sind noch nicht dazu gekommen, uns mit Ihnen in Verbindung zu setzen. Wissen Sie denn, ob irgendjemand Frau König bedroht hat oder ob sie mit jemandem Schwierigkeiten hatte?«

»Nein, auf keinen Fall. Ich meine, nicht dass ich wüsste.«

»Sehen Sie, das hat uns ihr Bruder auch schon gesagt. Deshalb deutet alles auf eine Zufallsbegegnung hin. Wissen Sie, warum sie abends am Rhein war?«

»Sie wollte zu mir.«

»Ach so. Aber es ist doch ein bisschen gefährlich, um diese Zeit.«

»Ich wohne direkt am Fluss. Es ist der kürzeste Weg.«

Irgendwo hatte sie natürlich Recht. Aber andererseits war der Uferweg auch ziemlich hell und einsehbar, eigentlich meistens recht belebt. Deswegen war der Täter ja auch gestört worden.

»Wo ist sie denn genau überfallen worden?« fragte ich, bemüht, meinen Ärger nicht zu spürbar werden zu lassen.

»An der Bastei, direkt am Ende der Rampe, die zum Ufer hinunter führt.«

»Gleich an der Straße.«

»Ja.«

Sie war also noch nah bei sich zu Hause gewesen, hatte den Fluss wahrscheinlich gerade erst erreicht. Die Kripobeamtin stand auf. Auch ich wollte endlich aus diesem Raum verschwinden.

Sie sagte: »Sie sehen also, wir können gar nicht so viel machen. Wir können nur hoffen, dass Ihre Freundin bald wieder zu sich kommt. Und sagen Sie Herrn König, er soll den vermuteten Einbruch anzeigen.«

»Können Sie mir sagen, wer sie gefunden hat?«

»Das darf ich selbstverständlich nicht. Es war ein Ehepaar mit einem Hund.«

»Was für ein Hund?«

Sie schaute mich direkt an, zögerte einen Moment, antwortete aber dann: »Ein Mops. Eigentlich ein kleiner Hund, aber wohl grimmig genug aussehend, um den Täter zu verjagen.«

Als wir uns trennten, war sie freundlicher als zu Beginn unserer Begegnung. Ich vermutete, dass sie einfach froh war, mich wieder loszuwerden, andererseits hatte uns beide die Vorstellung des mörderfressenden Mopses ein bisschen aufgeheitert.

Auf dem Flur sagte sie: »Sie finden den Ausgang doch auch allein? Ich muss gleich noch zu einer Besprechung.«

Ich nickte und sie eilte davon, mit wehenden schwarzen Kleidern und im Halbdunkel des Ganges phosphoreszierenden Haaren.

»Noch eine Frage ...« Mir war noch etwas eingefallen.

Sie drehte sich um und sagte ungeduldig: »Ja.«

»Wann hat der Überfall denn genau stattgefunden?«

»Mitten in der Nacht. Ich müsste jetzt erst nachsehen, wann genau, aber ich meine irgendwann zwischen zwölf und halb eins.«

»Danke.«

Sie lief weiter den Gang entlang. Ich folgte ihr, etwas orientierungslos, aber hinter der nächsten Ecke gab es ein Fenster und ich konnte meine Position im Verhältnis zur Straße bestimmen. Auf dem Weg zum Ausgang dachte ich darüber nach, dass ich als harmlos genug befunden worden war, mich allein durch dieses Hochsicherheitsgebäude zu bewegen, und dass es doch immer die falschen Gelegenheiten waren, wo ich meine Handgranaten zu Hause vergessen hatte.

Mein Besuch bei der Polizei war von kürzerer Dauer gewesen, als ich befürchtet hatte, allerdings kam ich auch nicht mit dem Gefühl nach Hause, dass ich jetzt alles, was mich belastete, vertrauensvoll in die richtigen Hände hatte übergeben können und nun einfach nur ruhig abwarten musste. Eigentlich wollte ich gerne daran glauben, dass die Polizei genau das Richtige tat.

Als ich später mit einer Tasse Kakao an meinem Küchentisch saß und vor mich hindöste, fragte ich mich auch, warum ich überhaupt wissen wollte, wer Nora so zugerichtet hatte. War es nicht viel wichtiger, dass sie bald wieder auf die Beine kam? Ich musste mir eingestehen, dass es mich tatsächlich nicht so sehr interessierte, eine wilde Hatz auf den Täter zu initiieren und seine gerechte Strafe sicherzustellen, sondern dass es vor allem meine eigene Unruhe war, die mich antrieb. Die erzwungene Passivität angesichts Noras Zustand war so quälend, dass ich ihr mit irgendwelchen Taten begegnen musste – den Gebeten der Ungläubigen. Aktionismus, Angst und Neugier trieben mich an. Auf diese Art hatte ich das Gefühl, mit Nora in Verbindung zu bleiben. Das Einzige, was ich wirklich wollte.

Nach einer Weile sah ich auf die Uhr. Es war halb sieben. Ich beschloss, vor der Arbeit noch etwas zu essen zu kochen, und suchte nach Nudeln und einem Tetrapack pürierter Tomaten. Sogar Käse, der überhaupt nicht verschimmelt aussah, fand sich in den geheimnisvollen Tiefen meines Kühlschranks. Nach zwanzig Minuten hatte ich mein Kindheitslieblingsessen zubereitet und stellte gerade einen Teller auf den Tisch, als es klopfte. Ich öffnete die Tür und Bill stand davor.

»Du kommst gerade richtig. Willst du etwas mitessen?« Ich freute mich, ihn zu sehen. Bei allem Tatendurst waren die letzten Tage einsam gewesen, was mir erst jetzt so richtig klar wurde, als Bill hereinkam.

»Riecht nach Nudeln.«

»Sind auch Nudeln.«

»Mit komischer roter Soße und altem Käse?«

Er kannte mich doch gut.

»Genau.«

»Dann immer her damit.«

In unseren kulinarischen Vorlieben sind Bill und ich uns sehr ähnlich. Essen schmeckt umso besser, je weniger dafür gearbeitet werden muss und je weniger der Verdacht aufkommen kann, dass ein Gericht zu viele Nährstoffe oder Vitamine enthält. Eventuellen Mangelerscheinungen beugt Bill mit dicken amerikanischen Multivitaminpillen vor, die die Größe von Futterpellets für Pferde und die Farbe von Lapislazuliperlen haben. Ich bekomme davon Sodbrennen und lasse deswegen den Skorbut ruhig auf mich zukommen. Im Fall von Zahnausfall und Kreislaufkollaps würde ich mich vielleicht zu einer Vitamin C-Tablette überreden lassen. Bisher war ich noch darum herumgekommen. Wahrscheinlich weil Ascorbinsäure auch als Konservierungsmittel in Fertignahrung verwendet wird. Immerhin hatten wir es mit Nudeln und

Tomatensoße bis ins Erwachsenenalter geschafft. Eine Tatsache, die Nora einmal erstaunt hervorgehoben hatte.

Bill bot mir an, auch während der nächsten Tage die halben Schichten für mich zu fahren. Wir hatten uns nicht oft gesehen in letzter Zeit. Dennoch hatten wir einiges voneinander erfahren. Als wir jetzt schweigend die Spaghetti aufrollten und beinahe unisono riesige Gabeln voll in den Mund steckten, hatte ich ein vertrautes, gelassenes Gefühl. Ich genoss den Moment, dankbar für seine Hilfe. Ich fragte ihn nicht nach Jill.

»Ist es okay, wenn ich heute die erste Hälfte der Schicht mache? Ich würde dir den Wagen dann um Mitternacht bringen«, sagte Bill.

»Sicher«, schnell änderte ich innerlich meine Pläne, »können wir uns an der Bastei treffen?«

»Hast du vor, nach den Nudeln noch schick essen zu gehen?«, frotzelte er.

»Klar, ich bin neuerdings Funkenmariechen einer Karnevalsgesellschaft und muss heute Abend da auftreten.«

Die Bastei ist einer der alten Rheinschifffahrtswachtürme, seit vielen Jahren umgewandelt in ein teures Angeberrestaurant, beliebt für Betriebsfeiern und Gesellschaften aller Art.

Ich rief bei den Kalscheuers an und erfuhr von Uschi meinen Dienstplan für die kommende Woche. Zum Glück war er wieder normal. Ich hatte fünf Nachtschichten und dann zwei Nächte frei. Sie hatten eine feste Aushilfe für die kommenden drei Wochen, in die auch der Straßenkarneval fiel, gefunden. Ich erklärte ihr, dass Bill und ich uns die Schichten teilen würden, und versprach, dass sie davon nichts merken würde. Uschi war in Eile, wie immer – ich hörte im Hintergrund eines der Kinder quengeln –, aber sie hatte keine Einwände: »Wenn das für dich so in Ordnung ist, dann macht einfach und grüß Bill von mir.«

Als Bill sich zu Kalscheuers aufgemacht hatte, wurde ich wieder nervös. Ich setzte mich vor den Computer und startete noch einmal Noras Mailboxprogramm. *XP*, diese zwei Buchstaben standen für *Crosspoint* ›Kreuzungspunkt‹, so viel hatte ich mir inzwischen zusammengereimt. Ich hatte weiterhin Skrupel, Noras Datenbestand zu durchsuchen, hoffte aber, dass irgendwo darunter die Informationen waren, die mich weiterbringen würden. Noch verstand ich zu wenig von den Grundprinzipien der Mailboxtechnologie. Nora hatte oft das Programm *Zerberus* erwähnt. Davon war aber bisher weder auf ihrem Rechner noch auf dem Streamerband eine Spur zu sehen gewesen. Ich rief meine Freundin Samira in Hamburg an.

Sie meldete sich mit tiefer Stimme. Als sie mich erkannte, war sie begeistert und bedauerte, dass sie in Eile war. Aus alter Gewohnheit sprachen wir englisch miteinander: »We haven't talked in such a long time. Only E-Mails. It's nice but I have longed for a live conversation with you darling. Unfortunately I have to leave soon. I have a date tonight with a cute young lady.«

»Well, I hope you'll have a lovely evening. Can I call you again tomorrow?«

»Sure, but please tell me now what's up. Otherwise I'll die from curiosity tonight.«

Ich fragte sie schnell, ob sie schon einmal mit einer Mailbox gearbeitet hatte. Samira ist Netzwerkspezialistin und ich hoffte, dass sie zumindest eine blasse Ahnung hatte, worum es mir ging. Sie hatte.

Sie erklärte mir, dass *Zerberus* die Software ist, die direkt auf der Mailbox läuft und dort alle Funktionen und Abläufe steuert. *Zerberus* ist ein Höllentier, benutzerunfreundlich, weil unlogisch, schwer durchschaubar, aber zuverlässig und umfangreich in seinen Möglichkeiten. *Crosspoint* wiederum ist das Programm, mit dem sich die Benutzer in die Box einwählen. Damit kann man die Daten abrufen und die Brettstruktur der Box auf seinem eigenen Rechner nachempfinden.

»If you have more questions, just call me anytime. A sweet kiss for you honey.«

Damit verabschiedete sich Samira und ich hatte das Gefühl, wenigstens heute Abend meinen Anteil an Kosenamen abbekommen zu haben. Außerdem waren ein paar meiner Fragen beantwortet.

Ziellos begann ich, in Noras *Crosspoint* herumzustöbern. Ich übersprang ihr persönliches Mailverzeichnis und schaute mir zuerst die Themenbretter an. Es gab viele Verzeichnisse mit politischen Inhalten. Bretter zu Ökologie, Gewerkschaften, Frauenbewegung, Behinderteninitiativen, Migrantinnen, Reisen, An- und Verkauf. In manchen Brettern öffnete ich die aufgelisteten Mails und las sie. Ich verfolgte einige Diskussionen und konnte sehen, dass sie ähnlich wie in den Internetdiskussionsgruppen verliefen, nur wurden sie hier ausschließlich auf Deutsch geführt. Von manchen Usern gab es zu beinahe jedem Thema Beiträge, andere tauchten seltener und nur in bestimmten Brettern auf.

Weiter unten in der Liste, ich war auf dem Bildschirm fast ans Ende des Brettbaumes gewandert, gab es eine Gruppe von Brettern, die mit der Bezeichnung *Intern* begannen. Es gab *Intern/Box, Intern/Diskussion, Intern/Planung, Intern/Sys/Log, Intern/Sys/Fatal.*

Die letzten beiden waren gefüllt mit Nachrichten, die aus reinen technischen Mitteilungen zu bestehen schienen. Als hätte sie eine Maschine erstellt und kein Mensch. In den anderen beiden *Intern*-Brettern tauschten offensichtlich die Systembetreuer der Box ihre Neuigkeiten aus. Und hier stieß ich auf verschiedene interessante Mails.

Zuerst war es seltsam, Noras Namen hier zu lesen und die Mails zu finden, die sie selbst an die anderen geschickt hatte. Doch je länger ich die Diskussionen verfolgte, desto gespannter wurde ich, und zum Schluss las ich alle Beiträge und versuchte, mir ein Bild von den Vorkommnissen zu machen. Manche Puzzlestücke schienen mir aber dann immer noch zu fehlen. Ich probierte weiter herum, stellte fest, dass ich mir mehr Nachrichten zeigen lassen konnte, wenn ich die Taste *A* für *Alle* drück-te. Ansonsten wurden mir nur die beim letzten Netcall abgerufenen Nachrichten angezeigt und nicht die älteren.

Unter den älteren Nachrichten aber fand ich auch viele von Anke. Die meisten Beiträge stammten von Ludger und Anke, wie Nora mir erzählt hatte, die Hauptsystembetreuer der Box. Irgendwann gab es von Anke keine Beiträge mehr. Zwei Namen kamen außerdem noch vor: Rocky und Micki, anscheinend zwei andere Co-Sysops.

Die Diskussion drehte sich um Pornographie. Offensichtlich versuchten die Beteiligten, einen Konsens zu finden, wie man mit Pornographie in der Box und im Internet umgehen sollte. Anke deutete an, dass Frauen von anderen Systemen sich bei ihr beschwert hatten, dass mehrere User der Box über das Internet Pornos anboten und teilweise auch in Internet-Diskussionsgruppen Frauen belästigten.

Ich wusste, dass die Box mit den Informationen in ihren Brettern ein System ist, auf das nur registrierte, angemeldete und zahlende Benutzer Zugriff haben. Es ist allerdings diesen Benutzern möglich, Nachrichten und auch Bilder und Dokumente ins gesamte Internet hinaus zu schicken und von dort E-Mails zu erhalten. Um andere Dienste des Internet, wie zum Beispiel das WWW, benutzen zu können, braucht man allerdings einen weiteren Account über einen richtigen Internet-Provider, so wie ich ihn bei *Siriusnet* habe und wie auch Nora einen besaß, auch wenn ich von ihrem Rechner aus diesen Account nicht mehr hatte öffnen können.

Ludger hatte versprochen, sich um die Beschwerden zu kümmern und mit den Eigentümern der Accounts Kontakt aufzunehmen.

In der Diskussion ging es um Pornographie im Allgemeinen, Kinderpornos wurden nicht erwähnt. Anscheinend hatten sie versucht, eine inhaltliche Diskussion über das Thema zu führen und zu definieren, ob sie das nichtkommerzielle Anbieten von Pornos in den Brettern überhaupt zulassen wollten. Ludger und Micki waren darum bemüht, einen möglichst liberalen Standpunkt einzunehmen. Sie vertraten die Haltung, Beschwerden von Usern abzuwarten und erst dann zu handeln. Anke war gegen jede Form von Pornos in der Box und forderte stärkere Kontrolle, die besonders von den männlichen Sysops ausgeübt werden sollte. Sie wollte die Accounts der User, über die Beschwerden eingingen, sofort löschen und verhindern, dass sie sich je wieder in der Box anmelden konnten. Ludger hatte dieses Vorgehen zu strikt gefunden. Er wollte genauere Fakten.

An diesem Punkt der Diskussion war der Ton zwischen Anke und Ludger schärfer geworden. Die anderen hatten sich kaum noch zu Wort gemeldet und wenn, waren ihre Beiträge Schlichtungsversuche gewesen. Zum Schluss hatte Anke geschrieben, dass sie jetzt Beweise hätte, um was es bei den Machenschaften der angeprangerten Accountbesitzer ginge und dass sie die Polizei benachrichtigen würde.

Dies war die letzte Mail von Anke. Danach hatte Nora sich eingeschaltet. Zuerst waren ihre Mails Bitten an Anke gewesen, sich doch sobald wie möglich wieder zu Wort zu melden und zu erklären, was es mit diesen Beweisen auf sich habe. Dann kam eine Mail, wo sie sich für einige Tage abmeldete, unseren Kurzurlaub.

Während Noras Abwesenheit war die Diskussion zunächst abgebrochen, dann hatte Ludger die Nachricht von Ankes Tod ins Brett gesetzt. Es folgten ungläubige, geschockte Mails von Micki und Nora. Der Streit war zunächst nicht mehr erwähnt worden. Die letzte Mail in der Liste stammte von Nora selbst, vom Tag des Überfalls. Darin forderte sie Ludger auf zu berichten, was aus seinen Anfragen an die Pornoaccountbesitzer geworden war, und sie schrieb weiterhin:

> *... ich weiß jetzt, worüber sich Anke so empörte. Ich bin noch nicht sicher, was ich genau deswegen unternehmen werde, aber ich werde auf jeden Fall versuchen, die Sache aufzuklären ...*

Aus dem kurz angebundenen Stil von Noras Mitteilung konnte ich erkennen, wie aufgebracht sie gewesen war. Ich hatte zwar keine Ahnung, woher sie das Video an diesem Tag bekommen hatte, zwei Wochen nach Ankes

Tod, aber ich war ziemlich sicher, dass sie darauf anspielte. Am gleichen Abend war sie zu mir aufgebrochen, das Band im Rucksack, und war überfallen worden.

Bestimmte Informationen, die mich interessierten, tauchten in keiner der Mails auf. Ich vermutete, dass sie in Privatnachrichten zwischen einzelnen Beteiligten ausgetauscht worden waren. Vor allem die Adressen der Pornoaccounts waren nirgends erwähnt. Es wurde nicht einmal deutlich, um wie viele User es sich dabei handelte.

Als ich die letzte Mail im *Intern/Diskussion*-Brett gelesen hatte, schaute ich mir die Absenderangaben der Sysops noch einmal an. Alle E-Mail Adressen endeten mit *everest.fortune.de* wie auch Noras Adresse. Dies hatte ich nicht anders erwartet. *Everest* war der Name der Box, *fortune.de* der Domain Name, also der Ort, an dem die Box im Internet zu finden war. Weltweit würde eine Nachricht, die hinter dem @ Zeichen die Merkmale *everest.fortune.de* trug, an diese Mailbox geschickt werden. Ihre Wege führten sie vielleicht verschlungen und kompliziert durch den internationalen Datendschungel, aber sie würde mit großer Wahrscheinlichkeit ankommen. Vor dem @ stand der Name des Users, der die Nachricht verschickte. Bei Nora entsprach dieser Name auch ihrem realen Vor- und Zunamen *nora.koenig*. Ankes Absender trug nur ihren Vornamen *anke* genauso wie Ludgers nur seinen. Rocky und Micki hatten als Usernamen Phantasiegebilde gewählt. Rocky nannte sich *wiz* und bei Micki stand hier *pluto*. Ihre wirklichen Namen hatte ich nur erfahren, weil sie am Ende ihre Beiträge mit Rocky oder Micki unterzeichnet hatten. Von Rocky konnte ich überhaupt nur zwei, relativ allgemein beschwichtigende Mails finden. In den letzten Wochen hatte er sich nicht mehr an der Diskussion beteiligt. Vielleicht war er in Urlaub oder das Ganze war ihm irgendwie zu viel geworden.

Im Gegensatz zu meinem eigenen Provider, wo es zwar erlaubt war, einen fiktiven Usernamen in der Mail-Adresse zu führen, wo in der automatisch erstellten Absenderangabe aber in Klammern immer der Realname erschien, gab es hier diese Information nicht. Wenn die User ihre Identität nicht freiwillig offen legen wollten, dann konnten sie diese recht erfolgreich verschleiern. Diese Tatsache war nicht auf technische Bedingungen zurückzuführen, sondern musste ein Bestandteil der Politik der Box sein. Warum auch nicht. Es war auf jeden Fall eine Möglichkeit, der Zensurdebatte in den Netzen zu begegnen.

Ich schloss das *Intern/Diskussion*-Brett, saß wieder einmal vor dem Brettverzeichnis der Box und rätselte über die übrigen Geheimnisse, die darin verborgen waren. Hinter jedem der Brettnamen warteten Dutzende von Nachrichten. Es würde mich Tage kosten, sie zu lesen und irgendwie in Zusammenhang zu bringen. Schon in der Diskussion, die ich gerade verfolgt hatte, war es nicht einfach gewesen, die Beiträge zuzuordnen. Oft zitierten die Schreiber die Mails der anderen in ihren Antworten. Ich hatte mich stark konzentrieren müssen, um die aus dem Zusammenhang gerissenen Zitate zu verstehen und die Antworten zu begreifen, die manchmal nur kryptisch andeuteten, was gemeint war. Mir war diese Art der Kommunikation aus dem Internet bekannt, aber dort hatte ich die Debatten, die mich interessierten, lang genug verfolgt, um mir einen Reim auf die Persönlichkeit und die Ansichten der beteiligten User machen zu können. In Noras Box fehlten mir all diese Zusammenhänge. Noch dazu reichte der Teil der Diskussion, den ich gerade gelesen hatte, nur bis Anfang Dezember zurück. Anscheinend waren alle Nachrichten, die älter waren, schon wieder gelöscht worden. Nora hatte wahrscheinlich alle paar Wochen ihr *Crosspoint* aufgeräumt, um nicht in der Fülle der alten Mails unterzugehen.

Ich sah auf die Uhr und erschrak. Es war halb zwölf. Höchste Zeit, mich fertig zu machen und zur Bastei zu laufen. Mir blieb noch eine halbe Stunde bis zu meiner Verabredung mit Bill. Wenn ich rechtzeitig da sein wollte, musste ich mich sputen.

17

Draußen war es mild. Ich atmete tief durch. Die Temperaturen waren während der ganzen Woche ungewöhnlich hoch gewesen und die Luft schien sich mit der Idee von Frühling angereichert zu haben. Es roch nach Erde und Wasser. Erst als ich zur Straße kam, mischten sich die synthetischen Aromen der Stadt darunter.

Am Rheinufertunnel überlegte ich, ob ich die Straße überqueren sollte, bevor sie abtauchte. Für Fußgänger war es nicht vorgesehen und tatsächlich lebensgefährlich, weiter der Fahrbahn zu folgen und in den Tunnel hinunterzugehen. Ich konnte auf der Seite des Flusses bleiben und die Uferpromenade entlangspazieren, eine Vorstellung, die mich heute nicht besonders lockte. Als ich mir Alternativen überlegte, wurde mir klar, dass jede andere Strecke einen riesigen Umweg bedeuten würde. Ich müsste durch die ganze Altstadt, am Dom vorbei, um den Hauptbahnof herum zum Breslauer Platz und dahinter wieder zum Fluss hinunter rennen. Selbst im Laufschritt, den ich unmöglich länger als einen halben Kilometer durchhalten konnte, würde mich die Aktion mindestens zwanzig Minuten mehr kosten. Zwanzig Minuten, die ich nicht hatte. Der direkte Weg am Ufer entlang war wirklich so viel kürzer, dass ich ihn nach diesen Überlegungen einschlug.

Es war ein idyllischer Spaziergang und meine anfängliche leichte Unruhe verflog bald. Außerdem war die Strecke belebt. Jogger, Rollerblader und Spaziergänger mit Hunden kamen mir entgegen. Ich hielt die Augen nach einem Mops offen. Mein Bild von dieser Hunderasse war reichlich unkonkret, aber ich erwartete so eine Art fette kleine Bulldogge mit dünnen Beinen, die wild sabberte. Keiner der Hunde hatte Ähnlichkeit mit dieser Vorstellung.

Um fünf vor zwölf war ich an der Bastei und lief so schnell wie möglich die Rampe zur Straße hinauf. Ich versuchte, nicht daran zu denken, dass Nora hier angegriffen worden war und was sie in diesen Sekunden wohl empfunden hatte. Trotzdem war ich den Tränen nah, als ich oben ankam, wo Bill und das Taxi schon auf mich warteten.

»Schön, dass du schon da bist. Ich bin froh, wenn ich nach Hause komme.«

Bill hörte Musik, eine abgrundtief traurige Ballade. Ich setzte mich auf den Beifahrersitz. Das Stück hieß ›Foolish Games‹, von Jewel, einer jungen Sängerin aus Alaska, wie der Moderator uns berichtete, als der Song zu Ende war.

Bill drehte das Radio aus und meinte: »Ist es nicht eines der seltenen Stücke, wo die Gratwanderung zwischen mitreißender Sentimentalität und Kitsch geglückt ist?«

Ich stimmte ihm zu: »Ich bin froh, dass sie das Lied nicht mit irgendwelchen hippen Beats zubetoniert hat.«

Bill stieg aus. »Hab eine schöne Nacht mit lauter netten Fahrgästen.«

Ich rutschte auf den Fahrersitz und er beugte sich zum offenen Fenster hinunter, um mir einen freundschaftlichen Kuss zu geben. Dann wanderte er zum Fluss, während ich das Auto in Position brachte. Ich musste ein paar Mal auf dem Bürgersteig vor- und zurücksetzen, bis ich geradeaus die Rampe hinunterfahren und mich unten so hinstellen konnte, dass ich den ganzen Uferweg überblickte, ohne ihn zu blockieren. Ich kurbelte die Scheiben hoch, verriegelte den Wagen von innen und behielt das Display im Auge, hoffte aber, dass während der nächsten halben Stunde keine Fahrt hereinkam. Mein schlechtes Gewissen Bernd gegenüber verdrängte ich und nahm mir vor, dafür heute keine Kaffeepause zu machen.

Es war still im Wagen. Das Plätschern des Rheins war zu dezent, um durch die Scheiben zu dringen. Anders als das Meer macht er sich nicht ständig bemerkbar. Er fließt heimlich durch die Stadt, ist aber auch durch nichts aufzuhalten. Sein Pegel erschien mir höher als vor einigen Tagen. Ich hatte ihn aber in der letzten Zeit weniger genau beobachtet und war mir nicht sicher, ob es nicht das reflektierende Licht des Mondes war, das die Wasseroberfläche scheinbar hob, sie ansog und mit dem Nachthimmel, der bis zum Boden reichte, verschmelzen ließ. Ich musste aufpassen, dass ich nicht einschlief.

Die Stelle war unbelebter als die Altstadtpromenade. Hier gab es keinen Zaun mehr, der den Weg und die Ufermauer trennte. Der Blick auf die Eisenstreben der Hohenzollernbrücke, die sich bucklig über den Strom legt, war offen und wurde nicht von anliegenden Schiffen versperrt. Ich sah mich um, bemüht die Bedeutung dieser Stelle zu vergessen und nur wahrzunehmen, was die Gegenwart des Ortes anzubieten hatte. Außerdem wollte ich es nicht verpassen, wenn der Mops vorbeikommen sollte.

Kurz vor halb eins, ich wollte gerade enttäuscht aufgeben und mich auf den Weg zum Taxistand am Hauptbahnhof machen, bemerkte ich einen kleinen Hund, der angestrengt auf der Ufermauer herumschnüffelte. Ich stieg aus und ging langsam auf ihn zu. Er hatte glänzendes hellbraunes Fell, einen Hängebauch und viele Hautfalten im Nacken. Seine Schnauze war schwarz und in noch viel mehr Falten gelegt. Er schnaufte hörbar, hatte aber große kreisrunde schwarze Augen und sah mich freundlich an, ohne zu bellen.

»Brav, Jelly, hier war das neulich, ich weiß ja.«

Ein hagerer Mann in einem pink-grün-lila gemusterten Trainingsanzug nahm den Hund auf den Arm.

Ich zuckte kurz zusammen und ging einige Schritte rückwärts.

»Guten Abend, ich wollte Sie nicht erschrecken.« Der Mann hatte mein Misstrauen bemerkt und wollte schon weitergehen, als ich mich zusammenriss und ihn ansprach.

»Entschuldigen Sie, aber Ihr Hund gefällt mir so gut, darf ich fragen, was das für eine Rasse ist.«

Er strahlte. »Jelly ist ein Mops, ein besonderes Prachtexemplar sogar.«

»Das ist aber interessant. Ich wusste überhaupt noch nicht, dass Möpse so aussehen.«

Eine Schönheit war Jelly ganz gewiss nicht, aber sie hatte tatsächlich eine bestimmte Art von Charme. Jetzt beschnüffelte sie mich vom Arm ihres Besitzers aus, es klang wie ein leises Röcheln, doch ihren feuchten zutraulichen Augen konnte ich trotzdem nicht widerstehen und kraulte sie am Kopf.

»Sie mag Sie. Jelly ist zwar zu allen Menschen freundlich, aber bei Ihnen spürt sie, dass Sie sie akzeptieren. Manchmal hat sie, glaube ich, ein bisschen Komplexe, weil viele Leute zuerst Angst vor ihr haben.«

»Aber das ist doch gar nicht nötig, nicht, Jelly?«

Bevor ich mich ganz der Konversation mit dem Hund hingab, wollte ich jetzt doch lieber zu dem kommen, was mich heute Abend hierhergetrieben hatte.

»Meine Freundin ist Anfang der Woche hier überfallen worden. Die Polizei hat mir gesagt, dass ein tapferer Mops sie gerettet hat. War das Jelly?«

Die Freude und der Stolz des Mannes wurden immer sichtbarer. Die scharfen Falten auf beiden Seiten seines Mundes vertieften sich, ein Lächeln, aus dem Magenschmerzen sprachen, das aber auch etwas Seelenvolles hatte.

»Ja, Jelly diese kleine Heldin hat gemerkt, dass da etwas nicht stimmt, noch bevor wir richtig gesehen haben, was hier los war. Meine Frau, sie ist heute Abend nicht mitgekommen, weil sie so erkältet ist, sonst gehen wir immer zusammen, hat gerufen und gerufen, aber Jelly hat nicht gehört. Ich dachte ja zuerst, dass das ein Liebespaar war, die hier auf der Mauer miteinander schmusten, es war ja nicht so kalt in der Nacht. Erst als der Mann dann wegrannte und die Frau liegen blieb, haben wir gemerkt, dass mit ihr etwas nicht stimmte. Sie konnte gar nichts mehr sagen, lag einfach da und blutete. Und Jelly ist die ganze Zeit bei ihr geblieben.«

»Haben Sie gesehen, wie der Mann aussah?«

»Nein, nicht wirklich, das ging ja alles so schnell. Ich glaube, er war kräftig, aber ich kann mich auch irren, und er konnte nicht so schnell rennen, eher schwerfällig.«

»Hat er etwas gesagt?«

»Nein, er ist nur hier hochgelaufen«, er zeigte auf die Rampe, »und oben in ein Auto gestiegen. Ein ziemlich großes, helles, aber auch das habe ich nicht genau genug gesehen, um die Marke oder das Nummernschild erkennen zu können.«

»Ach, Jelly, du bist wirklich eine Heldin. Vielen Dank, Ihnen auch. Vielleicht dürfte ich Sie noch einmal anrufen und Jelly in den nächsten Tagen irgendetwas Leckeres vorbeibringen?«

»Natürlich.« Er nannte mir seine Telefonnummer und ich merkte sie mir, um sie gleich im Auto zu notieren. Leckerli für Jelly und ein Geschenk für seine Frau und ihn. Außerdem war ich froh, dass ich seine Nummer hatte, falls mir doch noch eine Frage einfiel.

Ich dankte ihm und wir verabschiedeten uns mit der Herzlichkeit von wahren Mopsliebhabern.

Die ganze Nacht führte ich Selbstgespräche. Nur mühsam riss ich mich zusammen, wenn ich einen Fahrgast hatte. Ich bin sicher, dass die meisten Leute oft laut mit sich selbst reden, trotzdem lässt man sich nicht gern dabei erwischen. Es steht im Ruf, ein Zeichen von Senilität zu sein. Vielleicht haben sich manche meiner Kunden darüber gewundert, dass ich so geistesabwesend war. Wenn sie versucht haben, mich anzusprechen, dauerte es meist einen Moment, bis ich merkte, dass ich gemeint war, und dann wusste ich keine Antwort, da ich die Frage nicht verstanden hatte. Einer der praktischen Aspekte meines Berufs ist, dass man eher als anderswo wunderlich erscheinen darf. Zum einen sieht man die meisten Leute, die einem begegnen, nie wieder, zum anderen gilt die Berufsgruppe der Taxifahrer als Sammelbecken für soziale Außenseiter mit besonderen Codes und Regeln des Umgangs. Ein nicht unbedingt zutreffendes Bild, aber ich konnte mich problemlos damit abfinden. Es gab mir Raum, mich so zu verhalten, wie ich mich gerade fühlte.

Vor allem versuchte ich während meines lauten Dialogs zu klären, ob ich mich überwinden und in Noras persönliches Mailverzeichnis schauen sollte. Mir ging auf, wie tief verwurzelt das Gebot über die Wahrung des Briefgeheimnisses in meinem Gewissen war. Das eine Mal in meinem Leben, wo ich dagegen verstoßen und nach Onkel Heinrichs Tod seine Korrespondenz durchgesehen hatte, war ich auf das ungeheuerlichste Geheimnis meines eigenen Schicksals gestoßen, und ich hatte daraus eigentlich nur gelernt, dass es viele Dinge gab, die ich nicht wissen wollte, auch wenn mein Informationsdrang im Prinzip unersättlich war.

Als ich am nächsten Tag aufwachte, war es elf Uhr, viel zu spät. Nach dem ersten Schreck zog ich mir die Decke noch einmal ganz über den Kopf und gönnte mir zehn Minuten Dösen, um richtig wach zu werden. Als hätten der Schlaf und die kurze Besinnungspause meine chaotische Erlebniswelt der jüngeren Vergangenheit tatsächlich sortiert, stand ich auf, innerlich geordnet und mit einem klaren Vorhaben für den Tag. Die blinkende undurchschaubare Welt der elektronischen Netze hatte sich vorerst weit entfernt. Mein Körper schien nicht mehr nur aus visueller Wahrnehmung und hektischem Nachdenken zu bestehen, sondern ich spürte meine Haut, meine Arme und Beine, kam mir vollständiger vor als sonst.

Als ich das Haus verließ, studierte ich den Fluss genauer. Der Wasserspiegel war wirklich gestiegen. Die Schiffe waren sichtbar an den Hafenmauern hochgeklettert, luden beinahe dazu ein, einfach einzusteigen und loszusegeln. Ich merkte, wie mich meine beste Freundin von früher, die Sehnsucht, fest in die Arme nahm, aber ich kämpfte mich frei und startete in die Stadt. Auf dem Weg zur Haltestelle ging ich an der Severinstraße in einen Blumenladen und ließ mich beraten.

»Duften sollen sie und Sie möchten sie ins Krankenhaus mitnehmen? Dann würde ich Fresien und Rosen nehmen. Möglichst bunt. Sie sollen ja aufheitern, nicht? Und ich binde Ihnen nichts dazwischen, was eventuell staubt. Wie viel wollen Sie denn ausgeben?«

»Machen Sie mir bitte zwei Sträuße, schöne, große, es spielt keine so große Rolle, wie viel sie kosten.«

Ich hatte beschlossen, eine Offensive zu starten, um Nora zum Aufwachen zu bewegen. Hin- und hergerissen zwischen Vernunft – blindem Vertrauen in die Wirksamkeit medizinischer Maßnahmen – und der simplen, naiven Hoffnung, dass schöne, lebendige Dinge einen Anreiz bieten könnten, ins bewusste Leben zurückzukehren, hatte ich mich für das Letztere entschieden. Das Erste hatte ich sowieso nicht in der Hand.

Heute traf ich Tom nicht. Entweder war ich zu spät gekommen, es war zehn nach zwölf, oder er hatte zu seinen regulären Arbeitszeiten zurückkehren müssen und war schon viel länger weg. Ich nahm mir vor, ihm später zu faxen und ihn um ein Treffen zu bitten.

In Noras Zimmer studierte ich ihr Gesicht wieder genau. Ich hoffte auf eine Veränderung, hatte aber nicht den Eindruck, dass sie seit gestern klarer oder wacher geworden war. Es kostete mich meine ganze Kraft und Selbstdisziplin, die Verzweiflung zurückzudrängen. Ich packte die Blumen aus und legte sie auf Noras Decke. Dann suchte ich die Krankenschwester. Im Stationszimmer saßen mehrere Personen und ich hatte die schwache Hoffnung, dass ich eine andere Person als die mir schon bekannte Pflegerin auf mich aufmerksam machen könnte, doch als ich durch die Scheibe schaute, bemerkte mich meine alte Bekannte als Erste. Ich ergab mich in das Schicksal einer Auseinandersetzung mit ihr, die auch prompt begann, als ich mein Anliegen vortrug.

»Entschuldigen Sie, dass ich Sie störe, aber könnte ich vielleicht zwei Vasen bekommen.«

»Blumen sind auf der Intensivstation nicht erlaubt, außerdem haben wir gerade Mittagspause.«

»Tut mir Leid, ich komme gleich gerne noch mal wieder.«

»Vasen haben wir sowieso nicht.«

»Vielleicht könnte ich auf einer anderen Station welche ausleihen.«

»Ich habe doch schon gesagt, es ist nicht erlaubt.«

Das Gespräch mit ihr gehörte zur Kategorie ›kein Anschluss unter dieser Nummer‹ und ich änderte meine

Strategie. Ich machte mich auf den Weg und suchte das Arztzimmer. Es gab mehrere Räume im nächsten Flur, die entsprechende Schilder an der Tür hatten, und ich klopfte entschlossen beim ersten an. Trotzdem erschrak ich, als ich ein verhaltenes »Herein« hörte.

»Womit kann ich Ihnen helfen?«

In dem Zimmer saß ein Mann. Er war klein, übergewichtig und kam mir entfernt bekannt vor. Stunden später fiel mir ein, dass es die Ähnlichkeit mit Jelly, dem Mops, war, die diesen Eindruck bei mir auslöste. Sogar seine Augen strahlten feuchte Harmlosigkeit aus und ich schenkte ihm sofort ein gewisses Vertrauen.

»Es geht um Nora König, ich suche einen Arzt, der sie kennt.«

»Ich bin einer der Stationsärzte, wie kann ich Ihnen denn helfen?«

Ich erklärte ihm, was ich auf dem Herzen hatte.

Er zögerte mit einer Antwort und sagte dann: »Eigentlich spricht nichts dagegen, aber es erschwert dem Pflegepersonal natürlich die Arbeit. Sie müssen die Blumen immer zur Seite stellen und besonders mit den Geräten aufpassen, die ja auf einer Intensivstation überall herumstehen.«

Er hatte Angst vor meiner schwäbelnden Spezialfreundin und ich wurde immer kampfeslustiger. Ich versuchte es mit einem Angriff unter die Gürtellinie: »Nora ist doch eine Kollegin von Ihnen. Stellen Sie sich vor, Ihnen würde so etwas passieren, da wären Sie doch auch froh, wenn sich nicht alle immer nur an die Vorschriften halten.«

In ihm arbeitete es. Mir wurde klar, wie so viele mimische Falten in seinem Gesicht hatten entstehen können, und es tat mir beinahe Leid, jemanden, der anscheinend noch weniger Durchsetzungskraft hatte als ich, in solch einen Autoritätskonflikt zu bringen. Aber schließlich konnte er nur fürs Leben lernen. Ich bemühte mich um Geduld und wartete ab.

»Ist in Ordnung, ich sage nachher Bescheid, dass es aus ärztlicher Sicht eine sinnvolle Maßnahme ist.«

»Vielen Dank, können Sie mir sagen, wie Sie heißen?«
»Schwitter.«

Aus ärztlicher Sicht waren die Vasen, die ich ein Stockwerk tiefer auf einer anderen Station leihen konnte, bestimmt genauso scheußlich wie aus jedem anderen Blickwinkel, aber sie erfüllten ihren Zweck. Ich stellte die beiden Sträuße so auf, dass sie möglichst wenig im Weg waren, aber vom Bett aus sicht- und vor allem riechbar blieben.

»Dr. Schwitter hat die Aufstellung von Blumen in Frau Königs Zimmer empfohlen.«

Heiter verdrehte ich die Tatsachen ein wenig, als die Schwester später hereinkam. Wenn ich mich nicht täuschte, war in ihrem vorwurfsvoll ärgerlichen Blick eine leichte Amüsiertheit aufgeflackert, was mich beruhigte, da ich sie nicht völlig gegen mich und eventuell sogar gegen Nora aufbringen wollte. Es war einer jener Tage, wo ich mich stark fühlte, schnell und durchsetzungskräftig. Ein seltenes Erlebnis. Ich wusste, dass diese Keckheit eine Rolle war, die ich spielte, aber sie ermöglichte mir, anders als sonst, Worte zu finden und überzeugend meinen Willen durchzusetzen. Ich erwartete, dass sich mein Grundgefühl einer bestimmten Verschrecktheit wieder einstellte, aber bisher war nichts davon zu spüren. Die Gelegenheit musste genutzt werden.

Zwei Stunden blieb ich noch bei Nora. Während ich ihre Hand hielt, berichtete ich ihr, was ich auf dem Videoband entdeckt und wie ich in ihren Daten herumgestöbert hatte. Zum Schluss gestand ich, dass ich vorhatte, auch noch in ihrem persönlichen Postfach nachzusehen, und ging dann mit dem sicheren Gefühl, dass sie einverstanden war.

Als ich wieder vor dem Rechner saß, nutzte ich meine momentane Unbekümmertheit und rief die Absenderliste von Noras privaten Mails auf. Ich übersprang alle Absender, die ich nicht kannte, und öffnete zuerst die Briefe von Anke. Es waren nicht viele. In den meisten schien es um administrative und organisatorische Belange der Box zu gehen. Wer wann welche Bretter durchsehen und auf Userinnen-Anfragen antworten solle. Nur in wenigen Briefen ging es um die Pornodebatte. Anke hatte bei Nora Luft abgelassen über die gleichgültige Toleranz der männlichen Systembetreuer. Außerdem regte sie sich über eine Diskussion auf, die wohl in dem Brett Frauen/Diskussion, stattgefunden hatte. Es ging aus ihrem Brief nicht genau hervor, was sie meinte, und ich nahm mir vor, mir das entsprechende Brett später selbst anzusehen. Ihre letzte Mail lautete:

Hallo Nora,
die Frauen von der Antipornoinitiative haben es geschafft, einen Beweis in die Hände zu bekommen, dass aus unserer Box heraus mit Kinderpornos gehandelt wird. Ich bin nicht mehr bereit, hierzu zu schweigen. Eigentlich ist das eine Sache für die Polizei und ich werde sie auch anzeigen. Allerdings will ich zuerst wissen, wer hinter den Accounts steckt. Wir müssen auch ein bisschen aufpassen, dass die Box keinen zu schlechten Ruf bekommt, sonst müssen wir schließlich den ganzen Service einstellen. Vielleicht ist es ganz gut, dass die Accounts nicht gelöscht wurden, so haben wir eine bessere Möglichkeit, herauszufinden, auf wen sie angemeldet sind. Ich habe allerdings schon in der Vewaltung nachgeschaut und die Adressen überprüft. Natürlich stimmen weder die Namensangaben noch die Telefonnummern oder die Postanschrift.
Ich habe eine Kopie des Bandes gemacht und werde es nachher an dich schicken, damit du siehst, wovon ich rede. Außerdem leite ich im Anschluss an diese Mail den Brief der Antipornofrauen an dich weiter. Dann brauche ich dir nicht selbst zu erklären, wie alles zusammenhängt.
Gruß
Anke

Langsam wurde mir einiges klarer. Zwar hatte ich Ankes Mail nicht ganz verstanden – was war ›die Verwaltung‹? –

aber einige Fragen hatten sich geklärt. Nora hatte das Videoband von Anke erhalten.

Ich schaute mir die Mail von den Antipornofrauen an:

Hallo Sysopin,
wie ja schon neulich berichtet, benehmen sich eure Accounts ›herba‹ und ›dick‹ ziemlich daneben. Bei einem unserer Streifzüge durch das WWW sind wir jetzt wieder auf sie gestoßen. Sie bieten auf einschlägigen Seiten Bilder und Videos an und wir haben es geschafft, eines davon zu bestellen. Es geht dabei tatsächlich um Kinderpornographie, teilweise der härtesten Sorte. Bitte kümmere dich darum. Da wir die Identität der User nicht feststellen können, verlassen wir uns darauf, dass du die Sache anzeigst. Wahrscheinlich haben sie sich gut versteckt, aber vielleicht findest du ja eine Möglichkeit, sie zu enttarnen. Es wäre wichtig, dass wenigstens hin und wieder eines von diesen Schweinen gestoppt wird.
Bitte maile uns deine Postadresse, damit wir dir das Band schicken können.
Gruß
Initiative Frauen gegen Pornographie in den Netzen

Im Brett *Frauen/Diskussion* fand ich eine Debatte mit unerwarteten Inhalten. Ich war völlig verwundert und wurde immer empörter, als ich die Mails dort durchsah. Zum größten Teil diskutierten männliche User. Die wenigen Frauen, die sich zu Wort meldeten, wurden lächerlich gemacht, mit ideologischen Argumenten überhäuft oder schlichtweg beleidigt. Auch hier hatte im letzten Monat eine Pornographiedebatte stattgefunden. Entsetzt war ich vor allem darüber, dass einige User Pädophilie verteidigten, beziehungsweise differenzieren wollten zwischen harmloser und schädlicher Sexualisierung von Kindern. Mir war bisher nicht klar gewesen, welche wirren Vorstellungen von Psychologie manche Leute hatten und wie sie sie mit einer liberalen und toleranten Haltung meinten begründen zu können. Tolerant natürlich von der Warte des erwachsenen Mannes aus. Tolerant gegenüber den Pädophilen, ignorant gegenüber den Bedürfnissen des Kindes. Keinen der User in diesem Brett kannte ich und auch die Accounts *herba* und *dick* tauchten nicht auf. Die tummelten sich wahrscheinlich an ganz anderen Orten des Netzes. Angewidert verließ ich das Verzeichnis.

Mir war immer noch nicht klar, wie sich die Besitzer der Pornoaccounts tarnen konnten oder wie es Anke möglich gewesen sein könnte, die Tarnung aufzudecken. Vielleicht konnte mir da Samira noch einmal weiterhelfen.

Wieder war es erfrischend, ihre begeisterte lebhafte Stimme zu hören, und wieder konnte sie mich über die besonderen Eigenschaften einer Mailbox aufklären.

»I wish you good luck, Sweetheart, maybe you'll tell me one day, why you want to know all this.«

Ich versprach ihr, ihr bei nächster Gelegenheit die ganze Geschichte zu erzählen, und überlegte, was ich mit meinen neuen Erkenntnissen anfangen sollte. Samira hatte mir erklärt, dass die ›Verwaltung‹ der Box der Bereich ist, in den sich nur die Systembetreuer einloggen können. Wenn sie die Box anrufen, werden sie von der Maschine anhand bestimmter Daten erkannt und danach können sie mit einem Befehl den Verwaltungsbereich öffnen. Dabei handelt es sich um Datenverzeichnisse, in denen die gesamte Struktur, der technische Aufbau der Box gespeichert ist. Auch alle User sind hier eingetragen, mit Namen, Anschrift, Telefon- und Kontonummer.

Samira hatte mir aber auch erzählt, dass es bei einer großen Box wie der *Everest* nicht schwer ist, sich als User unter falschem Namen anzumelden. Schließlich überprüft bei einer schriftlichen oder telefonischen Anmeldung niemand den Personalausweis. Die Rechnungen an die User werden oft elektronisch verschickt und sie überweisen ihren Beitrag oder schicken einen Scheck oder Bargeld.

Wie Anke also schon geschrieben hatte, hatten sich die Besitzer der Accounts *herba* und *dick* mit falschem Namen und Adresse in die Verwaltung eintragen lassen. Ich überlegte, wie ein Verkauf von einschlägigem Material über das Netz dann wohl funktionieren würde. Keiner der Beteiligten wollte schließlich seine Identität preisgeben. Die Antipornofrauen hatten eine WWW-Adresse erwähnt, wo, wahrscheinlich mit Hilfe von bestimmten Codes, die Sachen angeboten wurden. Ein Interessent würde, so stellte ich mir das vor, seine Bestellung an die angegebe E-Mail Adresse schicken, beispielsweise an *herba@everest.fortune.de,* und dann eine Zahlungsaufforderung erhalten. Nachdem er das Geld an ein Postfach geschickt hatte, würde man ihm die Ware wiederum an eine Postfachadresse senden. Ein anonymes Geschäft und für jemanden wie mich absolut undurchdringlich.

Die Antipornofrauen hatten sowohl die Internetadresse aufgestöbert als auch hatten sie es geschafft, das Band zu bestellen. Anhand des Domainnamens hatten sie die Herkunft der Accounts herausgefunden und sich dann an die Universaladresse *sysopin,* also den Account der weiblichen Systembetreuer einer Box, gewandt. Sie waren weit gekommen und mir wurde klar, dass ich ihren Weg nicht noch einmal zurücklegen konnte. Die Kinderpornoanbieter hatten sich bestimmt an allen anderen Stellen genauso abgesichert wie in der Box. Ich gab auf.

18

Mein Tatendrang war verflogen. Es gelang mir nicht, einen Zusammenhang zwischen dem Überfall auf Nora und dem Videoband herzustellen.

Ich ging zu Bill, um mit ihm die Schicht abzusprechen.

Als er mich sah, fragte er: »Was ist los, geht es Nora schlechter?«

Ich erschrak über die Vorstellung dieser Möglichkeit. »Nein, daran will ich gar nicht denken. Sie ist zwar noch nicht zu sich gekommen, aber die Leute in der Klinik sagen, das wäre noch kein Grund zum Pessimismus. Was das auch immer heißen mag.«

»Ich kann gut verstehen, dass du unruhig bist.«

Ich nickte und sagte: »Außerdem beschäftigt mich noch etwas anderes.«

Ich erzählte ihm die ganze Geschichte. Er kochte zwischendurch Kaffee, schäumte Milch auf und goss alles in große Tassen. Langsam wurde ich munterer.

»Wie bist du überhaupt darauf gekommen, dass Nora wegen des Videobandes überfallen wurde?«, fragte Bill, als ich fertig war.

Ich überlegte. In erster Linie hatte ich nicht akzeptieren können, dass Nora zufällig ein Opfer geworden sein sollte. »Irgendetwas stimmt für mich nicht an der Geschichte mit der versuchten Vergewaltigung oder der Zufallsbegegnung mit einem Raubmörder. Nora ist körperlich stark. Sie ist groß. Wenn du sie im Dunkeln mit Winterkleidern und Mütze siehst, dann wirkt sie auf den ersten Blick sicher nicht wie jemand, den du einfach so ausknocken kannst.«

»Der Täter könnte aber auf den Überraschungsmoment gesetzt haben. Er wusste zwar nicht, dass sie ihn nicht hören kann, aber er hätte einfach versuchen können, sich von hinten anzuschleichen und zu schauen, ob es klappt, ob sie ihn nicht bemerkt und er ihren Schreck ausnutzen kann. Sie hat sich gewehrt, dabei ist sie mit dem Kopf aufgeschlagen und dann sind die Hundebesitzer aufgetaucht.«

Ich musste ihm Recht geben. Solche Sachen passierten jeden Tag. Ich wollte nur einfach nicht akzeptieren, dass sie in meine nächste Nähe eindrangen. »Und wie erklärst du dir den Einbruch bei ihr?«

»Seid ihr ganz sicher, Tom und du, dass der wirklich stattgefunden hat? Ihr wart beide durcheinander, einen Tag nach dem Überfall. Vielleicht hat Nora selbst aus einem bestimmten Grund die Änderungen an ihrem Computer vorgenommen und die Disketten weggeräumt. Vielleicht hatte sie einen Virus auf dem Rechner und war gerade dabei, alles neu zu installieren.«

Noch mehr Zufälle. Mir war das alles zu vertrackt. Schließlich war ich keine Privatdetektivin, die alle Spuren perfekt deuten und jeden Fall, sei er noch so absurd, garantiert lösen konnte. Ich war eine meistens müde, meistens sorgenvolle, scheue Taxifahrerin, die mit ihren Freunden ein friedliches Leben führen wollte.

»Was soll ich deiner Meinung nach mit dem Videoband machen? Außer mir – und natürlich Nora – weiß niemand davon. Soweit ich es beurteilen kann, hat Anke es den anderen Systembetreuern nicht geschickt.«

»Bring es zur Polizei.«

Wie auf ein geheimes Zeichen klopfte es in diesem Moment an der Tür, und als Bill öffnete, stand Jill davor.

Sie kam herein und begrüßte mich herzlich. »Du bist neulich gar nicht mehr aufgetaucht. Ich bin eigentlich ziemlich neugierig, worüber du mit mir reden wolltest.«

Sie war dünner geworden. Obwohl ihre Stimme fröhlich klang, sah sie immer noch eher unglücklich aus. Ich hätte sie gerne gefragt, wie es ihr ging, hatte aber das starke Gefühl, dass unsere Konstellation, Jill, Toni, Bill, dafür keine gute Umgebung war.

Auch Bills Gesicht trug plötzlich die Spuren von Anspannung und ich erwiderte: »Ich habe Bill gerade die ganze Geschichte erzählt. Wenn er mag, kann er dir ja erklären, was los ist. Ich erzähle es dir demnächst auch gerne selbst. Aber jetzt muss ich wohl los, um noch rechtzeitig zur Arbeit zu kommen. Bill, kann ich dir den Wagen um zwölf bringen?«

Er meinte schnell: »Klar, gerne, ist ja abgemacht«, und ich hatte den Eindruck, dass er froh war, nachher noch etwas vorzuhaben. Ich fragte mich, was das Problem zwischen den beiden war. Dann machte ich mich davon, um der Stimmung im Raum zu entgehen.

Der nächste Tag war ein Sonntag und ich beschloss, ihn ganz bei Nora zu verbringen. Ich fühlte mich etwas befreit, nachdem ich meine Nachforschungen in den Wind geschrieben hatte. Aber irgendwo, in der Peripherie meiner Seele, pochte weiter ein Schmerz, wenn ich an das Band dachte und daran, dass vielleicht nie herauskommen würde, wer hinter dem Handel damit steckte. Auch wenn diese Angelegenheit in keinem Zusammenhang mit der Gewalt gegen meine Freundin stand, so war es doch ein Zeugnis von unglaublicher Brutalität gegenüber den Kindern, die ich darauf gesehen hatte – Bilder, die ich nicht mehr vergessen würde.

In der Klinik traf ich im Laufe des Tages Tom, einige Freundinnen und Kolleginnen von Nora und auch ihre Mutter, die extra für den Tag noch einmal aus Norddeutschland angereist war. Immer wieder saß ich auf dem Flur oder in der Cafeteria des Krankenhauses, um in Noras Zimmer nicht zu viel Betrieb entstehen zu lassen. Die Blumen hatten wirklich noch dagestanden, als ich morgens hereingekommen war, und eine andere, asiatisch aussehende Krankenschwester hatte mich lächelnd begrüßt. Dr. Schwitter eilte einmal auf dem Gang an mir vorbei und blinzelte mit beiden Augen. Eine Geste, die sowohl abwesende Verwirrung als auch ein kurzes konspiratives Erkennen bedeuten konnte.

Am späten Nachmittag waren Tom und seine Mutter gegangen, um vor ihrer Abfahrt einen Kaffee zusammen zu trinken, und auch die anderen Besucher hatten sich verabschiedet. Mir blieb noch eine knappe Stunde und ich setzte mich zu Nora und versuchte mein Buch, *Every Man for Himself*, von Beryl Bainbridge, einen Roman über den Untergang der Titanic, zu lesen.

Es war laut im Raum, draußen regnete es stark und das herabstürzende Wasser wurde prasselnd gegen die Scheiben geweht. Es fiel mir schwer, mich auf die Handlung zu konzentrieren, und ich schaute geistesabwesend aus dem Fenster. Das Tageslicht war nur noch ein schwaches gelb-graues Schimmern und die von den tiefhängenden Wolken verursachte Düsternis ließ sich nicht von der einbrechenden Dunkelheit des Abends unterscheiden. Ich stand auf, um das Licht im Raum anzuschalten, doch als ich einen Blick auf Nora warf, hatte sie ihre Augen geöffnet. Ich starrte sie an, setzte mich wieder und rückte mit dem Stuhl näher ans Bett. Ihre Augen blieben offen. Sie bewegte sie zu mir und sah mich an. Ihr Blick war abwesend, unkonkret, aber auf mich gerichtet.

Ich lächelte und sagte: »Hallo, gut geschlafen?«

Sie reagierte nicht direkt. Irgendwann blinzelte sie und schloss die Augen wieder. Doch nach ein paar Minuten waren sie wieder offen. Dann schloss sie sie wieder. Ich wartete, aber nach einer Weile schaute ich auf die Uhr und sah, dass ich dringend gehen musste. Ich ging an dem Zimmer der Krankenpfleger vorbei und erzählte, was ich gesehen hatte.

»Das ist schön«, sagte die Pflegerin vom Vormittag. »Ich werde meinen Kolleginnen von der Nachtschicht Bescheid sagen, dass sie besonders auf Frau König achten. Das Aufwachen kann allerdings tagelang dauern. Wie ein Neonlicht, das beim Anschalten immer wieder flackert, bevor es ganz brennt. Aber es ist auf jeden Fall ein sehr gutes Zeichen, dass sie die Augen geöffnet hat. Kommen Sie morgen wieder?«

»Ganz bestimmt.«

Später in der Nacht, nachdem Bill den Wagen übernommen hatte, war ich immer noch zu aufgeregt vor Freude und dem Anflug von Erleichterung, den ich kaum zulassen wollte, nach der Angst der letzten Woche, als dass ich hätte schlafen können. Zum ersten Mal seit langem hatte ich eine meiner Lieblingsplatten aufgelegt und hörte sie in aller Ruhe vom ersten bis zum letzten Song. Ich trank eine Flasche Bier, hockte in einer Ecke des großen Zimmers mit angezogenen Beinen an die Wand gelehnt und versuchte, den Geschmack jedes Schlucks wahrzunehmen; die bittere Süße der aromatischen Flüssigkeit, die mich langsam leichter machte und gleichzeitig schwerer. Mein Kopf schien ein wenig über den Schultern zu schweben, während Jan Allain die Freuden der erotischen Liebe besang: *One more time, with feeling*.

Ich hatte im Zimmer kein Licht gemacht, aber es gab zarte orange Lichtspuren auf dem Boden, die von den entfernten Laternen hereingekrochen kamen. Meine Zeit stand still. Nur diese Stunde, nur diese Ruhe, die Illusion von Sicherheit, ohne Neuigkeiten, ohne Entwicklung, nur das Anhalten und Festhalten dessen, was du zuletzt wahrgenommen hast. Der Augenblick, wo es der Geist ausnahmweise zulässt, dass der Kummer in die Vergangenheit abtaucht und die Gegenüberstellung mit der Zukunft sich vertagt. Nur eine Nachtstunde, wo der Fluss der Informationen abgerissen ist und du dich ausruhst auf dem Glauben an Glück.

Später schlief ich. Noch später wachte ich auf und spürte die Wundheit der Erschöpfung in den Knochen. Es half nichts. Ich machte den Kopfsprung in den Strom der Zeit und war wieder dabei. Mit allen Konsequenzen.

Noras neuer Zustand war für mich nicht viel leichter auszuhalten als der vorherige. Das merkte ich, als ich sie wieder sah an diesem Tag. Sie dämmerte immer noch zwischen ihrer speziellen Art von Schlaf und dem Trugbild von Wachheit, das ihre manchmal geöffneten Augen vermittelten. Natürlich machten diese Momente mich hoffnungsvoll und die Eindringlichkeit der Verzweiflung wurde etwas geschwächt, doch noch immer war sie nicht ansprechbar, sie wirkte wie eine Neugeborene, die sich in einer unbekannten Welt wieder findet.

»Das ist ganz normal«, beruhigte mich die freundliche Pflegerin, »sie war gar nicht so lang bewusstlos. Es gibt Patienten, die wochenlang im Koma liegen und dann wieder ganz zu sich kommen. Sie müssen nur Geduld haben. Ihr EEG sieht sehr gut aus.«

Es war, als würde sie mich nach einem Schiffbruch aus dem Meer fischen und in eine warme Decke wickeln. Ihr Zuspruch war ein Lebenselixier und ich riss mich zusammen, um jeden Flusen Optimismus, der in mir herumschwebte, einzufangen und festzuhalten.

Als ich nach Hause kam, war der Fluss wieder einige Zentimeter gestiegen. Ich nahm mir vor, ab jetzt mindestens einmal am Tag Nachrichten zu hören, um mitzubekommen, wie groß die Hochwassergefahr war.

Noch einmal bereitete ich mich auf einen Abend im Taxi vor. Ich hatte noch zweimal Dienst, bevor meine zwei freien Tage kamen, und mir war klar, dass ich danach wieder mit Bill sprechen musste, ob er weiter für mich einspringen sollte, könnte, wollte. Ich hatte das Gefühl, dass es für ihn zurzeit keine unwillkommene Abwechslung war. Ob aus finanziellen oder aus persönlichen Gründen sei dahingestellt. Er wirkte auf mich gehetzt, aber so lange er nicht von selbst darüber reden wollte, würde ich ihn nicht fragen.

Ich ließ gerade Wasser in die Badewanne, um das Gefühl erhöhter Schwerkraft, das mein Körper signalisierte, zu vertreiben, als Sanny klopfte. Ich hätte in diesem Moment höchstens mit Bill als Besucher gerechnet und war überrascht, als ich statt des kahlen Mannes das dunkelhaarige Mädchen vor mir sah. Ich freute mich und hatte gleichzeitig ein schlechtes Gewissen. Weniger, weil ich mich nicht bei mir gemeldet hatte – das wäre wegen ihrer Mutter sowieso nicht so einfach gewesen, und ich hoffte auch, dass Sanny wusste, dass sie jederzeit kommen konnte – was mich allerdings bedrückte, war, dass ich sie beinahe vergessen hatte während der letzten Wochen.

Sie schien das zum Glück nicht zu merken, sondern sagte fröhlich: »Prima, dass du da bist, ich hoffe, ich störe dich nicht?«

»Nein, gar nicht, ich muss nachher arbeiten, aber im Moment noch nicht, ich meine, ich wollte gerade ein Bad nehmen.«

In meiner ersten Überraschung redete ich los, ohne meine Gedanken zu sortieren.

»Wenn du nicht kannst, verschwinde ich einfach wieder, wir können uns ja auch ein anderes Mal treffen.«

Wir waren schon eine gelungene Kombination. Beide so vorsichtig, dass wir uns damit dauernd selbst erschlugen. Ich wusste schon, warum die Freundschaft mit Nora mir oft so erstaunlich einfach und beschwingt erschien. Weil sie die Leichtigkeit einbrachte, die mir fehlte, und mit ihrer Unbeschwertheit immer wieder den Weg öffnete.

Ich versuchte, jetzt auch Sanny die Tür aufzureißen. »Komm herein, es ist klasse, dass du da bist. Magst du einen Kakao?«

»Super, ich hatte schon drei Cola, Schoko ist jetzt das Richtige.«

Wieder brachte sie ihr Fahrrad mit. Wir klönten über unsere Jobs, über das Wetter und ich äußerte meine Sorge vor einem Hochwasser.

»Ich helfe dir, falls du deine Sachen ausräumen musst. Ich kann ganz gut schleppen, das kriegen wir schnell hin.«

Ich war ehrlich dankbar für dieses Angebot. Dann sah ich, wie dunkel es draußen schon war, wir hatten halb sechs: »Musst du heute nicht vor der Dunkelheit zu Hause sein?«

»Nicola ist bis übermorgen weg. Geschäftlich. Da übernachte ich bei einer Freundin. Ihre Eltern sehen das nicht so eng.«

»Soll ich dich nachher nicht einfach dahin fahren? Dein Fahrrad kriegen wir locker in den Wagen.«

»Ehrlich, mit dem Taxi? Klasse.«

»Klar, dann musst du allerdings noch hier bleiben, bis ich anfange zu arbeiten. Macht es dir was aus, wenn ich schnell ein Bad nehme?«

»Überhaupt nicht, kann ich dann solange mit deinem Computer chatten?«

Ich schaltete ihr den Rechner ein. Sie wusste noch genau, wie sie sich einloggen musste, und ich kümmerte mich um mein Badewasser.

Eine halbe Stunde später stieg ich aus der Wanne, zog meinen Bademantel an und wollte ins Schlafzimmer gehen, um frische Kleider herauszusuchen. Da rief mich Sanny. Ich ging zu ihr. Sie saß nicht mehr vor dem Computer, wo ich sie zurückgelassen hatte, sondern auf dem Boden vor dem Fernseher. Der Bildschirm war schwarz, doch sie schaute gebannt darauf, als ob dort ein spannender Film liefe.

»Woher hast du das Videoband?« Ihre Stimme war leise.

Ich fröstelte, meine Haare waren nass und nach dem heißen Bad kam mir das große Zimmer kühl vor. Sanny hatte das Band gesehen, ich hatte es noch nicht wieder aus dem Rekorder genommen.

»Es tut mir Leid, ich hätte nie gewollt, dass du das siehst, aber ich habe nicht daran gedacht, dass es noch im Rekorder ist. Eine Freundin von mir hat es auf Umwegen bekommen. Wir wollten herausfinden, wer es gemacht hat, und ihn bei der Polizei anzeigen. Aber meine Freundin ist zusammengeschlagen worden und liegt im Krankenhaus. Ich muss das Band dringend wegbringen.«

»Beim Chatten war nicht so viel los, da habe ich deinen Fernseher und das Video gesehen. Ich dachte, da liefe *Free Willy*, aber wie kommt es, dass da Christian und Lydia drauf sind?«

»Christian und Lydia?«

»Ja, ich habe eine Weile den Film geguckt, ich kenne ihn schon und habe deswegen einfach da angefangen, wo das Band gerade stand, irgendwo mittendrin, dann kam Werbung und plötzlich waren die beiden da. Ich dachte, du hättest sie irgendwann mal aufgenommen. Ich dachte, du hättest mich angelogen, damit, dass du sie nicht kennst.«

»Sanny, ich hatte keine Ahnung, dass sie auf dem Band sind. Ich habe es mir gar nicht ganz angesehen, weil mir der Anfang schon gereicht hat, da ist ein ganz kleines Mädchen drauf. Danach habe ich abgeschaltet.«

Sanny sah abwesend aus. Sie schien unter Schock zu stehen.

»Ich schwöre, ich wusste nichts darüber.«

Sanny schwieg weiter. Auch ich war geschockt. Außerdem wollte ich nun wissen, was noch alles auf dem Band war. Was sie gesehen hatte. In einer Stunde musste ich zur Arbeit. Ich überlegte angestrengt.

»Ich glaube, ich sollte mir die Stelle selbst anschauen, damit ich weiß, worum es geht. Willst du solange in der Küche warten? Danach besprechen wir, was wir machen sollen.«

»Ich bleibe hier, vielleicht sehe ich ja beim zweiten Mal etwas, das wichtig ist.«

Mir wurde klarer, warum Sanny Polizistin werden wollte. Und mir war auch bewusst, dass ich sie von nichts abbringen konnte, wofür sie sich entschieden hatte. Also schaltete ich den Rekorder ein, spulte einige Minuten zurück und drückte auf die Start-Taste.

Wieder kam etwas Werbung, dann begann ein Film, der eindeutig von einer Amateurkamera aufgenommen worden war. Ich hätte weder Christian noch Lydia darauf erkannt. Sie kannte ich nur von dem Foto in der Zeitung und ihn hatte ich lebend noch nicht einmal auf einem Bild gesehen. Beide wirkten sehr jung. Christian war schmal und ähnelte Sanny, Lydia sah aus, als wäre sie höchstens acht. Sie knieten auf einem Bett und schmusten miteinander. In merkwürdig gestellten Posen, als hätte ihnen jemand Anweisungen gegeben, zwei Kinder, die sich verhielten wie Pornodarsteller. Was fehlte, war jeglicher Ausdruck von Lust. Sie schienen angestrengt und konzentriert, nach einer Weile wirkten sie immer ängstlicher. Dann kam ein Erwachsener ins Bild, wieder war er maskiert, aber es war ein anderer Mann als in den ersten zwei Filmen. Er war nicht so stark behaart wie der erste, heller und größer. Ich merkte, wie ich mich verkrampfte, wie vor einem sicher geglaubten Schlag. Die Szene war jedoch nicht so brutal wie die, die ich schon gesehen hatte. Auch hier gab es sexuelle Handlungen zwischen dem Erwachsenen und Lydia und Christian, aber die beiden wirkten nicht ganz so verzweifelt hilflos wie die kleinen Kinder. Trotzdem war ich auch diesmal, nachdem ich den Rekorder endlich abgestellt hatte, wütend, angeekelt, ungläubig, ratlos – aufgebracht und dumpf zugleich.

»Das Zimmer ist überhaupt nicht zu erkennen, alles viel zu undeutlich. Das könnte überall sein.« Sanny hatte wirklich auf die Details geachtet.

»Wie alt waren die beiden wohl, als das aufgenommen wurde?« Langsam wurde ich klarer. Und aufgeregter. Auf dem Band gab es also doch eine Spur, die uns weiterbringen konnte.

»Das ist noch nicht lange her. So sahen sie aus, als ich sie zum letzten Mal gesehen habe.«

»Aber sie wirken so jung. Christian sieht aus wie zwölf und nicht wie fünfzehn und auch Lydia wirkt mindestens fünf Jahre jünger als du.«

»Findest du? Bei Lydia kann das schon sein. Alle haben immer gesagt, sie wäre zu klein und dünn für ihr Alter. Sie war bestimmt einen Kopf kleiner als ich. Sie sagte, das liegt wahrscheinlich auch an ihrem Zucker. Aber ihre Oma ist auch ziemlich klein. Christian sah eigentlich ganz normal aus. Er war halt dünn. Aber die anderen Jungs in seiner Klasse sind auch nicht größer.«

Wir mussten gehen. Ich nahm das Band aus dem Rekorder und steckte es in die große Tasche meiner Jacke. Auf dem Weg zum Haus ihrer Freundin erzählte ich Sanny von den Ereignissen der letzten Woche. Von dem Überfall auf Nora, dem Band in ihrem Rucksack, ihrer E-Mail und den Diskussionen in der Mailbox.

Zum Schluss stellte ich Sanny eine Frage. Ich hoffte, dass sie wirklich so gefasst war, wie sie sich gab, und bereute im gleichen Moment, in dem ich den Mund aufgemacht hatte, dass ich danach gefragt hatte, aber sie antwortete, ohne zu zögern.

»Das habe ich mir vorhin auch schon überlegt. Aber eigentlich fällt mir niemand ein. Lydias Opa hat uns früher immer so komisch angeschaut, und wenn er mich angefasst hat, dann war das immer unangenehm. Du weißt schon, irgendwie zu lange und obwohl ich es gar nicht wollte. Er hat uns geküsst und so.« Sie verzog das Gesicht.

Ich wartete und ließ sie nachdenken.

»Lydia wohnte ja bei ihm und ihrer Oma, ihre Eltern sind bei einem Autounfall gestorben, als sie noch ganz klein war. Ihre Oma ist echt in Ordnung und ihr Opa ist vor ein paar Jahren in ein Pflegeheim gekommen. Alzheimer oder so was. Danach haben wir uns wieder öfter bei ihr getroffen. Und sonst? Naja, es gibt immer wieder Typen, die einen nicht in Ruhe lassen. Wir hatten einen Sportlehrer in der Schule, der hat jedes Mädchen irgendwann mal angefasst. Dann ist eine von den älteren, sie war sechzehn, schwanger geworden und das Kind war wirklich von ihm, obwohl er das zuerst nicht zugegeben hat. Und dann ist er geflogen.«

»War Christian auf der gleichen Schule wie du?«

»Ja, Gesamtschule Raderthal.«
»Und kannte er den Sportlehrer?«
»Klar, jeder kannte den. Aber der ist gegangen, kurz nachdem ich an die Schule gekommen bin. Also auch schon vor drei Jahren.«
»Trotzdem könnte es doch sein, dass Christian weiter Kontakt zu ihm hatte.«
»Das glaube ich nicht.«
In Sanny arbeitete es. Heute Abend war ihr noch einmal klar geworden, wie viel es gab, was sie über ihren Bruder und ihre beste Freundin nicht gewusst hatte. Eine schmerzhafte Erkenntnis. Noch dazu musste sie jetzt alle Annahmen vor diesem Hintergrund überprüfen.
»Ich frage morgen in der Schule einfach mal, ob jemand weiß, wo er jetzt wohnt. Hast du morgen Nachmittag Zeit?«
Ich nickte.
»Wir müssen besprechen, was wir machen sollen«, sagte sie entschlossen.
Inzwischen waren wir angekommen. Ihre Freundin wohnte in einem unscheinbaren grauen Mehrfamilienhaus in einer schmalen Straße dicht am Rheinufer. Etwa einen Meter über den Erdgeschossfenstern änderte sich die Farbe des Putzes. Die Spuren der letzten Flut.
Sanny zeigte auf ein Fenster im dritten Stock. »Da oben wohnen sie.«
»Wirst du Nicola von dem Band erzählen?«
»Ich weiß nicht. Ich habe überhaupt keine Lust, darüber zu reden. Schon gar nicht mit meiner Mutter. Meinst du, sie muss das wissen?«
Ich war unsicher. Am liebsten wäre es mir gewesen, die ganze Sache an andere Leute zu übergeben. Mich selbst nicht mehr darum kümmern zu müssen. Aber vielleicht steckte ja jemand dahinter, den Sanny kannte, oder der Sportlehrer oder, oder, oder.
Wir schauten uns an. Ich sagte: »Wir müssen das Band zur Polizei bringen. Wenn du nicht willst, dann erzählst du bis dahin niemandem davon. Wenn dir etwas einfällt oder du einfach nur quatschen willst, dann ruf mich an.«

Ich gab ihr die Handynummer des Taxis und wir umarmten uns zum Abschied. Dann half ich ihr, das Fahrrad auszuladen, und wartete, bis die Haustür hinter ihr zugefallen war.

19

Die unterschiedlichsten Überlegungen stürmten durch meinen Kopf. Während der ganzen Nacht war ich unruhig, fuhr mit hoher Geschwindigkeit durch die Straßen, versuchte später, zu Hause, zu schlafen, während die Gedanken meinen Körper weiter antrieben. Ich konnte nicht stillliegen, las zuerst, dann hörte ich Musik, schaltete schließlich den Fernseher ein und schaute mir das Video an, diesmal bis zum Schluss.

Nach Christian und Lydias Film kamen noch drei Filme, wieder mit fremden Kindern, im letzten blieb das kleine Mädchen zum Schluss leblos auf dem Boden liegen, wie bewusstlos, wie tot. Mir wurde klar, dass ich vielleicht nie wieder eine Nacht schlafen würde, ohne in diesen zeitlosen Dämmer hinein aufzuwachen, ohne die Bilder hinter dem Blick auf einer ewigen Endlosschleife ablaufen zu sehen.

Um fünf Uhr morgens saß ich vor dem Bildschirm meines Rechners, startete wieder einmal *Crosspoint* und wählte die Box an. Bisher hatte ich Noras Nachrichten nur offline gelesen. Noch nie hatte ich *Everest* direkt kontaktiert. Da ich nicht wusste, was ich eigentlich suchte, akzeptierte ich zunächst die Standardvorgaben des Programms und startete eine einfache Boxabfrage. Die Verbindung wurde hergestellt, ich konnte verfolgen, wie Datenpakete langsam auf meinen Rechner geladen wurden. Es hatte sich einiges angesammelt seit Noras letztem eigenen Netcall am Abend des Überfalls. Automatisch wurde die Verbindung gekappt, nachdem alle Daten angekommen waren, sie wurden entpackt und in die Bretter eingelesen. Die nächste halbe Stunde verbrachte ich damit, die Nachrichten zu studieren und mich auf den neuesten Stand der in der Box stattfindenden Diskussionen zu bringen.

Ich war enttäuscht. Die Systembetreuer Ludger und Micki hatten sich in ihrem Brett nur über technische Details auseinander gesetzt, und auch sonst gab es keine für mich interessanten Mitteilungen. Noras private Mails überflog ich wieder nur ganz kurz, auf der Suche nach Hinweisen zu den Pornos, und schloss sie, sobald ich sicher war, dass es nicht darum ging. Eine kurze Anfrage von Ludger an sie war darunter, die dringende Bitte, sich bei ihm zu melden.

Noch einmal öffnete ich auf dem Bildschirm das Menü, das die Bedingungen für einen Netcall abfragte. Statt der automatisierten Verbindung entschied ich mich diesmal für den Online-Modus. Ich wollte den direkten Kontakt mit der Box aufnehmen, wollte sehen, ob es in ihr etwas zu finden gab, das mir weiterhelfen könnte.

Samira hatte mir bei unserem letzten Gespräch erklärt, dass die Systembetreuer von der Box im Moment ihres Anwählens erkannt werden. Ein im Grunde einfaches Prinzip, das sich nach einer vorgegebenen Zahl richtet, die ihnen in der Verwaltung der Mailbox zugeordnet ist. Die Höhe dieser Zahl, der so genannten Prio, bestimmt, auf welche Bereiche des Rechners ein User Zugang hat. Einfache User haben eine Prio von 20, sie dürfen die öffentlichen Bretter lesen und ihre private Post abfragen. Sämtliche technischen und die Verwaltungsbereiche sind für sie gesperrt. Systembetreuer haben je nach Art ihrer Aufgabe eine Prio von bis zu 99. Damit steht ihnen das ganze Innenleben der Box offen. Mit dieser Prio können sie die Box aus der Ferne warten, neue User eintragen, Fehler beheben, allerdings auch selbst fatale Fehler auslösen, wie zum Beispiel den Zugang für alle Systembetreuer generell mit einem Tastendruck zu löschen. Diese Möglichkeit ist einer der Fallstricke von *Zerberus*.

Mit etwas Geschick können Systembetreuer mit der höchsten Prio auch die private Post der User abfangen, ein Vorgang, der zwar menschlich verwerflich, technisch aber durchaus machbar ist. Ein Grund, warum E-Mail eben auch nicht sicherer ist als normale Briefpost und warum Leute, die vorhaben, per E-Mail dunkle Geschäfte abzuwickeln, diese mit ebensolchen Sicherheitsmaßnahmen versehen, wie sie es auch unter nicht-elektronischen Bedingungen tun würden.

Da ich mit dem für Nora konfigurierten *Crosspoint* bei *Everest* anklingelte, erkannte mich die Box als Systembetreuerin: *Hallo Sysopin nora.koenig* erschien auf dem Bildschirm. Eine einfache weiße Zeile auf dem schwarzen Hintergrund. Nichts war zu spüren von der bunten Aufdringlichkeit des WWW. Die grafische Erscheinung der Box war schlicht, rein funktional; mit ihrer einprogrammierten Begrüßungsformel trat sie mir allerdings entgegen wie eine Person. Ich musste den Impuls abschütteln, meinerseits einen Grußsatz einzutippen, wie ich es getan hätte, wenn ich nicht ausschließlich mit einer Maschine, sondern mit einem Menschen am anderen Ende der Datenleitung kommuniziert hätte.

So aber tippte ich nur das Wort *Verwaltung* ein und wartete, was passierte. Tatsächlich veränderte sich der Bildschirm, am oberen Rand erschien eine Leiste mit verschiedenen Wörtern, hinter denen sich Pulldownmenüs verbargen. Ich durchsuchte die Menüs, ließ mir Einträge zeigen, entdeckte die Userverzeichnisse und öffnete auf gut Glück einige der virtuellen Karteikarten. Mir wurde klar, dass ich hier sehr schnell, sehr viel Verwüstung anrichten konnte. Ich musste mich konzentrieren, die Schritte, die offensichtlich verlangt wurden, um die Karten unverändert wieder zu verlassen, in der richtigen Reihenfolge durchzuführen. Die Bewegungen des Cursors waren unvorhersehbar, er schien erst verzögert auf die Berührung der Tasten zu reagieren. Wieder konnte ich mit den meisten Eintragungen nichts anfangen. Es wimmelte von Zahlen und kryptischen Begriffen, ›Janus‹, ›MAPS‹, ›Z-Connect‹. Am Anfang jeder Karteikarte standen allerdings Accountname, Realname und Anschrift des jeweiligen Users und ich suchte nach den Accounts *herba* und *dick*. Beide waren noch da und ich druckte die Angaben aus.

Danach schaute ich mir auch die Karten der Systembetreuer an, und auch von ihren Einträgen machte ich mir einen Ausdruck.

Mir wurde immer wärmer. Ich trug meerblaue Boxershorts und ein graues Rippenhemd, und der Stoff begann, sich an meine Haut zu schmiegen, klebte an mir fest wie während eines Dauerlaufs in der Schwüle des Hochsommers. Ich schlich mich durch den Cyberspace, der jetzt eine beinahe organische Kraft bekam, ein dunkles Wesen, eine pulsierende Dystonie des Lebens. Ich war umgeben von den virtuellen Existenzen von Hunderten anderer Menschen. Einige von ihnen waren Verbrecher und je näher ich ihnen kam, der Dokumentation ihrer Existenz in einer Ecke des verschlungenen Raums der elektronischen Netze, desto physisch spürbarer wurde mir ihre Präsenz.

Ich verließ die Verwaltung und versuchte, mich in dem Labyrinth der Brettverzeichnisse, der alten und neueren Nachrichten sowie der unzustellbaren Mitteilungen zurechtzufinden. Es schien mir, als wanderte ich durch Gänge einer Bibliothek, sie waren unbeleuchtet, das Ende nicht zu erkennen. Ich konnte die Buchrücken sehen, ihre Beschriftung lesen und sie herausnehmen und aufschlagen. Der Inhalt der Bücher blieb mir jedoch unverständlich, es ging um Nachrichten, Geheimwissenschaften, Begriffe, die sich alle irgendwie aufeinander bezogen, deren Zusammenhänge jedoch verschlüsselt waren. Das System der Bibliothek war zu erahnen, blieb letzten Endes jedoch undurchschaubar. Das alles wäre noch nicht das Schlimmste gewesen. Die Erkenntnis, die nach Stunden des virtuellen Herumirrens jedoch plötzlich vor mir stand wie eine Schallschutzmauer, gegen die ein bei 200 km/h von der Fahrbahn abgekommener Wagen prallt, hieß: Es ist alles unwichtig.

Die Informationen, die mir entgegenflossen, waren trivial. Zumindest für meine eigene Sache. Dies frustrierte und erleichterte mich. Ich wandte den Blick vom Monitor, nahm die Hände von der Tastatur, streckte mich und sammelte dabei die Schräubchen, Muttern und Sprungfedern meiner Konzentration ein, setzte daraus wieder ein Bewusstsein für meine Identität zusammen und suchte dann nach dem Befehl, mit dem ich mich aus der Box ausloggen konnte.

Ich sah auf die Uhr. Es war acht Uhr morgens. Aus Bills Wohnung schallte Musik und ich zog mir eine lange Hose und einen Pullover an und ging auf Strümpfen zu ihm. Als er die Tür aufmachte, hatte ich einen unwirklichen Moment lang den Eindruck, in einen Spiegel zu schauen. Bills Gesicht erschien mir so vertraut, so real und körperlich, dass es mir vorkam, als würde mir sozusagen mein eigenes Urgesicht entgegenblicken. Es waren weniger seine speziellen Züge, sein individuelles Äußeres, das ich wahrnahm, als vielmehr etwas allgemein Menschliches. Außerdem sah er so erschöpft aus wie ich mich fühlte.

Wir nahmen uns in den Arm, setzten uns auf sein Sofa und schwiegen eine Weile. Die Platte war zu Ende gelaufen und es blieb still im Raum. Es fiel mir immer schwerer, mich wachzuhalten. Auch Bill hatte die Augen geschlossen und ich fragte ihn leise: »Kann ich mir deinen Videorekorder leihen?«

Er nickte, öffnete die Augen, murmelte: »Bitte, paß auf dich auf. Lass mich dir helfen, wenn ich kann.«

Ich überlegte: »Ich würde dir heute Nachmittag gerne etwas bringen. Ein Päckchen mit Unterlagen und dem Videoband. Könntest du es Jill geben und ihr die Geschichte erzählen. Du siehst Jill doch noch?«

Wieder nickte er nur.

Er half mir, seinen Rekorder auszustöpseln. Ich nahm das Gerät unter den Arm und ging zur Tür. Zum Abschied winkte ich ihm kurz mit dem freien Arm zu.

Er winkte zurück und sagte: »Ich bin froh, dass du hier wohnst.«

Ich wusste nicht, was ich antworten sollte, winkte noch einmal, flüsterte laut: »Ich auch« und ging.

Die vier Stunden Schlaf, die ich danach fand, kamen mir vor wie eine kurze Atempause, ein beinahe unmerkliches Anhalten ohne Konsequenzen.

Als ich aufstand, machte ich einfach weiter. Verband die beiden Videorekorder, suchte ein leeres Band, fand ein altes, das ich überspielen konnte, schaltete den ersten Rekorder auf Abspielen, den zweiten auf Aufnahme und begann, einen Brief an Jill zu schreiben, in dem ich ihr erklärte, was ich über das Video wusste. Dann schrieb ich die Daten von den Ausdrucken der Karteikarten ab, verstaute diese Abschriften in meinem Portemonnaie und steckte den Brief und die restlichen Unterlagen in einen großen Umschlag. Mir wurde bewusst, dass es noch drei Stunden dauern würde, bis das Band kopiert war, und ich ärgerte mich, dass ich nicht früher daran gedacht hatte. Ich wollte unbedingt noch zu Nora, und Sanny wollte heute noch kommen. Ich fragte mich, wie ich den Rest des Tages organisieren sollte. Bevor ich eine Lösung gefunden hatte, klopfte es und Sanny war da. Sie wirkte sehr wach, energiegeladen und fröhlicher, als ich sie je erlebt hatte.

»Hi, Zombie, ist wohl spät geworden gestern?« Sie grinste mich liebevoll an und ich grinste zurück, sprang auf und jagte sie einmal durch den Raum.

»Der Sportlehrer kann es nicht gewesen sein, der ist tot«, sagte sie, als wir uns am Küchentisch gegenüber saßen.

»Wie bitte?« So langsam gab es für meinen Geschmack einige Tote zu viel in meiner unmittelbaren Umgebung.

»Ich habe heute einfach meine Deutschlehrerin gefragt. Die ist ziemlich in Ordnung und schon lange an der Schule. Ich habe ihr gesagt, ich würde versuchen, ein bisschen mehr über Christian rauszufinden, und sie hat gar nicht weiter nachgefragt. Hat mir nur erzählt, dass der Sportlehrer einen Autounfall hatte, ein halbes Jahr, nachdem er weggegangen ist. Irgendwo in Norddeutschland.«

»Dann muss das vor zweieinhalb Jahren gewesen sein.«

»Genau.«

»Wie sah Christian denn damals aus?«

»Ich habe dir Fotos von ihm mitgebracht. Von Lydia hatte ich leider keine.«

Wir schauten uns die Bilder an. Vor zwei Jahren hatte Christian noch viel kindlicher ausgesehen als auf dem Video.

»Sanny, ich werde nachher alle Informationen, die ich habe, Jill geben, der Polizistin, die du auf Christians Beerdigung gesehen hast. Ich weiß nicht, was sie damit anfängt, aber ich denke, sie wird schon das Richtige tun. Es kann sein, dass irgendwann in der nächsten Zeit die Polizei bei euch auftaucht und deiner Mutter Fragen stellt, vielleicht auch dir.«

Sannys Fröhlichkeit verschwand. Sofort verdunkelten sich ihre Augen, wurden durchlässig, ihr Blick verlor den Halt und sie senkte die Lider.

»Dann wird alles wieder schlimmer. In der letzten Zeit ist Nicola ein bisschen netter zu mir geworden. Wenigstens hat sie mich in Ruhe gelassen. Aber wenn sie jetzt wieder dauernd an Christian denken muss, dann lässt sie das an mir aus.«

»Und wenn ich mal mit ihr rede?«

Sannys Gesichtsausdruck changierte zwischen hoffnungsvoll und resigniert. »Es wäre toll, wenn du es versuchen würdest, immerhin bist du erwachsen, vielleicht bringt das ja etwas.«

»Wenn ich die Sachen nachher Bill gebe, dann dauert es bestimmt noch ein paar Tage, bevor Jill sie weitergegeben hat und die ganze Sache anläuft. Ich könnte sobald wie möglich bei euch vorbeikommen und ihr von allem erzählen. Dann ist sie vorbereitet. Außerdem könnte ich unauffällig versuchen, ihr zu erklären, was für eine klasse Tochter sie hat.«

Sanny begann wieder schwach zu leuchten: »Du bist echt nett. Auch wenn ich nicht glaube, dass sie sich verändert«, sie atmete tief ein, »das mit der Polizei muss wohl sein. Trotzdem würde ich lieber selbst herausfinden, wer es war.«

Ich erschrak und schaute sie ernst an: »Versprich mir, dass du nichts unternimmst.«

Sie meinte etwas trotzig: »Geht schon klar, ich wüsste ja auch gar nicht, was ich unternehmen sollte.«

Mir fiel etwas ein. Ob ich in diesem Moment ihrer Unternehmungslust etwas zu tun geben wollte oder ob es einfach der Virus des Tatendrangs war, von dem ich infiziert war, fragte ich mich nicht: »Du könntest mir aufschreiben, mit wem Christian richtig viel zu tun hatte, seine besten Freunde und so. Und am besten das Gleiche für Lydias Bekannte. Es wäre gut, wenn ich auch die Adressen hätte. Und wenn du es irgendwie schaffen könntest, Christians Abschiedsbrief zu kopieren ...«

»Willst du das auch der Polizei geben?«

»Vielleicht später. Das kriegen die sowieso selbst heraus. Nein, mich interessiert das einfach so. Ich weiß selbst nicht genau, warum.«

»Geht klar«, sie war schon beinahe wieder so munter wie bei ihrer Ankunft und ich spürte, wie sich das Tempo ihrer Gedanken steigerte und sie Pläne schmiedete. »Das mit dem Brief ist kein Problem. Ich weiß, wo er ist, und Nicola ist noch bis morgen Mittag weg. Ich kann ihn morgen vor der Schule holen, da kopieren und ihn zurücklegen, bevor sie wiederkommt. Die Adressen schreibe ich dir auch auf. Hast du nicht Lust, morgen Nachmittag vorbeizukommen? Dann gebe ich dir die Sachen unauffällig und Nicola ist dann bestimmt auch da. Falls du mit ihr reden willst.«

Mir kam die Sache ein bisschen überstürzt vor und ich fragte: »Ist das nicht komisch, wenn ich plötzlich bei euch auftauche?«

»Überrumpelungsstrategie.« Sanny lächelte verschmitzt und ich beschloss, ihrer Einschätzung zu vertrauen.

Nachdem Sanny gegangen war, war auch die Kopie des Bandes fertig und ich steckte sie zu den Unterlagen für Jill. Dann brachte ich Bill seinen Videorekorder und den Umschlag, bat ihn, Jill bei ihrem nächsten Treffen die Sachen zu geben, und verabschiedete mich so schnell wie möglich wieder.

Ich war in Eile und überlegte nur kurz, wo ich das Original des Bandes verstauen sollte. Ich hatte einen Plan, der mir zwar etwas absurd erschien, den ich aber dennoch durchführen wollte. Also ließ ich es vorerst einfach an seinem Platz in meinem Rekorder, machte mich fertig und verließ das Haus.

20

Nora war wach, als ich bei ihr eintraf. Noch schien ihre Lebenskraft hinter vielen Schleiern verborgen, aber ich konnte dahinter schon erkennen, was jetzt nur langsam durchsickerte. Ihre Augen sahen mich, und als ich mit ihr sprach, reagierte sie. Schwach, etwas verzögert, aber dennoch unbeschreiblich, erleichternd deutlich, blinzelte sie und aus den Fältchen ihres Gesichts lächelte es ganz leicht, während wir uns anschauten. Ich beherrschte mich mit großer Mühe, sie nicht zu bestürmen, ihr keine Fragen zu stellen, ihr nicht alles zu erzählen, was geschehen war. Es war eine der seltenen Situationen, wo ich mich zum Schweigen zwingen musste, und ich genoss jeden Augenblick.

Zum ersten Mal, seit sie im Krankenhaus war, erwiderte sie den Druck meiner Hand. Auch dies kaum spürbar, aber für mich absolut deutlich genug. Die Pflegerin bestätigte meinen Eindruck, als sie hereinkam. »Frau König wird jeden Tag ein bisschen wacher. Ab jetzt geht es bestimmt ganz schnell und bald können Sie schon wieder nach Hause.«

Es gefiel mir, dass sie Nora selbst ansprach, auch wenn es klang, als würde sie mit einem kleinen Mädchen reden. Ich war so erleichtert, dass mich nichts aufregen konnte, selbst als die Schwester mich wenig später nach Hause schickte: »Es ist jetzt sehr anstrengend für Frau König, wo sie langsam wieder zu sich kommt. Vielleicht sollten Sie heute nicht so lange bleiben, damit sie sich ausruhen kann.«

Es war die Schwester, auf die ich während der ersten Tage einen besonderen Rochus entwickelt hatte, und ich hoffte, dass sie bald wieder von ihrer netteren Kollegin abgelöst werden würde. Es blieb mir allerdings sowieso nichts anderes übrig als zu gehen, da es halb acht war und das Taxi auf mich wartete.

Während dieser Nacht schaffte ich es tatsächlich, so ungefähr einer Art Biorhythmus zu folgen. Ich schlief sieben Stunden von halb eins bis halb acht, stand auf, fühlte mich nach der dritten Tasse Killerkaffee in einem Zustand, der dem Wachsein durchaus nahe kam, und erreichte die Klinik um halb neun.

Tom wartete im Gang auf mich. Ich hatte ihm am Tag zuvor ein Fax geschickt mit der Bitte um ein Treffen und bei meiner Rückkehr in der Nacht seine Antwort gefunden, in der er das Krankenhaus und den nächsten Morgen als Ort und Zeit vorschlug.

Er stand auf, als er mich durch die Glastür in den Flur kommen sah, rannte beinahe auf mich zu und gab mir auf beide Wangen einen Kuss. Sein fröhlicher Überschwang weckte mich vollends auf. Ich war erstaunt und erfreut und boxte ihn lachend leicht in die Schulter. »Hey, dir geht es ja richtig gut heute Morgen.«

Er nickte, sein Gesicht weiterhin so fröhlich, wie ich es zuletzt in der Sylvesternacht bei seiner Party gesehen hatte. »Ich habe gerade mit ihr gesprochen. Sie ist noch zu schwach, um zu gebärden, hat aber auf alles reagiert, was ich gesagt habe. Sie kann sich an den Abend nicht erinnern, ich habe ihr nur angedeutet, was passiert ist, damit sie sich nicht zu sehr erschreckt. Habe ihr gesagt, dass sie einen Unfall hatte, dass wir ihr später genau erzählen, was los war. Bist du damit einverstanden, noch damit zu warten, bis wir ihr von dem Überfall berichten?«

Tom sprach nicht schneller als sonst. Durch seine Aufregung war er für mich aber schwerer zu verstehen und es kam mir vor, als ob sich seine Sätze überschlagen würden.

»Natürlich. Ich kann heute leider sowieso nicht so lange bei ihr bleiben. Ich muss noch ziemlich viel erledigen.«

Ich überlegte, was ich Tom von der Geschichte mit den Videos erzählen sollte. Eigentlich hätte er das gute Recht gehabt, alles zu erfahren.

Zum Glück sah Tom jetzt auf die Uhr.

»Es tut mir Leid, dass ich heute so wenig Zeit für dich habe, am liebsten würde ich den ganzen Tag mit dir und Nora verbringen und ein großes Fest feiern.« Auch er schien die Erinnerung an Sylvester in sich aufleben zu lassen. »Blöderweise muss ich aber gleich nach Hamburg, um dort fürs Büro einiges zu erledigen, und komme erst übermorgen Abend zurück. Deswegen habe ich auch vorgeschlagen, dass wir uns heute Morgen hier treffen.«

Ich beeilte mich, ihm die Frage zu stellen, wegen der ich ihn hatte sehen wollen. »Gibt es eine Möglichkeit, einen handschriftlichen Brief so zu fälschen, dass es niemand merkt?«

Er lachte: »Was hast du vor? Willst du eine Supermarktkette erpressen und die Schuld auf deinen alten Lateinlehrer schieben?«

Ich lachte ebenfalls. Mein Lateinlehrer hatte bestimmt genug Hass auf die gesamte minderjährige Menschheit in sich gehabt, um eine Jahresproduktion Nuss-Nougat-Creme mit Dioxin zu verseuchen. Andererseits hätte er niemanden davor gewarnt, sondern ruhig abgewartet, wie die Folgen seiner Tat ihn von seinen Problemen im Umgang mit Kindern befreiten.

Als ich mich wieder beruhigt hatte, sagte ich: »Das wäre eine prima Idee, sollte ich mir für ruhigere Zeiten aufheben. Im Moment geht es aber um einen Brief, der schon existiert. Mich würde interessieren, ob jemand anderes als der angebliche Verfasser ihn geschrieben haben könnte.«

»Gibt es denn eine Vorlage für den Brief? Dann könnte es ja eine einfache handschriftliche Durchschrift sein.«

»Nein, es ist anscheinend die Urschrift.«

»Hm, lass mich überlegen. Wie würde ich das angehen, wenn ich einen Brief in einer fremden Schrift verschicken wollte.«

Er dachte einige Minuten nach. Irgendwann öffneten sich seine Augen etwas weiter. Ein Zeichen, dass ihm eine Idee gekommen war. »Du bräuchtest eine möglichst große Zahl an Vorlagen. Also zum Beispiel mehrere Briefe, die von dem Menschen, den du kopieren willst, selbst geschrieben sind. Damit du eine Auswahl an Wörtern hast. Außerdem sollten diese Vorlagen möglichst mit dem gleichen Stift und in der gleichen Schriftgröße geschrieben sein. Bei den meisten Leuten variiert die Größe der Buchstaben ja je nach Papier, Schreibgerät und Stimmung. Aus diesen Vorlagen könntest du dann die Wörter herausscannen, die du brauchst, um deinen Text zu formulieren. Diese gescannten Wörter kannst du in einem Layout- oder Grafikprogramm zusammenmontieren. Natürlich kannst du auch noch die Größe der einzelnen Wörter verändern und angleichen, aber zu groß sollte die Ausgangsdifferenz nicht sein, da das wieder die Strichstärke zu sehr verändert. Je weniger die Grafiken bearbeitet werden müssen, desto geringer ist die Chance, dass die Fälschung auffällt. Diese Datei kannst du dann ausdrucken und den Ausdruck sorgfältig durchschreiben. Das ist eigentlich der schwierigste Teil, aber je nach Schrift und Übung so hinzubekommen, dass einem Laien wahrscheinlich nicht so schnell etwas auffällt. Einem Graphologen kannst du auf diese Art bestimmt nichts vormachen, aber für den Hausgebrauch reicht es.«

Ich hielt den Atem an. Auch hier war wieder alles so einfach. Einige Kenntnisse der grafischen Gestaltung auf dem PC genügten, und schon war der scheinbar unfälschbare Beweis einer Selbsttötung erbracht.

Tom machte sich auf den Weg: »Tut mir Leid, ich muss mich sputen. Gaub ja nicht, dass ich nicht total neugierig bin, wofür du diese Auskunft gebraucht hast, aber diskret, wie ich bin, werde ich nicht weiter insistieren.«

Er grinste, küsste mich noch einmal und lief winkend zur Tür. Sogar seine Kleidung, eine weite, verwaschene, aber immer noch schicke Jeans, ein ampelroter Pullover und ein azurblauer Schal, schien zu strahlen. Auch ich hatte schon lange keine so gute Laune mehr gehabt. Angesteckt von ihm.

Nora war zwar noch sehr still, blass und wurde während meines Besuchs schnell müde, aber trotzdem hatte ich beinahe das Gefühl, dass sie schon wieder die Alte war. Zum ersten Mal seit dem Überfall fand zwischen uns eine Kommunikation statt, bei der ich mir sicher war, dass sie mich erkannte und verstehen konnte, was ich sagte. Viel redeten wir allerdings nicht. Es war genug, beieinander zu sein und dies zu empfinden. Außerdem wusste ich nicht, was ich sagen sollte. Ich wollte sie nicht beunruhigen und das Versprechen an Tom, ihr noch nichts von dem Überfall zu erzählen, nicht brechen. Mich beschäftigten die Ereignisse aber so sehr, dass mir nichts anderes einfiel, worüber ich berichten konnte.

Nach einer Weile sagte Nora etwas – leise, ich konnte sie beinahe nicht verstehen, der Klang ihrer Stimme machte aber klar, dass sie genau wusste, was sie meinte: »Du warst immer hier.«

Ich schüttelte den Kopf, lächelte: »Ich wäre am liebsten immer da gewesen, aber es ging nicht. Ich musste arbeiten, doch ich habe immer an dich gedacht.«

Auch Nora lächelte und schlief wieder ein. Ich suchte in meiner Jackentasche, fand einen Stift und einen alten Kassenbon und schrieb ihr eine Nachricht auf die Rückseite. Den Zettel legte ich in ihre Hand, bevor ich ging.

Als ich aus dem Krankenhaus trat, regnete es wieder. Ich hatte schon beinahe vergessen, wie ein heller, klarer Tag aussah. Auf dem kurzen Weg über das Klinikgelände zur Gleueler Straße ließ ich mir Zeit, versuchte bewusst wahrzunehmen, dass die Luft parfümiert war von der ersten Idee einer wärmeren Zeit, vom Lebensgefühl, das im herabnieselnden Wasser gelöst war und das mir seine eigene Geschichte erzählte, die immer gleiche, vom Morgen, dem, was kommt, was wir kennen und uns ersehnen, auch wenn es das vierunddreißigste oder sechsundachtzigste Frühjahr ist, das wir erleben werden. Wie meist folgte bei mir auf diese kurze, intensive sinnliche Trance ein schreckhaftes Aufwachen, das Flackern des Verstandes mit der Frage: Wo bin ich, wohin muss ich, bin ich schon zu spät?

Ich stand an der Straße und versuchte, mich darauf zu

konzentrieren, was ich an diesem Tag noch vorhatte. Dabei ging mir auf, dass ich zwei freie Nächte vor mir hatte, dass ich erst übermorgen, am Freitagabend, wieder fahren musste. Heute hatte ich nur noch die Verabredung mit Sanny am Nachmittag und ansonsten keine Verpflichtungen.

Es war Mittag, ich hatte gigantischen Hunger und beschloss, die Atempause mit einem japanischen Lunch zu feiern. Auf dem Weg in die Innenstadt, besorgte ich mir in einem Schreibwarengeschäft ein Notizbuch, ein fest gebundenes mit unheimlichen Fantasywesen auf dem Cover, und einen Billigkugelschreiber und kam dann relativ nass, aber immer noch ausgesprochen guter Dinge im *Kamakura*, meinem liebsten japanischen Restaurant, an.

Das *Kamakura* ist ein kleines, einfach eingerichtetes Lokal mit nur etwa zehn Tischen. Acht davon waren schon besetzt, als ich den schweren Vorhang hinter der Eingangstür zur Seite geschoben hatte, aber ein kleiner Tisch vor dem Fenster war noch frei und ich wurde von der Bedienung, die einen schlichten mittelblauen Kimono und hohe Holzsandalen trug, dorthin geführt. Ich brauchte keine Speisekarte, um mich für den Sushilunch zu entscheiden, und sie nahm meine Bestellung mit feinem Lächeln auf, das ihr Gesicht beinahe so symmetrisch zerteilte wie das einer japanischen Papierpuppe. Nur eine kleine Narbe an der linken Schläfe der Kellnerin versah den Eindruck perfekten Origamis mit einem gewissen organischen Touch.

Zugleich mit der winzigen, nach Ingwer duftenden Vorspeise und der von mir georderten, völlig unpassenden Cola brachte sie den obligatorischen heißen, weißen Waschlappen auf einem geflochtenen Bambusteller und ich rieb mir stillvergnügt Gesicht und Hände damit ab. Jedes einzelne Element meines Menüs, das aus süß-salzig marinierten feinen grünen Bohnen, einer Auswahl von Seetangröllchen und kleinen Reishügeln, die in dünne Scheiben verschiedener Fischsorten, manche roh, manche geräuchert, gewickelt und mit grünem Meerrettich gewürzt waren, und aus einer klaren Suppe mit Miso und

Gemüse bestand, war ein köstliches Kunstwerk. Anders als die meisten Mahlzeiten, die den Körper mit dem Gefühl der angenehmen, doch auch belastenden Wärme zurücklassen, war ich nach diesem Essen klar, aromatisiert und gereinigt. Ich beendete den Genuss mit einigen frischen Fruchtscheiben und bestellte noch einen Pflaumenwein.

Während die duftende Flüssigkeit mich langsam von innen auskleidete, schlug ich das Notizbuch auf und versuchte mit dem Stift in der Hand, meine Gedanken zu sammeln und zu planen, was es zu tun gab.

Wie ich es bisher sehen konnte, gab es zwei Gruppen von Menschen, die mir bei der Sache mit dem Video weiterhelfen konnten. Die eine bestand aus den Systembetreuern der Mailbox, die anderen waren die Bekannten und Freunde von Christian. Ich war inzwischen entschlossen, ihnen allen einige Fragen zu stellen. Dabei musste ich allerdings vorsichtig vorgehen; weder wollte ich jemanden kompromittieren, noch hatte ich vor, die Arbeit der Polizei zu behindern, indem ich irgendjemanden eventuell warnte. Doch hatte ich auch die Hoffnung, vielleicht etwas zu erfahren, das vor der Polizei tunlichst verschwiegen worden wäre. Außerdem war ich neugierig, die Gesichter von Menschen kennen zu lernen, denen ich bisher nur in Form von virtuellen Phantomen oder bloßen Namen begegnet war. Und ich wollte tun, was ich tun konnte, um dann wieder in eine ruhigere Existenzform zurückkehren zu können.

Es fiel mir schwer, in dem Gestrüpp von Details und Ahnungen, in denen sich mein Verstand bewegte, ein klares Vorgehen zu entwickeln, und ich machte zuerst eine Liste der Personen, die ich vorhatte zu treffen. Die Gruppe der Menschen um Christian würde ich heute Nachmittag eingrenzen können. Die Systembetreuer kannte ich schon jetzt und ich schrieb als erstes *Ludger* in mein Buch. Es folgten *Micki* und *Rocky*. Der Vollständigkeit halber notierte ich *Nora* und *Anke* am Ende und setzte zuletzt noch die *Initiative Frauen gegen Pornographie in den Netzen* darunter, die ja das Ganze ins Rollen gebracht hatte. Den Frauen würde ich eine E-Mail schicken, um in Erfahrung zu bringen, ob sie in der Zwischenzeit noch etwas herausgefunden hatten.

Über diese Liste gebeugt überlegte ich, welches genaue Ziel ich eigentlich mit den Befragungen verfolgen wollte. Ich war auf der Suche nach Leuten, die Christian und Lydia – und eventuell auch die anderen Kinder – gefilmt hatten und diese Filme über die Mailbox und das Internet anboten. Die Dreh- und Angelpunkte waren also die Bekanntschaft mit Christian und Lydia und der Zugang zur Box. Das hieß, ich musste bei den Systembetreuern herausbekommen, ob sie eventuell eine Idee hatten, wer hinter den Pornoaccounts stecken könnte, und bei den Bekannten der Teenager, ob sie Zugang zur *Everest* gehabt hatten.

Außerdem beschäftigte mich immer noch, ob der Überfall auf Nora sowie Christians und vielleicht sogar Ankes Tod tatsächlich nichts miteinander zu tun hatten, ob es sich wirklich um den anonymen Überfall, den Unfall, den Selbstmord handelte, als die sie erschienen, oder ob es doch eine Verbindung gab. Mich entsetzte dieser Gedanke. Beinahe veranlasste er mich, auf der Stelle meine Pläne zu begraben, das Video zu vergessen und absolut passiv zu bleiben. Implizierte er doch, dass ich nicht nur nach Päderasten, sondern auch nach Mördern suchte. Andererseits konnte ich beim besten Willen kein wirklich nachvollziehbares Motiv, keine plausible Vorgehensweise, kein in irgendeiner Form rational kriminelles oder auch affektiv emotionales Muster erkennen, das auf eine Verbindung zwischen den Toten hinwies. Handel mit Kinderpornos war eine Sache, Mord und Totschlag eine andere. Oder etwa nicht?

21

Hinter die Namen auf der Liste schrieb ich die Adressen und Telefonnummern, die ich auf den Zetteln in meinem Portemonnaie mit mir trug. Von Anke hatte ich in der

Verwaltung der Box den Nachnamen gefunden, sie hatte Ziegler geheißen. Mickis Nachname lautete Schmidt und es war nur seine Telefonnummer eingetragen gewesen. Von Rocky hatte ich weder Nummer noch Adresse, die Felder auf seiner Karte in der Box waren leer, dafür hatte dort noch eine weitere E-Mail Adresse gestanden. Diese Adresse verwies auf einen anderen Provider als die Box und war offensichtlich seine zweite virtuelle Anschrift; ich vermutete ein voller Internetzugang, etwas, das ihm die Box ja nicht bieten konnte. Warum er bei seinem Eintrag auf weitere Angaben verzichtet hatte, wusste ich nicht, vielleicht war er dabei umzuziehen oder die anderen Sysops wussten seine Adresse sowieso und es war ihm zu lästig gewesen seine gesamten Daten einzutragen oder, oder, oder ...

So sehr mich die relative Anarchie der elektronischen Netze oft begeisterte, so sehr ging sie mir nun auf die Nerven. Ich ersehnte mir ein schönes, bürokratisiertes Einwohnermeldeamt für alle Cyberspacebürger, wo es unmöglich wäre, doppelte Identitäten, mehrere Adressen, anonyme Postfächer und Ähnliches aufrechtzuerhalten. Ich seufzte: Dann wäre der Datenschmuggel zwar leichter zu entlarven, aber der Reiz der weit verzweigten, beinahe klassenlosen internationalen Netzgesellschaft auch dahin. Also beschloss ich, Ludger um Rockys Nummer zu bitten, und hoffte, dass er mir weiterhelfen würde.

Hinter Ankes Namen malte ich ein Fragezeichen. Danach bezahlte ich meine Rechnung, fragte die ernst lächelnde Kimonodame nach der Uhrzeit, woraufhin sie mit den Schultern zuckte, dann aber zur Küche ging und mit einer großen, im Vergleich zu ihr dicken Europäerin zurückkam, die mich fragend ansah. Mir war der Aufwand peinlich und ich sagte verlegen: »Es tut mir Leid, dass ich Sie bemühe, ich wollte nur die Uhrzeit wissen.«

»Hmmm, das kann ich Ihnen auch nicht sagen, Moment, ich frage mal den Koch.«

Bevor ich sie zurückhalten konnte, war sie schon wieder in der Küche verschwunden und ich ergab mich in das Schicksal angewandter umständlicher Höflichkeit. Sie erschien gleich wieder, nannte mir die Zeit und ich verabschiedete mich voller Dank, der von den beiden Frauen mit ausgesuchten Verbeugungen des Kopfes erwidert wurde. Als die Tür hinter mir zufiel, war ich erleichtert, dieser mühevollen Kommunikation entronnen zu sein, trug aber weiterhin das Gefühl in mir, in den besonderen Genuss eines kultivierten Essens gekommen zu sein.

Es war zwei Uhr und mir blieb noch eine Stunde bis zu der Verabredung mit Sanny. Der Weg zum Haus der Petrocheks von der Innenstadt aus ist relativ weit und umständlich, und ich bewegte mich Richtung Neumarkt, um von dort eine Bahn nach Raderthal zu nehmen. Auf dem Weg hielt ich Ausschau nach einer Telefonzelle, fand nur Kartentelefone, verfluchte die Tatsache, dass ich natürlich keine Telefonkarte bei mir hatte, nur zu selten war ich auf einen öffentlichen Fernsprecher angewiesen, machte letzten Endes doch den Umweg zur Hauptpost, erstand eine Karte, entschied mich für die U-Bahn-Haltestelle Appellhofplatz, die jetzt näher lag als der Neumarkt, und enterte dort ein Telefonhäuschen.

Ich wählte Ludgers Nummer, war sicher, einen Anrufbeantworter zu hören zu bekommen – nur die wenigsten Leute, die ich kenne, gehen tatsächlich persönlich ans Telefon, noch dazu um diese Tageszeit – und war umso überraschter, als sich eine recht leibhaftige, männliche Stimme meldete, nichts von einem Signalton faselte, sondern nur »Ludger Steintrupp« sagte und eine erwartungsvolle Pause machte. Die Stimme war hell, langsam und relativ melodisch.

»Hallo, hier ist Toni Walter, eine Freundin von Nora König.«

»Ah, das ist gut, wie geht es Nora?«

Ich zögerte, verfluchte meine Spontanität, meine mangelnde Vorbereitung. Was wusste er über Nora? Ich riss mich zusammen. In seiner Mail, die ich am Tag zuvor gelesen hatte, klang es, als ob er Nora suchte und keine Ahnung hatte, was geschehen war. Ich bemühte mich, möglichst uneindeutig zu bleiben, zuerst herauszufinden, welche Infos er hatte: »Etwas besser.«

»Wieso? Ist sie krank? Ich versuche seit Tagen, sie zu erreichen.«

Anscheinend wusste er von nichts, ich blieb aber vorsichtig: »Sie ist vor einigen Tagen überfallen worden und seitdem bewusstlos. Ihr Zustand hat sich aber ein bisschen stabilisiert.«

Die Lüge tat mir Leid, aber irgendwo klopfte in mir eine Intuition, die mich davon abhielt, einem Fremden die Wahrheit zu sagen. Als ich bei der nächsten Frage von Ludger echtes Bedauern, ja beinahe Entsetzen aus seinem Ton heraushörte, schämte ich mich fast für dieses Taktieren, blieb meiner Linie aber treu.

»Wie furchtbar, ich hatte mir auch schon Sorgen gemacht, hatte aber gehofft, dass sie vielleicht einfach bei der Arbeit so eingespannt war, dass sie sich nicht melden konnte. Was ist denn genau passiert?«

»Kann ich dir das eventuell persönlich erzählen? Ich habe auch sonst noch ein paar Fragen, wegen der Box.«

Es würde mir leichter fallen, direkt mit ihm zu sprechen, außerdem brauchte ich noch etwas Zeit, um mir eine stringente Geschichte auszudenken und mir klar zu werden, welche Einzelheiten ich erwähnen konnte und was ich besser verschweigen sollte.

»Sicher, wenn du magst. Wir können uns jederzeit treffen.«

»Heute Abend?«

»Heute ist es nicht so gut, wie wäre es mit morgen?«

»Morgen passt mir auch.«

»Könntest du morgen Abend vielleicht einfach bei mir vorbeikommen? Ich wohne in Bickendorf. Abends ist in den Netzen immer ziemlich viel los, außerdem laufen dann einige Prozesse auf den Maschinen ab, so dass ich gerne in der Nähe bleiben möchte.« Er klang wie ein Vollblut-Cyberpunk. Jemand, der abends nicht weggehen konnte, weil dann im virtuellen Spielzimmer so viel los war.

»Klar, gern. Um wie viel Uhr passt es dir denn?«

»Ach, das ist egal. Irgendwann vor vier.«

Er meinte tatsächlich vier Uhr morgens. Dieses Zeitlimit einzuhalten, würde mir nicht schwer fallen. Ich lachte. »Ist in Ordnung.«

Er nannte mir seine Adresse. Dass ich sie bereits aus der Box kannte, erwähnte ich natürlich nicht, schließlich war ich unbefugt unter Noras Namen eingedrungen.

Danach kletterte ich in die Tiefen des U-Bahnhofs. Nach zehn Minuten summte es tatsächlich in der Schwärze des Schachtes und etwas später waren die Lichter der Bahn zur sehen. Sie hielt stöhnend und schnaufend, kam mit einem letzten metallischen Aufkreischen zum Stehen und die Türen öffneten sich.

Einige Zeit, viele Haltestellen und ein paar Bahn- und Buslinien später, stieg ich an der Brühler Straße aus, lief noch eine Weile durch Raderthal und bog dann in die winzige Hugo-Efferoth-Straße ein, wo die Petrocheks wohnten.

Die Hausnummer 23 lag nach etwa hundert Metern auf der rechten Seite, ein kleines, weißes Haus mit nachgeahmtem Fachwerkmuster und einem schmalen Betonstreifen vor der Tür. Erst als ich mir die Nachbarhäuser, die ganz ähnlich aussahen, anschaute, fiel mir auf, dass bei den anderen Rasen vor der Tür wuchs. Ich fragte mich, ob die Petrocheks auch den Rest des Gartens, den ich hinter dem Haus vermutete, einbetoniert hatten, drückte das hüfthohe Gartentor auf, war mit fünf Schritten an der Haustür und klingelte.

Durch das gelbe Reliefglas der Tür konnte ich Lichtbewegungen wahrnehmen, Schemen, die auf ein menschliches Wesen hindeuteten, das unterwegs war, um mir aufzumachen. Ich wartete einen Moment, doch trotz der viel versprechenden Zeichen hinter der Tür geschah nichts. Noch einmal drückte ich den Knopf, hörte ein kurzes ›Dingdong‹ und hatte den Eindruck, dass sich die Aktion im Innern des Hauses beschleunigte.

»Bin schon da!«

Im gleichen Moment, als ich dies hörte, verschwand die Tür vor meinen Augen und dahinter erblickte ich das

Chaos. Zwischen Sodom und mir stand Sanny, offensichtlich gerade einer Runde Schlammcatchen entstiegen, in einer Art Kittel, dessen Ausgangsfarbe eventuell einmal weiß gewesen war, der jedoch angesichts der Umstände keinerlei Chance gehabt hatte.

»Ich mache gerade eine Mousse au Chocolat. Als du geklingelt hast, war ich dabei, die geschmolzene Schokolade in den Einschnee zu rühren. Irgendwas scheint da nicht zu klappen, aber komm doch rein.«

Das Haus hatte keinen Flur, man kam sofort in einen großen Raum, der sowohl Eingangshalle, Esszimmer als auch Küche war. Im Augenblick vor allem Küche, wie die Utensilien, die überall herumstanden, verrieten. Sanny wirkte wie eine kleine Hexe, die versucht hatte, aus Gold Schokolade zu kochen – ein in meinen Augen absolut lohnenswertes Experiment.

»Klasse, dass du da bist. Ich wollte etwas Leckeres für dich machen, aber diese blöde Sahne wollte nicht steif werden und irgendwie ist mir die Schokolade im Topf angebrannt. Beim letzten Mal hat es besser geklappt. Naja, was soll's, wir haben ja noch Schokoeis im Gefrierschrank.«

Ich war gerührt. Nach einer herzlichen Begrüßung betrachteten wir uns den gegenwärtigen Zustand der Mousse, stellten fest, dass es noch Hoffnung gab, und während ich engagiert in den Zutaten rührte, fing Sanny an, die Schüsseln, Töpfe, Schneebesen und weiteren Reste ihrer Alchimie zusammenzusuchen.

Nach einer Viertelstunde konnten wir voller Hoffnung eine große Schüssel Schokoladencreme in den Kühlschrank stellen, schickten ihr noch das Mantra ›werde fest‹ hinterher und setzten uns erschöpft an den Tisch. Bevor eine von uns etwas sagte, sprang Sanny auf, holte eine Flasche Cola, stellte sie mit fragendem Blick ab und rannte, nachdem ich genickt hatte, noch einmal los, um Gläser zu besorgen. Dann endlich kehrte Frieden ein.

»Wie geht's?« Mehr fiel mir zuerst nicht ein. Wie immer waren wir beide ein wenig verlegen, aber dieser Zustand verschwand bei jedem unserer Treffen etwas schneller.

»Ganz gut. Und dir?«

Wir grinsten, amüsiert über uns selbst.

Mir fiel auf, dass Sanny eine Brille trug. Eine kleine runde, mit Goldrand. Sie sah aus wie eine kindliche Intellektuelle aus den zwanziger Jahren. Ich zeigte darauf: »Steht dir gut.«

Schnell nahm sie sie ab. »Ach, das Ding. Brauche ich eigentlich nur in der Schule. Ich habe vorhin das Rezept gelesen, dabei habe ich sie aufgesetzt.«

»Sie ist prima.«

»Warte mal.« Sie holte ihren Rucksack und zog einige Blatt Papier heraus. Eines davon nahm sie und brachte es in das nächste Zimmer, das sich am Ende des Raumes anschloss. Das Wohnzimmer, vermutete ich.

Als sie zurückkam, sagte sie: »Das war der Brief. Ich habe ihn wieder in Nicolas Schreibtisch gelegt. Und hier ist die Kopie.«

Ich wollte sie nicht bitten, mir das Original zu zeigen. Irgendwie kam mir das zu intim vor. Außerdem war ich mir sicher, dass ich nichts daran hätte feststellen können, was offensichtlich ungewöhnlich gewesen wäre.

Sanny gab mir die Unterlagen. Obenauf lag die Kopie von Christians Abschiedsbrief. Er war kurz und in seiner Formulierung merkwürdig stereotyp, was mir allerdings erst später bewusst wurde. Noch nie zuvor hatte ich den Abschiedsbrief eines jugendlichen Selbstmörders gelesen, aber irgendwie hätte ich ihn mir genauso vorgestellt, hätte ich es je auf mich genommen, ihn mir vorzustellen:

Liebe Nicola, liebe Sanny, lieber Papa,
es tut mir Leid, aber ich kann nicht mehr. Ich hoffe, ihr seid mir nicht böse. Ich weiß einfach nicht, wie es weitergehen soll. Wir sehen uns bestimmt irgendwann wieder.
Euer Christian

Darunter war, wie Sanny schon erzählt hatte, eine kleine Karikatur, eine Art Comicfigur mit großer Nase und einem Irokesenkamm.

Zuerst ging mir der Brief zu Herzen. Vor allem der

letzte Satz. Eine verzweifelt geäußerte Hoffnung angesichts des Gefühls von Ausweglosigkeit. Doch dann schob sich wieder der Gedanke in mein Bewusstsein: ›Es könnte eine Fälschung sein‹, und meine Traurigkeit veränderte sich in Verwirrung, in Zorn.

Unter dem Brief lagen zwei Zettel mit Namen und Adressen, dahinter jeweils einige Informationen zu den verzeichneten Personen. Sanny hatte sich große Mühe gemacht. Außerdem hatte sie offenbar einen ausgeprägt analytischen Verstand.

»Ich habe einfach alle aufgeschrieben, die mir eingefallen sind. Zuerst die, mit denen er am meisten zu tun hatte. Danach auch noch seine Lehrer und Klassenkameraden. Von vielen wusste ich nur den Namen. Die Zeit war zu kurz, um alle Adressen herauszufinden. Ich habe aber Gerald gebeten, sie zu sammeln. Ich habe einfach gesagt, dass wir sie gerne hätten, um irgendwann in den nächsten Wochen allen noch ein paar Fotos von Christian zu schicken, damit sie ihn nicht vergessen. Die Idee ist blöd genug, so dass Nicola glauben wird, dass sie wirklich von mir kommt, falls sie davon hören sollte.«

Gerald war anscheinend Christians bester Freund gewesen. Der Junge mit dem Ghettoblaster vom Friedhof, wie mir Sanny erklärte. Seine vollständige Anschrift war ganz oben auf dem Zettel. Darunter standen die Namen von zwei weiteren Jungen, Felix Obermann und Tayfun Özdal: »Mit denen war Christian auch oft zusammen, bevor das mit Lydia anfing. Tayfun hat im letzten Jahr noch ab und zu hier angerufen, mit ihm ist Christian früher Skaten gegangen, aber Christian hat sich, glaube ich, nicht mehr bei ihm gemeldet. Er hat das Skateboard sowieso kaum noch benutzt und ist nur manchmal allein mit den Rollerblades losgezogen. Ich war sauer, weil er mich nie mehr mitnehmen wollte. Außerdem fand ich das richtige Skaten sowieso besser.«

Die Rollerblades hatte Christian an den Füßen gehabt, als man ihn aus dem Fluss zog. Sie waren sicher schwer genug, um das Schwimmen nahezu unmöglich zu machen. Vor allem im winterkalten Rhein. Ob Christian auf ihnen einfach geradeaus über irgendeine Uferbegrenzung gefahren war und sich dann hatte nach unten ziehen lassen?

Ich konzentrierte mich auf die Adressen: »Also Gerald war sein bester Freund. Außerdem Felix und Tayfun. Dann stehen hier noch Paul, Lydia, Stefan Walter – ist das dein Vater?« Sanny nickte und ich fuhr fort: »... und ein Herr Mainau.«

»Genau. Lydia habe ich aufgeschrieben, weil ich dachte, dass du vielleicht ihre Adresse haben willst. Für alle Fälle. Außerdem war sie die Person, mit der Christian in der letzten Zeit am allermeisten zu tun hatte. Paul ist der Geschäftspartner von Nicola. Bei ihm hat Christian ein- oder zweimal die Woche gejobbt. Nicola hat sich herausgehalten, hat Paul und Christian die Sache allein miteinander ausmachen lassen, damit alles möglichst professionell war.«

Das klang vernünftig. »Was hat er denn da gearbeitet?«

»Ach, alles Mögliche. Ich weiß nicht so genau. Alles, was so anfiel.«

»Okay. Dein Vater? Bei der Beerdigung klang es, als ob er nicht so viel Kontakt zu Christian hatte.«

»Lange Zeit nicht. Das ist erst im letzten Jahr intensiver geworden. Früher waren wir manchmal am Wochenende bei ihm. Das ist bei der Scheidung so geregelt worden. Irgendwann ist Papa aber einfach nicht mehr aufgetaucht, um uns abzuholen. Ich war da vielleicht acht, also so vor fünf Jahren. Christian und ich waren beide enttäuscht. Die Treffen waren zwar nie besonders aufregend gewesen, aber wenn er dann plötzlich gar nicht mehr kommt ... Ach, du weißt schon.«

Ich wusste haargenau. Eines Tages würde ich ihr das auch mal erzählen. In der Zukunft, bei einer anderen Gelegenheit.

»Nicola war damals natürlich stocksauer, fand das unmöglich von Stefan. Den Unterhalt hat er aber weiterbezahlt und nach einer Weile haben wir nicht mehr darüber geredet. Er war halt weg. Naja, aber dann ist Christian ihm einmal in der Stadt begegnet. Zufällig. Er hat mir nicht erzählt, was da genau passiert ist, aber er meinte, Papa wäre schon in Ordnung, er hätte persönliche Probleme gehabt und er würde sich jetzt wieder mit ihm treffen. Das war letztes oder vorletztes Jahr, ich müsste das noch mal nachrechnen, wann genau.«

»Und was hat Nicola dazu gesagt?«

»Eigentlich nicht viel. Sie hat nicht mit Christian geredet, wenn sie merkte, dass er bei Papa war. Aber das macht sie ja oft. Eigentlich haben Christian und sie sowieso kaum miteinander gesprochen.«

»Hat Christian dir erzählt, worüber er mit eurem Vater gesprochen hat, oder hat er dich mal mitgenommen?«

»Nein, nicht direkt. Er meinte zwar, Papa würde sich freuen, wenn ich mal mitkäme, aber mir war das noch zu viel. Der Stress mit Nicola und dann Papa, den ich kaum kenne und durch den ich noch mehr Stress mit ihr bekommen hätte. Aber demnächst gehe ich mal hin. Er hat mich bei der Beerdigung eingeladen und ich rufe ihn bestimmt bald an. Ist mir egal, was Nicola dazu sagt.«

Die letzte vollständige Adresse auf ihrer Liste war die von Herrn Mainau. Danach folgten reine Namenslisten, über einer stand *Lehrer* über der anderen *Mitschüler*.

»Wer ist Herr Mainau?«

»Ein Lehrer, mit dem Christian viel zu tun hatte. Er heißt Roland mit Vornamen. Ich habe ihn auch. In Deutsch und Sozialkunde. Christian hat, glaube ich, mal eine Nachmittags-AG bei ihm gemacht. Die ging über ein ganzes Halbjahr und es haben nur ein paar Schüler teilgenommen. Danach haben die beiden sich noch öfter getroffen.«

Ich erinnerte mich. Es war der Bärtige von der Beerdigung. Er schien Christian tatsächlich gut gekannt zu haben. Hatte auch seine Verzeiflung mitbekommen, die ihn so offensichtlich in den Selbstmord getrieben hatte.

»Weißt du zufällig, was sie in dieser AG gemacht haben?«

»Hm, keine Ahnung. Doch warte: Es ging irgendwie um Musik. Während der Zeit hat Christian jedenfalls angefangen, dauernd Punk zu hören. Das hat Nicola wahnsinnig gemacht. Vor allem die Lautstärke.«

Das war nachvollziehbar. Punk auf einer Open-Air Bühne und Punk in einem Einfamilienhaus sind zwei sehr verschiedene Sachen. Trotzdem fand ich die Idee des Lehrers nicht schlecht, sich mit der Musik der Jugendlichen auseinander zu setzen. Auch wenn ich mir nicht vorstellen konnte, dass das Hören von Punkmusik der einzige Inhalt einer Schul-AG gewesen war. Aber eventuell war es ein guter Anknüpfungspunkt für mich, um mit Herrn Mainau ins Gespräch zu kommen.

Damit waren wir am Ende der Liste angelangt. Ich dankte Sanny begeistert. Ihr erwartungsvoller Gesichtsausdruck brachte mich dazu, ihr zu versichern: «Ich werde dir genau berichten, was ich herausfinde. Wir sollten uns einfach gegenseitig versprechen, dass wir uns sagen, was wir in dieser Sache als Nächstes vorhaben und was wir erfahren. Bist du einverstanden?»

Sie nickte, wartete offensichtlich, dass ich den Anfang machte und ihr erklärte, was ich mit den Informationen unternehmen wollte. Es fiel mir schwer, mein inneres Zögern zu überwinden, doch ich musste mir eingestehen, dass meine Zurückhaltung weniger daher kam, dass ich Sanny schützen wollte, indem ich sie nicht einweihte, sondern dass sie vor allem aus der alten Gewohnheit rührte, alles allein zu machen, einsame Entscheidungen zu treffen und schweigend zur Tat zu schreiten. Wahrscheinlich war es sogar viel vernünftiger, Sanny zu vertrauen und sie wirklich auf dem Laufenden zu halten. Das würde verhindern, dass sie aus Neugier oder Übermut auf eigene Faust loszog und irgendjemand Unerwünschten dadurch unfreiwillig alarmierte.

Also erzählte ich ihr, dass ich mit Ludger gesprochen hatte, was ich beim Durchwühlen der Mailbox herausgefunden hatte, dass ich plante, mit den Systembetreuern Kontakt aufzunehmen, aber auch, dass ich wirklich das Band und die anderen Infos an die Polizei gegeben hatte. Ganz zum Schluss erzählte ich ihr von Nora und verschwieg auch nicht, dass das Video etwas mit dem Überfall auf sie zu tun haben könnte. Ankes Tod erwähnte ich allerdings nicht und auch auf Christian kam ich nicht noch einmal zu sprechen. Da spekulierte Sanny inzwischen innerlich wahrscheinlich genauso wild wie ich selbst, und ich wollte unsere bodenlosen Vermutungen nicht noch anheizen und in den weiten Bereich der Hysterie transportieren.

«Außerdem werde ich in den nächsten Tagen versuchen, mit den Leuten auf deiner Liste zu reden. Mit welchem Vorwand, muss ich mir noch überlegen. Was hältst du davon, wenn du dich um die restlichen Adressen kümmerst, wie du es ja schon so prima angefangen hast, und ich erzähle dir spätestens übermorgen, was ich herausgefunden habe?»

«Geht klar.»

Ich merkte zwar, dass ihr die Aufgabenverteilung nicht ganz gerecht erschien und sie gerne bei den Gesprächen dabei gewesen wäre. Sie erhob aber keinen Einwand und ich war froh, dass sie in dieser Hinsicht unseren Altersunterschied anerkannte und mich die Entscheidungen treffen ließ.

«Wo ist Nicola eigentlich, du hattest doch gesagt, dass sie wahrscheinlich hier sein würde?»

Es war nicht so, dass ich Sannys Mutter besonders vermisste, eigentlich hatte ich ihre Anwesenheit eher gefürchtet, aber auf Dauer kam ich um eine erneute Begegnung mit ihr ja doch nicht herum und tatsächlich sollte ich doch möglichst bald mit ihr reden.

«Ich weiß auch nicht, wo sie steckt. Wahrscheinlich in der Firma. Normalerweise ist sie Mittwochnachmittags zu Hause. Weil sie viel am Wochenende arbeitet. Notdienst und so, wenn ein wichtiger Computer in einer Firma kaputtgeht, dann fährt sie da hin.»

«Dann meinst du, dass ich sie da jetzt noch treffen könnte?»

«Wahrscheinlich schon. Vielleicht ist sie aber auch noch bei einem Kunden oder einkaufen.«

Ich konnte meinen Drang, mehr herauszufinden, weiter zu fragen, aufzustehen und herumzurennen, kaum noch zügeln. »Kannst du mir sagen, wie ich zu ihrer Firma komme?«

Sanny beschrieb mir den Weg. *Bits & Chips* lag nur einige Blocks entfernt, auf der anderen Seite der Bonner Straße im teuren Stadtviertel Marienburg.

»Dann willst du schon wieder gehen?«

Ich meinte, um Entschuldigung bittend: »Sei mir nicht böse. Aber ich habe ziemliches Lampenfieber davor, mit Nicola und den anderen zu reden. Am liebsten würde ich es so schnell wie möglich hinter mich bringen.«

Diese Erklärung fand ihr volles Verständnis und mir war selbst klar, dass sie absolut der Wahrheit entsprach.

»Schade nur wegen der Schokocreme. Aber die ist wahrscheinlich sowieso noch ganz flüssig. Wenn du magst, bringe ich dir morgen welche vorbei.«

»Supergern. Lass uns morgen Mittag telefonieren. Dann kann ich dir auch erzählen, wie es war, und wir können uns verabreden.«

Wir standen auf und Sanny begleitete mich zur Tür. Zum Abschied sagte sie nach kurzem Zögern: »Schöne Grüße an Nora, ich hoffe, dass es ihr bald wieder gut geht.«

Ich sah sie an: »Wir treffen uns bald einmal zu dritt. Ihr werdet euch bestimmt mögen.«

Kurz flackerte ihr Strahlen auf. Ich merkte, wie sehr ich sie schon ins Herz geschlossen hatte. Während ich den kurzen Gartenweg hinunterging, winkte ich ihr zu und Sanny blieb in der Tür stehen, bis ich das Tor hinter mir geschlossen und einige Meter die Straße entlanggegangen war.

22

Bits & Chips – nur ein relativ kleines Schild an einem rund zweieinhalb Meter hohen, braun angestrichenen, undurchsichtigen Blechtor wies auf Nicolas und Pauls Firma hin. Ich drückte einen Klingelknopf, der aus der Hauswand ragte, an der das Tor befestigt war. Die Brohler Straße liegt am äußersten nördlichen Rand von Marienburg. Im Vergleich zu den sich anschließenden Prachtalleen mit ihren Millionenvillen eine unscheinbare Wohnstraße, alles andere als ärmlich, aber auch nicht besonders protzig. Für die Gegend war sie verhältnismäßig belebt.

Es war kurz vor halb sechs, als ich dort ankam. Noch war es nicht dunkel, aber es würde auch nicht mehr lange dauern, bevor sich das Tageslicht ganz verabschiedete. Der Strombedarf schnellte in die Höhe, wegen all der Flutlichter, die die Einfahrten erhellten, und außer dem leisen Rauschen von Luxuslimousinen, die ihre Benutzer von der Arbeit in den Werbeagenturen und Vorstandstagen der Chemieriesen nach Hause brachten, war kaum ein Geräusch auf dem profanen Pflaster vor den diskret mit Stacheldraht umzäunten Grundstücken zu vernehmen. So nahm ich jedenfalls Marienburg wahr.

Vor dem Tor von *Bits & Chips* herrschte allerdings reger Verkehr. Gegenüber lag ein Supermarkt, der anscheinend über keine eigenen Parkmöglichkeiten verfügte, so dass die Kunden kreuz und quer auf den Bürgersteigen und auf der Straße selbst parkten. Das Aufheulen von ärgerlich hochgejagten Motoren, das Hupen von zugeparkten Opfern und das sich Anschreien von aufeinander losgelassenen Verkehrsteilnehmern bestimmten die Atmosphäre. Während ich noch versuchte, vor dieser Lärmkulisse das eventuelle Summen eines Türöffners zu hören, schob sich das Tor langsam zur Seite und verschwand in einem dafür vorgesehenen Spalt in der angrenzenden Mauer. Anstelle des Tors erschien die Nase eines merkwürdig aussehenden Autos in der Einfahrt und ich trat zur Seite, um nicht unter das Gefährt zu kommen. Sein Motor fügte dem ganzen Krach noch eine besondere Nuance hinzu: die Nachahmung eines drohenden Raubkatzengeknurrs, durch die Angeberkonstruktion des Auspuffs um einige Potenzen an Dezibel gesteigert. Während ich noch dastand, um die silberfarbene Phallusprothese aus der schmalen Einfahrt zu lassen, hielt der Wagen an und sein Fahrer zwängte sich mühsam vom Boden, in dessen unmittelbarer Nähe er in der Fahrgastzelle seines Autos gekauert hatte, herauf.

»Verdammt noch mal, jetzt rufe ich aber wirklich die Polizei, das ist ja wohl das Letzte!«

Obwohl der Mann das Dach seines Wagens bestimmt um zwei Köpfe überragte und nicht wirklich zwergenhaft war, hatte er etwas Mickriges. Zwar stand er breitbeinig mit durchgedrückten Knien da, die Hände in den Hosentaschen geballt, aber die schwere braune Wildlederjacke und die modisch geschnittenen grauen Stoffhosen hingen an den schmalen Schultern und Hüften eher kraftlos herab und auch sein Gesicht hatte den teuren Materialien seiner Kleidung und seiner Karosse nichts entgegenzusetzen. Nur seine Stimme vermittelte in diesem Moment eine gewisse Autorität, geboren aus scheinbar ungezügelter, beinahe besinnungsloser Wut. Fast zitterte ich vor Schreck. Sein Gefühlsausbruch war so vehement und andererseits auch von so großer Kälte, dass ich mich seinem Einfluss nicht entziehen konnte und unvermittelt in meiner eigenen Anwesenheit den Grund für das Gebrüll suchte.

»Nicola, ich kriege noch zu viel. Die haben uns schon wieder die Einfahrt zugeparkt. In fünf Minuten muss ich in Nippes sein.«

Seine Planung war schon im Ansatz völlig unrealistisch. Während der Rush-Hour von Marienburg nach Nippes im Norden der Stadt zu kommen würde ihn im günstigsten Fall eine halbe Stunde, im ungünstigsten eine unbegrenzte Anzahl von Stunden kosten. Es sei denn, sein Wunderauto hätte irgendwo implantierte Rotorblätter oder eine Beam-Vorrichtung, aber dann würde er sich wohl kaum über das Hindernis in seiner Einfahrt aufregen.

Ich entspannte mich. Wenigstens gehörte der kleine rote Fiat, der der gerümpften Nase des Batmobils im Wege stand, nicht mir. Mit dem Besitzer des kaum zwei Meter langen Einfahrtblockierers hätte ich in diesem Moment auch für den größeren Anteil an einer Parkvilla nicht tauschen mögen.

Von der herbeizitierten Nicola war noch keine Spur zu sehen und ich hielt mich so weit wie möglich abseits, um auf gar keinen Fall zwischen die Räder der Situation zu geraten. Aber das half mir nicht.

»Ist das Ihr Wagen?« Der Wüterich hatte mich entdeckt und kanzelte mich jetzt als Verdächtige oder auch einfach nur als ersehnte und willkommene Zielscheibe seiner Emotionen ab.

Ich schüttelte den Kopf, versuchte jeden Funken in mir zirkulierender überschüssiger Energie einzufangen, um zurückbrüllen zu können, doch lange bevor mir das gelungen war, nahte eine Frau, an der Hand ein widerstrebendes kleines Kind, das zwar schon laufen konnte, aber noch bei jedem zweiten Schritt über seine eigenen Füße stolperte, dabei weinte und sich von der offensichtlich verzweifelten Mutter über die Straße schleppen ließ. In der anderen Hand trug die Frau eine schwere Plastiktüte, aus der oben ein paar Lauchstangen ragten, Beute aus dem gegenüberliegenden Supermarkt.

Einige Meter, bevor sie bei ihrem Wagen angekommen war – ihr Gesicht war erschöpft und ärgerlich, sie versuchte mit angestrengter Geduld, das Kind zum Weitergehen zu überreden –, stürzte der magere Einfahrtlöwe auf sie zu und brüllte aufs Neue: »Was fällt Ihnen ein, Ihren Wagen hier abzustellen? Das ist eine Geschäftsausfahrt! Wegen Ihnen verpasse ich einen wichtigen Termin. Aber ich habe Ihre Nummer aufgeschrieben. Ich werde Sie anzeigen und Schadensersatz einfordern. Sie hören von mir!«

Die Frau schaute ihn nur einmal müde an. Machte sich ohne besondere Eile an ihrem Auto zu schaffen, verstaute nacheinander das Kind und ihre Einkäufe und ließ die Hasstiraden scheinbar teilnahmslos über sich ergehen. Jenseits der Einflussmöglichkeiten starker Gefühle, so kam sie mir vor. Als sie schließlich den Motor startete und davonfuhr, hatte sie kein Wort gesagt, weder der Entschuldigung noch des Ärgers.

Das Gesicht des Mannes war inzwischen so rot geworden wie ihr Auto, und ich spürte, wie sein Zustand von emotionaler Erregung zu physischer Gewalttätigkeit überging. Er schob sich in seine Blechkiste, gab Gas, wodurch der Motor noch etwas lächerlicher röhrte, und raste weg. Mir taten alle Verkehrsteilnehmer Leid, die ihm auf seinem Weg durch die Stadt begegnen würden. Ein testosteronbehindertes Gehirn in einem aufgetunten Sportwagen war eine beachtenswerte Kombination: geistlos und silberglänzend, vergleichbar mit einem außer Kontrolle geratenen Roboter. Eine Spur des Grauens würde er bis Nippes hinterlassen.

Ich grinste vor mich hin, wünschte wirklich, dass er niemanden über den Haufen fahren würde, und war ganz egoistisch erleichtert, dass er aus meinem Gesichtsfeld, meiner Gegenwart, meinem Leben verschwunden war.

Während sein Kondensstreifen langsam verblasste und die Straße wieder in ihre gleichgültige Hektik versank, begann das Tor sich zu schließen. Bevor es mit einem letzten Rucken an seinen alten Platz gefahren war, schlüpfte ich in die Einfahrt und stand im gleichen Moment einer Frau gegenüber: Nicola Petrochek, die wohl doch die ganze Szene aus der Düsternis des Hofes heraus beobachtet haben musste und jetzt die Knöpfe einer Fernbedienung drückte, mit der das Tor geschlossen werden konnte.

Sie erkannte mich nicht sofort. Während ich natürlich hier mit ihr gerechnet hatte, starrte sie mich einige Sekunden anscheinend erschrocken an.

»Kann ich Ihnen helfen?« Ihre geschäftsmäßige Höflichkeit war das Erste, was in Erscheinung trat, kurz bevor ihr Gesicht sich in plötzlichem Erkennen entspannte. »Hallo, wie schön, dass Sie vorbeikommen.«

Wie schon bei den beiden anderen Gelegenheiten, wo wir uns begegnet waren, verwirrten mich die gegensätzlichen Aussagen, die in ihrer Mimik changierten. Der Wechsel zwischen Herzlichkeit und Abwehr, Unverbindlichkeit und beinahe verzweifelter Kontaktsuche lösten in mir entsprechend widersprüchliche Reaktionen aus. Einerseits wollte ich ihr gern freundlich, vielleicht sogar freundschaftlich gegenübertreten, andererseits hielt mich eine instinktive Abneigung zurück. Was ich über ihr Verhältnis zu Sanny wusste, hatte mich auch nicht mehr für sie eingenommen. Auch wenn mir klar war, dass es bei solchen Mutter-Tochter-Konflikten wohl immer zwei Seiten der Medaille zu betrachten gab, galt meine Loyalität hier von vornherein der Schwächeren.

Ich beschloss, mich so selbstverständlich wie möglich zu verhalten. Meine Anwesenheit in Nicolas Revier durch die einfachste aller Geschichten zu rechtfertigen, so zu tun, als hätte es ihre frühere Einladung, die Bitte, sie nach Christians Beerdigung zu besuchen, nie gegeben, und mich folglich auch nicht mit Entschuldigungen für mein Nichterscheinen aufzuhalten.

Ich sagte: »Ich bin froh, dass Sie da sind. Ich bin vor einigen Tagen Ihrer Tochter in der Stadt begegnet und sie hat mir erzählt, dass Sie eine Computerfirma haben. Da ich auf der Suche nach einem zuverlässigen Fachhändler bin und wir uns ja schon kennen, wollte ich einfach mal vorbeischauen. Ich war gerade in der Gegend und habe Ihr Schild gesehen.«

»Kommen Sie doch herein.«

Sie führte mich über den Hof. Nach wenigen Metern gingen wie von selbst einige Scheinwerfer an. Bewegungsmelder, so vermutete ich. Während rechts und links der Einfahrt mehrstöckige Häuser das Gelände flankierten, öffnete sich das Grundstück nach hinten und am Ende lag ein einstöckiger flacher Bau mit großen Fenstern. Der einfache Grundriss wies auf einen Gewerbebetrieb hin und wir traten durch eine seitliche Tür unmittelbar in einen großen Büroraum.

»Das ist *Bits & Chips*. Wir sind kein Computergroßhandel oder so etwas. Eigentlich sind wir ein reiner Dienstleister. Die Hardware bestellen wir bei Bedarf und verkaufen sie unmittelbar an unsere Kunden weiter. Deswegen brauchen wir kein Lager. Unser Hauptservice liegt im Konfigurations- und Wartungsbereich. Außerdem sind wir eine Agentur für Programmierer und andere Spezialisten.«

Das Büro war großzügig geschnitten und geschickt eingerichtet. Eine lange Wand war bedeckt mit Regalen für Aktenordner und Bücher. Im Raum verteilt standen drei riesige Eckschreibtische, jeweils mit einem Rechner unter der Tischplatte, 17-Zoll Grafikmonitoren und dem restlichen notwendigen Zubehör wie Druckern, externen Laufwerken und Modems ausgestattet.

Hier in ihrem Reich erlebte ich Nicola zum ersten Mal entspannt und offen. Vermutlich gehörte sie zu den Menschen, die eine wirklich natürliche Kommunikation nur über ihre Arbeit führen können. Bisher war ich mehr Männern begegnet, die auf diese Weise verklemmt waren. Aber ich war die Letzte, die sich über Kommunikationsschwierigkeiten lustig machen würde.

Sie bot mir einen Platz auf einem der Schreibtischstühle an, rollte sich selbst einen anderen Stuhl heran und fragte mich, ob ich einen Kaffee wollte. Ich wollte zuerst ablehnen, besann mich aber dann, dass dies eine Möglichkeit war, die Stimmung zu lockern.

Nicola bediente die Kaffeemaschine, die sich hinter einem Eckparavent befand. Als ich das Gluckern des heißen Wassers, das durch den Filter tropfte, hörte, kam sie zurück und setzte sich mir gegenüber.

Wir plauderten eine Weile über ihren Betrieb. Ich gab vor, jemanden zu suchen, der einen Rechner mit Hilfe des Unixbetriebssystems als Internetserver einrichten konnte.

»Da können wir Ihnen sicher jemanden vermitteln. Außerdem bieten wir auch an, die Einrichtung der Standleitungen und anderer Telekommunikationseinrichtungen zu organisieren.«

Ich war beeindruckt. Sollte ich je vorhaben, mich als Providerin selbstständig zu machen, würde ich garantiert auf *Bits & Chips* zurückkommen. Zum Glück wechselte sie jetzt selbst langsam das Thema; auch sie hatte wohl nicht vor, mich gehen zu lassen, ohne über persönlichere Sachen geredet zu haben.

»Ich dachte, Sie seien Taxifahrerin. Ich wusste gar nicht, dass Sie sich auch für Datennetze interessieren.«

»Das ist doch heute nicht mehr so außergewöhnlich. Schon die Kinder fangen ja damit an, bevor sie lesen und schreiben können.«

Sie lachte: »Das ist wahr. Christian musste ich das Modem wegnehmen, sonst hätten uns die Telefonrechnungen ruiniert.«

Ich ließ mir nicht anmerken, dass ich diese Anekdote schon kannte: »Wirklich? Ich kann mir vorstellen, dass es nicht so einfach ist, einen pubertierenden Jungen zu erziehen.«

»Das können Sie wohl sagen. Obwohl Christian gar nicht so unbändig war. Erst in der letzten Zeit vor seinem Tod hatten wir mehr Schwierigkeiten. Ich weiß auch nicht, was da mit ihm los war. Er hörte nur noch diese krachend laute Musik, Sie haben ja bei der Beerdigung einen Eindruck davon bekommen, und auch sonst konnte ich nicht mehr mit ihm reden.«

»Wissen Sie, ob er igendwie in Schwierigkeiten war, ob ihn irgendetwas quälte?«

»Was meinen Sie, wie oft ich mich das selbst gefragt habe«, brach es aus ihr heraus. Von einem Moment zum anderen war ihre Stimmung von gelassener Freundlichkeit umgeschlagen in eine Aufgebrachtheit, die mich wegen der darunterschwingenden Aggression an den Ausbruch des Silversurfers aus ihrer Einfahrt erinnerte.

»Aber Sie haben nichts herausgefunden?«

»Das Einzige, was mir eingefallen ist, ist das Verschwinden von Lydia. Sie war seine Freundin und ist kurz vor ihm gestorben. An Diabetes, wie sich später herausstellte. Zuerst wurde sie allerdings nur vermisst. Sie hatte eine tödliche Unterzuckerung in einem Schulkeller und wurde erst gefunden, als Christian selbst auch schon tot war. Eine tragische Geschichte. Nach ihrem Verschwinden war er völlig aufgelöst. Ich habe versucht, ihn zu trösten. Habe ihm gesagt, dass sie vielleicht nur weggelaufen ist und bald wiederkommt. Daraufhin ist er in Tränen ausgebrochen. Das kam mir allerdings nicht so komisch vor, da ich selbst meine Erklärung auch nicht wirklich überzeugend fand. Einen Tag später ist er selbst verschwunden. Ich habe mir schon überlegt, ob die beiden Drogen genommen haben, aber bei den Obduktionen wurde nichts festgestellt.«

»Hat er Ihnen mal erzählt, was Lydia und er unternahmen, wenn sie sich trafen?«

»Nein, natürlich nicht, warum wollen Sie das wissen?«

Ich war zu weit gegangen. »Tut mir Leid. Es war nur, weil Sie gerade von seiner Freundin und von eventuellen Drogen erzählt haben. Da dachte ich, vielleicht hat er darüber geredet.«

»Nein, wissen Sie, Kinder grenzen sich in einem bestimmten Alter oft von den Eltern ab. Schützen ihre Intimsphäre vehement. Es ist eine ganz schöne Gratwanderung, den Kontakt zu ihnen nicht zu verlieren und ihnen trotzdem nicht das Gefühl zu geben, sie zu kontrollieren. Sie haben keine Kinder?«

Ich verneinte, versicherte ihr aber, dass ich mir gut vorstellen konnte, was für eine Herausforderung die Kindererziehung war. Noch einmal machte ich einen Anlauf, etwas über Christians Freizeitgestaltung herauszufinden: »Hatte Christian denn besondere Hobbys? Wissen Sie, ich kannte ihn zwar nicht, aber irgendwie fühle ich mich ihm auch ein wenig verbunden. Mich interessiert es einfach, etwas über ihn zu erfahren. Was er für ein Mensch war und so?«

Das war eindeutig nicht gelogen und Frau Petrochek schien mein ehrliches Interesse zu respektieren.

»Christians Hobbys? Tja, die wechselten oft. Er war an vielem interessiert. Machte gern Sport, wie gesagt, Computer interessierten ihn, laute Musik. Es kam vor allem darauf an, dass er nicht zu sehr eingebunden wurde. Er mochte keine Vereine. Eigentlich war er ein sehr gutmütiger Junge, konnte sehr lieb sein.« Ihre Augen wurden feucht.

Wahrscheinlich aus Feigheit versuchte ich schnell, auf ein weniger belastendes Thema zu kommen. »Das kann ich mir gut vorstellen. Er war bestimmt sehr intelligent. Hatte er denn irgendwelche künstlerischen Interessen? Zeichnen oder Fotografieren, Videos machen?«

Ich hielt die Luft an. Wenn sie etwas wusste und vielleicht sogar schon den Verdacht hatte, dass ich auch etwas wissen könnte, würde sie jetzt reagieren.

Aber sie sagte nur: »Nein, nicht so sehr. Ihm lag Mathe in der Schule mehr. Sprachen auch, aber Kunst hat ihn nicht so interessiert.«

»Ach, Filme auch nicht?«

Nicola Petrochek war jetzt wieder ganz gefasst, schaute mich neugierig und wohl auch ein bisschen misstrauisch an, war aber offensichtlich nicht alarmiert.

»Nein, eigentlich nicht. Er hatte keinen Fotoapparat und ist auch nicht oft ins Kino gegangen. Eigentlich nur, wenn wir uns alle zusammen einen Film angeschaut haben. Seine Schwester, er und ich. Manchmal auch Paul. Warum fragen Sie?«

Jetzt war eine Lüge gefragt: »Ach, ich musste neulich an ihn denken, als ich einen amerikanischen Film sah. Da war ein Junge, der ihm sehr ähnlich sah. Ich fragte mich, ob Christian den Film wohl selbst auch gesehen hat. Wäre doch lustig gewesen.«

»Wie hieß der Film denn?«

»*Free Willy*.« Ich ging ein großes Risiko ein, aber der Titel schlüpfte mir heraus, bevor ich wirklich nachgedacht hatte.

»Den kenne ich leider nicht. Geht es da nicht um einen Wal?«

»Ja, und um einen Jungen. Der ist zwar noch ein Kind, aber irgendwie hat er in mir die Erinnerung an Christian wachgerufen. Tut mir Leid, wenn ich Sie damit jetzt belästige. Das ist wahrscheinlich auch ein Grund, warum ich heute vorbeigekommen bin. Auch ich kann die Ereignisse nicht so einfach vergessen.«

»Das ist in Ordnung. Es rührt mich sogar, dass Sie immer noch an Christian denken.«

Ich hatte meine Fragen gestellt. Natürlich konnte Nicola mir gerade geschickt etwas vorgeschwindelt haben, aber mein Gefühl sagte mir, dass es nicht so war. Etwas interessierte mich allerdings noch: »Ich bin sicher, dass sich viele Menschen an Christian erinnern. Seine Freunde und Mitschüler, aber es gab doch bestimmt auch genug Erwachsene, die ihn mochten.«

»Ja, ein paar. Leider habe ich selbst nicht so viele Bekannte, die Arbeit und die Familie beschäftigen mich zu sehr.«

Mehr war von ihr zu diesem Thema nicht zu erfahren. Aber ich hatte ja von Sanny einige Namen bekommen. »Ihre Tochter ist sehr nett. Jetzt, wo ich sie kennen gelernt habe, kann ich mir vorstellen, was für ein charmanter Junge Christian gewesen sein muss.«

Der Weg zu ihrem Herzen schien über die Erwähnung ihres Sohns zu führen, denn während sich bei Sannys Namen ihr Gesicht kurz verschlossen hatte, öffnete es sich wieder, als ich zu ihm kam, und Nicola nickte: »Er konnte wirklich toll sein. Er wäre ein netter Mann geworden.«

Unfreiwillig war ich wieder auf vermintem Gebiet gelandet. Ich versuchte, das Tränenruder herumzuziehen. »Auch Sanny scheint sehr begabt zu sein. Sie hat mir einiges über das Internet und über Chatrooms erklärt.«

Etwas abwesend fragte Nicola: »Wirklich, wo haben Sie sie denn getroffen?«

»Wir kannten uns ja von der Beerdigung. Ich bin ihr neulich zufällig begegnet. Wir haben nett ein bisschen geplaudert und Kaffee getrunken.« Diese Details waren so unspezifisch, dass Sanny jedem Nachfragen diesbezüglich würde standhalten können.

»Ach so.«

Mehr sagte sie dazu nicht und ich beschloss, das Thema noch ein wenig beizubehalten, vor allem, weil ich Sanny versprochen hatte, Nicola wegen ihrer Abweisungen auf den Zahn zu fühlen.

»Ja, Sanny ist klug, aufgeschlossen und sehr gut erzogen. Man hat gar nicht den Eindruck, dass sie erst dreizehn ist.«

»Wirklich? Gut erzogen ... Ich bin ja froh, dass sie sich wenigstens Fremden gegenüber gut benimmt. Ich habe nämlich selbst ziemliche Probleme mit ihr.«

»Tatsächlich? Was stellt sie denn an?«

»Sie ist abweisend. Widerspenstig. Rücksichtslos.« Nicola Petrocheks Gesicht verzog sich bei dieser Erklärung. Es war erstaunlich, was für eine Metamorphose ihre Züge durchliefen, wenn sie sich so abfällig äußerte. Das Braun ihrer Augen verlor jeden warmen Funken und ihr Mund wurde schmal und eigenartig asymmetrisch.

»Das kann ich mir beinahe gar nicht vorstellen ...«

»Sie könnte viel mehr im Haushalt helfen. Schließlich habe ich hier im Büro so viel zu tun, da nervt mich das einfach, wenn ich nach Hause komme und nichts ist gemacht.«

Ich fragte sie nicht, ob sie auch von Christian verlangt hatte, dass er im Haushalt half. Erwiderte aber: »Sicher, in einer Familie sollte Arbeitsteilung herrschen. Aber in vieles wächst ein Kind doch auch erst hinein. Ich kann mir vorstellen, dass man bei Sanny oft vergisst, dass sie noch so jung ist, das ist mir schließlich auch passiert. Aber ich habe das Gefühl gewonnen, dass sie sehr freundlich und hilfsbereit reagiert, wenn man ihr freundlich begegnet.«

Damit lehnte ich mich weit aus dem Fenster. Schließlich kannte ich Sanny nach meiner eigenen Behauptung kaum und es wirkte auf jeden Fall anmaßend, so mit Nicola über ihre Tochter zu reden, aber zu meinem Erstaunen reagierte sie überhaupt nicht verärgert.

»Ich weiß auch nicht. Sie haben sicher Recht. Mir fällt es aber schwer, nett zu ihr zu sein. Oft provoziert mich schon ihre Anwesenheit. Ich behandle Menschen manchmal furchtbar, das ist mir bewußt, aber was soll ich machen.«

Einerseits war ich froh und erleichtert über ihre Einsicht, aber im gleichen Moment ärgerte ich mich maßlos darüber, dass sie mit dieser Selbsterkenntnis zwar kokettierte, sie aber konkret nicht umsetzte. Sie war erwachsen, sie war erfolgreich, sie war sehr wohl in der Lage, ihre Gefühle zu kontrollieren, wenn es nötig war. Ausgerechnet ihrer Tochter gegenüber unbeherrscht und abweisend zu sein, kam mir unreif, ja eigentlich grausam vor.

Ich merkte, wie mich Wut befiel und sagte, zwar äußerlich einigermaßen gemäßigt, innerlich aber voller Zorn: »Leider ist man als Kind ja schrecklich von den Eltern abhängig. Sanny ist wirklich in Ordnung und sie hängt an Ihnen. Da Sie in der Beziehung eindeutig die Stärkere sind, können Sie auch ganz sicher die Situation wesentlich mit zum Besseren verändern. Es ist manchmal schwer, seinen Ärger zu beherrschen, aber es lohnt sich. Als Erwachsene ist das eigentlich ein ganz einfaches und selbstverständliches Zeichen von geistiger Reife.«

So, wenn sie bisher noch nicht sauer gewesen war, dann jetzt bestimmt. Aber ich konnte mir den letzten Satz einfach nicht verkneifen. So viel war ich Sanny schuldig. Außerdem war es die äußerste Ermutigung, die ich für sie aufbringen konnte. Sollte sie sie also schlucken, wenn sie wollte, oder mir vor die Füße spucken.

Sie schien es allerdings zu schlucken. Wenn auch mit einiger Anstrengung.

Sie wollte gerade ansetzen, etwas zu erwidern, als die Tür aufging. Nun würde ich nicht mehr erfahren, was sie sagen wollte, aber ich konnte ja Sanny befragen, ob sie ihr Verhalten wenigstens etwas geändert hätte. Ich war allerdings nicht zu optimistisch in dieser Hinsicht. Schließlich ist es ja recht bequem, seine Aggression jederzeit an jemandem auslassen zu können.

Ein weiterer Vertreter der tobenden Art betrat den Raum. Der Sportwagenfahrer und Fiatbeschimpfer war leider weder auf dem Weg nach Nippes verloren gegangen noch einfach so aus meinem Leben verschwunden, sondern stand jetzt vor uns. Weniger aufgebracht als noch vor eineinhalb Stunden, verströmte er aber immer noch eine arrogante Unruhe, eine pseudoprofessionelle Geschäftigkeit, als er rief: »Na, was ist denn hier noch los, seid ihr schön am arbeiten?«

Trotz seiner hektischen Körperlichkeit wirkte er nun seltsam leblos. Wo er vorhin noch ungebändigten Zorn, ja Machtwillen versprüht hatte, strahlte sein Gesicht jetzt keinerlei intensive Regung mehr aus. Er wirkte ganz einfach langweilig, unauffällig und öde, und beinahe hätte ich laut herausgelacht. Aus Erleichterung und aus Amüsiertheit ob dieses Kontrasts zwischen Show und Realität.

»Dies ist Paul Bringschild, mein Geschäftspartner. Der zweite Eigentümer von *Bits & Chips*«, stellte ihn Nicola vor.

23

Es war natürlich nicht besonders erstaunlich, dass der Autofreak Paul war. Allerdings hatte ich diese Möglichkeit bisher erfolgreich in den Hintergrund meines Bewusstseins gedrängt. Schließlich war ich keine Pessimistin. Ich hatte mir vorgenommen, auch mit Paul noch über Christian zu reden, und die Tatsache, dass er mir so unsympathisch war, wie es jemand nur sein konnte, machte die Sache zwar nicht zu etwas Erfreulichem; aber man kann schließlich nicht immer nur Spaß haben.

Nicola erklärte Paul, wer ich war. Wenn sie mir irgendwie böse war, dann ließ sie es sich auf jeden Fall nicht anmerken und beendete ihre Ausführungen mit: »... und sie ist eine wirklich mutige Person. Stell dir vor, einfach so ins kalte Wasser zu springen.«

Ich hatte das vage Gefühl eines Déjà-vu-Erlebnisses, als ich sofort erklärte: »Ich bin nicht freiwillig gesprungen, sondern dummerweise ausgerutscht.« Mein Einwand verhallte wirkungslos.

»Ja, das hätte wirklich nicht jeder getan. Schön, Sie kennen zu lernen.« Paul merkte nicht, wie mehrdeutig seine Antwort geworden war, dadurch, dass er mir nicht im Geringsten zugehört hatte. Auch sonst brachte er kein besonderes Interesse für mich auf, sondern setzte sich an einen der Schreibtische und begann, einen Rechner zu bedienen.

Ich war erleichtert, mich nicht sofort mit ihm auseinander setzen zu müssen, fragte mich aber, wie ich das überhaupt anfangen sollte. Auch das Gespräch zwischen Nicola und mir war jetzt schwierig geworden. Ich spürte, dass es nicht allein unsere vorhergegangene Konfrontation war, sondern dass sie vor allem durch Pauls Anwesenheit abgelenkt wurde.

Seit er im Raum war, herrschte eine zusätzliche, merkwürdige Spannung. Die Blicke, die die beiden ausgetauscht hatten, waren ambivalent gewesen. Ich konnte bei Nicola eine erwartungsvolle Aufmerksamkeit fühlen. Er wiederum schien sie kaum zu beachten. Jetzt allerdings blickte er kurz von seinem Bildschirm zu ihr hin – sie sah in eine andere Richtung und nahm ihn nicht wahr – in seinen merkwürdig hellen, flachen Augen meinte ich aber den entfernten Ausdruck von Sehnsucht zu entdekken. Die Dynamik zwischen den beiden war mir eindeutig zu vertrackt und ich beschäftigte mich fieberhaft mit meinem weiteren Vorgehen.

Vorläufig war noch eine kleine Pfütze Kaffee in meiner Tasse, ich versuchte, noch einmal auf technische Belange zu sprechen zu kommen: »Ein paar Fragen hätte ich wegen des Unix-Systems noch.«

Nicola wirkte inzwischen etwas ungeduldig. Als sie meinte: »Ich fürchte, ich muss gleich gehen, meine Tochter wartet zu Hause, und ich habe sonst auch noch einiges zu erledigen. Falls Sie noch irgendetwas wissen möchten, können Sie Herrn Bringschild fragen. Paul, das ist doch in Ordnung, du bist doch noch eine Weile hier?«, jubilierte ich zwar zuerst, da mir dies die Gelegenheit verschaffte, mit Paul ins Gespräch zu kommen. Gleichzeitig überkam mich jedoch ein gehöriger Horror bei der Vorstellung, allein mit ihm hier zurückbleiben zu müssen.

Er antwortete mit unvermuteter Sanftmut: »Aber klar. Ich kann Ihnen gerne alles erklären, was Sie wissen wollen.«

Ob Nicola dennoch erwartet hatte, dass ich mich eilig verabschieden und mit ihr die Firma verlassen würde, und jetzt erbost war, dass ich keine Anstalten machte zu gehen, oder ob es einfach zu ihren täglichen kleinen Gewohnheiten gehörte, jedenfalls knallte sie die Tür laut hinter sich zu, als sie wenig später verschwand. Ein Ausdruck von Wut als Grundzustand ihres Daseins, so spekulierte ich, als die Wände noch leise vibrierten.

Paul hatte noch nicht einmal geblinzelt, als das Beben unter unseren Füßen durchgezogen war. Er starrte weiterhin auf den Monitor vor sich. Ach ja, alle Geheimnisse der Welt auf einem Computerscreen.

Noch bevor jedoch dieser leise Punkt erreicht war, wo die Situation zu offensichtlich seltsam geworden wäre – er, mit sich selbst beschäftigt, arbeitend, die Welt um ihn nicht existent, und ich, eine Fremde, schweigend und fehl am Platz – blickte er auf und schaute mich an. Mehr nicht, keine Aufforderung, keine Frage, keine Floskel irgendeiner Art, um den Beginn eines Gesprächs einzuleiten. Selbst die oberflächliche Höflichkeit, die er während der letzten Minuten mit Nicola an den Tag gelegt hatte, war verschwunden. Ich fühlte mich wie bei einem eiligen Arzt, der mir unwillig zwischen zwei anderen Patienten drei Minuten seiner Zeit gewährte.

Also begann ich, die Symptome meiner Krankheit zu beschreiben: Ich hätte vor, einen Kunst- und Filmversand über das Internet zu betreiben. Ob er mir da raten könne, wie das Ganze aussehen sollte ...

Paul überlegte nicht lange: »Wollen Sie ein Geschäftskonzept oder eine technische Beratung? Das zweite kann ich Ihnen bieten, zum ersten kann ich Ihnen nur sagen: Vergessen Sie es.«

Wieder hatte er mich mit seinem Charme vernichtet. Wie gut, dass meine Idee vollkommen erfunden war. Dabei wurde mir noch nicht einmal klar, ob er meinte, dass ich mir nicht ihn als Geschäftsberater wählen sollte – darauf wäre ich sowieso nie gekommen –, oder ob ich die Idee als solche seiner Meinung nach vergessen sollte. Nun denn. Ich verlor so langsam die Nerven und ein Gedanke rotierte durch meinen Kopf: Ich will hier raus.

»Zu einer kompetenten technischen Beratung gehört aber doch wohl auch, dass ich Ihnen zuerst möglichst genaue Informationen liefere, wofür ich die Anlage brauche. Oder gehören Sie zu den Geschäftleuten, die den Kunden am liebsten das Teuerste verkaufen, was sie im

Angebot haben, und sie dann mit dem Schrott allein dasitzen lassen? Dann kann ich mich ja direkt verabschieden. Es gibt wirklich genug kompetente Händler in dieser Stadt.«

Es hatte mich mitgerissen. Unbewusst war ich in meine gewohnte Form des Umgangs mit Computerhändlern verfallen und hatte für den Augenblick völlig vergessen, warum ich hier saß.

Pauls Reaktion jedoch war ungewöhnlich. Plötzlich verzog er den Mund zu einer Art Lächeln – es war erstaunlich, sogar ihn machte dieser Zug anziehender – und erwiderte: »Ist schon in Ordnung, regen Sie sich nicht auf, wir werden Ihnen schon das Richtige liefern. Am besten Sie geben uns eine schriftliche Beschreibung Ihres Vorhabens. Dann werden wir weitersehen.«

Okay, wir waren wieder da, wo wir angefangen hatten: Wie konnte ich auf Christian zu sprechen kommen?

»Geht klar«, sagte ich, »darf ich Sie noch etwas anderes fragen?«

Er nickte, selbst mit dieser simplen Geste Ungeduld ausdrückend.

»Wissen Sie, seit ich Christian gefunden habe, verfolgt mich sein Schicksal. In den letzten Tagen hatte ich sogar Alpträume, in denen die ganze Geschichte immer wieder vor mir ablief: seine Leiche im Fluss, die Beerdigung, Frau Petrochek, die weinte. Mein Therapeut meinte, ich solle mit den Menschen reden, die ihn kannten, um wieder zur Ruhe zu kommen. Vielleicht darf ich Ihnen auch ein paar Fragen stellen?«

Es erschien mir extrem gewagt, ausgerechnet Paul mit dieser Story zu kommen. Nicht, dass er mir so schlau erschienen wäre, dass er sofort riechen würde, dass sie nicht stimmte – manchmal kommt man mit den abstrusesten Geschichten ja am weitesten. Aber Paul wirkte auf mich nicht wie jemand, der sich besonders um die seelische Gesundheit seiner Mitmenschen sorgte.

Trotzdem bügelte er mich jetzt nicht sofort ab. »Zur Beerdigung konnte ich ja leider nicht kommen, da war eine Messe in Paris, zu der ich musste. Das heißt aber nicht, dass ich nicht auch von Christians Selbstmord geschockt war.«

»Er hat bei Ihnen gejobbt. Haben Sie gemerkt, dass es ihm schlecht ging?«

»Ach, er war mal so, mal so, wie sie in dem Alter eben sind. Mir war das egal, Hauptsache, er machte, was ich ihm sagte.«

»Und das hat er getan?«

»Ja klar, sonst hätte er nicht mehr hier gearbeitet.« Paul versuchte, verschlagen und überheblich zu grinsen, doch irgendwo hinter der Grimasse ahnte ich eine Regung. Sein Ton war scherzhaft, betont cool, aber dennoch verbarg er nicht ganz, dass ihm Christian nicht so egal gewesen war, wie er tat.

»Kannten Sie auch seine Freundin, Lydia?«

»Sicher, sie ist oft vorbeigekommen. Ein kleines Mädchen. Still. Aber sie hatte viel Ahnung von Computern. Deshalb hatte ich auch nichts dagegen, wenn sie hier stundenlang herumgehangen hat.«

»Dann waren die beiden doch sicher auch vom Internet begeistert? Im Netz sind schließlich viele Kids unterwegs.«

Jetzt schaute er mich ein bisschen misstrauisch an, aber wahrscheinlich bildete ich mir das nur ein. Trotzdem wechselte ich schnell das Thema. »Wissen Sie, was Christian und Lydia gemacht haben, wenn sie nicht hier waren?«

»Keine Ahnung. Was Kinder eben so machen. Wegen des Netzes: Hat Nicola Sie deswegen gefragt?«

Jetzt war ich verwirrt, aber er redete weiter: »Aus irgendeinem Grund wollte sie nicht, dass Christian im Netz surft. Ich fand jedoch nichts dabei und habe es ihm immer mal wieder erlaubt. Schließlich kann man da auch viel lernen. Und wenn er es abends gemacht hat, nach sechs, dann war das auch nicht besonders teuer. Unsere freien Netzstunden nutzen wir sowieso nicht aus, da konnte doch auch der Junge seinen Spaß haben.«

Ganz neue Seiten von Paul zeigten sich: Herr Bringschild, der Kinderfreund.

»Warum wollte seine Mutter das denn nicht?«

»Ach, sie meinte, da sei so viel Schund im Netz. Zeug, das Kinder nicht sehen sollten.«

Da hatte sie gewiss Recht. Ob es allerdings half, den Kindern den Zugang ganz zu verbieten, war eine Frage, so alt wie Fernsehen, Popmusik und das geschriebene Wort.

»Ich habe noch eine Frage. Sie kommt Ihnen bestimmt komisch vor, aber sie hat etwas mit meinen Alpträumen zu tun.« Nachdem Paul die Psychotrauma-Erklärung vorhin geschluckt hatte, konnte ich sie genauso gut noch mal heranziehen. Also fragte ich: »Kennen Sie den Film *Free Willy*?«

Er schüttelte den Kopf, schaute fragend genug, um unschuldig zu wirken, und mir wurde wieder einmal klar, wie trübe das Wasser war, in dem ich fischte. Erwartete ich tatsächlich, dass sich jemand bei der Erwähnung des Films sofort selbst bezichtigen und alles zugeben würde?

»Schade, ich dachte, Sie hätten ihn gesehen, wissen Sie, ob Christian ihn kannte? Es geht darin um einen Wal.«

Jetzt hielt er mich definitiv für spinnert genug, dass er beschloss, sich auf meine Ebene zu begeben: »Ein Wal, wie interessant. Ich habe auch schon von Walen geträumt.«

Ich überlegte kurz, ob wir in die viel versprechende und völlig endlose Hymne auf die Schönheit der Wale und ihre Bedeutung für das spirituelle Überleben der Menschen einsteigen sollten. Irgendwie reizte mich der Gedanke an eine durchquatschte Nacht mit Paul Bringschild in diesem Büro dann doch nicht genug, und so blies ich zum Aufbruch.

Ich dankte ihm, verabschiedete mich mit dem Versprechen, meinen Geschäftsplan auszuarbeiten und ihm vorbeizubringen, und ging zur Tür. Paul überraschte mich damit, dass er ebenfalls aufstand und mich offensichtlich dorthin begleiten wollte. Da ich bereits die Hand auf der Klinke hatte, wollte ich abwinken, aber er sagte: »Ich muss Ihnen noch das Tor aufmachen, sonst kommen Sie nicht hinaus.«

Also gingen wir einträchtig über den Hof, wieder sprangen die Scheinwerfer an. In ihrem Sicherheit versprechenden Licht, glücklich der Klaustrophobie im Büro entflohen zu sein, wurde ich leichtsinnig: »Hat Christian Ihnen je von einem Filmprojekt erzählt? Von Videos, die er und Lydia zusammen drehten?«

Paul blieb stehen. Ob es an dem Ort lag, der Einfahrt, in der ich ihn so besinnungslos vor Ärger erlebt hatte und ich jetzt in sein Gesicht den Zorn aufs Neue hineinphantasierte, oder ob er wirklich schon wieder wütend wurde, konnte ich nicht feststellen. Jedenfalls hatte er eine Ausstrahlung, die seinem eigentlich unauffälligen Gesicht mit den aschfarbenen Haaren eine furchteinflössende Aura verleihen konnte.

»Nein, hat er nicht«, sagte er. Sein Ton war ruhig, aber in mir meldete sich die Angst, unbestimmt, verborgen, ohne zu verraten, wo genau sie gerade hergekommen war.

Paul zog etwas aus der Tasche seiner Jacke. Einen länglichen schwarzen Gegenstand. Drückte einige Knöpfe und das Tor quietschte auf seiner Schiene zur Seite. Als es sich einen schmalen Spalt geöffnet hatte – gerade so weit, dass ich mich seitlich durchquetschen konnte –, stoppte er es.

Ich ging darauf zu, setzte einen Fuß auf die Straße, ließ den anderen noch auf dem Hof stehen und sagte: »Es ist komisch, in meinen Träumen tauchte auch eine Videokamera auf und Christian hatte große Angst davor. Deshalb habe ich diese seltsame Frage gestellt. Aber Träume sind wirklich rätselhaft. Schade, dass es zu Freuds Zeiten noch keine Videokameras gab, sonst könnte ich jetzt in seiner Traumsymbolik nachschauen, wofür sie stehen.«

»Für Voyeurismus, nehme ich an. Die Lust daran, zu beobachten oder beobachtet zu werden«, sagte Paul. Und keinerlei Häme war in seinem Tonfall oder seiner Mimik festzustellen.

Doch inzwischen war er in dem dunklen Hof sowieso kaum noch zu sehen. Die Lichter waren wieder ausgegangen, da ihre Sensoren einige Sekunden keinen Bewegungsimpuls bekommen hatten. Paul verschwand in der Farblosigkeit der Nachtschatten, ich setzte auch den zweiten Fuß auf den Bürgersteig und rannte die Straße entlang in Richtung Innenstadt, in Richtung Leben.

Teil III

Die Flut

... Stärke und Mut setzen sich hinweg
über die privilegierten und erschöpften Augen
der Flusspoeten, suchend nach Naivität.
Mach hier weiter und spring auf.
Der Fluss leert sich mit der Flut,
all dies kommt dir zuwege ...

R.E.M. ›Find the River‹

24

Den Abend verbrachte ich mit Packen. Der Flusspegel war so weit gestiegen, dass ich befürchten musste, in den nächsten Tagen vorübergehend umziehen zu müssen.

Als ich nach dem Besuch bei *Bits & Chips* nach Hause gekommen war, hatte mich eine große Wasserfläche erwartet, die schon beinahe auf gleicher Höhe mit dem oberen Rand der Ufermauer stand. Ein milchigbraunes Meer, das träge nur wenige Meter vor meiner Tür brandete. Von der ehemaligen Richtung des Flusses war nichts zu erkennen, er schien sich einfach auszudehnen. Boote tummelten sich keine mehr auf dem Strom, die Schifffahrt war eingestellt worden; der Hafen leer. Auch für uns wurde es langsam Zeit.

Bill und ich hatten uns beraten. Die mobilen Wasserschutzwände wurden gerade installiert und Bill hatte die Hochwasserprognosen verfolgt und wusste, dass uns bei dem jetzigen Tempo des Pegelanstiegs noch etwa zwei Tage blieben, bevor das Wasser auch die letzten Meter geschafft haben würde. »Es sei denn, sie fluten doch die Auen stromaufwärts, aber darauf würde ich mich lieber nicht verlassen«, hatte Bill gemeint.

Für uns beide war es bereits die zweite Flut, seit wir in die Hafenhäuser eingezogen waren. Sylvester vor einem Jahr war der Fluss auch schon über die Ufer getreten und so wussten wir, was uns erwartete. Trotzdem war ich von den Aussichten gerade jetzt nicht begeistert. Aber welche Katastrophe kommt schon je gelegen?

Also bereiteten wir uns vor. Verstauten Kleider, Bücher und Kleinkram in Kisten, stapelten sie auf der Rampe, nahmen die wenigen größeren Möbelstücke auseinander und packten all diese Einzelteile dann in einen Transporter, den Bill besorgt und schon vor dem Eingang abgestellt hatte. Den wollte er zu einem Freund in einen der westlichen Vororte fahren und ihn dort, absolut wassersicher, abstellen. Ich war erleichtert, dass wir nicht alles mit dem Taxi transportieren und dann noch einmal in einen Keller oder ein Lagerhaus würden schleppen müssen, und pries Bill ausgiebig für seine Idee. Ich konnte beobachten, dass eine der großen Adern an seiner Schläfe anschwoll, nicht nur vor Anstrengung, und liebte ihn einen Moment innig dafür, dass er sich so still und verlegen freuen konnte.

Zum Schluss blieben nur noch unsere Matratzen in den Wohnungen und jeweils eine Reisetasche mit ausreichend Kleidern und Waschsachen. Ich selbst behielt zudem meinen Computer zurück – auch ihn würde ich bei Bedarf schnell evakuieren können – und einige Bücher.

»Willst du den Fernseher nicht auch schon einpacken? Du benutzt ihn doch sowieso kaum«, fragte mich Bill, als wir fertig waren.

Ich überlegte. Irgendein unbestimmter Impuls – der gleiche, der mich auch das Videoband im Rekorder hatte stecken lassen – hielt mich davon zurück, diese Geräte jetzt schon in Sicherheit zu bringen. Vielleicht war es eine Vorausahnung, vielleicht schon die erste zarte Wurzel des Plans, der sich in meinem Gehirn entfaltete, jedenfalls ließ ich meinen Televisionsbedarf vorerst am Platz, zog jetzt jedoch das Band aus dem Rekorder und verstaute es in meiner Reisetasche.

Ich war einige Zeit vor Bill fertig, und so half ich ihm, den Rest seines Hab und Guts auf der Ladefläche des kleinen LKWs unterzubringen. Nach knapp drei Stunden hatten wir es geschafft.

»Fährst du den Wagen heute noch nach Weiden?«, fragte ich, als wir um halb elf die Heckklappe schlossen.

»Meinst du, er wird aufgebrochen, wenn ich ihn heute Nacht einfach irgendwo in der Südstadt parke? Da wäre er ja auf jeden Fall schon mal wassersicher.«

Ich sah, dass sein Verantwortungsgefühl und seine Müdigkeit mteinander kämpften. Wenn er nur halb so erschlagen war wie ich, war das Grund genug, nicht mehr die lange Fahrt nach Weiden zu unternehmen. Ich machte den Vorschlag, den Transporter vorläufig in der Nähe des Taxistands am Chlodwigplatz abzustellen. »Da ist es hell, und wenn er in Sichtweite der Kollegen steht, müsste ein Dieb schon ganz schön dreist sein, unsere ganzen Möbel umzuladen. Jemand könnte dann natürlich auch noch den ganzen Wagen mitnehmen ...«

»Er hat eine Alarmanlage, Wegfahrsperre und ich weiß nicht, was noch alles«, erwiderte Bill.

»Also Chlodwigplatz«, beschlossen wir einstimmig und ich versprach, bis zu seiner Rückkehr irgendeine Art von Essen zu organisieren.

Das sah dann so aus, dass ich bei einem Pizzaexpress unsere Lieblingsnudeln mit Tomatensauce orderte, dazu Bier, Cola und kleine Brötchen mit Kräuterbutter. Bis Bill und das Essen kamen, schnappte ich mir eine dicke Jacke und ein Kissen und setzte mich auf den Boden der Rampe. Wie so viele Naturkatastrophen war auch dieses Ausufern des Rheins ein Anblick von großer Schönheit und ich wollte ihn eine Weile in Ruhe betrachten. Ich fühlte mich genug davon betroffen, dass ich das Recht hatte, es mir anzuschauen, ohne mich für meine Schaulust zu schämen.

Unser Hochwasser erstaunte mich vor allem, weil es meine bekannte Umgebung so veränderte. Es machte die Landschaft, die vor mir lag, surreal. Nicht in der perfekten, makellosen Weise, die die Bilder von Magritte auszeichnet, sondern im unordentlichen, chaotischen Stil der Wirklichkeit. Durchsetzt mit fremdartigen Gerüchen und Reflexen. Dem fischigen Verwesungsgestank des Watts, dem Spiegeln des Untergrunds bis weit über die Grenzen des Gewohnten. Die Wiesen am anderen Ufer, wo Nora und ich Sylvester gesessen hatten, waren verschwunden, der Pegel hatte fast die Deichkrone erreicht. Das trübe Wasser schien in seiner pastellkaffeefarbenen Undurchsichtigkeit von selbst zu leuchten. Der einzige Fixpunkt dieser bewölkten Nacht.

Mir wurde kalt, aber ich war schon beinahe zu schläfrig, um aufzustehen und nach drinnen zu gehen. Außerdem genoss ich die absolute Ruhe, die gerade in diesem Augenblick in meinem Leben eingekehrt war, und ich wollte sie durch keine Bewegung zerstören.

Ich hörte Schritte. Sie kamen von links, vom Hafenweg, von dort, wo jeder, der zu uns wollte, herkam. Ich wartete auf das Erscheinen der Person, aber zu lange geschah nichts, die Schritte verklangen. Dann stand ich doch auf, ging zum Ende der Rampe, kletterte die Stufen hinab und wanderte zur Ecke des Gebäudes. Als ich auf den Weg schaute, war er leer. Kein Geräusch, kein Schatten, kein Mensch. Ich fröstelte stärker. Beeilte mich, wieder zurückzukommen, in die Wohnung, ins Warme, und schloss die Tür hinter mir. Unmittelbar danach klopfte es.

Ich ertappte mein Herz, wie es versuchte, sich knapp unterhalb der Kehle, den Weg ins Freie zu bahnen. Ich lachte kurz auf, der alte Reflex angesichts des Schreckens, und öffnete die Tür, sicher, dass Bill endlich zurück war. Der Anblick des haarigen Fremden, der direkt vor mir stand, ließ mich dann in einem einzigen wilden Luftschnappen beinahe aufschreien, bis er mir die grüne, abgeschlagene Styroporbox entgegenstreckte, die unser Essen enthielt. Ich versuchte, die Fassung wiederzugewinnen, suchte hektisch nach Geld, fand mein Portemonnaie schließlich in der Tasche der Jacke, die ich trug, und löste den Proviant aus. Als der weißgesichtige, schwarzbeschnauzte Bote mit einem Schritt die Rampe hinuntergesprungen und weggerannt war, kam auch Bill um die Ecke. Ich war beinahe wieder mein müdes altes Selbst, begrüßte ihn erleichtert, erklärte, wer da so fluchtartig das Gelände verlassen hatte, und wenig später aßen wir schweigend und zufrieden.

Wieder einmal erzählten wir uns nicht, was uns beschäftigte. Doch das gemeinsame Grübeln war schon zum selbstverständlichen Teil unserer Kommunikation geworden. Es hatte weniger etwas mit schweigendem Verständnis zu tun, ich hatte eigentlich keine Ahnung, was Bill in diesen Augenblicken beschäftigte, sondern es war mehr das grundsätzliche Verständnis für einen Wesenszug, der uns beiden zu Eigen war, den wir aneinander respektierten, ja, der uns wahrscheinlich tiefer verband als es alle Gespräche gekonnt hätten. Also ging Bill auch in dieser Nacht, ohne erfahren zu haben, was ich am Tag erlebt hatte, was Sanny und ich vorhatten, und auch mir waren die Wege seiner Gedanken unentdeckt geblieben.

Durch das Packen waren meine Überlegungen für eine Weile angehalten worden. Doch als ich auf meiner Matratze lag, die ich in den großen Raum gezogen hatte – das gab mir das Gefühl, das steigende Wasser wenn schon nicht kontrollieren, so doch im Auge behalten zu können –, warf ich die Decke des Schlafs immer wieder unruhig ab, wälzte mich frustriert von einer Seite zur anderen und stand schließlich auf, setzte mich an den Rechner und schickte eine E-Mail an die Frauen von der Antiporno-Initiative. Darin bat ich um alle Informationen, die sie über die Accounts *herba* und *dick* aus der *Everest* hatten, behauptete, ich sei die Stellvertreterin von Nora, schickte die Mail aus ihrem Account ab und legte mich wieder schlafen.

Diesmal dauerte es nicht lange, bis ich weggedämmert war und als Nächstes auf ein vom Tageslicht erhelltes Hochwasser schaute, das fröhlich vor meinem Fenster dümpelte.

Es sah nicht so aus, als wäre das Wasser über Nacht bedeutend höher geklettert. Doch ich wusste, dass das Ansteigen des Pegels nicht unbedingt gleichmäßig geschehen musste, sondern abhängig von allen möglichen Faktoren stromaufwärts war. Manchmal wurden Flutbecken geöffnet, so dass der Pegel stagnierte oder sogar sank. Dann wieder gab es Regenfälle, Gletscherabbrüche und andere Ereignisse weit entfernt, die die Wassermassen abrupt beschleunigten. Auf jeden Fall würde ich heute meine Reisetasche und den Computer mitschleppen, wenn ich das Haus verließ, und hoffen, dass mir im Notfall Zeit genug blieb, die paar Sachen, die noch in der Wohnung waren, herauszuholen.

Kurz bevor ich um 9 Uhr aus dem Haus ging, wollte ich bei Bill klopfen, konnte die alberne Angst nicht verdrängen, ihn sonst vielleicht dem Ertrinkungstod auszuliefern, fand aber einen Zettel unter meiner Tür, mit dem er mir einen guten Morgen wünschte und mich darüber informierte, dass er schon losgegangen sei, um den LKW wegzufahren, und dass er danach den ganzen Tag nicht da sein würde.

... heute um sieben komme ich aber auf jeden Fall hierher. Dann können wir beraten, ob wir noch eine Nacht hier verbringen oder nicht. Wenn das Wasser dann schon angekommen sein sollte, warte ich bei ›Schmitze Lang‹ auf dich. Allerbeste Grüße, Bill

Schmitze Lang war eine gutbürgerliche Kneipe in der Severinstraße, gerade außerhalb des hochwassergefährdeten Gebiets und der Ort, wo wir unser Verlangen nach ultrafetten Reibekuchen oder ähnlichen Gaumenfreuden stillten.

Gerade wollte ich mich endgültig auf den Weg zu Nora machen, als mir noch etwas einfiel.

Ich schaute auf der Liste nach, die ich gestern begonnen hatte, und schrieb hinter die Namen von Nicola und Paul in Stichworten, was ich mit ihnen besprochen hatte. Hinter *Anti-Porno-Frauen* notierte ich: *Mail abgeschickt* und konzentrierte mich dann noch einmal auf die restlichen Einträge. Ich legte Sannys Liste dazu und überlegte, was ich heute noch unternehmen wollte. Abends stand die Verabredung mit Ludger an. Micki und Rocky konnte ich vorher nicht kontaktieren. Blieben noch Christians Vater, Gerald, Herr Mainau, Tayfun, Felix und eine unbestimmte Zahl von Leuten, die vielleicht im Laufe dieser Treffen genannt werden würden, plus die Schulkameraden und Lehrer, die Sanny erst noch ansprechen wollte. Eine Sisyphusarbeit. Das Netzwerk eines kurzen, abrupt beendeten Lebens, das dennoch verzweigt und ausgedehnt war. Dazu kamen natürlich noch Lydias Oma und eventuell alle anderen Kontakte des Mädchens. Ein weiteres eigenes Universum.

Ohne große Hoffnung rief ich die E-Mail ab und tatsächlich war schon eine Antwort von den Anti-Porno-Frauen gekommen. Auch hier schienen eine oder mehrere Nachteulen am Werk zu sein. Die Mitteilung lautete:

Prima, dass ihr euch um die Schweinereien in eurer Box kuemmert. Wir haben das Video ueber eine Postfachnummer in Bonn bekommen, wo wir das Geld hinschicken mussten. Wir wollten mit euch beraten, ob wir die Polizei einschalten sollen. Leider war von eurer Seite ja eine ganze Weile Funkstille. Gut, dass du dich jetzt gemeldet hast. Lass uns wissen, wie es weitergeht.
Beste Grüsse
Initiative Frauen gegen Pornographie in den Netzen

Keine einzelne Unterzeichnerin. Wahrscheinlich auch eine Vorsichtsmaßnahme. Ich konnte mir vorstellen, dass diese Frauen eine Menge Feinde hatten. Es würde jetzt zu lange dauern, ihnen eine ausführliche Mail zu schreiben, aber ich nahm mir vor, ihnen spätestens morgen detailliert zu berichten, was ich bis dahin wusste.

Trotz der eigentlich beruhigenden Vorsorgemaßnahmen vom Abend zuvor ging ich an diesem Morgen mit einem merkwürdigen Gefühl der Endgültigkeit aus der Tür. Wer weiß, ob ich die Wohnung nicht vielleicht zum letzten Mal in ihrem jetzigen Zustand sah. Ob nicht bei meiner Rückkehr alles von braunem stinkendem Schlamm überzogen sein würde.

Mit einem Anflug von Heimatlosigkeit schlich ich mich in die Südstadt. Die schwere Tasche und mein PC machten mich auch nicht unbedingt schneller und so überlegte ich, wo ich die Sachen loswerden konnte. Ich machte einen Abstecher zu Kalscheuers und Uschi war sofort bereit, mir die Last abzunehmen. Sie selbst war meistens nur von Wasser im Keller betroffen, ihr Haus lag bereits außerhalb des Krisengebiets, aber sie war durchdrungen von dem Geist der Solidarität, der die Hochwasseropfer jedes Mal miteinander verbindet. Danach mögen zwar nachbarschaftliche Zwiste und Erbfeindschaften weiter in alter Kraft bestehen, doch während der Flut lässt der Ausnahmezustand viele Leute friedfertig und stolz auf diese Friedfertigkeit werden.

Wieder blieb ich bis zum Mittag bei Nora und dieser Besuch vertrieb den Trübsinn, den ich verspürt hatte. Ob mein Zuhause in den Fluten des Pazifik versinken würde oder ob Godzilla vorhatte, die ganze Stadt zu verschlukken, wurde mir vollkommen egal. Ich erzählte ihr von unseren Aufbruchsvorbereitungen und sie bat mich, wenn nötig, bei ihr einzuziehen. Ihre Stimme war immer noch nicht so kräftig wie früher, aber ich konnte sie gut verstehen: »Tom hat einen Schlüssel. Frag ihn einfach. Machst du das?«

Ich versprach ihr, dass ich darauf zurückkommen würde. Dann erzählte ich ihr von Sanny. Konzentrierte mich darauf, nur das zu berichten, was unverfänglich war. Immer noch konnte sie sich an den Abend des Überfalls nicht erinnern. Wusste nicht, was ihr geschehen war.

»Was ist passiert, Toni? Tom sprach von einem Unfall. Ich weiß noch gar nichts.«

Ich zögerte. Wollte sie nicht verwirren, nicht belügen, aber auch nicht ängstigen. Noch nicht. »Es war eine Art Unfall, wie Tom sagt. Die Polizei versucht noch herauszufinden, was genau geschehen ist. Die Zusammenhänge sind kompliziert. Du konntest auf jeden Fall nichts dafür.«

»War es ein Autounfall?«

»Nein, du bist gestürzt. Unten am Rhein. Jemand anderes war daran schuld.«

Sie sah mich ungläubig an. Nora war nicht der Typ, der einfach so hinfiel. Ich brachte es nicht übers Herz, ihr eine offensichtliche Lüge zu erzählen, zu behaupten, ein Fahrradfahrer, den sie nicht hatte hören können, hätte sie von hinten über den Haufen gefahren. Das hätte ihr Selbstbewusstsein vielleicht mehr erschüttert als das, was wirklich passiert war, und ihr Vertrauen in mich, wenn sie später erfahren würde, dass ich ihr Mist erzählt hatte.

»Nora, ich will dich nicht anschwindeln. Tom hat mich gebeten, dir vorläufig noch nicht zu erzählen, was los war. Wahrscheinlich kannst du dich sowieso bald selbst daran erinnern. Tom ist bis heute Abend weg. Ich verspreche dir, dass ich mit ihm darüber rede, und auch wenn er nicht einverstanden ist, dir morgen erzähle, was ich weiß. Ich will nur auch mein Versprechen ihm gegenüber nicht einfach brechen.«

Nora hielt viel von Versprechen, das wusste ich, und so nickte sie jetzt, zwar zögernd und nicht besonders zufrieden aussehend, aber einverstanden: »Ist okay, auch wenn es meine Haut ist, über die ihr euch da ausschweigt. Aber ich kenne diese Geschichten. Als Ärztin würde ich auch manchmal gerne den Patienten bestimmte Sachen verheimlichen. Um sie zu schützen. Aber weißt du: Es ist eigentlich viel schlimmer, was man sich dann selbst so ausmalt. So furchtbar kann beinahe keine Wahrheit sein, wie es die Phantasie ist, wenn sie erst einmal Verdacht geschöpft hat.«

Ich war froh. Nora war wirklich wieder beinahe ganz hergestellt. Zumindest funktionierte ihr Gehirn um keinen Funken weniger präzise und brillant als vorher.

Und ich war es ihr schuldig: »Du bist überfallen worden. Du hast dich anscheinend heftig gewehrt und dabei bist du mit dem Kopf auf dem Boden aufgeschlagen. Unmittelbar danach ist der Täter von Spaziergängern gestört worden und abgehauen. Die Polizei versucht herauszubekommen, wer es war, ist aber, so weit ich weiß, noch nicht weiter gekommen.«

»Was hatte er vor? Wollte er mich vergewaltigen?«

Die Alpträume der Phantasie. »Er hat dir noch nicht einmal etwas geklaut. Du warst einfach zu stark für ihn.«

Nora atmete tief durch und lächelte: »Ich hatte zu viel Schwein. Dass diese Leute vorbeigekommen sind, meine ich.«

Was für ein Optimismus. Sie hatte eine schwere Kopfverletzung erlitten und sprach von Glück, aber so grausam die ganze Geschichte war, hatte sie doch auch Recht.

»Es war ein kleiner Hund, ein Mops, der ihn vertrieben hat.«

»Wirklich? Hast du seine Adresse, dann besuche ich ihn mal, um ihm zu danken.«

»Ich habe seine Telefonnummer.«

Jetzt grinsten wir beide. Nora fragte nicht weiter. Sie wusste, dass sie nach und nach alle Details erfahren würde.

25

Schule war etwas, wovon ich nur noch eine ziemlich ungenaue Vorstellung hatte. Seit ich sie mit sechzehn verlassen hatte, wie dieses Land, wie Onkel Heinrich und den Rest des Lebens, das ich bis dahin geführt hatte. Meine Schule war groß gewesen, laut und ich erinnerte mich an sie als einen Ort, wo Aggression ein dauerndes Thema war. Es waren weniger die körperlichen Angriffe, die damals so furchteinflößend gewesen waren, sondern eher die Kämpfe um das seelische Überleben. Dort hatte ich gelernt, wie man sich unsichtbar macht, lautlos und völlig unauffällig. Den Rest hatte ich vergessen.

Manche dieser verdrängten Erinnerungen blitzten jetzt auf, als ich über den Hof der Gesamtschule Raderthal ging. Sanny hatte mir beschrieben, wo sie lag, nicht weit von ihrem Haus, zweihundert Meter die nächste Straße hinunter.

Als ich vor dem vierstöckigen Gebäude stand, mit seiner quaderförmigen Struktur, dem von dünnen Metallstützen getragenen Vordach, den grünlichen zerkratzten Türen, schien es mir auf einmal, als wäre ich auf einem Planeten gelandet, der keine Zeit kannte, wo alles gleich aussah, wo es für jede Art von Gebäude nur ein Modell gab und man sich deswegen auf ewig verlief, egal welcher Aufgabe man nachjagte.

Ich drückte die schwere Tür auf, betrat das Gebäude, das auch von innen kaum von meiner alten Schule zu unterscheiden war. Ein Ort, der vor allem errichtet worden war, damit man ihn irgendwann lebend würde verlassen können. Diese Aussicht beschwingte mich. Eine halbe Stunde, keinesfalls mehr, wollte ich hier verbringen und ich ertappte mich bei dem Gedanken, dass ich so eine Art Besucherin im Gefängnis war. Ich fühlte mich etwas überheblich, etwas mitleidig und unendlich erleichtert, bald wieder abhauen zu können. Doch eine gewisse Ängstlichkeit war auch dabei: Und was ist, wenn sie dich doch hier behalten, dazu zwingen, die Sache zu Ende zu bringen? Zum Glück war dies kein Alp-, sondern nur ein Tagtraum und so konnte ich ihn schnell abschütteln, funktional werden und das Lehrerzimmer suchen.

Dort klopfte ich an, fragte die platinblondierte große Frau, die öffnete, nach Herrn Mainau und bekam die Antwort, dass er in der nächsten großen Pause, also in zwanzig Minuten, kommen würde. Daraufhin setzte ich mich neben der Tür auf den Fußboden im Flur, auch dies eine unbewusst eingenommene Position aus früheren Tagen, und wartete. Ich befand mich immer noch im Erdgeschoss. Das Lehrerzimmer lag am Anfang eines langen Gangs, der sich rechts von mir scheinbar in die Ewigkeit erstreckte. An den Wänden waren in regelmäßigen Abständen braune Türen, daneben hingen in langen Reihen Jacken an Haken. Hin und wieder ließ ein hohes Fenster Licht auf den Flur. Alle paar Minuten öffnete sich eine der Türen und jeweils ein Kind, ihr Alter wechselte je nach Tür, kam heraus. Sie liefen alle in die gleiche Richtung, zu den Klos, wie ich annahm, und kamen nach einer Weile wieder zurück. Keines nahm mich wahr, aber ich war ganz froh über diese Unterbrechungen meiner Wartezeit, überlegte, welches Fach sie wohl gerade hatten und ob sie sich auf der Toilette übergeben mussten.

Die meisten sahen zum Glück ganz munter aus, nur ein kleiner Junge, ich schätzte ihn auf höchstens zehn, schluchzte leise vor sich hin. Er kam lange nicht wieder. Dann öffnete sich die Tür noch einmal, ein anderer Junge schoss heraus, rannte den Gang hinunter und brachte den anderen Kleinen mit zurück. Der hatte sich zwar ein bisschen beruhigt, sah aber immer noch ziemlich fertig aus, und die beiden verschwanden wieder in dem Klassenzimmer.

Die Stille auf dem Gang erzählte von dem zu erwartenden Sturm und als ein lauter Gong losging, stand ich schnell auf, lehnte mich an die Wand, vorbereitet für die Pause.

Zwei Minuten später brodelte die Umgebung. Kinder und Jugendliche sausten in alle Richtungen, viele umringten die Tür des Lehrerzimmers und ich war froh, dass ich die meisten zwar nicht deutlich aber doch noch wirkungsvoll genug überragte.

Ich erkannte Roland Mainau von weitem. Ich war mir nicht mehr sicher gewesen, ob ich ihn nach dem kurzen Zusammentreffen auf dem Friedhof wieder erkennen würde, aber in dieser Umgebung, die von jungen, meist noch kleinen, schmalen Wesen wimmelte, konnte man seine kräftige Bärtigkeit nicht übersehen. Er war im Gespräch mit zwei Schülern, beide etwa vierzehn, beide blass, lachend und auf ihn konzentriert. Der eine schleppte eine zusammengerollte Landkarte, der andere einen Diaprojektor, Roland Mainau selbst war beladen mit Büchern und Heften. Er streckte seinen Schlüssel einem der herumstehenden Schüler hin, der die Tür zum Lehrerzimmer auffschloss, und die drei verschwanden dahinter. Kurz darauf kamen sie wieder heraus, die Jungs tauchten in der Menge unter und der Lehrer zog seinen Schlüssel von außen ab.

Dies war mein Moment: »Herr Mainau, kann ich Sie einen Augenblick sprechen?«

Ich hatte mich bis zur Tür vorgearbeitet, stand jetzt direkt vor ihm. Er schaute mich an, nicht erstaunt, nicht abweisend, eher völlig offen, ein bisschen neugierig.

Einen Wimpernschlag später hatte er mich erkannt: »Wir sind uns auf Christians Beerdigung begegnet. Tut mir Leid, ich habe damals leider Ihren Namen nicht behalten, Frau Petrochek war so begeistert von Ihnen, das weiß ich noch.«

Frau Petrochek war inzwischen wahrscheinlich vor allem genervt von mir, aber das würde ich ihm nicht verraten. Ich war überrascht, dass er sich noch an mich erinnerte.

»Kommen Sie doch herein, hier draußen fällt einem ja das Ohr ab.« Er bat mich durch die Tür ins Allerheiligste, das durch ähnliche Ästhetik überzeugte wie der Rest des Gebäudes und auch nicht viel ruhiger war.

Wir standen am kurzen Ende eines langen Saals, durch den sich Tischreihen zogen und der sich langsam füllte. An uns vorbei drängten die Kollegen von Roland Mainau und mir wurde klar, dass ich hier nicht die Chuzpe aufbringen würde, mit ihm zu sprechen. Zuerst nannte ich ihm meinen Namen, dann sagte ich: »Ich wollte Sie um einen Rat bitten. Aber ich muss vielleicht ein bisschen ausholen ...«

Hier unterbrach er mich, nachdem mich eine kleine grauhaarige Frau so angerempelt hatte, dass ich um mein Gleichgewicht kämpfen musste – tja, die Umgebung forderte Anpassung: »Haben Sie einen Moment Zeit? Ich habe jetzt nämlich zwei Freistunden. Wir könnten hier um die Ecke etwas Essen gehen«, er sah auf die Uhr, »in einer dreiviertel Stunde muss ich allerdings wieder zurück sein und noch ein paar Vorbereitungen für den Nachmittag treffen.«

Natürlich willigte ich ein, glücklich aus dem Bau herauszukommen. Auf dem Weg zu einem einfachen italienischen Restaurant, wo wir nach fünf Minuten Fußweg ankamen, fragte ich ihn nach seiner Arbeit: »Welche Fächer unterrichten Sie?«

»Sozialkunde, Deutsch und Spanisch. Aber auf einer Gesamtschule bleibt es natürlich nicht nur darauf beschränkt. Da fallen auch noch alle möglichen anderen Themen an.«

Nachdem wir bestellt hatten, Gnocchi al Gorgonzola für ihn und eine Salamipizza für mich, dazu Wasser und Cola, versuchte ich, das Gespräch in die Richtung zu lenken, die mich interessierte: »Die Petrocheks haben mir geraten, mich an Sie zu wenden«, sollte er bei ›den Petrocheks‹ nachfragen, war dies hoffentlich unspezifisch genug, »sie haben mir erzählt, dass Christian einmal eine AG bei Ihnen belegt hat, wo es auch um Punkmusik ging.«

Er nickte, unterbrach mich aber nicht, sondern sah mich weiter aufmerksam an. Die Hälfte seines Gesichts war von dem dichten mittelbraunen Bart bedeckt, ein gepflegter Teppich, der es jedoch schwer machte, das wirklich Individuelle in seinen Zügen auszumachen. Auf diese Weise war er in erster Linie über seine Gesichtsbehaarung zu differenzieren. Ein Effekt, der mich bei Bartträgern meist langweilt. Erst auf den zweiten Blick, manchmal auch nie, lässt sich die Form des Gesichts und die Ausdruckskraft des Mundes erahnen. Bei Roland Mainau vermutete ich breite Lippen hinter der Krause und eventuell hohe Wangenknochen. Zum größten Teil musste ich mich jedoch auf den Augenausdruck verlassen, um seine Mimik zu deuten. Seine Augen waren rund, braun und ungleichmäßig. Er hatte kurze Wimpern und sein rechter Augapfel ging manchmal eigene Wege; er schielte ein bisschen.

Nachdem Mainau seine kurze graue Windjacke mit dem gestrickten Bund ausgezogen und über den Stuhl gehängt hatte, konnte ich erkennen, dass sein Oberkörper zu gleichen Teilen muskulös und korpulent war. Unter seinem hellgrünen Cordhemd schienen die Schultern kräftig und ausgeprägt zu sein, darunter tat sich ein Bauch auf, der sich offensichtlich unter dem Einfluss von kalorienhaltigen Getränken und Lebensmitteln hatte entwickeln können.

Ich begann mit dem rein fiktiven Teil meiner Geschichte: »Wissen Sie, ich möchte Sozialpädagogik studieren. Noch arbeite ich ja als Taxifahrerin. Ich weiß, dass ich spät dran bin, aber ewig will ich das schließlich auch nicht machen. Bevor ich für das Studium zugelassen werde, muss ich ein Praktikum machen. Dafür habe ich mich bei einem Bürgerzentrum beworben, für die Jugendarbeit. Jetzt wollte ich Sie mal fragen, wie Sie Ihre AG denn so aufgebaut haben. Eventuell wäre das ja auch etwas für die Jugendlichen, die ich da betreuen soll.«

So log ich munter vor mich hin. In der Hoffnung, dass er nicht genauer nach dem Bürgerzentrum und Ähnlichem fragte.

Er tat es nicht. Nach einem weiteren Blick auf die Uhr und auf das Essen, das gerade gekommen war, sagte er: »Das lässt sich so ganz im Kurzen natürlich nicht besprechen. Ich kann Ihnen aber gerne die Unterlagen geben, die wir damals erarbeitet haben. Die Tonaufnahmen und so weiter. Die Schüler haben am Schluss auch selbst einige Punkstücke geschrieben und aufgenommen. Eigentlich ging es um Jugendbewegungen allgemein. Historisch und aktuell. Wir sind bis zum Hip Hop gekommen. Ich wollte die Fakten, die wir im Sozialkundeunterricht durchnehmen, mit Leben füllen. Deswegen haben wir diese Musik gehört, sind auch zusammen auf Konzerte gegangen, es war ein großer Erfolg. Christian und Gerald waren besonders vom Punk inspiriert.«

Die Pause, die er machte, um einen Löffel seiner Gnocchi zu essen, nutzte ich: »Wenn ich darf, würde ich wirklich gerne Ihr Material borgen. Das wäre eine große Hilfe. Vielleicht können wir nachher ausmachen, wann ich es abholen kann.«

Er nickte mit vollem Mund und ich redete weiter: »Ich kann Christian verstehen. Punkmusik hat wirklich besondere Power. Sie haben damals bei der Beerdigung erzählt, dass Sie das Gefühl hatten, dass Christian Probleme hatte. Sie kannten ihn sicher gut?«

Er hatte seinen Teller schon halb leer gegessen: »Christian ging es in den letzten Jahren nicht besonders. Er hatte etwas Ruheloses. Als wenn er kein Zuhause hätte. Nach der AG haben wir uns manchmal unterhalten. Über etwas abstruse Themen: ob es Aliens geben könnte, ob die Philosophie der Rastafari eine Chance für den Weltfrieden wäre, solche Sachen. Er war unglücklich, erzählte aber nie, was eigentlich los war. Ich habe dann seine Mutter kennen gelernt und mit ihr darüber gesprochen, dass Christian so verloren wirkte. Sie ist eine nette, besorgte Frau. Heute überlegt man sich, ob wir früher etwas hätten merken können. Vielleicht hätte Christian ja eine Therapie geholfen. Aber er wirkte auf mich zwar manchmal verstört, doch nicht selbstmordgefährdet. Eher hatte ich das Gefühl, dass sein eigener Grips und seine Phantasie ihn zum Außenseiter machten. Ein Phänomen, das man bei besonders begabten Jugendlichen oft beobachten kann.«

»War er in der letzten Zeit verändert? Unruhiger als sonst oder deprimierter?«

»Sie meinen in der Zeit vor seinem Tod?«

Ich nickte.

»Eigentlich nicht. Eher sogar fröhlicher, vielleicht ein bisschen überdreht, ich glaube, er war verliebt. Da habe ich sogar gehofft, dass ihn das ausgeglichener machen würde.«

»War er manchmal bei Ihnen zu Hause?«

»Ja, manchmal, warum wollen Sie das wissen?«

»Ach, ich frage mich nur, was mich vielleicht erwartet, mit den Jugendlichen, wissen Sie. Was man tun kann, wenn sie Hilfe brauchen.«

»Christian hat hin und wieder bei uns geklingelt, wenn er nachmittags unterwegs war. Hat etwas abgegeben für die AG. Manchmal habe ich ihm etwas zu trinken angeboten und wir haben ein bisschen gequatscht. Zu viel Kontakt wollte ich allerdings nicht. Ich konnte ihm schließlich kein Alternativ-Zuhause anbieten.«

»Hätte er das denn gerne gehabt?«

»Viele Jugendliche hätten das gerne, viele mit gutem Grund. Bei Christian war ich sicher, dass er sich mit seiner Mutter auf Dauer wieder besser verstehen würde.«

Mainau winkte nach der Rechnung: »Leider muss ich gleich los.«

Ich hatte keine Zeit mehr, ihn nach Nicola zu fragen. Aber etwas anderes musste ich noch wissen: »Ich hatte auch vor, eventuell mit Videokameras und so zu arbeiten. Haben Sie da vielleicht auch Erfahrung?«

»Nein, leider gar keine. Da gibt es ein extra Angebot an der Schule. Eine eigene AG, die wird von einer Kollegin geleitet. Ich glaube, sie ist sogar ausgebildete Kamerafrau. Bevor sie Lehrerin wurde.«

»Und hat Christian da auch mitgemacht?«

»Nein, nicht dass ich wüsste.«

»Und Sie selbst haben auch keine Kamera, so für den privaten Gebrauch?«

Ich konnte seinen Blick nicht deuten – dann lächelte er wieder verbindlich: »Nein, mich interessiert Fotografie mehr. Aber auch dazu komme ich kaum. Ich hätte gar keine Zeit, mich in die Videotechnik einzuarbeiten. Wenn ich eine Kamera hätte, würde ich Sie Ihnen für die Jugendarbeit aber lieber nicht leihen. Da geht zu viel kaputt. Ein Versicherungsproblem, wissen Sie.«

Ich beteuerte ihm, dass ich auf die Idee auch gar nicht gekommen wäre, dass mich nur seine generelle Erfahrung mit dem Medium interessiert hätte.

Er bezahlte seine Rechnung. Der Kellner schaute mich erwartungsvoll an: »Ich hätte gerne noch einen Espresso, ich habe noch ein bisschen Zeit.«

Während sich Mainau die Jacke anzog, sagte ich: »Noch eine allerletzte Frage: Kennen Sie sich mit Computern und dem Internet aus? Ich weiß, dass Christian sich dafür interessierte.«

»Da habe ich das gleiche Problem wie mit den Videos. Keine Zeit. Ich suche Ihnen heute Abend das versprochene Material heraus. Sie können es abholen, wann Sie wollen. Hier ist meine Adresse.« Er gab mir eine Visitenkarte. »Ich sage auch meiner Frau Bescheid. Nein, warten Sie, können Sie die Sachen morgen Nachmittag abholen? Da bin ich selbst zu Hause, mein freier Nachmittag.«

»Ja, klar.« Ich dankte ihm für seine Hilfsbereitschaft und versprach, am nächsten Nachmittag vorbeizukommen.

26

Nachdem ich den Espresso mit einem Schluck ausgetrunken hatte, schüttelte ich mich kurz. Es gibt einige Lebenserfahrungen, die mit einem Sprung in eiskaltes Wasser vergleichbar sind. Der Genuss von ungesüßtem, megastarkem Kaffee nach dem Essen gehört dazu. Manchmal gehe ich gestärkt aus diesem Schockeffekt hervor, abgehärtet und von meiner eigenen Kraft, alle Übel zu überstehen, überzeugt.

Trotzdem brachte mich nichts in die Schule zurück. Das Zusammentreffen mit Gerald würde woanders stattfinden müssen. Ich schlenderte durch die Straßen Raderthals, dachte nach, hatte das Gefühl, nicht weiterzukommen, die immergleichen Vorgärten, bunten Briefkästen, getöpferten Namensschilder an den Häusern, die immergleichen Antworten. Mein Vorgehen war weitgehend planlos und so waren die Ergebnisse; meine Intuition schwieg.

Bei Sanny angekommen, klingelte ich, ohne zu zögern. Es war mir egal, ob Nicola öffnen würde. Es spielte für mich keine Rolle mehr, irgendeine Form zu wahren, mir Sorgen zu machen, dass sie sich daran stoßen könnte, dass ich ihre dreizehnjährige Tochter netter und interessanter fand als sie. Irgendwo war mir klar, dass ich ihr gegenüber wahrscheinlich ungerecht war. Sie war sicher eine kluge, freundliche, überforderte Frau, die Schicksalsschläge erlitten hatte und sich bemühte, ihr Leben im Griff zu behalten. Das alles konnte ich sehen und mich immer wieder daran erinnern. Warum ich sie andererseits so ablehnte, konnte ich selbst nicht genau sagen. Wenn ich mit ihr zusammentraf, wurde ich den Eindruck nicht los, einer mit Sprengstoff gefüllten, glänzenden Seifenblase gegenüberzustehen. Ich musste mich mühevoll zurückhalten, sie nicht zum Bersten zu bringen. Wahrscheinlich war es dieser Impuls, der mich so störte.

Dies ging mir durch den Kopf, als ich vor der geschlossenen Tür der Petrocheks wartete. Ich verzog einen Moment das Gesicht, peinlich berührt von meinen nicht besonders hehren Überlegungen, und war erleichtert, dass sich hinter dem Glas nichts rührte. Ziellos machte ich mich wieder auf den Weg. Entmutigt und genervt von dem unentschlossenen Zustand, der mich inzwischen wieder eingeholt hatte, fand ich mich nach einer Weile im weitläufigen Vorgebirgspark auf einer Bank wieder. Es hatte den ganzen Tag noch nicht geregnet und die Luft war immer wärmer geworden. Meine Bank stand am Rand eines Spielplatzes. Tatsächlich huschten auch einige Kinder die Rutsche hinunter, zwei bewarfen sich mit Sand und eines saß weinend daneben. Das klassische ›Der hat mein Förmchen geklaut‹-Drama. Als das Weinen immer lauter wurde, sich zu schmerzlichem Geschrei steigerte, ging eine ältere Frau zum Sandkasten und kniete sich vor das Kind. Es hatte dick gefütterte orange- und gelbfarbene Sachen an und sah aus wie ein rundes, verzweifeltes Entenküken. Die Frau nahm es tröstend in den Arm, holte aus ihrer Einkaufstasche einen Spielzeugeimer und eine Schaufel und gab dem Kind die Sachen. Zusammen schippten sie Sand in den Eimer, den das Kleine, ich konnte nicht genau erkennen, ob es ein Junge oder ein Mädchen war, sofort begeistert und strahlend wieder auskippte.

Ich war noch vertieft in die Szene, als mir auffiel, dass sich jemand neben mich auf die Bank gesetzt hatte. Es war ein Mann, etwa Ende sechzig, eine graue Erscheinung in Mantel und Hut, mit klaren Gesichtszügen, einem leichten Lächeln in den Mundwinkeln.

Er merkte, dass ich ihn ansah, und sagte: »Ich schaue den Kleinen so gern zu, dann fühle ich mich wieder jung.«

Ich nickte misstrauisch, wollte zuerst schweigen, kam mir aber grob vor und antwortete: »Es ist gut, dass sie hier spielen können, ich hoffe, dass sie sicher sind.«

Jetzt sah er mich komisch an. Wunderte sich wahrscheinlich über mein Weltbild. Dann sagte er: »Sie haben wirklich Recht. Mein Enkel ist letztes Jahr angefahren worden. Direkt vor der eigenen Haustür. Zum Glück hat er sich nur das Bein gebrochen. Jetzt ist er schon wieder ganz gesund.«

Ich stand auf und verabschiedete mich mit einem kurzen Nicken. Als ich mich nach einigen Metern noch einmal umdrehte, sah ich, dass der Mann mir nachschaute. Ich prägte ihn mir ein, war erschüttert über diese Reaktion und mir wurde klar, dass ich mich verändert hatte. Mein Leben hatte mir bisher genug Gelegenheiten geboten, meine Anschauungen zu hinterfragen, mein ganzes Wirklichkeitskonzept über den Haufen zu werfen und mir mühsam aus den Scherben neue Maßstäbe zu formen. Irgendwann hatte ich traurig festgestellt, dass die Desillusionierung leider häufiger eine negative Sicht der Dinge mit sich gebracht hatte als umgekehrt. Das war nach Onkel Heinrichs Tod gewesen. Doch es waren immer wieder ausreichend schöne Sachen passiert, um den Pessimismus nicht gewinnen zu lassen. Im Moment klopfte er allerdings wieder mit harten, schwarzbehandschuhten Händen an mein Herz. Ich packte ihn jetzt an den Gelenken, riss ihn weg und machte mich auf den Weg zu Geralds Haus.

Ich war bereit, noch einmal dieselben Fragen zu fragen, nur dass ich mir diesmal keine Geschichte ausgedacht hatte, die meine Neugier erklären sollte. Ich hoffte, dass es nicht nötig sein würde, Gerald anzuschwindeln.

In irgendeiner der kleinen Straßen traf ich Sanny. Sie überholte mich auf ihrem Fahrrad, wie am Tag der Beerdigung, bremste wie damals, indem sie die Beine ausstreckte und vom Rad sprang.

»Hey, wie geht's?«, rief sie und schob ihr Fahrrad neben sich her.

»Es geht«, sagte ich, die einzige Antwort, die mir einfiel, und wir grinsten uns an.

»Ich wollte gerade zu Gerald, willst du mit?«, sagte ich, im selben Moment verwundert, dass ich sie das fragte.

»Meinst du echt?« Auch Sanny war erstaunt über das Angebot.

»Klar, wenn du magst. Wahrscheinlich hat er nichts mit dem Video zu tun. Trotzdem sollten wir darüber nichts verraten, was meinst du?«

Sie nickte. Ich erzählte ihr, wie es mit Paul und Roland Mainau gelaufen war, und wir berieten, was wir Gerald fragen wollten: Ob Christian etwas von Videos erzählt hatte, von Computererlebnissen, von Lydia.

»Kennst du Geralds Eltern?«, fragte ich Sanny, kurz bevor wir das Haus erreicht hatten.

Sie schüttelte den Kopf: »Nein, ich kenne ihn nur vom Schulhof und wenn er manchmal bei uns war. Wir haben uns eigentlich noch nie richtig unterhalten. Nur vor der Beerdigung. Da haben wir die Sache mit der Musik besprochen. Er hat bei uns angerufen und wir haben uns einmal getroffen, im *Manana*, mit den ganzen anderen auch, die gekommen sind.«

»Im *Manana*?«

»Das ist so eine Kneipe, ein Café, wo Christian manchmal war. Die Älteren aus der Schule gehen da oft hin, nach dem Unterricht. Ich war auch schon ein paar Mal da. Ist ganz cool.«

Ich sah ein Glitzern in ihren Augen, als sie davon sprach, und vermutete, dass sie in Zukunft öfter hingehen würde. Spaß haben, abklönen, zuerst noch schüchtern und unsicher, bald selbstverständlich und lässig.

Zum Beispiel an diesem Nachmittag, denn Geralds Mutter, die uns die Tür aufmachte, als wir wenig später, es war kurz vor vier, klingelten, sagte: »Gerald ist unterwegs. Er hat heute Basketballtraining, danach geht er manchmal noch in dieses Café, Manhattan heißt es, glaube ich, an der Bonner Straße, fast schon am Chlodwigplatz.«

»*Manana*?«, fragte Sanny

»Kann auch sein, dass es so heißt«, meinte Geralds Mutter, »ich kann mir diese englischen Wörter nie merken.«

Ich lächelte. Sie war sympathisch, leicht selbstironisch. Es war klar, dass es ein Witz war und sie durchaus den Unterschied zwischen Spanisch und Englisch erkennen konnte. Es war eher eine Anspielung auf typische Bemerkungen von älteren Leuten über die Gebräuche der Jugend. Sie war höchstens vierzig und sah aus wie Ende zwanzig, hatte sehr lange, sehr lockige braune Haare, trug eine Brille mit Hornrand in Schmetterlingsform und war zwei Köpfe größer als ich. Schlaksig und in weiten Jeans wirkte sie wie eine typische Vertreterin meiner eigenen Generation und ihre Erscheinung machte mir wieder einmal klar, dass ich inzwischen absolut in das Altersland der Mütter gehörte, auch wenn mein Lebensgefühl oft noch ausgesprochen kindlich war.

Das kurze Gespräch mit Geralds Mutter hatte Sanny alleine geführt. Ich hatte mich im Hintergrund gehalten, bemüht, die Aufmerksamkeit nicht auf mich zu lenken. Sanny hatte mich allerdings stolz vorgestellt: »Das ist Toni Walter, eine Freundin von mir, wir wollen Gerald etwas fragen«, nachdem sie erläutert hatte, wer sie selbst war.

Seine Mutter hatte genickt und uns dann ins *Manana* geschickt. Als wir dort ankamen, war es ziemlich leer. Ein großes, typisches Südstadtlokal, nachmittags gab es Kaffee und Kuchen, abends Bier und alles weitere; kleine Snacks konnte man jederzeit kriegen. Es gab mindestens zwanzig Tische – nur zwei davon waren bisher besetzt –, einen ungleichmäßigen Holzfußboden und kleine Fenster, die das Nachmittagslicht beinahe ganz aussperrten. Gerald war nicht da.

»Wollen wir hier warten, ob er kommt?«

Sanny nickte eifrig. Jetzt, wo wir schon hier waren, konnten wir schließlich auch eine Weile bleiben. Sie schien angespannt, genoss es aber sichtbar, in diesem Lokal zu sein.

»Ich hole uns etwas zu trinken. Was magst du?«, fragte sie, bevor die Bedienung Gelegenheit gehabt hatte, an den Tisch zu kommen, den wir uns ausgesucht hatten. Originellerweise landeten wir wieder beide bei Cola und wir hatten gerade die ersten Schlucke getrunken, als eine Gruppe hoch gewachsener Jugendlicher hereinkam. Es waren alles Jungen, wie ich bei genauerem Hinsehen feststellte, und einer davon war Gerald.

Er war der Kleinste der Gruppe, bunt schillernd und rundlich, in weiten, leuchtenden Kleidern und mehrfarbigen Haaren. Seine ganze Erscheinung wirkte fröhlich, clownesk, und er strahlte Sanny keck an, als er sie erkannte.

Auch von ihm kam ein: »Hey, wie geht's?«, und sie antwortete wie ich zuvor: »Es geht.«

Heilige Vielfalt der Konversation.

Dann ging er mit seinen Freunden zur Theke, wo sie sich schubsend und lachend Getränke bestellten und über Basketball redeten: »Vier Punkte mehr und wir hätten die anderen abgesägt, scheiße, dass Klaus den letzten Korb versäbelt hat.«

Ich schaute zu Sanny: »Was meinst du, sollen wir noch ein bisschen warten?«

Doch sie nahm ihren ganzen Mut zusammen, ihre Körperhaltung veränderte sich, sie streckte sich, wurde aufrecht, ging auf die Jungs zu, von denen die meisten aussahen, als wenn sie mindestens doppelt so schwer waren wie sie, und kam mit Gerald an unseren Tisch zurück.

Er wirkte neugierig und nicht unbedingt unglücklich, dass wir ihn von seinen Freunden weggeholt hatten, aber es galt auch, den Schein zu wahren, das war deutlich, und so setzte er sich auf die Kante unseres Tisches, eine bequeme Haltung, die aber auch signalisierte, dass er nicht wirklich zu uns gehörte.

Sannys Mut schien jetzt langsam zu versiegen, Geralds über uns thronende Präsenz war selbst für ihre tapfere Energie zu viel und so ergriff ich das Wort: »Hallo, Gerald, ich bin Toni Walter, eine Freundin von Sanny, wir haben uns bei Christians Beerdigung gesehen.«

»Klar, Sie waren mit dem glatzköpfigen Mann zusammen da, der sah wirklich cool aus.«

Ich lachte laut auf vor Vorfreude, Bill von diesem Gespräch zu erzählen.

Meine Stimmung schien auch Gerald aufzulockern, er hatte einen guten Witz gemacht, und das befreite ihn, er versuchte es weiter: »Die Beerdigung war schon eine geile Nummer, auch wenn es hinterher Knatsch gab.« Plötzlich wurde er stiller, er schien sich zu erinnern: »Ist schon Mist, dass Christian tot ist.«

Ich nickte: »Ja, es ist traurig und irgendwie auch rätselhaft. Sanny und ich wollen ein bisschen mehr über ihn herausfinden. Sie hat das Gefühl, dass sie ihn gar nicht richtig kannte, obwohl er doch ihr Bruder war.«

»Ich weiß eigentlich auch nicht besonders viel über ihn«, erwiderte Gerald schnell.

Sanny meldete sich jetzt wieder zu Wort: »Ich habe Christians Sachen duchgesehen. Meine Mutter hat gesagt, ich kann behalten, was ich will, den Rest geben wir weg. Vielleicht willst du ja auch etwas davon haben.«

Ich sah ihr an, dass sie nicht schwindelte. Vielleicht war ihr diese Idee jetzt erst gekommen, aber ich wusste, dass sie Gerald gerne eine Erinnerung an ihren Bruder überlassen würde.

Gerald schien ihre Großzügigkeit zu respektieren, fragte zögernd: »Echt, das wäre klasse.«

Sanny merkte, dass sie dabei war, ihn zu öffnen, und meinte schnell: »Klar, du kannst ja mal vorbeikommen. Bei ein paar Sachen weiß ich einfach nicht, was ich damit anfangen soll. Was Christian damit wollte. Vielleicht hast du eine Ahnung? Zum Beispiel habe ich Videokassetten ohne Aufschrift gefunden, aber wir haben gar keinen Videorekorder.«

»Keine Ahnung.« Auch bei Gerald löste das Wort ›Video‹ keine spezifische Reaktion des Erkennens aus.

»Hat Christian dir irgendwann einmal davon erzählt, dass er mit jemandem Videos aufnimmt oder bei einem Videoprojekt mitmacht? Vielleicht mit Lydia?«, fragte ich, aber Gerald schüttelte den Kopf.

Wegen der Computerfrage machte ich mir daher auch keine großen Hoffnungen. Sanny stellte sie als Nächstes: »Ich habe auch allen möglichen Computerkram entdeckt – Disketten und so – weißt du darüber etwas?«

Da geschah das Unerwartete. Geralds Augen leuchteten auf: »Klar, Christian war ein echter Computerfreak. Seine Mutter«, er schaute schnell zu Sanny, »hat ihm aber nicht erlaubt, so viel zu surfen, wie er wollte. Komisch, wo sie doch mit Computern handelt. Aber er hatte immer Disketten dabei, mit seinen Programmen, und wenn er zu uns kam, hat er oft ewig lang gespielt. Ich fahre da ja nicht so drauf ab, ich habe in der Zeit ferngesehen und so, aber mein Vater hat manchmal mit ihm am Computer rumgebastelt. Mein Vater ist auch so ein Freak, wisst ihr. Er würde sich freuen, wenn ich mich mehr interessieren würde, und so war er froh, wenn Christian vorbeischaute.«

»Weißt du, was Christian da genau gemacht hat?«, fragte ich ihn.

»Nee. Aber keine Ballerspiele, das weiß ich. Ich glaube Internet und so.«

»Und dein Vater hat oft mit ihm am Computer gesessen?«

»Immer mal wieder eben.« Gerald wurde ungeduldig.

Ob aus Misstrauen oder weil er zu seinen Freunden wollte, konnte ich nicht sagen, doch er stand von der Tischkante auf, balancierte auf einem Bein, mit dem halben Po noch sitzend.

Ich stellte schnell die nächste Frage, hoffte, noch eine Antwort zu bekommen, bevor er zumachte: »Besuchte Christian deinen Vater auch, wenn du nicht da warst?«

Jetzt schaute mich Gerald eindeutig misstrauisch an, aber Sanny rettete die Situation: »Weißt du, vielleicht sind die Computersachen ja für deinen Vater interessant, dann kann ich sie ihm geben.«

»Christian war schon paar Mal bei uns, wenn ich noch Training hatte. Er ist dann direkt nach der Schule zu mir gegangen und ich kam ein bisschen später. Das war schon okay, meine Eltern kannten ihn ja schließlich.«

Sanny erkundigte sich ruhig: »Ist dein Vater gar nicht tagsüber weg? Das ist ja klasse, würde ich mir auch wünschen.«

»Mein Vater ist Dozent an der Uni. Wenn er Seminare hat, ist er weg, sonst arbeitet er auch viel zu Hause, das kann ganz schön nerven; zumindest früher, weil ich da immer leise sein musste. Heute ist das besser, meine Eltern sind relaxter.«

»Habt ihr eigentlich einen Videorekorder?«, fragte Sanny. »Dann könnte ich ja vielleicht mal bei euch in die Bänder reinschauen?«

»Klar, geht in Ordnung«, sagte Gerald.

Sanny fuhr fort an der vertrauensbildenden Maßnahme zu stricken: »Dich interessieren doch bestimmt Christians CDs am meisten. Ihr hattet doch den gleichen Gechmack. Da kannst du dir ja einfach aussuchen, was du noch nicht selbst hast.«

»Ehrlich? Das wäre stark.«

Gerald freute sich und ich mich mit ihm. Leider musste ich jetzt noch einmal aus dem Hinterhalt zuschlagen: »Habt ihr denn auch eine Videokamera? Teilweise sind die Bänder, die mir Sanny gezeigt hat, nämlich so klein, als seien sie für einen Camcorder. Sie hat mich schon gefragt, ob ich vielleicht die Möglichkeit hätte, sie abzuspielen.« Beinahe unsichtbar zwinkerten Sanny und ich uns zu. Wir kooperierten perfekt.

»Mein Vater hat eine Kamera, da muss ich ihn aber fragen, ob wir die benutzen dürfen. Mit dem Rekorder ist er nicht empfindlich, aber mit der Kamera schon. Die hat er in seinem Arbeitszimmer im Schrank und ich soll da nicht alleine rangehen.«

Wir nickten verständnisvoll. Die seltsamen Eigenheiten von Eltern waren uns völlig vertraut.

»Hast du Lydia auch gekannt?«, wollte Sanny wissen.

»Lydia ist manchmal mitgekommen. Christian war ja voll verliebt. Und sie erst.« Gerald verzog ein bisschen das Gesicht, der Blick, den er Sanny zuwarf, verriet mir aber, dass er selbst mehr über diesen Zustand wusste, als er zugeben würde.

»Lydia war meine beste Freundin. Ich kann verstehen, dass Christian sie mochte. Außerdem ist sie auch auf Computer abgefahren«, meinte Sanny verteidigend.

»Das kann man wohl sagen. Einmal hatten Christian und ich echt Krach, weil er mit ihr gekommen ist, und dann haben die beiden nur vor der Kiste gesessen. Ich habe gar nichts mehr von ihm gehabt.«

Er klang ähnlich verletzt wie Sanny damals, als sie mir das erste Mal von Christian und Lydia erzählt hatte. Es ist schon nicht einfach, es allen recht zu machen. Sich zu verlieben und trotzdem seinen Freunden treu zu bleiben. Einen Moment erschrak ich und hoffte, dass Bill und ich unsere Freundschaft in den letzten Wochen nicht zu stark strapaziert hatten. »Immer in Furcht, immer auf der Flucht«, hatte Onkel Heinrich zu mir und über mich gesagt, als er mich auf dem Flughafen auf dem Weg nach Amerika gefunden hatte.

Die nahe liegende Frage, ob sein Vater auch mit Lydia und Christian gemeinsam am Computer gearbeitet hatte, stellte ich nicht. Sie wäre Gerald zu seltsam vorgekommen. Wir hatten auch so schon einiges erfahren. Schade, dass das Zimmer auf dem Videoband so undeutlich zu erkennen gewesen war.

Geralds Vater. Ob es wohl irgendeine Möglichkeit gab,

auch mit ihm zu sprechen, ohne zu viel Verdacht zu erregen?

»Wegen der Videokamera. Wenn es dir lieber ist, kann ich deinen Vater auch direkt fragen, ob er sie uns einmal zur Verfügung stellt«, schlug ich vor.

»Ach, das mach ich schon. Ich frage ihn gleich heute Abend. Dann sage ich Sanny Bescheid. Wir sehen uns ja morgen in der Schule.«

Nachdem er dies zugesagt hatte, stand Gerald auf, hob eine Hand zum Abschiedsgruß und ging zu seinen Freunden zurück. Ich hatte das starke Gefühl, dass sein Versprechen durchaus Gefahren barg, verfluchte mich, dass ich den Anlauf wegen seines Vaters unternommen hatte, sagte Sanny aber nichts davon, um keinen, wahrscheinlich sowieso völlig überflüssigen, Alarm zu schlagen.

Als ich sie zwanzig Minuten später nach Hause begleitete, bat ich sie aber: »Geh bitte auf keinen Fall allein zu Gerald. Du hast heute eine so supergute Geschichte erzählt. Vielleicht brauchen wir deine Idee mit den Sachen von Christian noch. Wir sollten sie so lange wie möglich im Ärmel behalten.«

Auch wenn wir es nicht aussprachen, war mir klar, dass Sanny wusste, dass ich wieder vor allem wollte, dass sie sich auf keinen Fall gefährdete. Da ich sie nicht direkt bevormundete, konnte sie offensichtlich auf meine Sorge Rücksicht nehmen und versicherte mir noch einmal, dass sie sich immer mit mir absprechen würde, bevor sie etwas unternahm.

Vor ihrem Haus streckte sie ihren Arm nach oben, wandte mir ihre Handfläche zu und ich legte meine Hand auf ihre.

»Klasse Team«, sagte sie gähnend und ich erwiderte: »Klasse Team.«

Es war erst sechs und ich hatte noch einiges vor. Was, hatte ich Sanny unterwegs erzählt, und sie sagte als Letztes, bevor sie hinter ihrem Gartentor verschwand: »Pass auf dich auf.«

27

Gerne hätte ich mich sofort mit Bill getroffen, zum Reibekuchenessen in unserer Stammkneipe oder meinetwegen auch, um die Wohnungen vollständig leerzuräumen, wenn es das Wasser verlangte. Aber die Namenslisten in meiner Tasche wirkten wie ein Motor. Sie trieben mich an, ich wollte ihrem Geheimnis, dem Geheimnis der Leute, die auf ihnen verzeichnet waren, näher kommen.

Ich war wieder auf der Bonner Straße gelandet, noch auf der Höhe Raderthals, wo es weniger Geschäfte und Kneipen gibt als stadteinwärts, aber wo doch regelmäßig die Neonreklame eines Lokals aufleuchtete. Ich betrat ein chinesisches Restaurant und fragte nach dem Telefon. Neben den Toiletten gab es ein Münztelefon und ich wählte Bills Nummer. Er antwortete nach dem dritten Klingeln; ich atmete erleichtert durch.

»Hi, hier ist Toni, wie sieht's aus?«

»Schwer zu sagen. Das Wasser steigt langsamer als angekündigt, aber es steigt. Kommst du gleich vorbei?«

»Ich muss noch schnell jemanden besuchen. Wenn er da ist, komme ich in zwei bis drei Stunden, sonst in einer halben. Hast du heute Abend noch etwas vor?«

»Nicht direkt. Ich warte hier auf dich. Wahrscheinlich bleibe ich sowieso die Nacht über wach. Falls wir die ganzen Anschlüsse abklemmen müssen.«

Ich versprach ihm, später bei ihm zu klopfen, verließ das Lokal und hielt draußen Ausschau nach einem Taxi.

Nach fünf Minuten kam mir ein Wagen mit gelbleuchtendem Schild entgegen und ich winkte ihm. Als er angehalten hatte, stieg ich ein und nannte ihm eine Adresse in der Rodenkirchener Wilhelmstraße. Der Fahrer war ein türkischer Kollege, den ich vom Sehen kannte, aber der mich offensichtlich ohne das zur Identifikation dienende Taxi nicht einordnen konnte. Ich beließ es dabei und vertraute mich schweigend seinen Fahrkünsten an. Er fuhr zügig, aber nicht offensiv, bog nach fünfhundert Metern rechts in den Bayenthalgürtel ein, später auf die Rheinuferstraße, und nach fünfzehn Minuten hielten wir vor dem Haus, in dem Sannys Vater, Stefan Walter, wohnte.

Es war ein schmuckloses, beiges Gebäude, vierstöckig, das nahtlos in weitere, identische Häuser, die sich nur in der Farbnuance ihres Anstrichs unterschieden, überging. Der Eingang lag etwas von der Straße zurückgesetzt, davor waren gemauerte Behälter für die Mülltonnen und Fahrradständer. Hinter beinahe allen Fenstern brannte Licht und ich drückte auf den obersten Klingelknopf, der undeutlich aber noch lesbar mit *Walter* beschriftet war. Es gab keine Gegensprechanlage und beinahe unmittelbar nachdem ich geschellt hatte, summte der Türöffner.

Ich betrat das Haus, stieg schnell die Treppe hoch und hielt in jedem Stock Ausschau nach einer offenen Tür oder einem Schild, das zeigen würde, dass hier Herr Walter lebte. Aber auch die oberste Tür war zu und anonym. Ich klopfte daran in der Hoffnung, dass dies die richtige Wohnung sein könnte.

»Hallo, Hans!« Noch bevor ganz geöffnet worden war, hörte ich diese Begrüßung. Ganz offensichtlich hatte man mit jemand anderem gerechnet als mit mir. Dann stand eine blonde große Frau vor mir.

Sie kam mir vage bekannt vor, doch bevor ich überlegen konnte, an wen sie mich erinnerte, schloss sie die Tür schon wieder, sagte währenddessen: »Sie müssen sich geirrt haben.«

Ich musste schnell reagieren: »Bitte, ich möchte zu Herrn Walter, in welchem Stockwerk wohnt er denn?«

Doch die Tür blieb zu. Ratlos wartete ich eine Weile auf dem Treppenabsatz, klopfte noch einmal an und ging dann langsam die Treppe wieder hinab. Im nächsten Stock klopfte ich erneut, eine Klingel konnte ich auch hier nicht entdecken. Diesmal öffnete ein etwa siebenjähriger Junge, der anscheinend gerade beim Abendessen war – die Spuren auf seinem Gesicht erzählten von Tomatensoße –, und er sah sehr verschmiert und sehr zufrieden aus.

»Ich suche nach Herrn Walter, er muss hier im Haus wohnen.«

Der Junge kaute weiter und zeigte mit dem Finger die Treppe hinauf.

»Wer ist das, Freddy?«, rief eine Frau aus dem Hintergrund und er zeigte noch einmal nach oben, dann schloss er die Tür wieder und ich stand aufs Neue allein im Treppenhaus.

Da man mich bei Herrn Walter offensichtlich nicht einlassen wollte, kletterte ich frustriert die Treppe hinab und überlegte, ob er selbst überhaupt da war oder ob seine Bekannte sich einfach allein in der Wohnung fürchtete und deswegen mit niemandem sprach. Außerdem erwartete sie ›Hans‹. Keine besonders geläufige Abkürzung für ›Stefan‹, falls sie Herrn Walter selbst meinte. Nun ja, was ging es mich an, wer in der Wohnung von Sannys Vater verkehrte.

Bevor ich im Erdgeschoss angelangt war, kam mir ein Mann auf der Treppe entgegen. Er war hübsch, sah beschwingt aus in seiner weißen Jeans, mit gegeltem jungenhaften Haarschnitt, buntem Halstuch und großen fröhlichen Augen. Er lachte mich an, bevor er sich an mir vorbeischlängelte.

Ich ergriff die Chance: »Entschuldigung, vielleicht können Sie mir weiterhelfen. Ich suche Herrn Walter, kann aber die richtige Wohnung nicht finden.«

»Das passt ja gut, ich will auch gerade zu ihm, kommen Sie mit.«

Ich hatte anscheinend Hans getroffen oder jemand ähnlich nützlichen.

Wieder standen wir vor der Tür im obersten Stock. Der Mann zog einen Schlüssel heraus, schloss auf und rief »Stefan, ich bin's, ich habe jemanden mitgebracht.«

Die Frau kam in den Flur, sah mich, wurde aber zum Glück nicht ärgerlich, sondern blieb vielmehr abwartend wirkte ein wenig ängstlich. Da erkannte ich sie wieder Es war die Frau aus dem Taxi, die ich vor Wochen gefahren hatte, deren Stimme mich an Samira erinnert hatte Ihr ungewöhnlicher asymmetrischer Haarschnitt und das helle, glänzende Blond waren mir in Erinnerung geblieben. Jetzt wurde mir klar, warum sie mir damals entfernt bekannt vorgekommen war. Es hatte nicht nur an der männlichen Stimme hinter der weiblichen Erscheinung gelegen, sondern es war auch ihr Gesicht gewesen, ein Gesicht, das ich bei Christians Beerdigung gesehen hatte, das Gesicht seines Vaters.

»Hey, du hast dich ja schon umgezogen, die Party fängt doch erst um zehn an«, sagte mein Treppenhausbekannter jetzt.

»Mir war schon danach, dann dauert es nachher nicht so lange. Hast du deine Sachen mit?«

»Alles hier drin, ich habe heute die rote Lockenfrisur dabei, vielleicht kannst du sie mir noch ein wenig aufmöbeln, sie ist doch etwas strähnig.«

Nach dieser Begrüßung erinnerten sich die beiden wieder an mich.

»Schau mal, wen ich mitgebracht habe, die junge Dame suchte nach dir«, sagte Hans. Dass er es sein musste, nahm ich inzwischen fest an.

Stefan Walter und ich sahen uns an. Keiner erwähnte, dass ich gerade schon einmal da gewesen war und er mir die Tür vor der Nase zugeschlagen hatte.

Ich erklärte einfach sofort, was ich auf dem Herzen hatte: »Wahrscheinlich erinnern Sie sich nicht an mich. Wir sind uns nur kurz, vor einigen Wochen, auf einer Beerdigung begegnet.« Ich wusste nicht, wie viel ich vor Hans über die Familie Petrochek veraten sollte und überließ es Stefan Walter selbst, mir hierbei weiterzuhelfen.

»Ich erinnere mich nicht genau, es kann ja eigentlich nur bei Christians Begräbnis gewesen sein, die einzige Beerdigung, auf der ich seit langem war. Sie verstehen, dass ich da völlig durcheinander war.«

Ich erklärte ihm, warum ich auf der Beerdigung gewesen war, und tischte eine Variante der Geschichte auf, die ich auch schon Paul erzählt hatte. Dass mich die Ereignisse noch verfolgten und dass ich für mein eigenes Seelenheil jetzt seine Bekannten und Verwandten aufsuchte, um ein bisschen über ihn zu reden. Die Wal-Traumvariante verkniff ich mir und beschloss, sie auf keinen Fall heranzuziehen. Sie war zu albern und verfänglich.

Hans der Herzliche ergriff nach meinen stammelnd vorgebrachten Erläuterungen die Initiative und befreite Stefan Walter und mich aus unserer verlegenen Paralyse: »Dann komm doch einfach einen Moment herein, Toni, wir haben ja noch Zeit und du kannst doch einfach einen Schluck Sekt mit uns trinken, während ihr euch unterhaltet. Dabei ziehe ich mich schon mal um.«

Inzwischen waren wir ins Wohnzimmer gelangt, wo mir Stefan Walter einen Platz auf dem Sofa anbot. Scheinbar von seinem Freund angesteckt, duzte er mich im weiteren Verlauf des Gesprächs und mir blieb wenig anderes übrig, als es ihm gleich zu tun.

»Also, Toni, wenn ich dich richtig verstanden habe, dann hast du Christian damals gefunden?«

Ich nickte und sagte: »Ja, im Rhein. So habe ich auch Sanny und Frau Petrochek kennen gelernt. Ich habe von den beiden schon viel über Christian erfahren, aber aus irgendeinem Grund musste ich heute Abend auch hierher kommen. Sanny hat mir erzählt, dass er in der letzten Zeit wieder mehr Kontakt zu dir hatte. Es tut mir sehr Leid, was passiert ist.«

In den Augen der Mann/Frau, die vor mir saß, erschienen Tränen. Als er sie wegwischte, verschmierte die Wimperntusche ein wenig. Ich bereute, gerade jetzt hier aufgetaucht zu sein und ihm nun offensichtlich den Abend zu verderben.

Andererseits war er durchaus bereit, über seinen Sohn zu sprechen, auch wenn seine Trauer während der nächsten Minuten wieder ganz aufbrach: »Ich bin froh, dass du da bist. Es tut mir Leid wegen vorhin, mit der Tür und so, manchmal gerate ich immer noch einfach in Panik, auch wenn es albern ist.« Er strich sich mit der Hand durch die Haare und fuhr dann fort: »Es ist schwer für mich, mit niemandem über Christian sprechen zu können. Hans ist sehr verständnisvoll, aber er kann sich mein früheres Leben doch nicht so richtig vorstellen. Zu

Nicola und Sanny habe ich ja leider keinen Kontakt. Wie geht es ihnen?«

Ich erzählte ein bisschen von Sanny, schwärmte von ihr und konnte sehen, wie er sich darüber freute. Ich hoffte für ihn, dass Sanny den Mut finden würde, mit ihm in Verbindung zu treten. Dann kam Hans wieder in den Raum. Er hatte graziöse Beine, die jetzt in anthrazitfarbenen Seidenstrümpfen steckten, außerdem trug er ein dezent grünschimmerndes Kleid und eine rote Lockenpracht.

»Das Finish musst du gleich machen«, sagte er, »kann ich mich dazu setzen, oder wollt ihr noch einen Moment allein sein?« Er griff nach seinem Sektglas, das noch auf dem Tisch stand.

»Nein, setz dich ruhig dazu. Wir sprechen über meine Familie. Das geht dich schließlich auch etwas an.«

Also saß ich mit diesen beiden atemberaubenden Frauen gemütlich um den Couchtisch und es fiel mir zum ersten Mal leicht, meine Fragen zu stellen. Keiner war misstrauisch, vielleicht auch, weil ich schon routinierter geworden war.

Ich ließ die Video- und Computerfragen locker in andere Themen wie Sport, Christians Charakter und seine Probleme einfließen: »Alle haben mir berichtet, dass Christian auch ein großer Computerfan war. Hat er dir davon erzählt?«

Wie nebenbei konnte ich diese Frage stellen und Stefan Walter erwiderte: »Natürlich. Er hat ja immer seine Disketten dabei gehabt und wenn ich hier gekocht habe, dann durfte er an meinen PC. Er war jedes Mal selig.«

Ich schaltete langsam. Erst einige Minuten später dämmerte mir, was er da gerade gesagt hatte. Die Disketten waren bei unserem Gespräch mit Gerald eine Erfindung von Sanny gewesen. Aber es hatte sie wohl tatsächlich gegeben. Was wusste Sanny darüber?

Wie schon die anderen sagte auch Stefan Walter, dass er nichts über irgendwelche Videos oder Christians Interesse an diesem Medium wisse. Genauso wenig hatte er Lydia gekannt.

»Christian war monatelang vor seinem Tod nicht mehr hier. Wir haben uns manchmal kurz in der Stadt getroffen, haben Hamburger gegessen und danach ist er schnell wieder gegangen. Deshalb mache ich mir ja auch solche Vorwürfe. Hans und ich hatten uns gerade kennen gelernt und ich war irgendwie im siebten Himmel. So habe ich nicht genug darauf geachtet, wie es Christian ging. Das letzte Mal, als wir uns gesehen haben, wollte er mir etwas erzählen, doch ich musste dringend weg. Ich war mit Hans verabredet. Vielleicht wäre das alles nicht passiert, wenn ... wenn ich ...«

Jetzt liefen ihm die Tränen übers Gesicht und das Make-up zerrann zu einer Landkarte seines Kummers.

Hans rückte an ihn heran, legte einen Arm um seine Schulter und sagte bedrückt: »Wir haben schon so oft darüber geredet, aber du wirst nie erfahren, was los war.« Dann wandte er sich hilflos an mich: »Ich weiß einfach nicht, wie ich ihn trösten soll. Es ist alles so furchtbar.«

Ich fürchtete, dass gleich beide in Tränen aufgelöst sein würden, und hatte nur noch den Wunsch, keine weiteren Wunden aufzureißen. Verzweifelt überlegte ich, was ich sagen konnte, aber angesichts der Schuldgefühle Stefan Walters, die wahrscheinlich nicht nur bis in die Zeit vor Christians Tod, sondern viel weiter zurück reichten, fiel mir nichts ein, was nicht platt und beschwichtigend geklungen hätte. Also schwieg ich, genauso wie Hans es jetzt tat, und wir warteten, bis die Gefühlswogen im Raum langsam verebbten.

Stefan Walter wischte sich mit einer rosa Papierserviette, die auf dem Tisch gelegen hatte, übers Gesicht, sah das bunte Ergebnis seiner Bemühungen auf dem Tissue und stand auf. »Muss ich noch mal ran«, murmelte er und verließ den Raum.

Hans folgte ihm und ich unterdrückte mühsam den Impuls, sofort zu gehen und ohne Abschied die Wohnung und die Folgen meines Besuchs hinter mir zu lassen.

Nach einer Viertelstunde erschienen beide wieder, Stefan Walter frisch geschminkt und Hans beinahe wieder sein altes strahlendes Selbst. Ich stand auf, wollte mich jetzt der Form entsprechend verabschieden, aber Hans fragte: »Wie bist du denn da? Mit dem Auto? Und wo musst du hin?«

»In die Stadt«, sagte ich vage, »ich bin mit dem Taxi gekommen.«

»Dann könnten wir uns doch ein Taxi teilen, wir wollen schließlich auch gleich noch los, ins Städtchen«, schlug Hans, voller Tatendrang vor.

Auch sein Freund erhob keinen Einspruch und ich fühlte mich erleichtert. Wenigstens hatte ich ihnen nicht zu einem einsamen tränenreichen Abend zu Hause verholfen.

Ich hätte mich gerne allein auf den Weg gemacht, aber Hans telefonierte schon nach einem Taxi und so saßen wir ein paar Minuten später zu dritt im Auto. Meine Begleiter teilten sich den Fond und ich stieg auf der Beifahrerseite ein.

»Wo soll's denn hingehen, die Damen?«, fragte der Fahrer. Von hinten kam keine Antwort und ich sagte: »Zuerst zum Rheinauhafen, dann weiter in die Innenstadt.«

»Große Witschgasse«, murmelte Hans, kaum verständlich, und ich wiederholte: »Dann große Witschgasse.«

Ich grinste vor mich hin. Anscheinend genoss er, dass der Fahrer noch keinen Verdacht geschöpft hatte. Aus gegebenem Anlass schwiegen wir also auf der weiteren Fahrt und ich war durchaus dankbar dafür. Wir brauchten nur wenige Minuten bis zum Rheinufer, dann ging es immer geradeaus etwa drei Kilometer am Fluss entlang bis zur Südstadt. Ich war erleichtert, dass die Straße noch nicht gesperrt war, auch wenn sich rechts von uns das orange glitzernde Meer des Hochwassers ausdehnte.

Kurz vor der Einfahrt zum Hafen bat ich den Fahrer anzuhalten. Ich bezahlte den Taxameterstand und wehrte Hans' Versuche ab, mich zu der Fahrt einzuladen. Wenn der Fahrer durch unser Gespräch irgendwelcher Illusionen über das Geschlecht seiner Gäste beraubt worden war, so ließ er sich das nicht anmerken, sondern wartete einfach geduldig, bis wir uns verabschiedet hatten.

»Wohnst du hier irgendwo?«, fragte Hans noch neugierig.

Ich nickte, beließ es bei dem ›Irgendwo‹, rief: »Bis bald und viel Spaß heute Abend«, und schlug die Autotür hinter mir zu. Dann winkte ich ihnen noch einmal zu und beobachtete, wie der Wagen verschwand. Ein hellblonder und ein roter Hinterkopf leuchteten aus dem Rückfenster.

28

»Wenn wir die Leitungen flutklar machen, müssen wir ausziehen. Ohne Heizung und Strom wird es hier ziemlich ungemütlich.«

Ich stimmte Bill zu. Die Nähe zum Wasser und die Backsteinwände unserer Bleibe lassen die Wohnungen innerhalb von kürzester Zeit zu kalten, nassen Löchern werden, sobald die Wärmezufuhr gekappt ist.

Er sagte zweifelnd: »Irgendwie habe ich das Gefühl, dass uns das Wasser diesmal zum Narren hält. Es kann sein, dass wir den ganzen Aufwand umsonst betreiben, und es sich in den nächsten Tagen ganz von selbst senkt.«

»Es kann aber auch sein, dass wir morgen Abend schon nicht mehr ohne Kanu in unsere Wohnzimmer finden«, erwiderte ich pessimistisch.

Bill sah unschlüssig aus. Es fiel uns erstaunlich schwer, unseren perfekt geplanten Notstand tatsächlich auszurufen. Auch in mir sträubte sich alles dagegen, mein Zuhause zu verlassen, auch wenn es nur vorübergehend sein würde. Es war, als ob ich dem Fluss nicht traute, dass er nach gegebener Zeit das Haus wirklich wieder herausrücken würde.

Ich versuchte, die Entscheidung noch eine Weile hinauszuzögern: »Was hältst du davon, wenn wir noch bis morgen früh warten? Ich muss nämlich auch gleich noch einmal weg.«

Es war kurz nach zehn, aber Ludger hatte mich ja bis morgens um vier zu sich eingeladen. Ich hatte nach der Rückkehr von Sannys Vater, Jacke und Schuhe anbehalten und war direkt zu Bill gegangen. Der Schlüssel zu Noras Wohnung war noch bei Tom und ich war durchaus daran interessiert, diese Nacht in meiner eigenen Wohnung zu verbringen.

Bill schaute mich fragend an. Ich erklärte ihm, was es mit der Verabredung mit Ludger auf sich hatte, und war erstaunt, als ich merkte, wie sein Gesichtsausdruck immer skeptischer wurde.

»Was ist los?«, fragte ich.

Er zögerte einen Moment, sagte dann mit einiger Überwindung: »Sei mir nicht böse – ich will mich nicht in deine Pläne einmischen. Aber ... ich mache mir einfach Sorgen. Schon die ganze Zeit, seit du mir erzählt hast, was du herausgefunden hast. Seit ich weiß, dass du Leute befragst und so weiter. Tut mir Leid ... aber wenn ich jetzt noch weiß, dass du mitten in der Nacht bei jemandem, den du nicht kennst, allein in der Wohnung bist, dann hocke ich hier herum und habe so lange Bauchschmerzen, bis du heil wieder da bist.« Die letzten Sätze brachen beinahe aus ihm heraus. Als wenn die Überwindung seiner natürlichen Zurückhaltung eine besondere Vehemenz freigesetzt hätte.

Ich kämpfte. Schluckte die erste, wütende Reaktion hinunter. Unterdrückte den zurückbleibenden Ärger. Zwang mich, zu überlegen und nicht sofort voller störrischem Freiheitsdrang davonzurauschen. Dabei überkam mich eine weitere Ahnung. Eine mögliche Erklärung für ein ganz anderes Rätsel.

Nach einigen Sekunden sagte ich beherrscht: »Das wäre ja noch schöner, wenn ich sauer wäre, weil du dir Sorgen machst. Es ist ... entschuldige, wenn ich dir manchmal unzugänglich vorkomme. Ich bin nur ... ich bin nicht daran gewöhnt ... dass ...«

Wir schauten uns an und einen Moment lang hatte ich das Gefühl, als wenn sich einer der Panzer, die mein Inneres aufrecht halten, ein bisschen auflöste, etwas verrückte, es war, als wenn etwas von dem weichen, milden Wind, der draußen blies, durch mich hindurchzog.

Ich fragte Bill: »Ist das auch das Problem, das du mit Jill hast? Dass du dir zu viele Sorgen machst?«

Er nickte: »Auch. Und noch ein paar andere Sachen.«

Er schaute mich an und was ich in seinem Blick sah, ließ mich schweigen. Es war ein Ausdruck von existentieller Angst und irgendwo schimmerte eine Spur von verzweifelter Hoffnung. Während dieses Augenblicks fragte ich mich, wie er es schaffte zu überleben.

Dann war der Moment verflogen, sein Ausdruck glättete sich wieder. Er ging zum Kühlschrank und fing an, Salami und Käse herauszuholen. »Ich schmiere dir noch schnell ein Brot. Es klingt, als hättest du eine Weile nichts gegessen.«

Ich starrte ihn verblüfft an, nickte dann und nahm einige Minuten später dankbar sein Lunchpaket in Empfang. Ich hinterließ Bill Ludgers Telefonnummer und Adresse und sagte, bevor ich die Tür hinter mir schloss: »Er klang am Telefon wirklich nett und harmlos. Ein ganz normaler Hacker, die sind eigentlich echt in Ordnung.«

Damit sprach ich vor allem mir selbst Mut zu. Bills Furcht hatte mich angesteckt und meine ohnehin schon enormen Zweifel am Sinn, an der Berechtigung und der Ungefährlichkeit meiner Unternehmungen noch geschürt.

Obwohl Bickendorf, wo Ludger wohnte, relativ weit im Westen der Stadt liegt, erreichte ich es schnell. Ich erwischte eine Bahn an der Severinstraße und konnte ohne umzusteigen bis zur Rochusstraße fahren. Während der zwanzigminütigen Fahrt machte ich mich gierig über die Stullen her, die erste Mahlzeit seit dem Mittagessen mit Roland Mainau. Seitdem schien mein halbes Leben vergangen zu sein, doch nach einer Weile kam die Energie schubweise zurück, wie die Getriebenheit, die Verwirrung und die Neugier.

Nachdem ich aus der Bahn gestiegen war, beeilte ich mich, den U-Bahnschacht zu verlassen. Obwohl die Haltestelle dort ziemlich neu und mit moderner Kunst aufgemotzt ist, roch sie doch nach Finsternis und Käfigangst und ich war froh, über die Treppen in die weitläufige oberirdische Nacht hinauf gehen können.

Der kurze Fußweg führte mich durch eine beinahe dörfliche Gegend. Bickendorf geht zwar nahtlos in den Stadtteil Ehrenfeld über, der direkt an die Innenstadt grenzt, aber ein gewisser ländlicher Charakter ist in einigen Straßen trotzdem erhalten geblieben. Ludgers Haus lag in einer kleinen Gasse, ein einstöckiges, winziges, braunes Gebäude ohne Garten. Ähnliche Häuser schlossen sich links und rechts unmittelbar an, vielleicht eine Reihe von ehemaligen Landarbeiterhäusern.

Als Ludger die Tür öffnete, wurde das Haus noch ein bisschen kleiner. Gebäude und Bewohner schienen in einem gewissen Missverhältnis zueinander zu stehen. Ludger war groß und schwer, allerdings – wie ich etwas später feststellte – nicht ganz so extraordinär wie es im Vergleich zu seiner zwergenhaften blauen Eingangstür auf den ersten Blick wirkte.

Er bat mich herein. Seine Stimme war melodisch und etwas schleppend, wie ich sie schon am Telefon empfunden hatte, jedoch auch sie wirkte nun, als ich ihren Besitzer persönlich vor mir hatte, nicht ganz passend.

»Grüß dich. Und komm herein. Ich koche gerade Kaffee. Türkischen, das macht die nächsten Stunden zur Freude. Und die Box läuft auch wie geschmiert. Alles paletti. Sie hat sich schon seit Monaten nicht mehr aufgehängt. Eigentlich gar nicht nötig, dass ich sie so bewache, aber sie ist eben mein Baby und es fällt mir schwer, sie allein zu lassen.« Ludgers Redefluss begann unmittelbar, nachdem er mir die Tür geöffnet und ich mich als »Toni Walter« zu erkennen gegeben hatte, und er setzte sich beinahe ohne Pause fort.

Ich folgte Ludger durch einen quadratmillimeterkleinen Flur in einen erstaunlich großen Raum. Es war, als hätte ich draußen nur die Außenwände eines Anbaus wahrgenommen, denn dieses Zimmer schien mir unmöglich in das Hexenhäuschen zu passen, an dessen Tür ich geklopft hatte. Die Einrichtung war spartanisch, in einer Ecke stand ein großer Tisch mit zwei Stühlen, sonst gab es keine Möbelstücke, aber dennoch herrschte eine Aura von Chaos. Beinahe zwei Drittel des Zimmers waren vollgestellt mit technischen Geräten. Ich zählte zehn hellgraue Metallkisten, die wie Computer aussahen, jedoch gab es nur einen Monitor und eine Tastatur. Weitere Geräte, Modems und vor allem Kabel aller Größen, Längen und Farben lagen und hingen im Raum.

»Voilà«, sagte Ludger, als ich im Zimmer stand, und schaute mich erwartungsvoll an.

»Toll«, antwortete ich gehorsam, nicht ganz sicher, was er von mir erwartete.

»Das ist sie, unsere willige Dienerin, die *Everest*«, erklärte er und verwirrte mich damit nicht weniger.

Irgendwo hier in diesem Raum befand sich also die Mailbox. Das war spannend. Welche dieser Kisten sie nun aber war und welche Funktion die anderen hatten, war mir nicht klar.

Aber Ludger erklärte weiter, bevor ich irgendeine ignorante Frage hatte stellen können: »Ja, jetzt staunst du. Das tun die meisten. Man stellt sich unter einer Mailbox ja auch meistens nur einen einzigen Rechner vor. Aber in Wirklichkeit sind diese ganzen Kisten zusammengeschlossen und bilden verschiedene Elemente der *Everest*. Jede nimmt eine bestimmte Funktion wahr und sie tauschen in genau programmierter Weise ihre Informationen aus. Auf der einen Kiste gehen die Anrufe ein und aus, eine andere ist ein Internetserver und so weiter. Wenn du dich als Benutzerin von außen einwählst, nimmst du sie nur als eine Einheit war. Was sie ja auch rein datentechnisch ist. Ich träume von einem richtigen Großrechner als Server, das würde vieles erleichtern, aber bis dahin klappt es so auch. Ist allerdings nicht ganz einfach, die Konfiguration immer wieder so hinzukriegen, dass alles läuft.«

Ein bisschen ehrfürchtig schaute ich mir den Kistenpark noch etwas genauer an, aber natürlich gab es eigentlich nichts zu sehen. Die Milliarden von Bits und Bytes, die in den Maschinen als winzige Stromimpulse hin- und herflossen, die Informationen, die von den Benutzern geschickt oder abgerufen wurden, waren weder sicht- noch hörbar, und sie riefen auch kein geheimnisvolles Glühen von Leuchtdioden oder anderen Signalen hervor, wie dies vielleicht in einem Sciencefictionfilm geschehen würde. Genauso wenig sprach *Everest* mit uns und der dunkle Raum, in den ich mich begeben hatte, als ich sie durchstöbert hatte, war ein Trugbild meiner Phantasie gewesen, hervorgerufen durch die Darstellung ihrer Funktionen auf dem Bildschirm meines Laptops.

Dennoch war es hochinteressant zu erfahren, wie die Box tatsächlich aussah. Ich setzte mich auf einen der beiden Stühle und wartete auf Ludger, der inzwischen den Raum verlassen hatte.

Er kam bald mit einer riesigen Kanne wieder und redete sofort weiter: »Du magst doch bestimmt auch Kaffee. Achtung, ich habe das Pulver dringelassen. Macht ihn stärker. Trotzdem brauche ich dauernd mehr. Bin inzwischen auf vier Liter am Tag. Halt dich ran, sonst kriegst du nichts mehr ab.«

Gleichzeitig goss er mir großzügig in eine Tasse, die den Umfang einer Salatschüssel hatte, ein. Dann setzte er sich auf den anderen Stuhl vor den Monitor, drehte sich zu mir und ich bemerkte, dass sich sein rechtes Bein rhythmisch und schnell weiterbewegte. Ludger wirkte nicht nervös, sondern eher so energiegeladen, dass es ihm nicht ausreichte, diese Antriebskraft im Sitzen nur noch geistig loszuwerden, sie setzte sich selbstverständlich weiter in Bewegung um. Er hatte braune Locken, ein rundes Gesicht und einen Curt-Cobain-Spitzbart. Dieses Ziegenbärtchen vibrierte analog zu seinem Bein und machte sein Gesicht noch etwas lebhafter, als es sowieso schon war.

»Also Nora ist überfallen worde. Schlimme Sache, wie geht es ihr denn? Ich mache mir wirklich Sorgen.«

Ich hatte gerade einen großen Schluck von dem extrem süßen, extrem belebenden Kaffee getrunken, als Ludger tatsächlich eine Sprechpause machte und wartete, dass ich ihm antwortete: »Es geht ihr besser. Sie wird wieder ganz fit, das kann aber noch eine Weile dauern. Im Moment ist sie noch in der Klinik. Was genau passiert ist, erzählt sie dir am besten selbst.«

Misstrauen war inzwischen der Zustand, in dem ich mich am heimischsten fühlte. Die letzten Tage hatten mich so vorsichtig werden lassen, dass ich auch Ludger gegenüber ganz automatisch nur das unbedingt Notwendige preisgab. Wie viele Menschen, die selbst gerne reden, schien ihn das aber nicht weiter zu stören, sondern er sprach einfach weiter. Vielleicht hatte er aber auch einfach nur mein Zögern bemerkt und war so taktvoll, mich nicht auszuquetschen.

Er sagte: »Und du interessierst dich also auch für die Box. Möchtest du Userin werden? Ich kann dich sofort eintragen und dir die nötige Software mitgeben. Ein Probemonat ist frei, danach kannst du dich entscheiden, ob du dabeibleiben und zahlen willst.« Jetzt lachte er, aber es klang verlegen, beinahe, als wenn es ihm peinlich wäre, dass er für seine Dienstleistung Geld berechnete.

»Nora hat mir früher schon mal gezeigt, wie die Box funktioniert«, auch das Schwindeln wurde immer mehr zum schnell verfügbaren, gewohnten Teil meiner Natur, »ihr Bruder hat mich gebeten, jetzt wo sie krank ist, in ihr Mailverzeichnis zu schauen, falls wichtige Sachen kommen, auf die man antworten müsste.«

Ich wollte Ludger auf diese Weise erklären, wie ich an die Informationen gekommen war, nach denen ich ihn gleich fragen würde, aber er unterbrach mich, bevor ich fortfahren konnte: »Ach so, du warst das. Nach deinem Anruf gestern, habe ich mir die Log-Protokolle der letzten Tage angeschaut und mich gewundert, wer sich von Noras Account eingewählt hat.«

»Du kannst genau sehen, wer sich wann eingewählt hat?« Ich war verblüfft, weil ich selbst an diese Möglichkeit gar nicht gedacht hatte. Obwohl es ziemlich logisch war, dass alles, was in der Box passierte, von dieser aufgezeichnet wurde.

Dann hatte ich mal wieder einen meiner spontanen, potentiell Unheil bringenden Einfälle: »Vielleicht kannst du mir das genauer erklären. Ich spiele nämlich auch mit dem Gedanken, eventuell eine Mailbox ins Leben zu rufen. Eine, die nur für Frauen zugänglich ist. Allerdings habe ich von der technischen Seite noch keine Ahnung.«

Ludger griff die Idee auf: »Eine Frauen-Mailbox. Keine schlechte Idee. So lange du mir nicht alle Userinnen abwirbst. Nein, ich mache nur Spaß. Vielleicht könnten wir ja kooperieren. In der *Everest* sind nämlich einige Sachen abgelaufen, die vor allem die Systembetreuerinnen empört haben. Die Diskussion ist allerdings in den letzten Wochen eingeschlafen. Ich muss mich unbedingt wieder darum kümmern. Deshalb wollte ich ja auch mit Nora sprechen. Ich weiß gar nicht, wie der Stand der Dinge ist, nach der Sache mit Anke. Hat Nora dir erzählt, dass unsere zweite Systembetreuerin gestorben ist?«

Ich bejahte diese Frage und sagte: »Dann kannst du also doch nicht alle Nachrichten, die in der Box übertragen werden, lesen?«

»Nein, natürlich nicht.«

Ich erklärte ihm, dass Nora mir von der Pornographiedebatte erzählt hatte, erwähnte aber die Kinderpornos nicht.

Ludger erwiderte: »Ja, da gab es eine große Diskussion. Mir ist allerdings nicht ganz klar geworden, warum Anke zur Polizei gehen wollte. Wir hatten schon eine Verabredung, wo sie mir erzählen wollte, was los war, aber da ist sie nie aufgetaucht und dann habe ich erfahren, dass sie gestorben ist. Weißt du, ob sie Nora Details erzählt hat?«

Ich bewegte mich auf dünnem Eis. Wie viel leichter wäre es gewesen, einfach reinen Tisch zu machen. Ludger die ganze Geschichte, samt meinem vielleicht paranoiden Verdacht und allem, was ich wirklich konkret wusste, zu erzählen und mit seinem technischen Know-How noch mehr Licht in die Sache zu bringen. Aber ich wagte es nicht.

Stattdessen appellierte ich an Ludgers Herz und an seinen Optimismus: »Du musst verstehen. Ich bin durch das, was Nora passiert ist, verunsichert und ängstlich. Ich würde dich gerne viele Sachen fragen und dir später berichten, warum.«

»Dann schieß los.« Ludger ergab sich leicht frustriert in das Schicksal der ungestillten Neugier.

»Und du weißt also immer, wann sich welcher Benutzer in die Box eingewählt hat?« Diese Frage schien mir am interessantesten zu sein.

»Theoretisch ja.« Ludger zeigte mir am Bildschirm, vor dem er saß, wie die Box alles protokollierte. Lange Listen erschienen vor unseren Augen: »Aber du siehst ja, dass alleine an einem Tag manchmal Hunderte von Einwählvorgängen stattfinden. Da schaue ich natürlich nur bei denen nach, die aus irgendeinem Grund fehlgeschlagen sind, und versuche, die Ursache zu finden. Dass von Noras Account eine Einwahl stattgefunden hat, ist mir vor allem aufgefallen, weil die Verwaltung betreten wurde. Das wird in einer extra Datei verzeichnet. Siehst du?«

Er zeigte mir die Datei und ich verstand, dass ich mit meinem Besuch in der Verwaltung eine Leuchtspur hinterlassen hatte. Dann fragte er mich: »Was wolltest du da eigentlich, die Verwaltung ist eher eine vertrauliche, interne Angelegenheit?«

»Ach, das war ein Versehen, ich wusste nicht genau Bescheid und da bin ich wohl darin gelandet«, schnell lenkte ich von diesem Thema ab: »Wenn du von einem User, der sich unter falschem Namen, Telefonnummer und Adresse angemeldet hat, herausfinden willst, von wo er anruft, gäbe es da eine Möglichkeit, eine Fangschaltung oder so?«

»Das wäre ziemlich kompliziert. Einfach wegen der Menge der Anrufe, die hereinkommt, und weil ich ja mehrere Leitungen und Modems an die Box angeschlossen habe. Es wäre sehr teuer und schwierig. Noch. Wenn die Box irgendwann auf ISDN umgestellt wird, geht es einfacher. Aber auch dann müsste man ja noch herausfinden, wer hinter der Nummer steckt, von der angerufen wurde. Wenn jemand von einem Hotel oder irgendeinem anderen öffentlichen Anschluss aus anruft, weißt du ja wieder nicht, wer es war, beziehungsweise du musst mit Hilfe der Polizei nach ihm fahnden. Und welcher unserer armen User hätte das schon verdient.«

Er lachte und ich nahm es ihm nicht übel, schließlich ahnte er ja nicht, welche dunklen Gestalten ich in seiner geliebten *Everest* vermutete.

Ich bat ihn nachzusehen, ob *herba* oder *dick* in der letzten Zeit angerufen hatten, und er stöhnte: »Du hast ja die Listen gesehen. Aber warte einen Moment. Ich durchsuche die letzten vier Wochen automatisch. Dauert einen Moment.«

Er startete den Suchvorgang, und während Ludger konzentriert den Bildschirm beobachtete, überlegte ich angestrengt, was ich noch wissen wollte. Die Besitzer der Accounts *herba* und *dick* konnten also selbst von dem Betreiber der Box praktisch nicht aufgespürt werden.

»Also, soweit ich sehen kann, haben sich die beiden im letzten Monat nicht eingewählt«, präsentierte mir Ludger das Ergebnis seiner Suche.

»Würde es dir viel ausmachen, wenn du auch noch den den ganzen Januar und den Dezember des letzten Jahres durchsuchst?« Ich kam mir unverschämt vor, aber wozu war ich schließlich hier.

»Okay, kein Problem.« Wieder wandte Ludger sich dem Bildschirm zu und meldete nach einigen Minuten: »Die letzte Einwahl von beiden Accounts fand am 15. Dezember letzten Jahres statt. Das war ein Sonntag und sie haben sich unmittelbar hintereinander um 10 Uhr 34 und 10 Uhr 36 eingewählt.«

Der 15. Dezember. Das war wenige Tage, bevor ich Christian gefunden hatte. »Worauf könnte man schließen, wenn sich zwei Accounts so kurz hintereinander melden?«, fragte ich Ludger, wobei die Frage mehr an mich selbst gerichtet war.

»Keine Ahnung«, grummelte er, »ich würde denken, Zufall oder so etwas. Die meisten User benutzen die automatische Einwählfunktion. Sie wählt die Nummer der Box so lange an, bis die Leitung frei ist. Hier kommen alle paar Minuten Anrufe rein, auch wenn du es natürlich nicht klingeln oder tuten hörst, weil ich die Modems auf stumm geschaltet habe. Was hat es denn mit den Accounts auf sich?«

»Das möchte ich dir gerne später erzählen, okay? Lass uns weitermachen.« Ich hatte schon meine eigene Erklärung für diesen ›Zufall‹ gefunden. Die Antipornofrauen hatten nie geschrieben, bei welchem der beiden Accounts sie eigentlich das Video bestellt hatten. Beide Namen waren einfach zusammen genannt worden. Dass sie sich so kurz hintereinander eingewählt hatten, konnte heißen, dass hinter ihnen ein und dieselbe Person oder Gruppe von Personen steckte. Tatsächlich meldete Ludger jetzt: »Im Dezember haben sie sich ziemlich regelmäßig alle ein oder zwei Tage eingewählt, jedes Mal unmittelbar hintereinander.«

Ich nickte. Das bestätigte, wovon ich unbewusst ausgegangen war. Aber warum gab es in den letzten Monaten keine Anrufe mehr? Christian und Lydia hatten jemanden gekannt, der hinter dem Video steckte. Das war das Einzige, was ich sicher wusste. Dieser Jemand hatte die Videos von den Accounts *herba* und *dick* aus vertrieben. Soviel schien auch festzustehen, denn das hatten die Antipornofrauen herausgefunden. Alles weitere war Spekulation: Dass Nora überfallen worden war, weil jemand wusste, dass sie das Video hatte, dass Christians und vielleicht sogar Ankes Tod etwas damit zu tun hatten. Aber die Anrufe hatten genau zu der Zeit aufgehört, als Christian starb. Hatte das etwas zu bedeuten? Und wenn ja, waren *herba* und *dick* einfach von der Bildfläche verschwunden, oder gab es noch andere Accounts, hinter denen die gleichen User steckten? Vielleicht waren sie zu einer anderen Box, einem anderen Provider umgezogen ...

»Wie viele User gibt es in der *Everest*?«, fragte ich Ludger ohne große Hoffnung.

»So um die tausend.«

»Und du kennst sie alle?«

»Nein, ich habe ja noch nicht einmal alle selbst eingetragen. Deshalb ist die Verwaltung ja so wichtig. Jeder Systembetreuer kann sich von seinem Rechner aus in die

Verwaltung einloggen und User ein- oder austragen. Die Rechnungen werden von der *Everest* automatisch erstellt und per E-Mail verschickt. Bezahlt wird jährlich im Voraus und einmal im Monat checke ich, ob die Accounts, die in diesem Monat fällig waren, bezahlt haben. Die meisten überweisen, manche schicken aber auch einen Scheck oder sogar Bargeld. Mahnungen gibt es keine, wer nicht blecht, wird ausgetragen, kann sich aber reuevoll wieder anmelden und wird dann direkt wieder eingetragen. Useranträge gehen per E-Mail, per Post, telefonisch oder auch einfach persönlich ein, wenn wir Freunde oder Bekannte anwerben. Die Systembetreuer haben ein Vertrauensverhältnis zueinander. Wenn ich nicht wüsste, dass Nora zum Beispiel gewissenhaft die richtigen Angaben an die Box weitergibt, dann könnten wir nicht zusammen arbeiten.«

Wieder einmal staunte ich über die Möglichkeiten, die die Box bot. So persönlich sich die Netzfreundschaften oft gestalteten, so einfach war es auch, sich zu verstecken und auschließlich mit der Maschine in Kontakt zu sein. Kein Wunder, dass sich der Handel mit verbotenem Gut über die Datennetze so herrlich betreiben ließ.

»Was ist los, du siehst plötzlich ziemlich fertig aus?« Ludger schaute mich hellwach an.

Ich sah auf die Uhr: kurz vor Mitternacht. Noch einmal konzentrierte ich mich. Ludger hatte mir schon das Stichwort für meine nächste Frage geliefert: »Könntest du mir noch etwas über die Systembetreuer verraten? Nora kenne ich, klar, dann gibt es noch dich und Rocky und Micki – von denen hat Nora mir schon erzählt – genauso von Anke, die gestorben ist, aber vielleicht kennst du ja ihre Angehörigen?«

»Toni, Toni, wofür musst du das nur alles wissen?«

Ich verlangte wohl langsam zu viel von Ludger. Es widerstrebte ihm eindeutig, Informationen über seine Freunde herauszurücken, und ich konnte ihn bestens verstehen. Also wandte ich noch einmal meine Kreativität auf, um ihn bei der Stange zu halten, ohne etwas preisgeben zu müssen.

»Ludger, ich komme dir wahrscheinlich reichlich durchgeknallt vor, das bin ich in gewisser Hinsicht auch. Ich habe einen merkwürdigen, ziemlich vagen Verdacht, der mich aber nachts nicht mehr schlafen lässt. Außerdem geht mein Haus gerade im Hochwasser unter und ich bin Mitglied in einem hypergeheimen Schweigeclub, der mir verbietet, mehr zu sprechen als unbedingt nötig. Wenn du mir jetzt hilfst, verschaffe ich dir eine Ehrennadel dieses Clubs für den diskretesten und beherrschtesten Vielredner, der je eine Mailbox betreut hat.«

Inzwischen hatte Ludger angefangen zu lachen und dadurch ermutigt überredete ich ihn weiter: »Wahrscheinlich ist an diesem Verdacht nichts dran, deswegen möchte ich ihn nicht überall verbreiten und eventuell Leute in Schwierigkeiten bringen.«

»Verdammt, du bist ziemlich überzeugend«, antwortete Ludger. »Wenn du mir versprichst, dass du bei der Box mitmachst und vielleicht sogar Systembetreuerin wirst, dann kann ich dich auch einweihen. Wir haben in der letzten Zeit einen ziemlichen Mangel an Sysops, vor allem an weiblichen.«

Ich schnappte kurz nach Luft. So schnell hatte man eine Lebensstelle am Hals. Aber mir blieb nichts anderes übrig: »Okay, wenn ich nicht sofort mit der Arbeit anfangen muss.«

»Wann?« Ludger grinste diabolisch

»Sobald ich herausgefunden habe, was ich wissen muss, und die Flut sich verzogen hat.«

»Warum habe ich bloß das Gefühl, dass das noch lange dauern kann?« Ludger kratzte sich am Hals und kniff ein Auge zusammen. »Aber du bist zwar merkwürdig, doch trotzdem ziemlich sympathisch. Genau die richtigen Eigenschaften für den Job. Geht okay.«

»Also, leg los«, ermunterte ich ihn.

»Ankes Angehörige kenne ich nicht. Ich habe einfach eine Trauerkarte bekommen. Vielleicht hat jemand Ankes Adressbuch durchgeschaut und allen Leuten, die da drin standen, Karten geschickt. Ich muss noch mal meine Sachen durchsehen, ob ich die Karte finde. Wahrscheinlich steht da ja etwas über Eltern oder Angehörige drauf.«

Er versprach mir, die Karte am nächsten Tag zu suchen, und fuhr fort: »Micki ist ein Freund von mir, den ich noch vom Studium her kenne. Er hat die Box mitgegründet, kann sich inzwischen aber nicht mehr so intensiv beteiligen. Schließlich hat er Familie, sein Sohn ist schon fünfzehn, und er hat einen ziemlich guten und arbeitsaufwendigen Job an der Uni.«

»Kannst du mir seine Adresse geben?« Ich bemühte mich, daran zu denken, dass ich ja behauptet hatte, nur aus Versehen in der Verwaltung gewesen zu sein.

Als ich mir Mickis Anschrift ansah, blieb mir die Luft weg: Michael Schmidt, stand darauf, Liblarer Straße 3. Das war die Adresse, bei der ich am Nachmittag gewesen war. Geralds Zuhause. Natürlich war mir nicht aufgefallen, dass Geralds Telefonnummer, die ich von Sanny bekommen hatte, und die von Micki aus der Verwaltung übereinstimmten.

»Heißt Mickis Sohn Gerald?«, fragte ich Ludger schnell.

»Ja, genau, woher weißt du das?«

Ich unterdrückte meine Aufregung: »Witziger Zufall. Erzähle ich dir ein anderes Mal.« Ich bemühte mich, ruhig zu bleiben, und erkundigte mich nach Rocky.

Ludger wurde ernst: »Mit Rocky hat das ja angefangen. Er ist Ende letzten Jahres gestorben. Dann Anke. Ist schon komisch, dass sich zwei Sysops das Leben genommen haben. Ich habe eine Zeit lang beinahe gedacht, da wäre ein Fluch auf der Box. Aber manchmal kommen Ereignisse wahrscheinlich einfach zusammen. Beide habe ich nicht gut gekannt. Nicht so wie Micki und Nora. Anke war ja extrem verschlossen und zurückgezogen und Rocky war eigentlich ein Freund von Micki, beziehungsweise von Gerald. Die Idee hatte Micki, dass wir einen jüngeren Sysop nehmen, der vielleicht Impulse für andere Jugendliche gibt, in der Brettstruktur und so.«

Hier unterbrach ich ihn ungeduldig. Eine seltsame Ahnung hatte mich beschlichen: »Wie hieß Rocky denn mit ganzem Namen?«

»Moment, ich schaue mal nach«, sagte Ludger und wühlte in seinem Adressbuch.

Ich amüsierte mich über die graue, zerfledderte Kladde, die so mitten zwischen den ganzen technischen Möglichkeiten lag. Entweder Ludger traute seinem computertechnischen Wunderzauber doch nicht wirklich, oder er hing ganz einfach aus sentimentalen Gründen an dieser anachronistischen Art, Adressen aufzubewahren.

»Hier haben wir ihn«, sagte Ludger, »er hieß Christian Petrochek, seine Adresse lautete ...«

»Danke«, unterbrach ich ihn wieder, entnervt und geschockt von den neuen Erkenntnissen, »ich kenne ihn. Ich wusste nur nicht, dass er Rocky ist.«

Nach diesen Eröffnungen schien mir plötzlich vieles absolut klar zu sein. Die Verbindungen lagen so deutlich auf der Hand. Ich hatte noch eine Frage an Ludger: »Können die anderen Systembetreuer genauso wie du alles, was in der Box passiert, einsehen?«

»Im Prinzip ja. Sie bekommen die gleichen Protokolle wie ich von der *Everest* zugestellt, jedes Mal, wenn sie sich einloggen. Ich hätte hier natürlich auch die Möglichkeit, illegale Sachen zu machen, also in die gepufferten Verzeichnisse der Benutzer mit ihren Privat-Mails zu schauen, das geht nur direkt an der Box, aber das tue ich nicht, versteht sich von selbst.«

»Und sonst gibt es keine Möglichkeit, sich die Privat-Mails der User anzuschauen? Versteh mich nicht falsch. Ich frage natürlich nicht, weil ich vorhabe, das zu machen, sondern nur, weil ich wissen will, ob das vielleicht jemand gemacht haben könnte. Du musst mir auch gar nicht sagen, wie, sondern nur, ob es geht.«

»Es müsste jemand mit Systembetreuerstatus sein. Es wäre schwierig und der Benutzer würde es wahrscheinlich merken, aber theoretisch wäre das möglich.«

»Und die Intern-Bretter können nur die Systembetreuer lesen, auch die, die nicht rein technisch sind, sondern in denen ihr diskutiert, zum Beispiel wie ihr mit Pornographie in der *Everest* verfahrt?«, fragte ich.

»Ich könnte die Bretter natürlich auch für User mit einer niedrigeren Prio als die der Sysops freischalten, also etwa für dich, wenn es dich interessiert und du in Zukunft mitmachen willst. Aber im Moment sind sie nur für die Sysops offen.«

»Und Sysops sind zurzeit nur Nora, Micki und du?«

»Ja, eigentlich schon.«

»Was heißt eigentlich?«

»Ich habe Rockys und Ankes Accounts noch nicht gelöscht. Falls noch private Mails für die beiden ankommen. Sonst landen die alle in dem Verzeichnis ›Unzustellbar‹. In einigen Monaten werde ich die Accounts aber schließen.«

»Sonst gibt es keine Accounts mit Systembetreuerstatus mehr?«

»Nein.«

Ich dankte Ludger und stand auf. Er wirkte enttäuscht, dass ich schon gehen wollte, schließlich war es erst halb zwei, nach seiner Zeitrechnung wahrscheinlich später Nachmittag.

Er brachte mich zur Tür und ließ mich noch einmal schwören, dass ich mich melden würde, sobald ich bereit wäre, mich an die Box anschließen zu lassen. Ich verdrängte das Gefühl, gerade eine Art Eheverprechen gegeben zu haben, und wollte mich mit einem kurzen, aber herzlichen Tschüss verdrücken, als er aus heiterem Sternenhimmel fragte: »Du liebst Nora?«

Mir fiel ein, was Nora einmal über Ludger gesagt hatte: »Er ist einer der Männer, durch die alle Witze über geschwätzige Frauen ad absurdum geführt werden. Aber er ist wirklich ein netter Kerl. Und schließlich ist eine Mailbox auch nichts anderes als ein großer Wochenmarkt der Informationen. Um so etwas zu betreiben, muss man schon Spaß am Austausch von Neuigkeiten und auch manchmal von Klatsch und Tratsch haben.«

Also gab ich ihm zur Belohnung für alles, was er mir mitgeteilt hatte, ein wenig Futter für seine Leidenschaft und antwortete: »Ja, natürlich. Ich liebe sie. Sehr!«, und ging.

29

Noch einmal fing ich mir ein Taxi und ließ mich nach Hause fahren. Es war nur noch eine Woche bis zum Beginn des Straßenkarnevals und die Dichte an verkleideten Narren nahm täglich zu. Immer wieder sah ich auf den Gehsteigen Gruppen von ernsten, gewichtigen, irgendwie gleichartigen Männern in dunklen Anzügen mit alkoholroten Nasen und Narrenkappen und einmal rannte ein torkelnder Clown in bunten Lumpen beinahe vor unseren Wagen. Die Atmosphäre von ekstatischem Wahnsinn, die mit der offiziellen Eröffnung der närrischen Tage über die Stadt hereinbrechen würde, war schon zu erahnen.

Mein Gemütszustand war inzwischen dichter an der Angst angesiedelt als je zuvor, auch wenn ich mich nach dem Besuch bei Ludger zunächst ein wenig entspannte. Noch ein eventuell riskantes Unterfangen hatte ich überstanden und diesmal hatte es mich der Lösung meines selbstgestellten Rätsels endlich näher gebracht. Ich war sogar relativ sicher, dass ich herausgefunden hatte, wie die Dinge zusammenhingen.

Unser Haus erschien mir dunkler als sonst. Die Außenbeleuchtung, die normalerweise während der ganzen Nacht anbleibt, war abgeschaltet. Bill hatte also doch schon den Strom abgestellt.

Als ich unmittelbar vor den Stufen zur Rampe die Nässe um meine Füße spürte, wurde mir klar, warum. Noch floss das Wasser nicht stetig über die Mauer, aber immer wieder schwappte eine kleine Welle herüber und auf dem Kopsteinpflaster hatte sich eine noch flache, jedoch weit ausgedehnte Pfütze gebildet. Elektrizität ist ein gefährliches Element bei Flut, Bill hatte sie jetzt kappen müssen. Zum Glück hatte er jedoch die Heizung noch angelassen, wie ich sofort feststellte, nachdem ich meine Tür geöffnet hatte. Kurz war ich verwundert, als ich merkte, dass die Tür nicht abgeschlossen war, aber ich vermutete, dass Bill sie offen gelassen hatte, damit ich nicht im Dunkeln mit dem Schlüssel herumfummeln musste. Zu stehlen gab es seit gestern Abend ja praktisch nichts mehr und ich war sicher, dass Bill daran gedacht hatte, meinen Fernseher und den Videorekorder mit zu sich zu nehmen.

In der Küche probierte ich den Lichtschalter, aber tatsächlich blieb es stockfinster. Also suchte ich als Erstes nach meiner Taschenlampe. Ich hatte sie beim Packen gefunden und für den Notfall unter der Spüle liegen gelassen. Ohne das sonst von draußen hereinfallende Licht war die Schwärze in der Wohnung beinahe vollkommen und ich tastete mich etwas frustriert an den Vorspüngen der fest gemauerten Kücheneinrichtung entlang. Es dauerte länger, als mir lieb war, bis ich die Lampe herausgekramt hatte und mich in ihrem schwachen Lichtschein etwas sicherer weiterbewegen konnte.

Ich ging ins Bad und war erleichtert, als sofort Wasser aus der Leitung floss. Lange hielt ich beide Hände unter den heißen Strahl, zuerst beinahe fassungslos entzückt über die Wärme, die mich durchströmte. Dann schaute ich in den Spiegel, der von dem Strahl der Lampe, die ich auf die Konsole über dem Waschbecken gelegt hatte, illuminiert war, und erstarrte. Ich drehte das Wasser ab, sah immer noch mein bleiches Gespenstergesicht, lauschte und wusste im gleichen Moment, was mich gerade erschreckt und den Totstellimpuls bis in die letzte Muskelfaser gejagt hatte. Später fragte ich mich, warum ich mich nicht im Bad eingesperrt hatte, warum ich wie an Fäden gezogen, dem Ursprung des Geräuschs nach, hinaus in die Küche und dann weiter in den großen Raum gegangen war. Eine Antwort darauf fand ich nicht.

Ich nahm die einzige Waffe, die ich hatte, die Taschenlampe, hielt sie wie ein Jediritterschwert vor mich gerichtet und schlich, inzwischen kein denkendes, sondern ein nurmehr instinktgesteuertes Lebewesen, aus meiner sicheren Badezimmerhöhle, hypnotisiert dem Ursprung des scharrenden Geräuschs nach, das leise, aber hörbar, aus irgendeiner Ecke kam.

Ich leuchtete mit der Lampe in Brusthöhe, und als ich die Türöffnung zu dem großen Raum erreicht hatte, fiel der Lichtstrahl auf die Überreste meines Fernsehers. Er lag mit dem Bildschirm nach unten auf dem Boden und die Glassplitter, die daneben glitzerten, erzählten ihre eigene Geschichte. Ich leuchtete weiter auf dem Fußboden herum und entdeckte verstreute Einzelteile des Geräts, manche konnten auch zu dem Videorekorder gehören, den ich auf seinem ehemaligen Platz nicht mehr entdeckte.

Ist nicht schade drum, war der erste Gedanke, der mir durch den Kopf schoss, als ich mich irrational erleichtert wieder in ein vernunftbegabtes Wesen verwandelt hatte. Dieser Zustand hielt jedoch nur an, bis mir klar wurde, was diese Verwüstung zu bedeuten hatte, dass das Geräusch deswegen nicht verschwunden war, und bis ich einen weiteren Schritt nach vorn gemacht hatte, bei dem ich gegen etwas Weiches stieß.

Ich stolperte und stöhnte gleichzeitig vor Entsetzen, verrückterweise den Schrei unterdrückend, der sich blitzschnell in mir aufgebaut wurde. Erst als ich auf dem Boden saß und mit der Hand nach dem tastete, worüber ich gefallen war, warmen Baumwollstoff berührte und begriff, dass ich neben einem menschlichen Körper hockte, brüllte ich los.

Der Schrei war kurz aber befreiend gewesen, niemand hatte mich gepackt und mir den Mund zugehalten, und als ich verstummt war, hörte ich eine Art Wimmern, ein leises, animalisches Geräusch. Die Lampe hatte ich fallen lassen, sie war weggerollt und lag etwas entfernt, ihr Licht verlief sich nutzlos auf dem Boden.

Ich kroch fort von dem Körper, hin zu der Lampe, packte sie und richtete sie, gestärkt von ihrem Gewicht in meinen Händen, auf den vermeintlichen Eindringling. Es war Bill.

Er lag zusammengekrümmt im Eingang zum großen Zimmer. Ich kniete mich neben ihn, innerlich gejagt von allen Schrecken, die sich zur Verfügung stellten: sicher, dass er tot war; sicher, dass ich, warum auch immer, daran schuld war; sicher, dass ich, wie immer, zu spät gekommen war und er nur deswegen hier lag.

Doch als ich vorsichtig über seinen Kopf strich, mich ganz zu ihm hinabbückte, um ihm ins Gesicht zu sehen, bewegte er sich, drehte sich halb herum und gab erneut Geräusche von sich. Ich erkannte, dass sowohl das Scharren als auch das Wimmern von ihm gekommen waren, und versuchte, ihn anzusprechen: »Bill, ich bin's, Toni, kannst du mich verstehen?«

Zuerst stöhnte er nur schwach, doch dann flüsterte er, ohne die Augen zu öffnen: »Toni. Bist du allein?«

Ich erschrak, die Panik war wieder da, und durchleuchtete mit der Lampe alle Ecken des großen Raums und der Küche. Schnell lief ich ins Schlafzimmer, stellte fest, dass auch das leer war, und rannte zu Bill zurück.

»Keiner da. Bill, was ist passiert?«

Er hatte sich inzwischen auf den Rücken gedreht und versuchte, sich aufzusetzen. Ich wollte ihn beruhigen, legte ihm eine Hand auf die Schulter, nahm seine andere und sagte: »Bleib einfach liegen. Ich rufe gleich einen Arzt. Du solltest dich besser nicht zu sehr bewegen.«

Aber er hatte sich schon beinahe aufgerichtet und ich half ihm, den Oberkörper an die Wand zu lehnen. Er zog die Beine an, legte die Stirn auf die Knie und die Hände in den Nacken. Nach einigen Sekunden sah er mich an – ich bemerkte eine blutende Wunde an seiner Schläfe – und sagte leise: »Ich habe keine Ahnung, was passiert ist. Wie spät ist es?«

Ich fragte ihn, was ihm weh täte, und er bewegte probeweise Arme, Beine und Rücken. Alles schien zu funktionieren, und als ich wissen wollte, ob er Schmerzen im Bauchraum hätte, schaute er verwirrt an sich hinab und fragte: »Warum? Blute ich da irgendwo? Eigentlich tut nur mein Kopf weh.«

Beinahe hätte ich gelacht, aber ich meinte nur: »Soll ich einen Arzt rufen, oder meinst du, du schaffst es, wenn wir uns ein Taxi ins Krankenhaus nehmen?«

Er schüttelte ansatzweise den Kopf, ließ es aber bleiben, als offenbar der Effekt spürbar wurde: »Gib mir noch etwas Zeit. Ich glaube, das ist alles nicht so schlimm. Ich bin nur ein bisschen durcheinander, aber das ist ja kein großer Unterschied zu sonst.«

Diese Bemerkung beruhigte mich vollends und jetzt lachte ich tatsächlich kurz befreit auf. Auch Bill grinste und so blieben wir eine Weile inmitten der Trümmer sitzen, bis er Anstalten machte aufzustehen und ich ihn dabei, so gut es ging, unterstützte.

Er stand dann noch etwas wackelig neben mir und ich legte ihm meinen Arm um die Taille. Er stützte sich an meiner Schulter ab und wir schlichen in seine Wohnung, wo eine Petroleumlampe, die er offensichtlich irgendwann im Laufe des Abends angezündet hatte, ein herrlich helles Licht abgab. Wir setzten uns auf seine Matratze, die er als einzigen Gegenstand noch in seinem Raum liegen hatte, und ich schaute mir die Wunde an seinem Kopf genauer an. Sie war nicht besonders tief oder klaffend, eher eine Abschürfung, die allerdings auf einer Schwellung prangte. Außerdem bildete sich bereits ein Bluterguss, der sich unweigerlich bis in die unterhalb gelegene Augengegend ausbreiten würde.

Ich vermutete, dass die Abschürfung durch die Tatsache, dass er keine Haare trug, schlimmer ausgefallen war. In erster Linie schien er einen Schlag mit irgendetwas Stumpfem auf den Kopf bekommen zu haben.

»Ich habe den Strom abgestellt. Zuerst habe ich noch auf dich gewartet, aber so gegen halb zwei wurde es mir dann doch zu brenzlig und ich bin raus, an den Hauptverteilerkasten, hinten am Ende der Gebäude. Es hat eine Weile gedauert, weil das Schloss des Kastens eingerostet war und ich es erst mit einer Zange lösen musste. Auf dem Rückweg habe ich darüber nachgedacht, dass ich dir eine Petroleumlampe und ein Feuerzeug vor die Tür legen wollte, als ich bemerkte, dass deine Tür einen Spalt offen war. Ich bin einfach hineingegangen und habe nach dir gerufen, weil ich sicher war, dass du inzwischen zurückgekommen bist und drinnen im Dunkeln herumtappst. Dann weiß ich nicht, was passiert ist, und als Nächstes habe ich dich schreien gehört. Im ersten Moment habe ich gedacht, ich wäre mit dem Kopf gegen einen Türrahmen gestoßen. Als ich merkte, dass ich auf dem Boden lag und du so entsetzt ausgesehen hast, habe ich gedacht, du wärst überfallen worden. Was war denn eigentlich los?«

Ich erzählte ihm meine Version der Geschichte und uns wurde klar, dass er bis zu meiner Rückkehr, etwa fünfzehn Minuten, nachdem er meine Wohnung betreten hatte, bewusstlos auf meinem Fußboden verbracht hatte. Diese Erkenntnis beunruhigte mich wieder: »Du hast mindestens eine dicke Gehirnerschütterung, wenn du so lange weg warst. Ist dir irgendwie übel oder so?«

»Mein Schädel brummt und ich fühle mich zerbeult, aber sonst geht's mir ganz okay.«

Ich ließ ihn versprechen, dass er es mir sagen würde, wenn sich sein Zustand verschlechtern sollte, ging ins Bad, fand ein Handtuch, tränkte es mit kaltem Wasser und legte es ihm vorsichtig auf die geschwollene Seite seines Gesichts.

Nur halbwegs beruhigt fragte ich weiter: »Hast du mitgekriegt, wie jemand den Fernseher zertrümmert hat?«

Bill verneinte es leicht verwirrt.

Ich erklärte ihm, in welchem Zustand sich meine verbliebenen Elektrogeräte befanden, und er schaute mich entsetzt an.

»Mach dir keine Sorgen, ich kann auch ohne Fernseher leben. Ohne dich allerdings nicht«, sagte ich halb im Scherz, halb im Ernst.

In diesem Moment klingelte das Telefon in meiner Wohnung. Angesichts der Ereignisse der Nacht zuckten wir beide bei diesem plötzlichen Geräusch zusammen und ich sah ihn fragend an.

Bill murmelte, anscheinend noch geplagt von den Notwendigkeiten des Hochwasserschutzes: »Das Telefon wird von der Telefongesellschaft abgestellt. Vielleicht solltest du drangehen.«

Ich sprang auf und rannte wieder hinüber in meine Wohnung. Sie lag zwar dunkel, aber harmlos da, keine neuen Eindringlinge stürzten sich auf mich. Ich rief aufgeregt in den Hörer: »Hallo?«

Eine klangvolle Männerstimme drang an mein Ohr: »Gut, dass du noch wach bist. Ich habe gerade noch ein bisschen in der Box herumgestöbert. Da gibt es eine Sache, die mir keine Ruhe gelassen hat, etwas, das mich seit Wochen irritiert, aber erst jetzt, nach deinem Besuch, habe ich gemerkt, was es ist. Ganz schön blöd von mir. Ich muss es dir sofort erzählen.«

Ludger. Er klang eifrig, verschmitzt, hellwach. Dieser Mann schien nie zu schlafen und er schien anzunehmen, dass auch andere Leute kein Bedürfnis danach hatten. Es war kurz nach vier Uhr morgens.

30

»Woher hast du meine Nummer?«, fragte ich ihn etwas unzusammenhängend. Mein Gehirn arbeitete nicht mehr besonders logisch.

»Von der Auskunft. Ist doch kein Problem. Ich habe auch deine Adresse bekommen, die neue Komfortauskunft, du weißt schon. Fast wäre ich noch vorbeigekommen, weil ich so darauf brenne, dir zu erzählen, was ich gerade herausgefunden habe, aber ich wollte die Morgen-Logins der Box mit ihren Partnermaschinen nicht verpassen. Falls da irgendwas schief läuft, muss ich mich schnell darum kümmern.«

Er hatte eindeutig ein Rad ab. Aber schließlich war ich selbst ja auch noch auf. Wir hätten gemütlich zusammen bei mir inmitten des verwüsteten Wohnzimmers, der Dunkelheit, der Nässe und mit dem im wahrsten Sinne des Wortes angeschlagenen Bill morgens um halb fünf einen Kaffee trinken können.

»Was hast du entdeckt?«, fragte ich, inzwischen schon angesteckt von seiner Wachheit und endlich bereit, mich in dieser Nacht allem zu stellen, was da noch so lauerte.

»Du hast mich doch nach Rockys – Christians – Account gefragt«, sagte er.

Ich nickte, etwas dämlich, den Hörer an. Ludger fuhr fort, auch wenn er mein Signal der Zustimmung unmöglich wahrgenommen haben konnte:

»Christian ist seit zwei Monaten tot und trotzdem hat sich der Account *wiz* manchmal mehrmals täglich eingeloggt.«

Ich war begriffsstutzig und reagierte nicht sofort, aber Ludger merkte, wo es bei mir hakte: »*Wiz* ist der Name von Rockys Account. Christian hat seine Mails immer mit ›Rocky‹ unterzeichnet, wahrscheinlich sein Spitzname oder der Spitzname, den er gerne gehabt hätte. Als Accountname aber hat er *wiz* gewählt. In den Listen, die die *Everest* erstellt, werden nur die technischen Namen aufgeführt, also der Username der E-Mail-Adresse. Bei Christian war das *wiz*. Ich habe dir doch gesagt, dass ich seinen Account noch offen gelassen habe. Wegen eventueller Privat-Mails. Ich habe aber seinen Angehörigen bisher noch gar nichts davon erzählt. Habe mich irgendwie nicht getraut, weil ich sie ja nicht kenne und nicht wusste, wie sie reagieren würden. Ich wollte in der nächsten Zeit mal in seinen Account schauen, alles Private auf Diskette ziehen und ihnen zuschicken. Danach hätte ich den Account gelöscht. Ich habe an Christian immer mit dem Namen Rocky gedacht. Deswegen ist mir auch zuerst in den Listen nicht aufgefallen, dass es komisch sein könnte, dass *wiz* dort noch auftaucht. Lange Rede kurzer Sinn: Irgendjemand loggt sich seit Christians Tod regelmäßig mit seinem Account bei der Box ein.«

Ich überlegte fieberhaft, was das bedeuten könnte, und fragte dann: »Dafür braucht man sein Passwort, richtig?«

»Genau«, sagte Ludger.

»Woher könnte man das kriegen?«

»Entweder Christian hat es jemandem verraten. Das wäre allerdings eine ziemliche Verletzung des Systembetreuer-Kodex. Bei einfachen Usern ist mir relativ egal, mit wie vielen Leuten sie ihren Account teilen, die Sysops lasse ich aber schwören, dass sie ihr Passwort für sich behalten.«

»Könnten andere Systembetreuer das Passwort knacken?«

»Nein ... das heißt, doch, es gäbe da eine Möglichkeit, über die Eintragungen in der Pointverwaltung. Ich Idiot habe ja nicht nur seinen Account, sondern auch seinen Point offen gelassen. Ich war so sicher ...«

Hier unterbrach ich ihn. Ich verstand nicht genau, wovon er sprach, aber mir fiel ein, dass ich ja auch Noras Account ganz einfach über die Kopie ihres *Crosspoint* Programms abgefragt hatte. Ich selbst hatte genau das Gleiche gemacht wie der unbekannte Benutzer von Christians Account. So viel zur Datensicherheit.

»Also hätte jeder, der Christians Software nach seinem Tod in die Finger bekommen hat, sich als Systembetreuer *wiz* alias Rocky in die Box einloggen können?«

»Ja«, Ludger klang inzwischen entschieden kleinlaut, »aber woher hätte ich auch ahnen sollen, dass jemand daran Interesse hat.«

»Das heißt, dieser Unbekannte hätte die gesamte Box durcheinander bringen können?«

»Mit etwas Know-how hätte er die *Everest* praktisch unbenutzbar machen können.« Beinahe meinte ich ein Schluchzen in Ludgers Stimme zu hören.

»Aber es sind keine Systemveränderungen vorgenommen worden?«

»Nein, wenn *wiz* in die Vewaltung gegangen wäre, wäre mir das ja viel früher aufgefallen, da schaue ich viel genauer hin als bei den allgemeinen Einwähllisten.«

»Der einzige Vorteil, den er als *wiz*, als Systembetreuer, im Vergleich zu einem einfachen User hatte, war also, dass er die Intern-Bretter lesen konnte, stimmt das?«

»Ja«, Ludger blühte wieder ein bisschen auf, »und dabei konnte er ja nicht viel Schaden anrichten. Schließlich war da in den letzten Wochen kaum etwas los und wenn, haben wir keine wichtigen Sachen besprochen.«

Das war Ludgers Sicht der Dinge. Ich dankte ihm nachdenklich, versicherte ihm, dass er mir sehr geholfen hatte. Zuletzt fiel mir noch etwas ein: »Ludger, ich weiß, es ist viel verlangt, vor allem angesichts der Gefahr für die Box, aber bitte, könntest du den Account *wiz* erst löschen, wenn ich dir Bescheid sage.«

Dies war der ultimativ größte Gefallen, um den ich ihn bitten konnte, das war mir klar. Schließlich setzte er sein ›Baby‹ einer tödlichen Gefahr aus. Ich konnte nur ahnen, welchen positiven Eindruck ich bei ihm gemacht hatte, als er schnell antwortete: »Geht klar. Aber wenn irgendetwas passiert, musst du mir helfen, die Box neu zu installieren. Das kann Wochen dauern.«

Ich versprach es, ohne nur die geringste Ahnung zu haben, worauf ich mich da einließ, und legte den Hörer auf.

Dann sah ich mir noch einmal im Schein der Taschenlampe meine Habseligkeiten an. Am meisten schmerzte mich in diesem Moment, dass meine Matratze übersät war mit Glassplittern des Fernsehers. Dieser hatte zum Glück trotz seiner Zerstörung kein Feuer gefangen, sondern lag nur zerschmettert da. Ich versuchte, die Matratze zu säubern, aber mir wurde schnell klar, dass ich nie wieder ohne die Gefahr, dass sich Splitter in wahllose, wertvolle Weichteile meines Körpers bohren würden, darauf schlafen könnte. Um mein Bettzeug war es ähnlich bestellt und ich verfluchte meinen unbestimmten Instinkt, der mich die Geräte nicht zusammen mit den anderen Sachen hatte evakuieren lassen. Vage kreisten auch Gedanken an die Polizei in meinem Kopf. Besonders die Attacke auf Bill musste unbedingt angezeigt werden und schon allein aus diesem Grund würde ihm ein Besuch beim Arzt wahrscheinlich nicht erspart bleiben. Seine Verletzungen sollten sicher in besonders frischem Zustand dokumentiert werden und ich machte mich auf den Weg in seine Wohnung, um im klarzumachen, dass wir doch nicht darum herumkamen, noch in ein Krankenhaus zu fahren.

Er lag aber dann tief schlafend auf seiner Matratze und ich brachte es nicht über mich, ihn zu wecken. Ich verdrängte die Besorgnis, dass er vielleicht noch einmal ohnmächtig geworden war, lauschte eine Weile auf seinen regelmäßigen Atem und dachte nach.

Ludgers Entdeckung hatte meine schöne eindeutige Theorie über die Verbindung von Geralds Vater mit Christian und den Kinderpornos wieder über den Haufen geworfen. Micki, Michael Schmidt, hatte sowieso Systembetreuer-Status. Er hätte vollkommen unauffällig sämtliche Vorgänge in der Box überprüfen, nachvollziehen und manipulieren können. Es machte keinen Sinn, dass er als *wiz* die Gefahr der Entdeckung auf sich genommen hatte, nur um die Mitteilungen in den internen Brettern zu lesen. Wenn aber der Überfall auf Nora etwas damit zu tun hatte, dass sie das Videoband besaß, dann konnte der Täter dies nur aus ihrer empörten Mail erfahren haben, die sie am Tag des Überfalls in das Intern-Brett der Box gesetzt hatte. Ich war ziemlich sicher, dass sie sonst mit niemandem über das Band gesprochen hatte. Selbst in der Mitteilung an mich hatte sie ja nur eine vage Andeutung gemacht.

Ludgers letzte Mitteilung hatte meine scheinbare Klarheit in Bezug auf einen möglichen Täter für das von mir angenommene Verbrechen zwar wieder beseitigt, andererseits war der Vorfall, den er entdeckt hatte, ungewöhnlich genug, um mich weiter jagen zu lassen. Außerdem gab es jetzt auch noch den Einbruch bei mir und den Angriff auf Bill. Weniger als je zuvor war ich bereit aufzugeben. In meinem vor Müdigkeit beinahe besoffenen Verstand formte sich ein Plan. Er war einfach, verzweifelt und ging von dem einzigen Anhaltspunkt aus, den ich hatte: Christians Disketten, die irgendjemand besitzen musste oder deren Informationen zumindest auf dem Computer gespeichert sein mussten, von dem aus sich der Unbekannte immer wieder als *wiz* in die Mailbox einwählte.

Den Einbruch bei mir konnte ein Junkie begangen haben, der gerade vorbeigekommen war und den Bill überrascht hatte; oder es war eine gezielte Suche nach etwas gewesen. Das gleiche Gefühl, aus dem heraus ich Fernseher und Videorekorder als eine Art Köder in der Wohnung hatte stehen lassen, sagte mir jetzt, dass ich genau wusste, wonach der Einbrecher gesucht hatte. Er konnte nur gewusst haben, dass er bei mir suchen musste, weil ich mich selbst in den letzten Tagen genug exponiert hatte. Wenn jemand so verrückt und verzweifelt war, wegen eines Videobandes, das man beliebig vervielfältigen konnte, Leute zu überfallen, ging es ihm nicht nur um das Video, sondern auch um die Menschen, die das Band gesehen hatten und eine Verbindung zu ihm herstellen konnten. Es galt vielleicht genauso deren Datenspeicher – ihre Erinnerung – zu beseitigen wie das Band zu finden.

Wenn an all diesen Überlegungen irgendetwas dran war, dann hatte ich es mit einem Menschen zu tun, der nicht besonders logisch, dafür aber umso verwirrter und brutaler handelte, der zwar das Band immer noch nicht gefunden hatte, dafür aber jetzt wusste, wo er mich suchen musste. Ein äußerst beruhigender Gedanke, um eine Nacht durchzuschlafen.

Ohnehin dämmerte es schon beinahe, als ich endlich Ruhe gab und mich einfach auf dem Fußboden neben Bills Matratze zusammenrollte. Später zog er mich auf die weiche Unterlage und deckte mich zu, denn als ich aufwachte, fand ich mich allein auf der Matratze wieder.

Aus der Küche kamen Geräusche und ich kroch mehr, als dass ich ging, dem Geruch des Kaffees entgegen, den Bill auf einem Campingkocher zubereitete. Sein Gesicht übertraf meine Erwartungen der Nacht. Beinahe die ganze linke Hälfte war schwarz unterlaufen, das Auge vollkommen zugeschwollen und die Form der Hauptschwellung an der Schläfe erinnerte an ein Lavafeld.

»Sag nichts«, begrüßte er mich fröhlich, »ich will gar keine Beschreibungen hören. Wenn es so aussieht, wie es sich anfühlt, reicht mir meine Phantasie.«

Statt eines Kommentars gab ich ihm einen Kuss auf die unversehrtere Wange, bemüht, ihm nicht wehzutun und dennoch ein Signal der Normalität zu setzen.

Wir setzten uns beide ungewaschen und immer noch schlaftrunken wieder auf seine Matratze, vor uns jeweils eine große, von der Evakuierung verschont gebliebene

Tasse, gefüllt mit Kaffee, und berieten uns. Ich war erleichtert, dass es erst kurz nach acht war, auch wenn das über den Stand unseres Schlafkontos nichts Gutes verriet. Ich hatte viel vor an diesem Tag und meine Unruhe war lauter als die Beschwerden meines Körpers.

Ich berichtete Bill von dem Besuch bei Ludger, seinem nächtlichen Anruf, breitete meine sämtlichen abstrusen Theorien vor ihm aus, verschwieg ihm aber den Plan, den ich geschmiedet hatte, und versuchte zuletzt, ihn zu überreden, zum Arzt zu gehen.

Er zeigte aus dem Fenster und ich erschrak. Das Wasser reichte inzwischen etwa zehn Zentimeter an unserer Rampe hoch und es war klar, dass wir nur noch mit nassen Füßen aus dem Haus kommen würden.

»Ich schlage vor, wir machen hier alles dicht. Das dauert nicht lang. Ich habe gestern Abend schon mit Jill besprochen, dass wir heute eventuell beide bei ihr übernachten. Sie hat angeboten, dass wir während der ganzen Hochwasserzeit bei ihr wohnen können, sie klang sogar ganz hoffnungsvoll, dass wir das tun. Ich glaube, sie ist noch ein bisschen einsam in der Stadt. Sie wohnt ja noch nicht so lange hier. Ich habe den Eindruck, dass du nicht gerne allein in Noras Wohnung bist, so lange sie nicht da ist, aber du kannst es dir ja noch überlegen. Für heute wäre das doch vielleicht eine Lösung.«

Ich war erleichtert. Er hatte mein Zögern, das Haus zu verlassen und bei Nora einzuziehen, richtig gedeutet. Mir fiel sonst niemand ein, bei dem ich mich unkompliziert und ohne zu stören hätte einnisten können. Während der letzten Flut hatten mich Kalscheuers aufgenommen, aber denen wollte ich auf keinen Fall noch einmal zur Last fallen.

Wenig später wateten wir durch das knöchelhohe Wasser bis zur Straße, die glücklicherweise noch trocken und nicht gesperrt war. Die Fernwärme war abgestellt, Bills leichte Matratze trug ich auf dem Rücken und er schleppte seine Reisetasche mit dem restlichen Kleinkram. Als wir dann noch vor einem Supermarkt einen

Einkaufswagen geklaut und die Sachen darin verstaut hatten, sahen wir einem Pennerpärchen unwiderstehlich ähnlich. Wir klapperten durch die Südstadt auf dem Weg zu Jills Wohnung in der Wormser Straße, die bereits weit entfernt von der Hochwassergefahr lag. Unterwegs hielten wir bei Kalscheuers, um meine Sachen, die ich am Tag zuvor dort zwischengelagert hatte, abzuholen.

Uschi begrüßte mich freudig: »Gut, dass du kommst. Ich wollte dich schon anrufen, war aber gar nicht so sicher, ob ich dich noch zu Hause erreiche. Kannst du heute Abend schon früher fahren? Bernd hat eine Verabredung und ich muss zum Elternabend. Es wäre wirklich klasse, wenn du, sagen wir, schon um fünf könntest.«

Verflucht, die Arbeit. Ich hatte zwar nicht wirklich vergessen, dass meine zwei freien Nächte vorbei waren und ich am Abend wieder antreten musste, hätte es bis dahin aber ganz gerne noch verdrängt. Doch Uschi war so unkompliziert und nett gewesen, als ich in der letzten Zeit dauernd mit Bill den Dienst geteilt hatte, dass ich ihr jetzt natürlich zusagte, drei Stunden früher als geplant zu fahren. Wie ich die Nacht, die vor mir lag, überstehen sollte, war mir noch nicht klar, aber dass ich Bill heute unmöglich bitten konnte zu fahren, lag auf der Hand. Er war noch entschieden zermatschter als ich und sah inzwischen aus, als wenn er innerhalb der nächsten Sekunden zusammenbrechen würde. Auch Uschi hatte natürlich sein Gesicht bemerkt, schwieg aber in der ihr eigenen Art. So lange du nicht als Leiche mitten auf ihrem Küchenfußboden liegst, gibt es nicht viel Bedauern. Außer du bittest sie ausdrücklich um Hilfe, dann ist sie sofort zur Stelle. Ob dies auf eine besonders krasse Art der Gleichgültigkeit oder eher eine sehr taktvolle Diskretion zurückzuführen war, hatte ich lange Zeit nicht gewusst. Inzwischen hatte ich mich eigentlich für das Zweite entschieden.

Wir schafften es, zu Jill zu kommen, die im Erdgeschoss eines mehrstöckigen Gartenhauses lebte und zu meiner Überraschung zu Hause war: »Ich habe mir heute und morgen freigenommen. Überstunden abfeiern.«

Wie gut diese Neuigkeit zu meinem Plan passte, fiel mir erst auf, als ich ihn ihr und Bill später eröffnete. Jill war selbstverständlich besorgt wegen seiner Verletzung und, nachdem wir ihr berichtet hatten, wie es dazu gekommen war, sagte sie: »Natürlich müsst ihr deswegen Anzeige erstatten. Da es ein Einbruch mit Körperverletzung war, werden wir auch genauer untersuchen, wer es gewesen sein könnte.«

»Wie würde das denn vor sich gehen?«, fragte ich interessiert.

»Die Kollegen vom Einbruch werden sich vor Ort umsehen und nach Spuren suchen. Manche Einbrecher sind ja durchaus stadtbekannt und hinterlassen immer die gleichen Markenzeichen. Und Bill muss unbedingt untersucht und seine Verletzung aufgenommen werden.«

Beim zweiten stimmte ich ihr zu. Zum Ersten sagte ich nur: »Deine Kollegen müssen sich ziemlich beeilen, da der Tatort in den nächsten Stunden wahrscheinlich geflutet wird.«

Sie drückte ihre Handfläche an die Stirn und sagte: »Mist, das hatte ich ganz vergessen. Ich weiß gar nicht, ob das so schnell noch klappt. Ihr hättet direkt heute Nacht die Polizei anrufen sollen.«

Ich machte keinen Versuch, ihr zu erklären, dass wir dazu beide nicht mehr die Kraft gehabt hatten. Stattdessen erläuterte ich, so knapp es ging, was ich in den letzten Tagen getrieben hatte, zu welchen Schlüssen ich dabei gekommen war und welchen Plan ich geschmiedet hatte. Wenn meine Vermutung stimmte, war der Einbrecher nicht wirklich stadtbekannt und wir würden ihn sowieso nur auf anderem Weg finden.

Als ich geendet hatte, sagte Bill: »Klingt gut«, und Jill seufzte, meinte dann aber lächelnd zu mir: »Wenn ich nicht wüsste, wie klug du bist, würde ich denken, du bist völlig übergeschnappt. Schon allein, weil du mir als Polizistin so einen Vorschlag machst.«

»Wie groß ist die Chance, dass deine Kollegen den Einbrecher finden, wenn alles ganz anders ist, als ich es vermute?«

Sie zögerte: »Kommt ganz darauf an. Sie wäre größer gewesen, wenn ihr heute Nacht noch etwas unternommen hättet. Je länger wir hier herumsitzen und warten, bis alle Überreste weggeschwemmt sind, desto kleiner wird sie natürlich. Hat er eigentlich etwas gestohlen?«

Ich verneinte.

»Dann ist die Möglichkeit, ihn zu kriegen, wenn er versucht, die Sachen loszuwerden, auch nicht da. Ich würde sagen, es ist ziemlich unwahrscheinlich, dass sie ihn schnappen. Vor allem, weil Bill ja überhaupt nichts gesehen hat.«

Sie schaute ihn professionell vorwurfsvoll an, aber gleichzeitig war ihr Blick so besorgt und zärtlich, dass ich beruhigt in die gemeinsame Zukunft der beiden schaute.

Grinsend überredete ich sie weiter: »Okay, dann wäre dieses Thema ja schon ziemlich abgeschlossen. Trotzdem sollten Bills Verletzungen belegt werden. Wenn wir auf dem Weg, den ich vorschlage, doch jemanden finden, könnte er vielleicht auch noch für diese Geschichte angeklagt werden. Versteh mich, Jill. Ich tappe eigentlich total im Dunkeln. Fest steht nur, dass jemand Christian und Lydia gefilmt und die Sachen über das Internet verkauft hat. So weit ich weiß, ist der Besitz und der Handel mit Kinderpornos strafbar. So weit, so gut. Wegen dieser Sache müsst ihr, beziehungsweise deine Kollegen, ihn aber erst einmal kriegen. Deshalb habe ich dir neulich das Band und alle Infos gegeben, die ich hatte. Diese Sache ist das Einzige, was ich sicher weiß. Der Rest sind Spekulationen und Phantasien. Kein Polizist der Welt außer vielleicht dir wird mir glauben, dass da etwas dran ist, oder sogar wirklich etwas unternehmen. Die Chancen, dass ich spinne und mir alles nur zusammenreime, sind ja auch relativ groß. Aus diesem Grund möchte ich keinen großen Aufstand machen. Wenn wir meinen Plan durchführen, wird wahrscheinlich gar nichts passieren. Wenn aber etwas passiert, ist das Ergebnis vielleicht – hoffentlich – eindeutiger als alles, was deine Kollegen herausfinden können. Wenn der Täter auftaucht und sich verrät, dann hat er sich nicht nur wegen der Kinderpornos schuldig gemacht, was an sich schon eine Riesenschweinerei ist, sondern die Körperverletzung an Bill plus eventuell an Nora kommen noch dazu.«

Dass ich sogar die Selbstmorde von Christian und Anke irgendwie mit der Sache in Verbindung brachte, verschwieg ich tunlichst. Ich hatte Jills Vorstellungsvermögen schon ausreichend strapaziert und hoffte nur, dass sie genug Vertrauen in mich hatte, um mitzumachen. Denn ohne sie konnte ich alles vergessen. Das war mir während unseres Gesprächs noch klarer geworden. Ich brauchte eine Polizistin als Zeugin, sollte der Täter sich wirklich belasten, und außerdem musste sie mich eventuell vor ihm retten. Diesen Gedanken verdrängte ich jedoch weitgehend. Weniger aus Angst um meine Haut. Die war sowieso schon so übermächtig, dass ich sie in die Mauern der Müdigkeit einzementierte, mit denen ich meinen klaren Verstand immer mehr zubaute. Aber mir graute davor, Jill auch noch in Gefahr zu bringen.

Irgendetwas in mir hatte angefangen zu zittern. Ich fragte mutlos: »Machst du mit? Und kannst du vielleicht noch eine Kollegin oder einen Kollegen mitbringen?«

Sie sah mich erstaunt an: »Ich habe dich noch nie so viel reden gehört.«

Ich schluckte, inzwischen kämpfte ich mit den Tränen, bemühte mich aber, keinen Ton von mir zu geben und sie zu einem Entschluss kommen zu lassen.

Nach einigen Minuten sagte sie: »Das Ganze kann mich meinen Job kosten. Aber ihr ahnt ja wahrscheinlich sowieso, dass ich mir überlege auszusteigen. Was aber nicht heißt«, diesmal wurde ihr Blick strenger und sie schob ihr Kinn, das weich und sehr jung aussah, energisch nach vorn, »dass ich dafür bin, dass jetzt jeder loszieht und seine Verbrecher selbst zur Strecke bringt. Aber dieses eine Mal mache ich mit.«

Am liebsten wäre ich ihr um den Hals gefallen. Ich versicherte ihr, dass ich nicht vorhatte, in Zukunft auf eigene Faust als Rächerin durch die Gegend zu ziehen: »Ich wäre froh, wenn ich mit solchen Sachen niemals etwas zu tun bekommen hätte, und ich werde bestimmt versuchen, mich in Zukunft weit davon entfernt zu halten. Aber diesmal bin ich irgendwie hineingeraten und schaffe es allein nicht mehr herauszukommen. Jedenfalls nicht wirklich. Mit ruhigem Gewissen, verstehst du?«

Sie nickte und sagte leise: »Auf diese Weise bin ich zu meinem Beruf gekommen. Wegen des Gewissens und so. Und genau aus diesem Grund kann ich wahrscheinlich nicht mehr damit weitermachen. Intern läuft viel Mist, auch wenn manche Kollegen wirklich klasse sind. Trotzdem, es gibt so viel Frauenhass, Fremdenhass, Menschenhass bei der Polizei, dass ich es mir nicht zutraue, mein Leben lang da mitzumischen, ohne selbst anzufangen, auf irgendwen, irgendwann einen solchen Hass zu entwickeln – und sei es vor allem auf die reaktionärsten Vorgesetzten –, dass ich letztendlich vor allem selbst daran ersticke. Und auch die Konfrontation mit Verbrechen geht mir näher, als ich ursprünglich dachte. Andererseits komme ich mir so feige vor, einfach auszusteigen. Seit ich zehn war, wollte ich Polizistin werden und jetzt ...«

Mir fiel nichts Aufbauendes oder auch nur Zustimmendes ein. Also strich ich Jill nur bestätigend über die Schulter und Bill nahm sie dann in den Arm.

Ich ließ die beiden in der Küche sitzen und suchte nach dem Telefon.

31

Nachdem ich Jills Telefonbuchse gefunden hatte, setzte ich mich davor auf den Fußboden, packte meinen PC aus, der in Uschis Obhut die Nacht gut überstanden hatte, steckte das Modemkabel in den dritten freien Eingang und stellte eine Testverbindung zu meinem Internet-Provider her.

Alles funktionierte reibungslos und ich loggte mich wieder aus. Dann startete ich Noras *Crosspoint* Programm, das sich immer noch auf der Festplatte befand. Ich probierte eine Weile herum, fand heraus, wie ich eine

E-Mail in das Intern/Diskussion-Brett der Mailbox schikken konnte, und begann zu schreiben:

Hallo Sysops,
ich schreibe euch von Nora Koenigs Account, da Nora selbst zurzeit nicht erreichbar ist. Mein Name ist Toni, ich bin ihre Freundin und sie hat mich gebeten, mit euch Kontakt aufzunehmen: Von der Everest aus wird seit einiger Zeit mit Kinderpornos gehandelt. Ich habe von Nora ein Videoband bekommen, auf dem Szenen zu sehen sind, deren Besitz und Vertrieb strafbar ist: Kinder, die gequält werden; die meisten sind eindeutig jünger als vierzehn Jahre, teilweise sind es Kleinkinder. Es hat eine Weile gedauert herauszufinden, welcher User hinter dieser Sache steckt. Inzwischen weiß ich aber mit großer Wahrscheinlichkeit, wer es ist. Ich würde das gerne persönlich mit euch besprechen und beraten, was ihr deswegen unternehmen sollt. Da es eine Angelegenheit für die Polizei ist, möchte ich eure Meinung als Systembetreuer der Mailbox hören, bevor Anzeige erstattet wird. Es wäre sowieso besser, wenn ihr selbst zur Polizei ginget, da ich ja nur eine Außenseiterin bin. Ich schlage vor, dass wir uns morgen Nachmittag um 17.00 Uhr im Cinenova Café in Ehrenfeld in der Herbrandstraße treffen. Ich werde das Video und alle Informationen, die ich habe, mitbringen. Ich habe rote Haare und werde eine blaue Jacke tragen. Ich versuche, einen Tisch möglichst in der Nähe des Eingangs zu bekommen, damit wir uns schnell finden.
Leider kann ich vorher dieses Brett nicht mehr abfragen, also macht euch nicht die Mühe zu- oder abzusagen. Ich werde auf jeden Fall im Café sein. Wenn ihr nicht kommt, melde ich mich danach wieder und wir können einen Alternativtermin ausmachen.
Beste Gruesse
Toni

Dies war die – relativ simple – Falle, die ich dem Unbekannten stellen wollte. Wenn er wirklich die Intern-Bretter der Systembetreuer las, dann würde ihn dies aufschrecken. Dass ich tatsächlich keine Ahnung hatte, wer er war, spielte dabei keine Rolle. Mit diesem Bluff hoffte ich, ihn dazu zu bewegen, sich am nächsten Tag in dem Café blicken zu lassen. Wenn er wirklich versucht hatte, bei mir einzubrechen, dann war es nichts Neues für ihn, dass ich das Band besaß. Da es ihm bisher nicht gelungen war, da ran zu kommen, nahm ich an, dass er unbedingt vor meinem angekündigten Treffen mit den anderen Sysops versuchen würde, es zu kriegen. Wenn es sogar einer der beiden verbliebenen Systembetreuer, Micki oder Ludger sein sollte, was ich nicht vermutete, würde die Sache genauso funktionieren. Wenn die beiden zu diesem Zeitpunkt nicht konnten, war mir das auch egal. Meine Verabredung mit dem Unbekannten hatte ich schon vorher. Auf dem Weg zu dem Treffpunkt. Wo ich hoffte, dass er mir auflauern würde. Mit Jill, die Ohren gespitzt und die Hand an ihrer Dienstwaffe, in sicherer Nähe.

Das *Cinenova Café* gehört zu einem Kino, das in einer ehemaligen Fabrikhalle eingerichtet worden ist. Es liegt am Ende einer längeren, vollkommen unbelebten Straße, direkt am Bahndamm. Rechts und links gibt es Gebüsch und einen kleinen Park, und Samstagnachmittag ist es dort menschenleer. Eine herrliche Einladung, wenn man nach einer passenden Gelegenheit sucht, jemanden zu überfallen. Andererseits ist das Café durchaus ›in‹, es gibt dort guten Kuchen, und es als Treffpunkt vorzuschlagen, war nicht so abwegig, dass es hätte Verdacht wecken können.

Während ich die Mail noch einmal durchlas, bevor ich sie abschickte, kam Jill ins Zimmer. Sie trug ein Tablett, auf dem sich Orangensaft, Brötchen, Butter und Käse befanden. Die Zutaten zum Schlaraffenland. Sofort wurde mir schlecht vor Hunger. Sie stellte die Herrlichkeiten vor mich, setzte sich zu mir vor den Bildschirm und las interessiert, was ich geschrieben hatte.

»Mir ist noch etwas eingefallen«, meinte sie, während ich mir ein Brötchen fertig machte. »Was wäre, wenn du zwar recht damit hast, dass sich dieser Typ immer wieder in die Box einwählt und alles dort verfolgt, wenn er aber andererseits doch noch nicht mitbekommen hat, dass auch du Bescheid weißt über die Sache. Wenn er denkt, mit Nora hätte er die letzte potentielle Gefahr vorerst beseitigt? Dann würdest du mit dieser Nachricht seine Aufmerksamkeit überhaupt erst auf dich lenken und die Bombe sozusagen scharf machen.«

»Aber das ist doch genauso spekulativ wie meine eigene Geschichte. Außerdem bin ich ziemlich sicher, dass er gestern bei mir eingebrochen ist. Welcher andere Einbrecher würde die einzige Beute, die er in einer ansonsten leeren Bude kriegen könnte, den Fernseher und den Videorekorder, lieber zerstören als sie mitnehmen. Selbst wenn er durch Bills Auftauchen in Panik geraten wäre, hätte er doch lieber die Flucht ergriffen, als noch schnell alles kaputtzumachen. Ich denke eher, dass die ›Bombe‹ sowieso schon scharf ist.«

»Und was machst du, wenn es so ist, er aber morgen nicht auftaucht? Dann hast du ihn danach auf den Fersen und er wird zu einem Zeitpunkt zuschlagen, wo keiner da ist, um dich zu beschützen«, sagte sie besorgt.

»Darüber habe ich auch schon nachgedacht. Aber in diesem Fall gibt mir dieser Plan auch die einzige, wenn auch kleine Chance, ihn wieder zu entschärfen.«

Sie sah mich fragend an.

Ich erläuterte ihr: »Wenn er nicht kommt, schicke ich danach eine Mail ab, in der ich erkläre, dass ich gemerkt habe, dass ich mich irre. Dass der Täter, den ich verdächtigt hatte, gar nicht der Täter ist, dass ich die Suche ab sofort aufgeben werde und es in Zukunft den Systembetreuern selbst überlasse herauszufinden, wer dahinter steckt.«

»Und wirst du dann wirklich aufgeben?«, fragte sie mich hoffnungsvoll.

»Ich weiß es nicht ...« sagte ich zögernd und dachte bei mir: Selbst wenn er morgen nicht kommt. Selbst wenn ich dann die Nachricht abschicken würde, die mich vielleicht außer Gefahr brachte. Selbst wenn ich verdrängen konnte, was mit den Kindern auf dem Video passiert war.

Selbst wenn ich versuchen würde, die ganze Sache zu verdrängen. Selbst dann würde ich nie vergessen können, was Nora geschehen war. Ich wäre mir nie sicher, dass er nicht irgendwann wieder bei ihr auftauchen würde. Es gab so viele ›wenns‹ in dieser Geschichte, dass mir als Erwiderung nur ein ›aber‹ einfiel.

»... aber ich glaube nicht«, vollendete ich meine Antwort an Jill.

Sie seufzte: »Komisch, dass ich mir das schon gedacht habe«, und lächelte. »Dann sollte das also morgen besser klappen, oder die Polizei muss danach unbedingt einen guten Job machen und ihn kriegen, bevor du dich um Kopf und Kragen gebracht hast.«

Ich nickte, spürte wie nach der Befriedigung meines Hungers auch wieder Platz für andere Gefühle in meinem Bauch war. Ein leichtes Ziehen, wie von Lampenfieber oder Prüfungsangst, breitete sich aus. Ich war beinahe dankbar dafür, da mich das frei werdende Adrenalin auch wieder etwas munterer machte.

»Eine letzte Sorge muss ich noch loswerden«, sagte Jill vorsichtig, »einfach, damit ich alle Bedenken geäußert habe und mir später nicht vorwerfen muss, nicht an alles gedacht zu haben.«

»Klar, sag, was du auf dem Herzen hast«, ermunterte ich sie.

»Was ist bis dahin? Bis morgen, meine ich. Wenn er die Mail heute noch bekommt, könnte es doch sein, dass er schon vorher versucht, dich zu finden.«

Meine derzeitige Lebenssituation hatte auch Vorteile. Ich erklärte Jill: »Das dürfte ihm schwer fallen. Zu Hause bin ich nicht. Im Moment bin ich bei dir, wo er mich nicht finden wird. Heute Nacht fahre ich Taxi. Fahrten, wo jemand gezielt nach meiner Fahrzeugnummer bittet, kommen beinahe nie vor. Wenn, werde ich sie nur annehmen, wenn ich haargenau weiß, wer da ruft. Dass jemand am Straßenrand genau das Taxi findet, dessen Fahrerin er sucht, ist so unwahrscheinlich wie ein Gewinn im Lotto. An den Haltepunkten werde ich aufpassen und ansonsten versuchen, möglichst viel unterwegs zu sein. Glaub mir, es wird ziemlich kompliziert sein, mich zu finden. Er wird lieber morgen zu dem bequemen Treffpunkt kommen.«

Ich war nicht ganz so gelassen, wie ich vorgab, und nahm mir tatsächlich vor, besonders vorsichtig zu sein. Jill wirkte zwar nicht unbedingt beruhigt, aber sie hörte auf, Fragen zu stellen, und sagte betont wagemutig: »Also los. Schick sie ab, die Falle.«

Ich sicherte die Mail, ließ *Crosspoint* die *Everest* anwählen und verfolgte mit klopfendem Herzen, wie die Daten transportiert wurden. Nachdem das Modem die Verbindung wieder getrennt hatte, blieben Jill und ich noch ein bisschen vor dem schweigenden PC sitzen und grübelten.

»Bill hat sich hingelegt«, sagte sie schließlich und brachte meine Gedanken wieder auf die biologischen Notwendigkeiten des Daseins als Tier zurück. »Wenn er aufgewacht ist, schleppe ich ihn zum Arzt, das verspreche ich dir«, sagte sie entschlossen.

Ich sah auf die Uhr. Es war kurz nach zwölf. Noch fünf Stunden lagen beinahe unendlich vor mir, bis ich wieder zu den Zwängen der Lebewesen im zwanzigsten Jahrhundert, zu meiner Arbeit, zurückkehren musste. Dies ließ genug Zeit für alles, was es noch zu erledigen galt. Vor allem handelte es sich dabei um Schlaf

Ich musste Jill nur ansehen, meine Wimpern stießen schon beinahe auf den Wangenknochen auf und sie sagte: »Ist es dir recht, wenn wir einfach Bills Matratze hier im Wohnzimmer für dich ausbreiten? Ich habe ihn in meinem Schlafzimmer einquartiert und mehr Räume habe ich nicht.«

Beinahe entschuldigend formulierte sie ihre Großzügigkeit und ich erwiderte mit aller Begeisterung, die ich noch ausdrücken konnte: »Du bist ein Schatz. Ich hoffe, ich falle dir nicht zur Last. Aber es sind sowieso nur zwei Stunden. Dann muss ich wieder los.«

Sie sah mich erstaunt an. Sagte aber nichts, sondern schleppte nur alles herbei, was ich für ein vorübergehen des Lager brauchte. Zuletzt gab sie mir noch einen Woh nungsschlüssel: »Damit du kommen und gehen kannst, wann du willst. Fühl dich bitte wie zu Hause.«

Es fiel mir nicht schwer, mich auf dem Boden ihres trockenen, warmen Wohnzimmers viel wohler zu fühlen, als es mir in meiner eigenen Wohnung gerade in diesem Moment wahrscheinlich gelungen wäre. Mit dem Gedanken, was ich für ein Glück hatte, Leute wie sie und Bill und Uschi und Nora zu kennen, schlief ich Sekunden danach ein und wachte zwei Stunden später vom Piepen des in meinem PC eingebauten Weckers, den ich, schon halb im Delirium, noch gestellt hatte, wieder auf.

Ich schlich mich aus der Wohnung, von meinen Freunden war nichts zu sehen, und machte mich im Nachmittagsregen auf zu Nora. Als ich an einer Telefonzelle vorbeikam, fiel mir etwas ein. Vielleicht wusste Sanny ja tatsächlich etwas über den Verbleib von Christians Disketten. Glücklich über die vor Tagen erstandene Telefonkarte, trat ich in die Kabine und wählte die Nummer der Petrocheks. Ich hoffte, dass Sanny schon aus der Schule nach Hause gekommen war, aber als abgenommen wurde, hatte ich Nicola am Apparat.

Ich überlegte nur kurz, überwand den Impuls aufzulegen sofort wieder – für solche irrationalen Schwächen hatte ich inzwischen keine Zeit mehr –, nannte meinen Namen und fragte nach ihrer Tochter.

»Ich habe keine Ahnung, wo sie ist«, sagte sie zu meiner Enttäuschung, während mich die Kälte in ihrem Tonfall relativ unberührt ließ. »Soll ich ihr etwas ausrichten?«, fragte sie, relativ höflich, doch ich sagte: »Danke, ist nicht nötig. Ich rufe später noch einmal an.«

Ohne Abschied oder andere formwahrende Floskeln legte sie auf. Immerhin schien unser Verhältnis jetzt klarer geworden zu sein. Trotz der offen ausgebrochenen Eiszeit war es mir so lieber.

Vor der Intensivstation angekommen, klingelte ich wie gewöhnlich und mir wurde aufgedrückt. Die Pflegerin, heute war es wieder die nette, asiatisch aussehende, schaute nur kurz aus dem Stationszimmer und verschwand dann sofort wieder. Ich ging über den Gang, zog mir vor Noras Zimmer den Besucherkittel an, der dort bereit hing, und öffnete die Tür. Der Raum war leer.

Im gleichen Moment durchfuhr mich eine Panik, die ich so noch nie erlebt hatte. Als würde mir kein unbefangener Gedanke, kein unbelasteter Nerv mehr zur Verfügung stehen, stolperte meine Phantasie ungebremst in die schrecklichsten Vorstellungen.

Als dann die Pflegerin neben mir stand, fehlte nicht viel und ich hätte sie gepackt und geschüttelt. Doch sie kam mir zuvor, sagte schnell: »Sie wollen zu Frau König. Ich habe nicht sofort geschaltet, als ich Sie eben hereinkommen sah. Frau König ist heute Morgen auf eine normale Station verlegt worden. Wahrscheinlich kann sie Ende nächster Woche schon entlassen werden.«

Mit der gleichen Vehemenz, mit der mich der Horror gerade gepackt hatte, ließ mich die Erleichterung jetzt fallen und ich ging mit zitternden Knien den Gang hinunter.

Die Schwester begleitete mich, erklärte mir, wie ich zu der anderen Station kam, und sagte zum Schluss: »Sie haben den Kittel noch an.«

Dankbar schlüpfte ich heraus, drückte ihn ihr in die Hand und beeilte mich, durch die Treppen und Flure zu Noras neuem Zimmer zu kommen.

Nora war glücklich, mich zu sehen. Es war zwar noch gar nicht besonders lange her, seit sie wieder zu sich gekommen war, aber sie hatte ihre alte Energie schon beinahe wieder zurückgewonnen. Das hatte zur Folge, dass sie sich langweilte und darauf brannte, aus dem Krankenhaus herauszukommen. Zu meinem Schrecken merkte ich, wie mich diese Vorstellung beunruhigte. Ich wollte sie weiter in Sicherheit wissen und meine durchgedrehte Vorstellungskraft ließ in mir das Bild eines ungefährlichen, normalen Alltags kaum noch zu.

»Was ist los, Toni?«, fragte mich Nora vorsichtig. »Ich habe dich noch nie so erschöpft und so nervös gesehen.«

Ich konnte ihr auf keinen Fall erzählen, was passiert war. Später, irgendwann: unbedingt. Aber heute reichten weder meine Zeit noch meine Konzentration dafür aus. Außerdem wollte ich sie nicht auch noch in Unruhe versetzen. Ein Vorsatz, zu dessen Durchführung ich anscheinend nicht befähigt war. Vielleicht war der ganze Besuch ein Fehler gewesen.

Mir war nicht aufgefallen, dass ich auf Noras Frage nicht geantwortet, sondern nur stumm vor mich hin gebrütet hatte.

»Du hast nicht vor, wieder wegzugehen, oder?«, fragte Nora nach einer Weile leise und mir wurde erst jetzt klar, welche Befürchtungen sich in ihr tummeln mussten.

Ich riss mich zusammen. Wenn ich es jetzt schon geschafft hatte, Noras normalerweise beinahe unerschütterlichen Optimismus zu vertreiben, dann musste etwas passieren. Auch wenn ihre Frage mehrdeutig gewesen war, wusste ich doch, welches ›Weggehen‹ sie gemeint hatte.

»In einer halben Stunde muss ich tatsächlich verschwinden, ich muss heute früher arbeiten. Ansonsten wirst du mich so schnell nicht wieder los. Es sei denn, du möchtest es«, sagte ich spaßend und erschrak im gleichen Moment über die Vorstellung.

Ich muss sie so entsetzt angesehen haben, dass auch Nora breit grinste und antwortete: »Keine Chance. Dafür haben wir wirklich noch nicht genug voneinander gehabt. Ich bin ziemlich genusssüchtig, weißt du.«

Jetzt lachte ich laut: »Dann hast du aber eine reichlich eigenwillige Vorstellung von Genuss, wenn du mich komische Nudel darin einschließt.«

Nora erwiderte nur: »Du weißt wirklich gar nicht, wie süß du bist.«

Zum Abschied küssten wir uns lange und danach wusste ich genau, wie es möglich gewesen war, Dornröschen mit einem Kuss aus ihrem hundertjährigen Schlaf zu wecken und sogar einen Frosch in eine Prinzessin zu verwandeln. Zumindest war dies meine Variante der Geschichte. Die Prinzessin war an diesem Tag ich selbst, und mit dem Gefühl viel interessanter und anziehender zu sein, als ich es je gedacht hatte, verließ ich um halb fünf das Krankenhaus, neu erweckt für die nächsten Stunden.

Pünktlich übernahm ich das Taxi von Bernd.

»Lange nicht gesehen«, begrüßte ich ihn freudig und er starrte mich entgeistert an. »Was ist denn mit dir passiert? Du siehst aus wie ein Vampir, der Quasselwasser getrunken hat.«

Das mit dem Vampir konnte ich ja noch nachvollziehen. Das mit dem Quasselwasser war schon eine absurdere Unterstellung.

Ich zählte nach: »Bernd, ich habe genau drei Wörter gesagt. Das qualifiziert mich noch nicht für den Rhetorikwettbewerb der Untoten.«

»Siehst du«, triumphierte er, »das waren schon viel mehr Wörter. Außerdem kommt es nicht darauf an, wie viel, sondern wie du es gesagt hast. Aber lass mal gut sein, du gefällst mir prima so. So aufgeschlossen, meine ich. An deinem Aussehen solltest du aber noch ein bisschen arbeiten.«

»Ach«, erwiderte ich, mit plötzlichem Spaß an einem verbalen Schlagabtausch, »was schlägst du denn vor? Ausreichend Nachtschlaf zum Beispiel?«

»Das wäre eine gute Idee, ich schätze nur, dafür hast du den falschen Beruf. Und lass es dir ja nicht einfallen, aus Eitelkeit zu kündigen. Es gibt schließlich Wichtigeres als äußere Schönheit.«

Da stimmte ich ihm zu. Wenn auch nur sehr bedingt. Ein Bad wäre zum Beispiel keine schlechte Idee gewesen und frische Kleider und ein Haarschnitt. Eigentlich einfach zu verwirklichende Dinge, die für mich inzwischen in beinahe unerreichbare Ferne gerückt waren. Die Ferne des kommenden Morgens. Trotzdem winkte ich Bernd in gehobener Stimmung zu, als ich abfuhr.

Immer noch wurde es früh dunkel und es dämmerte, als ich den Wagen durch den leichten Nieselregen lenkte. Ein Auge behielt ich auf dem Display, um keine Fahrt zu verpassen. Zwar wollte ich die Haltepunkte heute weitgehend meiden, doch die Hinweise der Zentrale auf Anfragen von Kunden, die in der Nähe abgeholt werden wollten, verfolgte ich genau. Zusätzlich hatte ich das Radio eingeschaltet – aus guter Laune und um mich wach zu halten. Ich stand auf dem Hohenzollernring im Rushhour-Stau, als ein Lied begann, dessen Melodie mir gefiel.

Ich drehte den Ton lauter. Eine Weile verfolgte ich den Text: *When Susannah cries / she cries a rainstorm / she cries a river / she cries a hole in the ground – she cries for love / she cries a sad song / she cries a shiver / sometimes she cries for me too.*

Das Lied erinnerte mich an jemanden und ich dachte darüber nach, wie gut ich die Stimmung der Worte nachvollziehen konnte. Dann wurde der Text seltsamer, ironischer, es ging um einen Seitensprung, und ich meinte einen gewissen Zynismus darin zu spüren. Merkwürdige Metamorphose eines betörend schönen Songs.

Bei der nächsten Gelegenheit fuhr ich in eine Parkbucht und nahm das Handy aus seiner Halterung. Noch einmal wollte ich versuchen, Sanny zu erreichen. Ich hatte die schwache Hoffnung, dass sie vielleicht doch eine Idee hatte, wer Zugang zu Christians Software haben könnte.

Wieder hob Nicola ab. Als sie mich erkannte, sagte sie: »Sanny ist auf dem Weg zu Ihnen. Ich habe ihr ausgerichtet, dass Sie angerufen haben. Sie war besorgt wegen des Hochwassers und wollte sehen, ob Sie Ihnen vielleicht helfen kann. Deswegen habe ich ihr ausnahmsweise erlaubt, so spät noch loszufahren.«

»Ich bin gar nicht zu Hause, sondern im Taxi. Wann ist sie denn bei Ihnen weggegangen?«

»Ach, das ist schon eine Weile her. Sie kommt bestimmt gleich zurück, wenn sie Sie nicht antrifft. Vielleicht rufen Sie einfach in einer halben Stunde noch einmal an.«

Diesmal fiel unser Abschied schon freundlicher aus. Ich war gnädiger gestimmt und fand es nett, dass Nicola Sanny von meinem Anruf berichtet hatte. Nicola reagierte auf mein »Herzlichen Dank für Ihre Mühe« mit

»Aber gerne«, und ich konnte die reibungslose Unverbindlichkeit solcher Umgangsformen in diesem Moment durchaus schätzen.

Nachdem ich aufgelegt hatte, schlängelte ich mich wieder in den stockenden Verkehr hinein und beschloss, bei der nächsten Gelegenheit abzubiegen, um zum Rhein hinunter zu gelangen. Ich war zwar ziemlich sicher, dass Sanny angesichts des Hochwassers gar nicht bis zu mir gefahren war, sondern lange davor kehrtgemacht hatte, aber vielleicht konnte ich sie noch irgendwo abfangen.

Es kostete mich Geduld und Nerven, aber nach zwanzig Minuten war ich über die Hahnenstraße und die Cäcilienstraße bis zur Rheinuferstraße gekommen, die glücklicherweise immer noch nicht gesperrt war, auch wenn ich in dem links von mir liegenden Tunnel schon Pfützen schimmern sehen konnte. Ich bog nach rechts ab, von neuem erstaunt über den Anblick des Flusses, der durch die Wasserschutzwände, hinter denen er noch gefangen gehalten wurde, nun oberhalb des Straßenlevels schwebte. Doch hatte er an vielen Stellen schon begonnen, kontinuierlich über seine Begrenzungen zu fließen. Es konnte wirklich nicht mehr lange dauern, bis die Straße abgeriegelt werden musste.

Je näher ich unserem Gelände kam, desto näher an die Straße heran reichte bereits das Wasser, und ich sah an vielen Stellen vorbereitete Absperrungen und Leute in unterschiedlichen Uniformen, die Sandsäcke stapelten. So sehr ich ihre Bemühungen schätzte, so wenig würde das für uns ändern, das war klar. Die Bilder der letzten Flut, als die Tankstelle an der Uferstraße bis über das Dach im Wasser versunken war, schoben sich deutlich vor mein inneres Auge.

Am Hafen angekommen, erschrak ich. Das braune Wasser lief stetig über die Begrenzungen und eine Vielzahl von Bächen floss vom Ufer aus auf mich zu. So weit ich es von der Straße aus erkennen konnte, ragten nur noch wenige Zentimeter der Rampe vor unserem Eingang heraus.

Aber noch eine andere Entdeckung jagte mir einen Schrecken ein. Vor der Tür eines Gebäudes, das näher an der Straße lag als unseres, entdeckte ich Sannys Rad. Oder zumindest glaubte ich, dass es ihr pinkfarbenes Mountainbike war, das dort alleine zurückgelassen leuchtete.

32

Ich sah mich nach einem sicheren Platz um, wo ich das Taxi parken konnte. Nirgendwo in der Nähe standen noch Autos. Offensichtlich hatten alle ihre Schätzchen aus dem Gefahrenbereich gebracht. Nur in einer Seitenstraße entdeckte ich einen weiteren beigen Mercedes, allerdings kein Kombi und ohne gelbes Taxizeichen auf dem Dach, und – sei es aus Herdentrieb oder aus Ordnungsliebe – ich stellte den Wagen daneben.

Dann stopfte ich mir das Handy in die Innentasche meiner Jacke und hastete zurück zur Hafeneinfahrt. Die ersten Meter konnte ich trockenen Fußes hineingehen, doch kurz bevor ich das Fahrrad erreicht hatte, musste ich in den sauren Apfel beißen und mir mal wieder die Füße nassmachen. Ich schauderte, gewöhnte mich an die Kälte und stapfte weiter.

Als ich das Rad genauer betrachtet hatte, gab es keinen Zweifel mehr: Sanny musste in der Nähe sein.

Ich rief laut nach ihr: »Saaaaaannnny«, dann fiel mir der Song wieder ein und aus irgendeinem Impuls heraus benutzte ich ihren vollständigen Namen »Susaaaaannnnnnaaaaaa!« Ich lauschte, doch ich erhielt keine Antwort.

Also kämpfte ich mich weiter auf unser Haus zu. Das Wasser wurde immer tiefer. Schließlich reichte es mir bis zum Oberschenkel. Warum hatte ich mich auf diesen Wahnsinn eingelassen? Es war nicht besonders logisch, dass Sanny dort sein sollte. Aber wer handelte schon streng logisch? Nicht die Flut, nicht die Panik, nicht der Tod.

Es war ein weiter Weg bis zum ehemaligen Ufer. Die Wassermassen drängten gegen mich. Sie waren stark und kalt und zogen meine zentnerschweren Beine nach unten, immer weiter und mich mit. Jeden Schritt musste ich der Erschöpfung entreißen. Als ich erst einmal mitten in den Fluten stand, schien es mir, als kämpfte ich nur noch gegen den Untergang und als würde ich nie mehr irgendwo ankommen.

Es dauerte lange, aber als ich doch noch die Rampe erreichte, zog ich mich ins Trockene, blieb oben sitzen und verschwendete meine letzte Kraft, um das Gefühl der Ausweglosigkeit zurückzudrängen. Die Hose klebte an meinen Beinen, ich war bis zur Hüfte durchnässt.

Von drinnen drang kein Geräusch. Ich hatte noch nicht wieder genug Kraft gesammelt, um aufstehen und nachsehen zu können, aber ich war überzeugt, dass niemand da war, dass ich den Weg umsonst gemacht hatte. Ich saß auf meiner kleinen Insel inmitten des Wassers, schnappte mühsam nach Luft und konnte beobachten, wie sich der wildgewordene braune Fluss nun immer haltloser ausdehnte, wie er um mich herum sprudelte, in alle Richtungen floss, sichtbar mit jedem Moment weiter wuchs. Beinahe ungläubig dachte ich über meine Lage nach und wie ich in sie hineingeraten war, als mir das tragbare Telefon einfiel. Wenigstens daran hatte ich gedacht. Ich zog es aus der Tasche und stellte erleichtert fest, dass es trocken geblieben war.

In diesem Moment hörte ich, dass hinter mir die Tür aufgemacht wurde, aber bevor ich mich umdrehen konnte, erhielt ich einen Stoß, der mich beinahe von der Rampe hinunter schleuderte. Es war weniger Geistesgegenwart als animalischer Instinkt, aus dem heraus ich mich zur Seite warf und deshalb einige Meter weiter an der Hauswand landete. Das Telefon fiel mir aus der Hand, rutschte über die Plattform und ins Wasser. Aus einem hirnlosen Reflex heraus bückte ich mich, um es noch zu fassen zu bekommen, da erhielt ich den zweiten Stoß. Er warf mich mit dem Kopf vorweg in das Wasser neben der Rampe und ich ging unter.

Ich hatte mich zuvor nicht darüber gewundert, warum nach meinem letzten Sturz in den Rhein, am Abend, als ich Christian entdeckt hatte, keine Angst vor dem Wasser zurückgeblieben war. Vielleicht war es eine Form von Urvertrauen. Die unbegründete Sicherheit, dass sich die Bedrohung des eigenen Lebens nie zweimal auf die gleiche Weise zeigt, vielleicht aber auch nur Verdrängung.

Als ich jetzt wieder die eiskalte Luftlosigkeit vor meinem Gesicht spürte, die Möglichkeit des Erstickens mir entgegenschlug, war es das fassungslose, vollkommene Entsetzen, das mich beinahe umbrachte. Ich war so erstarrt vor absoluter Todesangst, dass ich sank – verzweifelt Wasser schluckend, bis ich den Grund errreicht hatte.

Es war schnell gegangen. Als meine Handflächen den harten Boden berührten, wurde ein Zündfunke für meinen Verstand losgeschlagen. Ich war nicht zehn Meter tief auf dem Grund des Rheins gelandet, sondern auf dem überspülten Kopfsteinpflaster neben der Hochwasserschutzwand. Ich drückte mich ab und stand plötzlich, Kopf und Schultern über Wasser, einen halben Meter vor der Rampe. Auf der Plattform, von der ich Sekunden zuvor gestürzt war, stand ein Mann. Sein Gesicht war durch eine schwarze Wollmütze mit Augenschlitzen verborgen. Er hielt Sanny fest, ihren Kopf hatte er unter den linken Arm geklemmt und in ihrer Mimik sah ich meinen eigenen Horror gespiegelt.

Mich durchfuhr ein Déjà-vu-Gefühl: Der Mann vor mir war der Mann von dem Video. Einer der Männer. Maskiert, gesichtslos, übermächtig und von perfekter Grausamkeit. Sanny wehrte sich. Sie versuchte, gegen seine Beine zu treten, ihn zu beißen, aber es gelang ihr nicht. Während ich die beiden planlos anstarrte, schien er zu wachsen. In seiner über mir thronenden Präsenz erkannte ich plötzlich, was an dem Video mit seinen erniedrigten, gefolterten Kindern klebte, was wie zäher Ekel die Spuren des Bandes im Datennetz markiert hatte: das wollüstige Quälen, die Freude am Töten, die mickrige Geilheit, die absolut haltlose Egozentrik der Leute, die die Filme gedreht hatten, die mit ihnen handelten und sie anschauten. All das leuchtete mir von dem breitbeinig dastehenden Unbekannten, der scheinbar teilnahmslos Sanny festhielt, wie von einer Neonreklame entgegen.

Ich stemmte die Arme auf den Rand der Plattform und drückte mich hoch. In diesem Moment machte der Mann einen Schritt nach vorn, um mich zurückzustoßen, und Sanny nutzte die Gelegenheit. Sie biss ihn in den Bauch. Da er keine Jacke, sondern nur einen Pullover trug, konnte sie ihn erfolgreich irritieren, und während er mit der freien Hand nach ihr schlug, packte ich sein Bein und zog so lange daran, bis er das Gleichgewicht verlor. Plötzlich saß er vor mir auf dem Rand der Rampe, seine Füße unmittelbar vor meinem Gesicht, da ich immer noch im Wasser unterhalb stand. Er gab mir einen Tritt, der auf meiner Nase landete und mich zurücktaumeln ließ. Er hatte mich nicht so stark getroffen, wie es ihm lieb gewesen wäre, aber dennoch fing ich sofort an zu bluten. Aus meinem Gesicht tropfte es rot ins Wasser, aber bevor ich meinen Nasenrücken berühren konnte, um zu fühlen, wie es um ihn bestellt war, registrierte ich, dass sich Sanny inzwischen ganz hatte befreien können und ans Ende der Rampe rannte. Auch der Mann war wieder aufgestanden und verfolgte sie.

Er hatte mir den Rücken zugewandt und mit zitternden Armen versuchte ich noch einmal, mich an der Plattform abzustützen und aus dem Wasser zu ziehen. Ich hing halb oben, musste nur noch ein Knie hochziehen, um ganz herauszukommen, als mich meine Kraft verließ. Ich schaffte es nicht. Die Muskeln in meinen Oberarmen waren zu kalt, zu überanstrengt, und völlig entmutigt und verzweifelt ließ ich mich wieder zurücksinken.

Doch Sanny ließ sich nicht so leicht überwältigen wie ihr Verfolger es sich vorgestellt hatte. Sie schien ein bisschen Karate zu können, trat und schlug nach ihm, aber seine körperliche Übermacht war letzten Endes zu groß und er packte sie wieder und setzte sich auf sie. Entsetzt beobachtete ich, wie er ihre Haare nahm, ihren Kopf nach oben riss und ihn so festhielt. Ich fürchtete, dass er ihn auf den Untergrund aus Beton schlagen würde.

Ein letztes Mal stemmte ich meine Arme auf die Rampe. Diesmal versuchte ich aber nicht, ganz hoch zu kommen, sondern rollte mich einfach auf halber Höhe mit dem ganzen Körper aufs Trockene, merkte nicht, dass ich mir dabei den rechten Arm vom Ellbogen bis zum Handgelenk aufschrammmte. Noch hatte mir der Mann den Rücken zugewandt. Ich konnte zwar nicht aufstehen, wusste jedoch, dass ich mich beeilen musste, daher begann ich, über den Boden auf ihn zuzukriechen. Kurz bevor ich ihn erreicht hatte, kam ich wenigstens schon in die Hocke und aus dieser zusammengekrümmten Haltung ließ ich mich schwer auf den Mann fallen.

Er ließ Sannys Kopf los. Ich hatte gehofft, dass sie mich bemerkt hatte, da sie zwar unter ihm lag, ihr Gesicht jedoch nach oben und zu mir gewandt war, und tatsächlich schlug sie mit dem Hinterkopf nicht hart auf, sondern sie hatte ihre Nackenmuskeln angespannt und wir blickten uns jetzt, beinahe Nase an Nase, über die Schulter des Mannes hinweg an.

Dieser versuchte mich loszuwerden. Dazu rollte er zur Seite, um mich abzustreifen, wodurch Sanny sich unter ihm befreien konnte und mir zu Hilfe kam. Zum Glück lag er auf dem Boden. Stehend hätten wir ihn kaum überwältigen können. So aber saßen wir kurz darauf beide auf ihm. Sanny auf den Beinen, ich besetzte den Rücken und es kostete uns zwar viel Kraft, aber er konnte sich nicht sofort loswinden. Es war klar, dass dies ein Zustand war, den wir nur kurz durchhalten konnten, und während ich spürte, wie die Bewegungen des sich unter uns kämpfenden starken Körpers immer energischer wurden, ich plötzlich leichter zu werden schien, es deutlich wurde, dass ich bei einer der nächsten Drehungen abgeschüttelt werden würde, machte ich mich bereit, das erste Mal in meinem erwachsenen Leben einen Menschen zu schlagen.

Ich hob meinen Arm wie einen Hammer, ballte die Faust und wollte sie gerade mit aller Wucht auf seine Schläfe fallen lassen, als die bisher vollkommen wortlose Szene von einem Schrei durchschnitten wurde.

»Saaaaaaannnnnyyyyy!«

Sanny fuhr zusammen, der Mann warf uns ab, sprang auf und wieder stand er, während wir auf dem Boden vor ihm lagen. Bisher war es ein Kampf ohne wirklich erkennbares Ziel gewesen. Es schien um Vernichtung zu gehen, aber warum, auf welche Art und wann, war mir nicht klar. Diese Unklarheit schien auch den Unbekannten jetzt zu verwirren, zumal der bisher nicht zu ortende Schrei dazu kam. Bevor der Mann den nächsten Angriff gegen uns begonnen hatte, wurde am Anfang der Rampe, kurz hinter meiner Eingangstür, die Spitze eines Bootes sichtbar.

Ich rief: »Hilfe«, erkannte jedoch, dass ich nur einen gedämpften, beinahe lautlosen Ton hervorgebracht hatte, zu wenig, um bis zum Boot zu gelangen, aber der Mann vor mir hatte ihn gehört. Er beugte sich zu mir, packte meinen Hals und begann mich zu würgen, als Sanny aufsprang und weglief.

Beinahe erreichten uns die Helfer zu spät. Ich war bewusstlos, bis Nicola und der Polizist, den sie hatte überreden können, mit ihr per Boot nach Sanny zu suchen, da waren.

Im Boot kam ich wieder zu mir. Da sie mich in dem engen Gefährt zwischen den Sitzbänken nirgends hatten hinlegen können, saß ich neben Nicola Petrochek, mein Oberkörper lag beinahe auf ihrem Schoß und Sanny hielt meine Hand. Ich versuchte, mich aufzurichten. Niemand hielt mich zurück. Ich sah in starre, schockierte Gesichter. Wir fuhren rückwärts. Vielmehr saßen wir mit dem Blick zum Heckmotor des Bootes, das von einem Mann in einem langen, blauen Wettermantel gesteuert wurde.

Mir gegenüber, zwischen Paul, dem Partner von Nicola, und einem Polizisten kauerte Roland Mainau. Seine Hände waren auf seinem Rücken gefesselt, er trug keine Jacke. Jemand hatte ihm die Mütze vom Kopf gezogen.

Ich fragte ihn: »Haben Sie Christian umgebracht?«

Es war nichts zu hören, außer dem Knattern des Motors und den Geräuschen des strömenden Wassers. Meine Stimme war nur ein Hauch.

Aber Sanny wiederholte die Frage laut und deutlich: »Haben Sie Christian umgebracht?«

Nicola schien aus ihrer Starre zu erwachen, flüsterte: »Nein.«

Roland Mainau blieb reglos.

Ich versuchte es auch mit Flüstern: »Und Lydia?«

Er schüttelte den Kopf. Sagte dann beinahe unhörbar: »Lydia ist gestorben. Christian hat es nicht mehr ausgehalten, ich wusste, er wird es verraten. Da habe ich ...«

Mir fiel auf, dass wir nicht hinüber zur Straße fuhren, sondern parallel zum Lauf des Flusses an der Innenseite der jetzt beinahe überall überfluteten Schutzwand entlang.

»Haben Sie Christian getötet?«

Diesmal hatte der Polizist gefragt, der neben Roland Mainau saß. Er wusste wahrscheinlich nicht, worum es ging, hoffte aber vielleicht auf ein Geständnis irgendeiner Art.

Roland Mainau nickte. Er wirkte lethargisch. Mitgenommen und kraftlos, zeigte ansonsten keine Gefühle.

»Und Anke?«, krächzte ich. »Haben Sie Nora überfallen? Und was ist mit den anderen Kindern auf dem Band? Haben Sie mit den Bändern gehandelt? Wo sind die Kinder? Was ist mit ihnen passiert?«

»Holland«, murmelte er. »Sie sind aus Holland oder sonstwoher. Ich habe getauscht. Die Bilder. Und sie gekauft. Christian war so schön. Lydia und er. Das Filmen hat Freude gemacht. So viel Freude. Er hat mir ein solches Geschenk gemacht.«

»Und dann haben Sie angefangen, die Filme zu verkaufen, und Christian hat es gemerkt, weil er Systembetreuer der Mailbox war?«

»Christian hat mir geholfen. Wir haben uns so gut verstanden. Er brauchte einen Freund. Ich war ihm gerne ein väterlicher Freund. Jugendliche sind schließlich so orientierungslos heute«, jetzt hatte seine Stimme schon beinahe wieder den vernünftigen Klang des guten Pädagogen, doch als er fortfuhr, veränderte sie sich wieder, »aber dann ist Lydia gestorben und er war außer sich, sie ist einfach gestorben. Ich habe sie in den Schulkeller gelegt. Niemand hätte etwas gemerkt. Aber Christian wollte aufhören. Ich hatte Angst, dass er etwas erzählt. Ich wollte nicht, dass er stirbt. Wir haben uns gestritten ...«

»Haben Sie ihn umgebracht?« Nicola schrie ihn an, aber Mainau schwieg.

»Was ist mit Anke? Und mit Nora?« Ich hatte inzwischen den ungebändigten Drang, endlich alles zu erfahren. Ich brüllte ihn flüsternd an. Sanny sagte mir später, ich hätte dabei ausgesehen wie eine knurrende, durchnässte Werwölfin mit blutverschmiertem Fang von ihrem letzten Raubzug. Meine Nase war gebrochen und blutete immer noch leise vor sich hin.

Aber Roland Mainau schwieg. Ich wollte aufspringen, um ihn zu packen und zu schütteln, aber es gelang mir nicht, mehr als fünf Zentimeter vom Sitz hochzukommen. Dafür schien jetzt Pauls mir schon bekannte Wut durchzubrechen. Er langte nach Roland Mainaus Pullover, packte ihn direkt unter dem Kinn am Ausschnitt und zerrte daran. Doch der Polizist griff ein. Er versuchte Paul wegzuziehen. In dem dabei entstehenden Handgemenge sprang jemand zwischen ihnen auf. Plötzlich stand als einziger Roland Mainau. Wieder sah ich ihn groß und schwer über mir, nicht weniger bedrohlich dadurch, dass seine Hände in Handschellen hinter ihm zusammengehalten wurden.

Ob er über unsere Füße gestolpert ist, als er versuchte, das Gleichgewicht in dem schwankenden Boot zu halten, oder ob er bewusst gesprungen ist, kann ich nicht mit Sicherheit sagen. Jedenfalls fiel er über den Rand des Bootes, die starke Strömung packte ihn, und er wurde in den Rhein hinausgetragen. Mainau widersetzte sich nicht. Inwieweit er mit den machtlosen Händen überhaupt hätte gegen den Fluss anschwimmen können, weiß ich nicht. Aber auch seine Beine machten keine Bewegung. Er ging sofort unter, war nach Bruchteilen von Sekunden verschwunden und tauchte nicht mehr auf.

Sowohl der Polizist als auch Paul sprangen auf, und ihr Impuls, hinterherzuhechten und ihn herauszuziehen, war in ihrer Körperhaltung überdeutlich, aber Nicola und der Steurmann des Bootes brüllten sie an: »Nicht!« – »Bleib hier!« – »Das hat keinen Sinn!« – »Du gehst auch unter!«, riefen sie durcheinander.

Als Paul sich wieder gesetzt hatte, starrte er vor sich hin und für einen kurzen Moment meinte ich in seinem Ausdruck etwas Bekanntes zu entdecken. Es hatte mit Machtlosigkeit und Versagen zu tun und der Weg, den ich auf seinem Blick hinein in die Ahnung seiner Gedanken nahm, war verzweigt und unbestimmt und menschlich.

Der Polizist sprach in ein Funkgerät. Ich hörte ihm nicht zu. Mir wurde sehr kalt.

Es blieb eine Geschichte mit Lücken. Es dauerte Wochen, bis ich meine eigenen Teile zu diesem Puzzle vorgetragen und selbst alle übrigen Teile gehört hatte. Es gab verschiedene mögliche Anfänge der Ereignisse und wahrscheinlich hätten die Toten – Christian, Lydia, Anke, Roland Mainau – alle andere Geschichten erzählt.

Die Polizei fand bei Roland Mainau Bilder, Videos und Zeitschriften mit Kinderpornos. Er hatte seit Jahren gesammelt und getauscht. Allerdings waren Christian und Lydia die einzigen Kinder, die die anderen Lehrer, die von der Polizei um Mithilfe gebeten wurden, erkannten. Einigen der Lehrer wurde bei dieser Arbeit übel. Sie konnten die Sachen nicht weiter durchsehen.

Die Polizei fand in Roland Mainaus Arbeitszimmer im Keller des Hauses einen Computer, auf dem Christians Software installiert war und von dem aus er die Accounts *herba* und *dick* hatte abrufen können.

Frau Mainau wusste angeblich nichts von den Neigungen ihres Mannes. Sie erzählte aber, dass Christian regelmäßig zur Nachhilfe vorbeigekommen sei. Ihr Mann hätte sich sehr für ihn eingesetzt, wie sie berichtete. Ja, ihr Mann sei gerne gereist. Da sie als Krankenschwester nicht immer wie er während der Schulferien Urlaub nehmen konnte, hatte sie ihm seine Studienreisen nach Asien gegönnt. Zuletzt sei er in Kambodscha gewesen.

Die Polizei meinte, es sei unmöglich, jetzt noch herauszufinden, was er während dieser Reisen gemacht hatte. In Phnom Penh, der Hauptstadt von Kambodscha, gäbe es allerdings mehrere tausend Kinder, die zur Prostitution gezwungen würden, die meisten Kunden kämen aus Deutschland und Japan.

Christians Abschiedsbrief war gefälscht. Roland Mainau besaß einen Scanner, zahllose handschriftliche Übungsarbeiten von Christian und auf dem Computer gab es ein Programm, mit dem man Grafiken bearbeiten konnte.

Nach Christians Tod habe ihr Mann sich verändert, sagte Frau Mainau. Er sei unruhig gewesen, nervös, habe Stunden allein in seinem Arbeitszimmer verbracht, sei viel unterwegs gewesen. In der Nacht, in der bei mir eingebrochen und Bill überfallen worden war, sei er nicht zu Hause gewesen. An die Nacht des Überfalls auf Nora konnte Frau Mainau sich nicht mehr erinnern.

Über Ankes Tod hat mir die Polizei nichts gesagt. Ich bekam, als ich nachfragte, nur die Auskunft, dass Anke seit langem wegen Depressionen in Behandlung gewesen sei und dass alles nach einem Selbstmord aussehe.

Roland Mainau war zu meiner Wohnung zurückgekommen. Ob er meine Mail mit der ungeschickten Falle schon gelesen hatte, oder ob er es einfach noch einmal versucht hatte, nachdem er mich in der Nacht zuvor nicht erwischt hatte, interessierte mich gar nicht mehr besonders. Sanny war zu mir gefahren, um beim Auszug zu helfen. Ihr Rad hatte sie abgestellt, als der Weg zum Haus zu nass wurde, sie wollte aber auf jeden Fall nachsehen, ob ich da war. Sanny hatte nicht damit gerechnet, dass nach ihrer Ankunft das Wasser so schnell steigen würde. Sie hatte natürlich auch nicht ahnen können, dass im Haus schon Roland Mainau auf mich wartete.

Unser beinahe unbegreifliches Glück war gewesen, dass Nicola Petrochek nach meinem Anruf begonnen hatte, sich Sorgen um ihre Tochter zu machen. Als Sanny nicht zurückkam, hatte sie sich mit Paul auf den Weg zu mir gemacht, hatte Sannys Rad entdeckt, das Wasser gesehen und dann verzweifelt nach Hilfe, nach einem Boot gesucht.

Wir waren mit dem Boot nicht direkt zur Straße zurück gefahren, weil diese inzwischen schon überspült war. Der Feuerwehrmann, der das Boot steuerte, hatte uns zu einer Stelle bringen wollen, wohin er einen Krankenwagen und Polizeieinsatzwagen bestellt hatte. Deswegen waren wir weiter dem Verlauf des Flusses gefolgt.

Epilog

»Und dann ist Pauls Auto im Wasser versunken?« Nora wirkte begeistert, als ich bei diesem Teil der Erzählung angekommen war.

»Ja, es war schon fast weg, als wir es mit dem Boot erreicht hatten. Die Flut ist viel schneller gestiegen, als alle vermutet haben. Zum Schluss war nur noch das silberglänzende Dach zu sehen. Eigentlich ganz hübsch. Wie eine Quecksilberpfütze, die auf dem braunen Wasser schwamm.«

»Und was hat Paul dazu gesagt?« Nora vibrierte vor nicht unterdrückter Schadenfreude.

»Nicht viel.« Auch ich amüsierte mich jetzt bei der Erinnerung an Pauls fassungslosen Blick auf sein geflutetes Heiligtum. An dem Tag selbst hatte ich allerdings die komische Schönheit der Szene nicht mehr besonders würdigen können.

Wir lagen eine Woche nach den Ereignissen am Fluss in Noras Bett. Beide noch ziemlich angeschlagen. Sie sollte eigentlich die meiste Zeit im Bett verbringen, hüpfte aber schon wieder ziemlich viel herum. Ihr Arm war eingegipst und meine Nase hatte die volle Kraft ihrer Vielfarbigkeit gerade erst richtig entfaltet. Aber schließlich war jetzt endlich Karneval. Meine Verkleidung dieses Jahr war wenigstens nicht abwaschbar.

Sanny kam jeden Tag vorbei, brachte Lebensmittel mit und wir kochten zusammen. Meistens trudelten dann auch irgendwann Bill und Jill ein, und wir aßen, redeten und machten Pläne. Die Ereignisse würden uns alle noch lange beschäftigen, aber wir konzentrierten uns darauf, unsere neu entstehende Gemeinschaft zu genießen. Die Flut war gerade dabei zurückzugehen und bald würden Bill und ich wieder in unser Haus am Ufer ziehen können. Zusammen mit Sanny. Bill hatte ihr angeboten, einen großen, noch leeren Raum, der direkt an unsere

Wohnungen grenzte und der ihm zwar gehörte, bisher aber nicht ausgebaut war, nach und nach fertig zu machen, so dass sie einen Rückzugsort, ein eigenes Reich, irgendwann eine eigene Wohnung haben würde. Nicola Petrochek und Stefan Walter hatten versprochen, etwas zu der Miete dazuzugeben, und der Rest würde sich regeln lassen.

»Und dann hast du ihm erzählt, du würdest ein Videoprojekt mit Jugendlichen aufziehen?«, fragte Nora. Sie liebte die Teile der Geschichte, wo ich gezwungen gewesen war, irgendwelchen Blödsinn über mich selbst zu erzählen.

»Ja, und Paul habe ich erzählt, ich wollte Kunst übers Internet verkaufen. Bei Ludger hatte ich dann die Idee, eine Frauenmailbox zu gründen.«

»Und welchen dieser Berufe wirst du jetzt wirklich ergreifen?« Nora lachte immer noch.

»Ich glaube, vorerst bleibe ich einfach, was ich bin. Zur Erholung, weißt du. Nachts Taxi zu fahren kommt meiner schweigsamen Seele doch ziemlich entgegen.«

»Ganz so schweigsam ist sie in der letzten Zeit aber nicht mehr. Zum Glück«, sagte meine Freundin.

Ein bisschen blieb ich mir allerdings noch treu und behielt ein paar Geheimnisse. Ich schämte mich nicht mehr dafür, sie kamen mir einfach nicht mehr so bedeutsam vor. Irgendwann würde ich Nora erzählen, dass ich wusste, wer mein Vater war. Irgendwann. Wenn wir genug geschlafen hatten. Wir drehten uns zueinander. Umarmten uns – vorsichtig noch, um einander nicht weh zu tun – und schwiegen.

Danksagung

Herzlich bedanken möchte ich mich fürs Test- und Korrekturlesen, für Anregung und Kommentar bei meinen Eltern, meiner Schwester, Martina Böcker, Alix Brand, Denise Digrell, Anja von Heyden, Brenda Hollweg, Lisa Kuppler, Barbara Mott, Marina Rizovski-Jansen, Ines Siegler, Ellen Schlootz, Claudia Sternberg, Andreas Terhoeven, Markus Westermann, für ihr Know-how über Mailboxen und das immer offene Ohr für nervige Computerfragen bei Sabine Stampfel, für medizinische Auskünfte bei Christiane Meyer-Lohmann, für die Nachtschicht beim Lesen des Manuskripts, die wichtige erste Reaktion und für den schönen Fisch bei Marietta Benkö und bei allen anderen, die – bewusst oder unbewusst – zu diesem Buch beigetragen haben.

Crime Ladies

Dorothee Becker: **Mord verjährt nicht**
ISBN 3-89425-056-9
Veronika Wenger sucht den verschollenen Theo de la Cour.

Dorothee Becker: **Der rankende Tod**
ISBN 3-89425-040-2
Was trieb den lebenslustigen Clemens in den Tod?

Annette Jäckel: **Talk**
ISBN 3-89425-202-2
Tödliche Jagd auf Einschaltquoten

Agnes Kottmann: **Tote streiken nicht**
ISBN 3-89425-052-6
Junge Gewerkschafterin wird von Triebtäter verfolgt.

Heike Lischewski/Stefanie Berg: **Bananensplit**
ISBN 3-89425-206-5
Als Kind mißbraucht - jetzt wird das Opfer zur Täterin.

Gabriella Wollenhaupt: **Grappas Versuchung**
ISBN 3-89425-034-8
Reporterin umkreist charmanten Bösewicht.

Gabriella Wollenhaupt: **Grappas Treibjagd**
ISBN 3-89425-038-0
Wer ist der angesehene »Onkel Herbert?«

Gabriella Wollenhaupt: **Grappa macht Theater**
ISBN 3-89425-042-9
Geheimbund kontrolliert Kulturleben in Bierstadt.

Gabriella Wollenhaupt: **Grappa dreht durch**
ISBN 3-89425-046-1
Nackte Tatsachen im Filmstudio.

Gabriella Wollenhaupt: **Grappa fängt Feuer**
ISBN 3-89425-050-X
Griechische Mythen werden Wirklichkeit.

Gabriella Wollenhaupt: **Grappa und der Wolf**
ISBN 3-89425-061-5
Spannendes Duell im Umfeld eines Plutoniumschmuggels

Gabriella Wollenhaupt: **Killt Grappa!**
ISBN 3-89425-066-6
Schönheitschirurgie und Satanismus

Gabriella Wollenhaupt: **Grappa und die fantastischen Fünf**
ISBN 3-89425-076-3
Toter Teppichhändler und Erpresserbande

Gabriella Wollenhaupt: **Grappa-Baby**
ISBN 3-89425-207-3
Fünf Monate im Koma, im dritten Monat schwanger

grafit

Tatort Köln

Christoph Güsken
Bis dann, Schnüffler
ISBN 3-89425-063-1 DM 14,80

Christoph Güsken
Schaumschlägers Ende
ISBN 3-89425-074-7 DM 14,80

Christoph Güsken
Mörder haben keine Flügel
ISBN 3-89425-211-1 DM 14,80

Christoph Güsken
Spiel's nicht noch mal, Henk
ISBN 3-89425-215-4 DM 14,80

Andreas Izquierdo
Jede Menge Seife
ISBN 3-8425-072-0 DM 16,80

Hartwig Liedtke
Klinisch tot
ISBN 3-89425-018-6 DM 14,80

Hartwig Liedtke
Tod auf Rezept
ISBN 3-89425-032-1 DM 14,80

Hartwig Liedtke
Scharfe Schnitte
ISBN 3-89425-077-1 DM 16,80

Ursula Steck
Alles im Fluss
ISBN 3-89425-219-7 DM 17,80

grafit

azkoeln.0199.cdr5